SHANNON KIRK
Ihr tötet mich nicht

Lesen erleben

Buch

Eine hochschwangere Sechzehnjährige wird auf dem Schulweg von einem Mann überwältigt und in einen Lieferwagen gezerrt. Offensichtlich ist sie nicht das erste Opfer: Der Schmutz, die Fesseln, die Augenbinde, der festverschraubte Stuhl, die grobe Routine des Entführers – alles weist darauf hin, dass sich im Laderaum des unscheinbaren roten Transporters schon mehrfach ähnliche Szenen abgespielt haben. Und doch ist diesmal alles anders, denn die Entführer haben, ohne es zu ahnen, bereits durch die Wahl dieses Opfers ihr eigenes Schicksal besiegelt. Denn die junge Frau in ihrer Gewalt ist alles andere als ein hilfloser Teenager; sie verfügt über einen messerscharfen Verstand und die Fähigkeit, ihre Emotionen fast vollständig zu kontrollieren. Kühl kalkulierend verfolgt sie jeden Schritt ihrer Kidnapper, registriert jeden noch so kleinen Fehler und analysiert die Chancen, die sich daraus für sie ergeben. Schnell erkennt sie, dass es den Entführern nur um ihr Baby geht, und dass sie selbst nach der Geburt wertlos für sie ist. Und ebenso schnell fasst sie einen Plan: Weder sie noch ihr Kind werden diesen Männern zum Opfer fallen – und sie wird auf eine Weise Rache nehmen, die sicherstellt, dass sich die Wagentüren des roten Transporters nie wieder hinter einem Mädchen schließen …

Autorin

Shannon Kirk ist Anwältin, sie lebt und arbeitet in Massachusetts. Kirk ist verheiratet und hat einen Sohn. Ihr Romandebüt, der Psychothriller »Ihr tötet mich nicht«, wurde von Presse und Lesern euphorisch aufgenommen, die Übersetzungsrechte wurden auf Anhieb in zahlreiche Länder verkauft.

»Shannon Kirk ist eine aufregende neue Thrillerautorin; sie fesselt ihre Leser mit einer Heldin, die an Lisbeth Salander erinnert: auch sie ein Opfer, das gar nicht daran denkt, die Opferrolle zu spielen.«
The Boston Globe

Shannon Kirk
Ihr tötet mich nicht

Psychothriller

Übersetzt
von Verena Kilchling

GOLDMANN

Die Originalausgabe erschien 2015 unter dem Titel:
»Method 15/33« bei Oceanview Publishing, Longboat Key, Florida

Der Verlag weist ausdrücklich darauf hin, dass im Text
enthaltene externe Links vom Verlag nur bis zum Zeitpunkt der
Buchveröffentlichung eingesehen werden konnten. Auf spätere
Veränderungen hat der Verlag keinerlei Einfluss. Eine Haftung des
Verlags ist daher ausgeschlossen.

 Dieses Buch ist auch als E-Book erhältlich.

Verlagsgruppe Random House FSC® N001967

2. Auflage
Taschenbuchausgabe Mai 2016
Copyright © der Originalausgabe 2015 by Shannon Kirk
Copyright © der deutschsprachigen Ausgabe 2016
by Wilhelm Goldmann Verlag, München,
in der Verlagsgruppe Random House GmbH,
Neumarkter Str. 28, 81673 München
All rights reserved.
Umschlaggestaltung: UNO Werbeagentur, München,
Umschlagillustration:
Copyright © Trevillion Images/Carmen Spitznagel
Redaktion: Alexander Groß
An · Herstellung: Str.
Satz: omnisatz GmbH, Berlin
Druck und Bindung: GGP Media GmbH, Pößneck
Printed in Germany
ISBN: 978-3-442-48433-1
www.goldmann-verlag.de

Besuchen Sie den Goldmann Verlag im Netz

Für Michael und Max,
meine Lieben

»Die Entwicklung des Gehirns kann als graduelle Entfaltung eines mächtigen, sich selbst organisierenden Geflechts von Prozessen charakterisiert werden, mit einer komplexen Wechselwirkung zwischen Genen und Umwelt.«

Karns et al, 11. Juli 2012, Journal of Neuroscience, Altered Cross-Modal Processing [Titel gekürzt]

KAPITEL EINS

Tage 4–5 in Gefangenschaft

An Tag 4 lag ich da und plante seinen Tod. In Gedanken erstellte ich eine Liste mit verfügbaren Gegenständen und Umständen, die mir eventuell in die Hände spielten, und dieses strategische Auflisten von Pluspunkten verschaffte mir ein wenig Erleichterung ... *eine lose Diele, eine rote gestrickte Decke, ein hohes Fenster, freiliegende Deckenbalken, ein Schlüsselloch, mein Zustand ...*

Meine damaligen Gedanken sind mir heute noch so präsent, als erlebte ich sie erneut, als gingen sie mir gerade zum ersten Mal durch den Kopf. *Da ist er wieder, vor der Tür,* denke ich, obwohl seither siebzehn Jahre vergangen sind. Vielleicht werden jene Tage für immer meine Gegenwart bleiben, weil mir jede Stunde und jede Sekunde minutiöser Planung das Überleben gesichert hatten. Während jener unauslöschlichen, quälenden Zeit war ich vollkommen auf mich allein gestellt, und aus heutiger Sicht muss ich ohne falschen Stolz zugeben, dass das Endergebnis – mein unbestreitbarer Sieg – ein wahres Meisterwerk war.

An Tag 4 hatte ich bereits einen ganzen Katalog an Pluspunkten sowie den groben Entwurf eines Racheplans fertiggestellt, und das alles ohne Kugelschreiber oder Bleistift, lediglich mithilfe meines mentalen Skizzenblocks, auf dem ich Puzzleteile zu möglichen Lösungen zusammensetzte.

Ich war fest entschlossen, sie in die richtige Konstellation zu bringen ... *eine lose Diele, eine rote gestrickte Decke, ein hohes Fenster, freiliegende Deckenbalken, ein Schlüsselloch, mein Zustand ... Wie passt das alles zusammen?*

Diese Frage stellte ich mir immer wieder aufs Neue, während ich gleichzeitig nach weiteren Pluspunkten Ausschau hielt. *Ach ja, natürlich, der Eimer. Und ja, ja, ja: Die Untermatratze ist neu, er hat noch nicht einmal die Plastikfolie entfernt. Also gut, von vorne, geh noch mal in Ruhe alles durch und finde die Lösung. Freiliegende Deckenbalken, ein Eimer, die Untermatratze, die Plastikfolie, ein hohes Fenster, eine lose Diele, eine rote gestrickte Decke ...*

Ich ordnete jedem Gegenstand eine Zahl zu, um meiner gedanklichen Tüftelei einen wissenschaftlichen Anstrich zu verleihen. *Eine lose Diele (Pluspunkt #4), eine rote gestrickte Decke (Pluspunkt #5), Plastikfolie ...* Am frühen Morgen von Tag 4 schien die Sammlung bereits so vollständig zu sein, wie sie es unter den gegebenen Umständen sein konnte, aber mir war klar, dass das nicht reichen würde.

Das Knarren der Kiefernholzdielen vor meiner Gefängniszelle, einem einfachen Zimmer mit Bett, riss mich gegen Mittag aus meiner Grübelei. *Er ist dort draußen vor der Tür. Mittagessen.* Der Riegel bewegte sich von links nach rechts, der Schlüssel drehte sich im Schloss, und dann stürzte er auch schon herein, ohne den Anstand zu besitzen, für einen Moment auf der Türschwelle zu verharren.

Wie bei allen bisherigen Mahlzeiten stellte er ein Tablett mit inzwischen vertrautem Essen, einem weißen Becher Milch und einer Tasse Wasser in Kindergröße auf meinem Bett ab. Kein Besteck. Die Ei-Speck-Quiche kollidierte mit dem selbstgebackenen Brot auf einem altrosa gemusterten

Porzellanteller, auf dem eine Frau mit einem Topf und ein Federhut tragender Mann mit Hund abgebildet waren. Ich hasste diesen Teller mit derart widernatürlicher Intensität, dass ich noch heute bei der Erinnerung daran schaudere. Auf der Rückseite stand »Wedgwood« und »Salvator«. *Das wird meine fünfte Mahlzeit, seit ich meine Rettung plane. Ich hasse diesen Teller. Ihn werde ich ebenfalls vernichten.* Der Teller, der Becher und die Tasse sahen genauso aus wie jene, die ich an Tag 3 meiner Gefangenschaft zum Frühstück, Mittagessen und Abendessen bekommen hatte. Die ersten beiden Tage hatte ich in einem Transporter verbracht.

»Mehr Wasser?«, fragte er mit seiner schroffen, tiefen, gleichförmigen Stimme.

»Ja, bitte.«

Mit diesem Verhaltensmuster hatte er an Tag 3 begonnen, und ich glaube, damit schob er mein Pläneschmieden erst so richtig an. Die Frage wurde Teil unserer täglichen Routine. Er brachte mir meine Mahlzeit und erkundigte sich, ob ich mehr Wasser wolle, und ich beschloss, von nun an jedes Mal mit Ja zu antworten, auch wenn dieser Ablauf vollkommen unlogisch war. *Warum bringt er mir nicht gleich eine größere Tasse Wasser? Was soll diese Ineffizienz? Er geht wieder, schließt die Tür ab, in den Wänden des Flurs gluckern die Wasserleitungen, dann ergießt sich mit einem Spritzen ein Schwall Wasser in ein Waschbecken, irgendwo außerhalb des Bereichs, der durchs Schlüsselloch sichtbar ist. Anschließend kommt er mit einem Plastikbecher voll lauwarmem Wasser zurück. Warum?* Eines kann ich heute mit Sicherheit sagen: Das Prinzip hinter den vielen unerklärlichen Handlungen meines Gefängniswärters wird auf ewig ein Rätsel bleiben, genau wie unzählige andere ungelöste Phänomene auf dieser Welt.

»Danke«, sagte ich nach seiner Rückkehr.

Bereits in Stunde 2 von Tag 1 hatte ich den Entschluss gefasst, eine geheuchelte Schulmädchen-Höflichkeit an den Tag zu legen und meinem Kidnapper – einem Mann von etwa Mitte vierzig – Dankbarkeit vorzuspielen. *Mitte vierzig müsste hinkommen, er sieht ungefähr so alt aus wie mein Vater.* Ich hatte schnell verstanden, wie leicht dieser Kerl zu überlisten war. Obwohl ich erst süße sechzehn Jahre alt war, war ich schlau genug, dieses widerwärtige Monstrum zu besiegen, da war ich mir sicher.

Das Mittagessen an Tag 4 schmeckte genauso wie an Tag 3. Trotzdem: Vielleicht hatten mir die Nährstoffe gefehlt, denn direkt nach dem Essen ging mir auf, dass ich noch über viele weitere Pluspunkte verfügte: Zeit, Geduld, unvergänglichen Hass. Während ich die Milch aus dem schweren Restaurant-Becher trank, fiel mir auf, dass der Eimer, der in meinem Zimmer stand, einen Metallhenkel mit spitz zulaufenden Enden besaß. *Ich muss ihn nur abmontieren, dann ist er ein eigener Pluspunkt zusätzlich zum Eimer.* Außerdem hatte mich mein Kidnapper in einem oberen Stockwerk des Gebäudes untergebracht und nicht in einem Kellerverließ unter der Erde, wie ich an Tag 1 und 2 befürchtet hatte. Die Baumkrone vor meinem Fenster und die drei Treppen, die er mit mir erklommen hatte, um mich in meine Gefängniszelle zu bringen, verrieten mir, dass ich mich aller Wahrscheinlichkeit nach im dritten Stock befand. Und Höhe betrachtete ich ebenfalls als Pluspunkt.

Seltsam, nicht wahr? Mir war immer noch nicht langweilig an Tag 4. Man sollte meinen, es würde den Verstand in den Wahnsinn treiben, allein in einem verschlossenen

Raum herumzusitzen, doch ein solches Schicksal blieb mir erspart. Meine ersten beiden Tage in Gefangenschaft verbrachte ich auf der Straße, und aus irgendeinem gigantischen Versehen oder einer massiven Fehleinschätzung heraus benutzte mein Kidnapper für seine Tat einen einfachen Transporter mit getönten Seitenscheiben. So konnte zwar niemand hinein-, aber ich hinausspähen, was es mir ermöglichte, unsere Route nachzuverfolgen und sie ins Logbuch meines Gedächtnisses einzutragen, mitsamt allen nützlichen oder unnützen Details. Die Aufgabe, wie sich die gewonnenen Daten bestmöglich auf die unauslöschliche Festplatte meines Langzeitgedächtnisses übertragen ließen, beschäftigte mich tagelang.

Wenn man mich heute, siebzehn Jahre später, fragen würde, welche Blumen entlang der Ausfahrt 33 wuchsen, könnte ich antworten: Gänseblümchen, durchmischt mit einer kräftigen Portion Wiesen-Habichtskraut. Ich könnte den Himmel beschreiben, sein dunstiges Blaugrau, das nach und nach in ein schmutziges Schlammbraun überging, und die plötzlichen Wetterveränderungen, zum Beispiel das Gewitter, das genau zwei Minuten und vierundzwanzig Sekunden, nachdem wir an den Blumen vorbeigekommen waren, ausbrach, woraufhin aus der schwarzen Wolkenmasse über uns ein Frühlingshagel auf die Straße herunterprasselte. Ich könnte die erbsengroßen Eiskörner schildern, die meinen Kidnapper zwangen, unter einer Brücke zu halten, dreimal laut »Scheiße« zu sagen, eine Zigarette zu rauchen, die Kippe nach draußen zu schnipsen und die Fahrt dann fortzusetzen, drei Minuten und sechs Sekunden nachdem das erste Hagelkorn auf die Kühlerhaube des unseligen Transporters gefallen war. Ich schnitt die achtundvierzig Stunden Fahrt damals zu einem detaillierten Film zusammen, den ich Tag für Tag abspielte, um jede Minute, jede Sekunde, jedes Einzelbild akribisch zu analysieren und auf Anhaltspunkte und Pluspunkte zu prüfen.

Die Seitenfenster des Transporters und meine sitzende Position, aus der heraus ich mühelos nach draußen blicken konnte, ließen nur eine Schlussfolgerung zu: Der Vollstrecker meiner Entführung musste ein einfältiger Affe auf Autopilot sein, eine menschliche Drohne. Zumal ich bequem auf einem Sessel thronte, der mit Schraubbolzen am Boden des Transporters befestigt war. Es verwundert nicht, dass er zwar häufig über meine rutschende Augenbinde murrte, aber zu faul oder zu zerstreut war, den Stofflappen richtig zuzubinden, weshalb ich unsere Fahrtrichtung mithilfe der vorbeirauschenden Anhaltspunkte ermitteln konnte: Westen.

In der ersten Nacht schlief er vier Stunden und achtzehn Minuten. Ich schlief zwei Stunden und sechs Minuten. Nach zwei Tagen und einer Nacht nahmen wir die Ausfahrt 74. An die demütigenden Toilettenpausen auf verwaisten Rastplätzen möchte ich lieber nicht zurückdenken.

Als wir langsam in die Ausfahrt einbogen, beschloss ich, von nun an sorgsam in Sechzigerschritten die Minuten zu zählen, wobei ich den Platzhalter »Mississippi« benutzte, damit jede Zählzeit exakt einer Sekunde entsprach. *Ein Mississippi, zwei Mississippi, drei Mississippi ...* 10,2 mal sechzig Mississippis später kam der Transporter mit stotterndem Motor schlingernd zum Stehen. *Unser Ziel ist also 10 Minuten und 12 Sekunden vom Highway entfernt.* Über den oberen Rand meiner schlaffen Augenbinde hinwegspähend erkannte ich eine Wiese, die in graues Dämmerlicht getaucht war, durchzogen von einer weißen Vollmondschneise. Die hängenden Zweige eines Baums schmiegten sich um den Transporter. *Eine Weide. Wie bei Nana. Aber das hier ist nicht Nanas Haus.*

Er geht seitlich am Transporter entlang. Er kommt mich holen. Offenbar muss ich raus aus dem Transporter. Ich will nicht raus.

Als mit einem lauten, metallischen Schrammen die Schiebetür aufglitt, zuckte ich zusammen. *Wir sind da. Offenbar sind wir angekommen. Wir sind angekommen.* Mein Herz schlug im rasenden Takt eines flatternden Kolibris. *Wir sind da.* Entlang meines Haaransatzes sammelte sich Schweiß. *Wir sind da.* Meine Arme spannten sich an, und meine Schultern versteiften sich zu einer geraden Linie, die mit meiner Wirbelsäule ein T bildete. *Wir sind da.* Mein Herz pochte jetzt so heftig, dass ich mich nicht gewundert hätte, wenn es ein Erdbeben oder einen Tsunami ausgelöst hätte.

Eine ländliche Brise umstrich mich, als habe sie sich an meinem Kidnapper vorbeigedrängt, um mich zu trösten. Eine flüchtige Sekunde lang wurde ich von ihrer kühlen Liebkosung umhüllt, doch seine bedrohliche Anwesenheit vertrieb den Zauber sofort wieder. Durch die Augenbinde, die meinen Blick halb versperrte, war mein Geiselnehmer teilweise vor mir verborgen, und dennoch spürte ich, wie er zögernd dastand und mich anstarrte. *Was siehst du in mir? Bin ich nur ein junges Mädchen, das im Laderaum deines Scheißtransporters mit Klebeband an einen Sessel gefesselt ist? Ist das Normalität für dich, du elender Dreckskerl?*

»Du schreist und weinst und bettelst nicht wie die anderen«, sagte er und klang, als hätte ihn gerade nach tagelanger Grübelei eine Erleuchtung ereilt.

Ich drehte meinen Kopf ruckartig in seine Richtung, wie eine Besessene, eine Bewegung, mit der ich ihn verunsichern wollte. Ob es mir gelang, weiß ich nicht, aber ich glaube, er wich ein kleines Stück zurück.

»Würdest du dich besser fühlen, wenn ich es täte?«, fragte ich.

»Halt die Fresse, du verrückte kleine Schlampe. Es geht mir am Arsch vorbei, was ihr blöden Flittchen macht«, erwiderte er laut und schnell, als wollte er sich seine eigene Machtposition in Erinnerung rufen. Aus seiner erhobenen Stimme schloss ich, dass wir allein waren, wo auch immer wir uns befanden. *Kein gutes Zeichen. Er kann hier offenbar in aller Ruhe herumbrüllen. Wir sind unter uns. Nur er und ich.*

Am Ruckeln des Transporters erkannte ich, dass er sich am Türrahmen festhielt und ins Innere des Wagens stieg. Dabei ächzte er vor Anstrengung, und ich registrierte seinen schwerfälligen Raucheratem. *Du wertloses, fettes Schwein.* Schatten und verschwommene Umrisse kamen auf mich zu, ein silberglänzender scharfer Gegenstand in seiner Hand blitzte im Licht der Deckenbeleuchtung auf. Jetzt roch ich ihn auch, seinen Schweißgeruch, den Gestank eines seit drei Tagen ungewaschenen Körpers. Sein Atem schwappte wie eine übelriechende Suppe durch die Luft. Ich zuckte zurück, drehte den Kopf zum getönten Fenster und verschloss meine Nasenlöcher, indem ich die Luft anhielt.

Er schnitt das Klebeband durch, das meine Arme mit dem verschraubten Sessel verbunden hatte, und stülpte mir eine Papiertüte über den Kopf. *Ah, du Stinktier, ist dir also aufgegangen, dass die Augenbinde nicht funktioniert.*

Nachdem ich mich gerade halbwegs mit meinem fahrenden Sessel und dem Unheil arrangiert hatte, das über mich hereingebrochen war, hatte ich nun keine Ahnung, was mich erwartete. Dennoch protestierte ich nicht dagegen, dass er mich aus dem Transporter schob. Ich vermutete, dass er mich zu einem Farmgebäude brachte, denn in der Luft lag der Geruch von grasenden Kühen. Aus den hohen Halmen, die gegen meine Beine klatschten, schlussfolgerte ich, dass wir zunächst eine Heuwiese oder ein Weizenfeld durchquerten.

Die Nachtluft von Tag 2 kühlte mir die Arme und die Brust, selbst durch meinen gefütterten schwarzen Regenmantel hindurch. Trotz der Papiertüte und des herunterhängenden Tuchs drang ein wenig Mondlicht zu mir herein. Mit der Waffe meines Kidnappers am Rücken stolperte ich wie eine Mondsüchtige voran, und so wateten wir sechzig Zählzeiten lang durch die kniehohen Halme amerikanischen Getreides. Ich machte hohe Schritte, um mein stummes Zählen zu unterstreichen, während er nach Gangsterart hinterherschlurfte, eine aus zwei Personen bestehende Parade: *eins, raschel, zwei, raschel, drei, raschel, vier.*

Ich verglich meinen sorgenvollen Marsch mit dem von Seefahrern, die über die Planke gehen mussten, und dachte über meinen ersten Pluspunkt nach: *fester Boden unter den Füßen.* Dann veränderte sich das Gelände plötzlich, und das schwache Mondlicht verschwand. Der Boden federte ein wenig unter meinen unnötig hohen, schweren Schritten, und aus dem trockenen Staub, der um meine nackten Fußknöchel stob, schloss ich, dass wir uns auf einem Pfad aus loser Erde befanden. Äste zerkratzten mir auf beiden Seiten die Arme.

Kein Licht + kein Gras + Pfad aus Erde + Bäume = Wald. Oje, das ist gar nicht gut.

Die Pulsader an meinem Hals und mein Herzschlag schienen in unterschiedlichen Rhythmen zu pulsieren, als mir der Nachrichtenbeitrag zu einem anderen jungen Mädchen einfiel, das man irgendwo in einem weit entfernten Bundesstaat im Wald gefunden hatte. Wie weit weg mir ihre tragische Geschichte damals vorgekommen war, meiner Wirklichkeit vollkommen entrückt. Ihre Hände waren abgetrennt gewesen, ihre Unschuld befleckt, ihre Leiche nur notdürftig verscharrt. Am schlimmsten waren die Anzeichen dafür, dass sich Kojoten und Pumas an ihr gütlich getan hatten, umflattert von Fledermäusen mit teuflischen Augen und Nachteulen mit schwermütigem Blick. *Hör auf ... zähl weiter ... vergiss nicht zu zählen ... verzähl dich nicht ... konzentrier dich ...*

Doch meine schrecklichen Gedanken sorgten dafür, dass ich nicht mehr wusste, wo ich stehen geblieben war. *Ich habe mich verzählt!* Ich verdrängte mein Entsetzen, sog einen Schwall Luft ein, beruhigte den Kolibri in meiner Brust, genau wie es mir mein Vater bei unseren gemeinsamen Unterrichtsstunden in Jiu Jitsu und Tai Chi beigebracht hatte und wie es auch in den medizinischen Lehrbüchern stand, die ich in meinem Labor in unserem Keller aufbewahrte.

Aufgrund meines kurzen Panikanfalls beim Betreten des Waldes addierte ich drei Sekunden hinzu, und nach einer Sechziger-Zähleinheit im Wald betraten wir schlitternd kurzes Gras und wurden erneut vom unbekümmerten Licht des Mondes beschienen. *Das muss eine Lichtung sein. Nein, keine Lichtung. Oder doch? Ich spüre Asphalt. Warum haben wir nicht gleich hier geparkt? Fester Boden, fester Boden, fester Boden.*

Wir betraten wieder eine Rasenfläche und blieben dann stehen. Schlüssel klapperten, eine Tür wurde geöffnet. Bevor ich die Zahlen vergaß, errechnete ich die Gesamtzeit, die wir vom Transporter zur Tür gebraucht hatten, und speicherte sie ab: *zwei Minuten, sechs Sekunden zu Fuß.*

Wegen der Papiertüte konnte ich das Äußere des Gebäudes nicht sehen, stellte mir jedoch ein weißes Farmhaus vor. Mein Kidnapper schob mich ins Innere und sofort eine Treppe hinauf. *Erster Treppenabsatz, zweiter Treppenabsatz*... Nachdem wir insgesamt drei Treppen erklommen hatten, machten wir eine Fünfundvierzig-Grad-Drehung nach links, gingen drei Schritte und blieben erneut stehen. Schlüssel klapperten. Ein Riegel wurde aufgeschoben, ein Schloss klickte, eine Tür knarrte. Er zog mir die Papiertüte und die Augenbinde ab und stieß mich in mein Gefängnis, ein Fünfundzwanzig-Quadratmeter-Zimmer ohne Ausweg.

Der Raum wurde vom Mond erhellt, der durch ein hohes, rechteckiges Fenster rechts der Tür hereinschien. Ganz hinten an der Wand ruhte eine französische Matratze auf einer Untermatratze, die wiederum direkt auf dem Boden lag. Eigenartigerweise war sie umgeben von einem hölzernen Bettgestell mit Seitenteilen, Latten und Querverstrebungen. Es sah aus, als wäre jemandem die Energie ausgegangen, das Gestell zusammenzubauen, oder als hätte er den Lattenrost vergessen, auf dem Matratze und Untermatratze aufliegen sollten. So wirkte das Bett wie eine Leinwand, die noch nicht befestigt worden war und stattdessen schief in ihrem Bilderrahmen hing. Eine weiße Baumwolltagesdecke, ein Kissen und eine rote gestrickte Decke bildeten das Bettzeug der improvisierten Schlafstätte. Darüber verliefen drei freiliegende Deckenbalken parallel zur Tür: einer direkt über der Türschwelle, der zweite in der Mitte des rechteckigen Zimmers und der dritte über dem Bett. Die Decke war so hoch, dass man sich problemlos an den Balken hätte aufhängen können – wenn man es gewollt hätte. Sonst war da nichts. Der Raum war gespenstisch sauber, gespenstisch karg, und nur ein leises Zischen war zu hören. Selbst ein Mönch hätte sich inmitten dieser Leere nackt und bloß gefühlt.

Ich ging direkt zu der Matratze auf dem Boden, während mein Geiselnehmer mich auf einen Eimer hinwies, in den ich »pinkeln oder scheißen« solle, wenn ich nachts auf die Toilette müsse. Nachdem er gegangen war, pulsierte der Mond, als ließe auch er erleichtert die Luft aus seiner galaktischen Lunge entweichen. Der Raum wirkte dadurch heller, und ich ließ mich erschöpft nach hinten fallen und hielt mir selbst eine Standpauke wegen der Achterbahnfahrt meiner Gefühle. *Nach Verlassen des Transporters hast du zuerst Beunruhigung verspürt, dann Hass, dann Erleichterung, dann Angst, dann gar nichts. Werde ausgeglichener, sonst hast du keine Chance gegen ihn.* Wie bei meinen wissenschaftlichen Experimenten brauchte ich auch hier eine Konstante, und die einzige Konstante, die mir zur Verfügung stand, war eine gleichbleibende Distanziertheit, um die ich mich von nun an bemühen wollte. Falls zu ihrer Aufrechterhaltung eine großzügige Prise Verachtung und Hass nötig war, würde ich mich nicht dagegen wehren. Weitere leicht zu bekommende Zutaten waren meine Sinneswahrnehmungen, denn alles, was ich während meiner Gefangenschaft hörte und sah, konnte mir nützlich werden.

Wenn es eine Eigenschaft gibt, die sich während meiner Gefangenschaft verstärkte – ob sie nun das Geschenk einer göttlichen Fügung oder die Anpassung an die stählerne Welt meiner Mutter war, durch Unterweisung meines Vaters in der Kunst der Selbstverteidigung erlernt oder ein natürlicher Instinkt meines Zustands –, dann war es eine misstrauische, kalkulierende, auf Rache sinnende Grundhaltung, die eines großen Kriegsgenerals würdig gewesen wäre.

Diese kühle Gleichmütigkeit war nichts Neues für mich. Schon die Vertrauenslehrerin meiner Grundschule hatte darauf bestanden, dass ich wegen meiner gleichgültigen Reaktionen und meiner offenkundigen Unfähigkeit, Angst zu empfinden, untersucht wurde. Meine Lehrerin störte sich daran, dass ich nicht wie alle anderen Kinder geheult, gezittert, gekreischt oder gebrüllt hatte, als in der ersten Klasse ein Amokschütze in unser Klassenzimmer gestürmt war und um sich geschossen hatte. Stattdessen zeigten die Aufnahmen der Überwachungskamera, dass ich die ruckartigen, hysterischen Bewegungen des Schützen genauestens beobachtet hatte, den Schweißfilm auf seiner Haut, sein pockennarbiges Gesicht, die geweiteten Pupillen, die hektischen Augenbewegungen, die Einstiche in seinen Armen, seine glücklicherweise ins Leere gehenden Schüsse. Daran erinnere ich mich bis heute. Es war so offensichtlich, was mit ihm los war: Er war high, sprunghaft, auf Acid oder Heroin oder beidem. Ja, diese Symptome kannte ich, ich hatte davon gelesen. Hinter dem Lehrerpult hing unterhalb des Feuermelders ein Megafon für Notfälle, und dorthin begab ich mich nun. Bevor ich den Feueralarm auslöste, rief ich »BOMBENANGRIFF« ins Megafon, mit so tiefer Stimme, wie es mir mit meinen sechs Jahren möglich war. Der Junkie warf sich auf den Boden und kauerte dort in einer Lache seines eigenen Urins, weil er sich vor Angst in die Hose gemacht hatte.

Das Überwachungsvideo, das eine Beurteilung meiner Psyche dringend erforderlich erscheinen ließ, zeigte meine Klassenkameraden, wie sie sich brüllend zusammendrängten, meine Klassenlehrerin, wie sie kniend um Gottes Hilfe flehte, und mich, auf einem Hocker stehend, wie ich das Megafon auf Hüfthöhe hielt und alles überragte, als würde ich das Durcheinander dirigieren. Mein bezopfter Kopf war leicht zur Seite geneigt, meine Hand mit dem Megafon ruhte auf meinem runden Bauch – der Babyspeck war noch nicht ganz verschwunden –, die andere Hand hatte ich zum Kinn erhoben, und das kaum merkliche Grinsen auf meinen Lippen passte zu dem Leuchten in meinen Augen, weil die Polizei gerade eingetroffen war und sich auf den Übeltäter stürzte.

Gleichwohl teilte der Kinderpsychiater meinen Eltern nach einer Reihe von Untersuchungen mit, dass ich durchaus in der Lage sei, Gefühle zu empfinden, jedoch außergewöhnlich gut darin sei, Ablenkungen und unproduktive Gedanken auszublenden. »Im Hirnscan kam heraus, dass ihr Frontallappen, der für logisches Denken und strategische Planung zuständig ist, überdurchschnittlich groß ist«, sagte er. »Sie hat keine dissoziale Störung, denn sie weiß, was Gefühle sind und kann sie empfinden, wenn sie sich dazu entschließt. Sie kann sich jedoch, anders als die meisten Menschen, auch bewusst dagegen entscheiden. Ihre Tochter hat mir verraten, dass sie einen inneren Schalter besitzt, den sie jederzeit umlegen kann, um Gefühle wie Freude, Angst oder Liebe zu spüren – oder eben nicht.« Er räusperte sich, bevor er fortfuhr: »Ich gebe zu, dass ich es noch nie mit einer solchen Patientin zu tun hatte, aber man braucht sich nur Einstein anzusehen, um zu verstehen, wie wenig wir über die Grenzen des menschlichen Gehirns wissen. Manche behaupten, wir hätten bisher erst einen kleinen Bruchteil unseres Potenzials ausgeschöpft, und ihre Tochter ... nun ja, sie hat sich ein neues Gebiet erschlossen. Ob das nun Fluch oder Segen ist, kann ich nicht sagen.«

Weder meine Eltern noch der Psychiater hatten bemerkt, dass ich durch den Türspalt seines Büros gelauscht hatte. Natürlich hatte ich jedes Wort auf der Festplatte meines Gedächtnisses abgespeichert.

Das mit dem inneren Schalter entspricht größtenteils der Wahrheit, auch wenn es vielleicht ein wenig vereinfacht dargestellt ist. Es ist mehr so etwas wie eine Wegkreuzung, vor der ich stehe, eine Wahlmöglichkeit. Aber weil geistige Prozesse nun einmal schwer zu erklären sind, habe ich das Bild mit dem Schalter gewählt. Wenigstens hatte ich das Glück, an einen so guten Arzt geraten zu sein. Er hörte mir zu, ohne zu urteilen, und glaubte mir ohne jede Skepsis. Und er besaß den tiefen Glauben, dass es noch unergründete medizinische Geheimnisse gibt. An dem Tag, an dem er die Behandlung für beendet erklärte, legte ich jedenfalls einen Schalter um und umarmte ihn dankbar.

Danach stand ich noch einige Wochen unter Beobachtung und wurde schriftlich evaluiert, bevor mich meine Eltern in die sogenannte Normalität zurückschubsten. Ich ging wieder ganz normal in die erste Klasse und durfte mir in unserem Keller ein Labor einrichten.

An Tag 3 – dem ersten Tag außerhalb des Transporters – begannen wir, eine tägliche Routine zu entwickeln. Drei Mahlzeiten pro Tag, von meinem Kerkermeister auf dem verhassten Porzellanteller serviert, dazu Milch in einem weißen Becher und eine kleine Tasse Wasser, die er anschließend noch einmal auffüllte. Nach jeder Mahlzeit holte er das Tablett mit dem leeren Teller, dem Becher und der Tasse wieder ab und ermahnte mich, nur zu klopfen, wenn ich auf die Toilette müsse. Wenn er nicht rechtzeitig darauf reagiere, solle ich »den Eimer benutzen«. Ich habe den Eimer während meiner ganzen Gefangenschaft nicht benutzt. Jedenfalls nicht, um mich darin zu erleichtern.

Hin und wieder wurde unser täglicher Ablauf von Besuchern unterbrochen, für die mir mein Geiselnehmer tatsächlich ordentlich die Augen verband. Daher konnte ich zum damaligen Zeitpunkt noch nicht ihre vollständige Identität ermitteln, doch nach dem, was an Tag 17 vorfiel, machte ich mich daran, sämtliche Einzelheiten zu ihren Personen zu katalogisieren, um mich später nicht nur an meinem Kidnapper, sondern auch an den Besuchern meiner Gefängniszelle rächen zu können. Was ich mit den Frauen aus der Küche machen sollte, wusste ich nicht. Aber ich will nicht vorgreifen.

Mein erster Besucher kam an Tag 3. Mit Sicherheit ein Mediziner, er hatte kalte Finger. Ich verpasste ihm den Namen »Der Arzt«. Mein zweiter Besucher kam an Tag 4, in Begleitung von dem Arzt, der erklärte: »Ihr Zustand ist gut, in Anbetracht der Umstände.« Mit gedämpfter Stimme fragte der zweite Besucher: »Das ist sie also?« Ich nannte ihn »Mr Offensichtlich«.

Bevor die beiden an Tag 4 wieder gingen, riet Der Arzt meinem Kerkermeister, dafür zu sorgen, dass ich mich nicht aufregte, und mir möglichst viel Ruhe zu gönnen. Doch nichts geschah, was mir hätte Ruhe und Frieden verschaffen können, bis ich am Abend von Tag 4 um Pluspunkte #14, #15 und #16 bat.

Als das Tageslicht schwächer zu werden begann, knarrten die Dielen. Durch Pluspunkt #8, das Schlüsselloch, stellte ich fest: Es gab Abendessen. Mein Geiselnehmer öffnete die Tür und reichte mir das Tablett mit dem gemusterten Teller, dem Milchbecher und der Wassertasse. *Schon wieder Quiche und Brot.*

»Hier.«

»Danke.«

»Mehr Wasser?«

»Ja, bitte.«

Die Tür wurde abgeschlossen, die Rohre knackten, das Wasser lief, er kehrte zurück: mehr Wasser. *Warum, warum, warum tut er das?*

Er wandte sich zum Gehen.

Den Kopf auf die Brust gelegt und mit so viel Unterwürfigkeit in der Stimme, wie ich es gerade noch ertrug, sagte ich: »Entschuldigen Sie, aber ich kann nicht richtig schlafen, und vielleicht ist das ja nicht gut für das ... Na ja, jedenfalls würde es bestimmt helfen, wenn ich fernsehen oder Radio hören dürfte, oder lesen oder sogar zeichnen ... wenn ich einen Bleistift und ein bisschen Papier bekommen könnte?«

Ich machte mich darauf gefasst, dass er mit einer unwirschen Schimpftirade auf so viel Anmaßung reagierte, womöglich sogar mit körperlicher Gewalt.

Er starrte mich so lange an, bis ich wegsah, knurrte und ging dann, ohne meine Bitte zu kommentieren.

Ungefähr eine Dreiviertelstunde später hörte ich das mittlerweile vertraute Knarren der Dielen. Vermutlich war er zurückgekommen, um meinen Teller, meinen Becher und die Tasse einzusammeln, wie er es jeden Abend tat. Doch als er die Tür öffnete, sah ich, dass er vor seiner breiten Brust einen kleinen alten Fernseher und ein etwa dreißig Zentimeter langes Flohmarktradio trug und sich einen Schreibblock und ein Plastikmäppchen unter den linken Arm geklemmt hatte. Das Mäppchen war rosa und mit zwei Pferden bedruckt, ein Gegenstand, wie ihn eigentlich nur Schulkinder verwendeten. Ich fragte mich, ob ich mich in einem Schulgebäude befand. *Falls ja, wird es wohl inzwischen nicht mehr als Schule genutzt.*

»Verlang ja nicht noch mehr Zeug«, knurrte er, riss schwungvoll mein Tablett vom Bett und brachte dadurch den leeren Teller und die Tassen zum Klirren. Beim Hinausgehen knallte er die Tür zu. Lärm. Unangenehmer Lärm.

Ich zügelte meine Erwartungen und machte den Reißverschluss des rosa Mäppchens auf, in der Annahme, einen einsamen Bleistiftstumpf darin vorzufinden.

Unglaublich: nicht nur zwei nagelneue Bleistifte, sondern auch ein Lineal und ein Spitzer. Auf dem schwarzen Spitzer stand die Zahl 15. Ich nahm den wertvollen Gegenstand sofort in meine Bilanz auf und verpasste ihm die Bezeichnung »Pluspunkt #15«, vor allem der darin enthaltenen Klinge. *Pluspunkt #15 bringt bereits sein eigenes Etikett mit.* Ich musste lächeln bei dem skurrilen Gedanken, der Spitzer habe sich eigenmächtig meiner Armee angeschlossen, ein treuer Soldat, der sich zum Dienst meldete. Die Zahl 15, beschloss ich, sollte zumindest einen Teil des Namens für meinen Fluchtplan bilden.

Um meinem Kidnapper das Gefühl zu geben, ich wüsste seine Mühe zu schätzen, steckte ich Pluspunkt #14, das Fernsehgerät, in die Steckdose und tat so, als würde ich fernsehen. Natürlich war mir das Ego dieses Bastards vollkommen egal, doch mit solchen Tricks ließ sich der Feind mit all seinen Schwächen und Unsicherheiten einlullen und in Sicherheit wiegen, bis es an der Zeit war, die Falle zuschnappen zu lassen und mit flinker, tödlicher Hand zuzuschlagen. Na ja, vielleicht nicht ganz so flink, sondern lieber genüsslich hinauszögernd. *Er soll leiden, zumindest ein klein wenig.* Ich löste den Henkel vom Eimer und benutzte seine spitzen Enden als Schraubenzieher.

Nicht ein Geschöpf im Haus oder auf den umliegenden Wiesen war in jener Nacht wacher als ich. Selbst der Mond schrumpfte zu einem dämmrigen Splitter zusammen, während ich die ganze Nacht 4 durcharbeitete.

Mein Kerkermeister bemerkte die subtile Veränderung meiner Gefängniszelle nicht, als er an Tag 5 mein Frühstück brachte, erneut auf dem abstoßenden Porzellanteller. Beim Mittagessen verkniff ich mir ein Kichern, als er fragte, ob ich mehr Wasser haben wollte.

»Ja, bitte.«

Er hatte keine Ahnung, was ihm bevorstand oder wie weit ich zu gehen bereit war, um ihm meine Vorstellung von Gerechtigkeit einzubrennen.

Es ist mir egal, was damals in den Nachrichten behauptet wurde. Ich bin nicht von zu Hause abgehauen. Natürlich nicht. Warum hätte ich abhauen sollen? Es stimmt schon, dass meine Eltern sauer auf mich waren. Sie waren sogar stinksauer, aber sie hätten mich unterstützt. Schließlich bin ich ihr einziges Kind.

»Du bist so eine gute Schülerin. Was soll denn jetzt aus deinem Abschluss werden?«, hatte mein Vater gefragt.

Als die beiden beim Arzt erfuhren, dass ich meinen Zustand sieben Monate lang vor ihnen verheimlicht hatte, fielen sie aus allen Wolken.

»Wie kann sie im siebten Monat schwanger sein?«, wollte Mutter von dem Gynäkologen wissen. Der Ungläubigkeit in ihrer Stimme nach zu urteilen, hätte man meinen können, mir wäre mein Zustand nicht anzusehen gewesen.

Dabei hatte ich nicht einfach nur »ein wenig zugenommen«, sondern unterhalb meiner anschwellenden Brüste einen kugelrunden Babybauch bekommen. Beschämt über ihren Selbstbetrug ließ Mutter den Kopf hängen und fing an zu schluchzen. Mein Vater legte ihr hilflos eine Hand auf den Rücken, unsicher, wie er sie, die sonst kaum je eine Träne vergoss, trösten sollte. Der Arzt betrachtete mich stirnrunzelnd, doch sein Blick war nicht unfreundlich. Er wechselte das Thema und kam auf die unmittelbare Zukunft zu sprechen. »Sie muss nächste Woche noch einmal für die entsprechenden Untersuchungen wiederkommen. Bitte lassen Sie sich am Empfang einen Termin geben.«

Wenn ich damals doch nur gewusst hätte, was ich heute weiß, dann wäre ich aufmerksamer gewesen und hätte die warnenden Hinweise beizeiten durchschaut. Stattdessen war ich zu sehr mit der Enttäuschung meiner Eltern beschäftigt, um die Verschlagenheit hinter dem stechenden Blick der Empfangsdame zu bemerken. Heute hingegen erinnere ich mich daran, weil ich diese und andere Informationen damals unbewusst abgespeichert habe. Als wir uns der weißhaarigen Dame mit dem straffen Knoten, den grünen Augen und den rosa gepuderten Wangen näherten, richtete sie das Wort an meine Mutter.

»Was hat der Arzt gesagt, wann sie wiederkommen soll?«, fragte sie.

»Nächste Woche«, antwortete meine Mutter.

Mein Vater ragte hinter ihr auf, schob seinen Kopf über ihre Schulter und umschloss ihre Beine mit seinen. Die beiden sahen aus wie ein zweiköpfiger Drache.

Mutter fummelte mit der einen Hand an ihrer Handtasche herum und öffnete und schloss ihre andere Hand um einen nicht existenten Anti-Stress-Ball auf Höhe ihres Oberschenkels.

Die Empfangsdame warf einen prüfenden Blick in den Terminkalender der Praxis. »Wie wäre es nächsten Dienstag um zwei? Ach, warten Sie, da ist sie noch in der Schule, oder? Prospect High?«

Mutter hasst unnötige Dialoge. Normalerweise hätte sie die irrelevante Frage nach meiner Highschool ignoriert oder sogar mit einem abfälligen Lächeln quittiert. Vielleicht hätte sie mit einer beißenden Gegenfrage gekontert: »Ist das wirklich wichtig, auf welche Schule sie geht?« Sie ist ein ungeduldiger Mensch und bringt keinerlei Verständnis für Dummheit oder Personen auf, die ihre Zeit vergeuden. Übellaunig, hocheffizient, eigen, methodisch und herablassend – diese Eigenschaften sind ihr Handwerkszeug, denn sie ist Prozessanwältin. Doch an jenem Tag war sie nur eine verzweifelte Mutter und beantwortete hastig die Frage, während sie ebenfalls durch ihren Terminkalender blätterte.

»Ja, genau, Prospect High. Wie wäre es um halb vier?«

»Gut, dann trage ich sie für halb vier ein, nächste Woche Dienstag.«

»Vielen Dank.« Mutter hörte längst nur noch mit halbem Ohr zu und schob mich und meinen Vater eilig aus der Praxis.

Die Empfangsdame beäugte unseren Abgang, und ich beäugte sie und dachte, dass sie uns vermutlich deshalb so anstarrte, weil sie Details über die »beklagenswerte« Teenagerschwangerschaft in dieser »stadtbekannten Familie« sammelte, um hinterher im Ort darüber tratschen zu können.

Sie kannte unsere Adresse natürlich aus den Praxisunterlagen und hatte außerdem gerade erfahren, dass ich nicht auf eine der örtlichen Privatschulen ging, sondern auf die staatliche Highschool, die nur einen Häuserblock von uns entfernt lag. Daraus schloss sie wiederum korrekterweise, dass ich zu Fuß zur Schule ging, entlang einer dicht bewaldeten Landstraße. Ich war das perfekte Ziel für diese Kundschafterin, ein eingepacktes Geschenk mit Schleife. Sobald wir aus der Praxis waren, muss sie die weiteren Ereignisse in Gang gesetzt haben. Vielleicht trügt mich meine Erinnerung, aber ich bilde mir ein, ich hätte sie mit ihren halb zusammengekniffenen, kühl kalkulierenden Augen und ihrer gerümpften Hakennase nach dem Telefon greifen und die Hand vor die rosa geschminkten Lippen legen sehen, während sie alles in die Wege leitete.

Mutter hätte meine fortgeschrittene Schwangerschaft mit Sicherheit deutlich früher bemerkt, wenn sie in den vorangegangenen drei Monaten nicht für einen Prozess im Süden New Yorks gewesen wäre. Als sie in dieser Zeit einmal ein Wochenende nach Hause kam, sorgte ich dafür, dass ich »mit einer Freundin zum Skifahren in Vermont« weilte. An einem anderen Wochenende besuchte mein Vater sie mit dem Zug, während ich unbeaufsichtigt, aber vermeintlich zuverlässig zu Hause blieb, um meine Hausaufgaben zu machen und in meinem Kellerlabor Experimente durchzuführen.

Damit kein falscher Eindruck entsteht: Meine Mutter liebt ihre Familie durchaus. Dennoch wussten mein Vater und ich, dass es besser war, sie in Ruhe zu lassen, wenn sie sich im »Prozess-Modus« befand, einem kriegerischen Zustand, in dem sie einen Tunnelblick entwickelte und nur noch ein Ziel kannte: den jeweiligen Prozess zu gewinnen, was ihr in 99,8 Prozent der Fälle gelang. Eine gute Quote. Die Konzerne, die sie verteidigte, liebten sie. Die Kläger hassten sie. Für die Untersuchungskommissionen des Justizministeriums, der Börsenaufsichtsbehörde, des Kartellamts und der Bundesanwaltschaft war sie »die Inkarnation des Bösen«. Die liberale Presse schmähte sie regelmäßig, was ihr Portfolio nur noch vergrößerte und ihren Ruf als Regenmacherin festigte. »Niederträchtig«, »unerbittlich«, »rastlos«, »rücksichtslose Intrigantin« – das waren die Prädikate, mit denen man sie bedachte. Sie vergrößerte und rahmte diese Beleidigungen als Wandschmuck für ihr Büro. Ist sie wirklich niederträchtig? Ich persönlich finde sie eher nachgiebig.

Mein Vater hätte mich niemals auf mein zunehmendes Gewicht angesprochen, weil er Details nur bei winzigen, nicht feststellbaren Dingen wie Quarks und Protonen wahrnimmt. Nach seiner Zeit bei der Navy wurde er Physiker und spezialisierte sich auf medizinische Strahlung. Zum damaligen Zeitpunkt arbeitete er gerade fieberhaft an einer Auftragsstudie über die Behandlung von Brustkrebs mittels radioaktiver Ballons. Ich erinnere mich, dass auch er von einer Art Tunnelblick befallen war. Meine Mutter im Prozess-Modus und mein Vater im Abgabestress – durch diese Verkettung unglücklicher Umstände, die zu völliger elterlicher Abwesenheit führten, blieb mein Zustand ihren gehetzten Existenzen verborgen. Aber hier geht es nicht um Schuldzuweisungen, sondern um die Realität. Ich habe mich selbst in diese Situation gebracht, wenn auch natürlich nicht ganz allein. Und ich habe das, was viele einen »Fehler« nennen würden, nie bereut.

Auf der Fahrt von der Praxis nach Hause saß ich schweigend auf der Rückbank, solange ich konnte. Meine Eltern hielten auf Fahrer- und Beifahrersitz Händchen und trösteten sich gegenseitig, ohne einander die Schuld zuzuschieben. Ich nahm an, dass meine Mutter von mütterlichen Gewissensbissen geplagt wurde, und versuchte ihr daher zu versichern, dass ihr berufliches Engagement nichts mit meiner misslichen Lage zu tun hatte. »Mom, ich habe das alles nicht geplant, aber es wäre auch passiert, wenn du zu Hause gewesen wärst und jeden Tag Brownies gebacken hättest, glaub mir. Bei Latexkondomen beträgt die Ausfallquote 0,2 Prozent, und na ja ...« Ich hielt inne, weil mein Vater merklich zusammenzuckte, und redete dann trotzdem weiter – schließlich ist er Wissenschaftler. »Die Biologie findet immer ihren Weg, selbst bei der geringsten Wahrscheinlichkeit. Ich bin weiterhin eine Einserschülerin, nehme keine Drogen und werde die Schule beenden. Dafür brauche ich nur ein bisschen Hilfe von euch.«

Wie erwartet bombardierten sie mich mit einer Litanei aus Belehrungen: wie sehr ich sie doch enttäuscht hätte, wie schlecht ich auf diese Verantwortung vorbereitet sei, wie schwer ich mir das Leben zu einem Zeitpunkt gemacht hätte, da ich eigentlich meine Kindheit hätte genießen sollen, mich allmählich darauf hätte konzentrieren müssen, das richtige College zu finden.

»Ich verstehe einfach nicht, warum du nicht früher zu mir gekommen bist – und warum du dich ausgerechnet auf diese Weise offenbart hast. Das ... das will nicht in meinen Kopf«, sagte Mutter, deren Blick matt und finster war und eine depressive Grundstimmung verriet, die ich noch nie bei ihr erlebt hatte. Sie hatte recht, die Art und Weise, wie ich ihr schließlich meine Schwangerschaft vorgeführt hatte, war ein wenig ... nun ja, krass gewesen. Aber ich will nicht vorgreifen.

Jedes Mal, wenn sie wissen wollte, warum ich es ihr nicht schon früher erzählt hatte, blieb ich ihr die Antwort schuldig, weil mir offen gestanden keine zufriedenstellende Erklärung einfiel. Wenn man es wie ich gewohnt ist, sich nicht von Gefühlen leiten zu lassen, richtet man sich allein nach der Faktenlage und nach praktischen Überlegungen, und ich hatte es für wenig zielführend gehalten, Mutter bei ihrem Prozess zu unterbrechen. Mir ist klar, dass das schwer nachzuvollziehen ist. Vielleicht kann meine Geschichte dazu beitragen, meine Denkweise zu erklären – auch mir selbst. Meine Taten und Versäumnisse.

»Wir lieben dich natürlich trotzdem, sehr sogar. Wir stehen das durch. Wir stehen das gemeinsam durch«, sagte Mutter. Dieses Mantra – »Wir stehen das durch« – wiederholte sie murmelnd immer wieder, während sie sich in den darauffolgenden Tagen zu überlegtem Handeln zwang. Sie beruhigte sich allmählich und kehrte in ihren sicheren Hafen zurück: akribische Planung. Als Erstes rief sie in ihrer Kanzlei an und verkündete, erst am folgenden Montag wieder zur Arbeit zu erscheinen. Sie stellte die nötigen pränatalen Vitamine für mich zusammen und verwandelte die Bibliothek in ein Kinderzimmer. Ich tat, was immer sie mir sagte, erleichtert und dankbar für ihre Unterstützung. In freien Momenten, wenn ich probeweise meinen Angstschalter umlegte, wurde ich halb wahnsinnig vor Panik.

Am Montag nach dem Besuch beim Gynäkologen, einen Tag vor meinem nächsten Termin, schlüpfte ich in meinen gefütterten schwarzen Regenmantel und schnappte mir einen Schirm, bevor ich zur Schule aufbrach. Mein Rucksack war vollgestopft mit Büchern, einer Stretch-Hose, einem Sport-BH, Socken und frischer Unterwäsche, meiner Ausrüstung für eine Yogastunde nach der Schule, für die ich nicht offiziell angemeldet war. Dieses kleine Detail war noch von der monatelangen unfreiwilligen Irreführung meiner Eltern übrig, und ich hatte es auch in den letzten Tagen versäumt, ihnen davon zu erzählen. An den Yogastunden nahm ich auf Anraten eines Ratgebers für werdende

Mütter teil, den ich in der Bücherei hatte mitgehen lassen. Für jeden, der nichts davon wusste, musste es so aussehen, als hätte ich einen Satz Wechselkleidung mitgenommen.

Jedenfalls hängte ich mir meinen schweren Rucksack über die Schulter und ging gekrümmt zur Haustür hinaus, wo ich noch einmal stehen blieb. *Mist, ich habe die Reißnägel und das Haarfärbemittel für den Kunstunterricht vergessen. Und meinen Proviant für die Mittagspause. Am besten nehme ich gleich die doppelte Portion mit, damit ich beim Yoga nicht umkippe.* Ohne die Tür hinter mir zu schließen, ging ich noch einmal in die Küche zurück, schnappte mir die Reißnägel – eine Großpackung aus den Beständen der Kanzlei meiner Mutter – und das Haarfärbemittel und verstaute beides in meinem Rucksack, den ich auf dem Hackblock unserer Kücheninsel abgestellt hatte. Dann schmierte ich mir vier Brote mit Erdnussbutter und Marmelade, packte sie ebenfalls in den Rucksack und stopfte dann, weil ich keine Zeit zum Abfüllen hatte, eine ganze Dose Erdnüsse, ein Bündel Bananen und eine Zweiliterflasche Wasser dazu. Wer sich darüber wundert, soll selbst mal mit sechzehn schwanger sein, dann weiß er, was Heißhunger ist.

Mit dem zum Bersten gefüllten Rucksack auf dem Rücken und meiner vorstehenden Körpermitte sah ich aus wie ein schlecht gemaltes Strichmännchen mit Kugelbauch. Durch das Gewicht aus dem Gleichgewicht gebracht, machte ich mich schlingernd auf den Weg und ging unsere Kieseinfahrt entlang zur Straße. Aus irgendeinem unerfindlichen Grund blieb ich am Briefkasten noch einmal stehen und blickte auf unser Haus zurück, ein braunes, von einem Kiefernwäldchen eingerahmtes Gebäude mit Mansarddach. Rote Haustür. Ich glaube, ich wollte nachsehen, ob die Autos meiner Eltern beide weg waren, und mich so vergewissern, dass sie an ihre Arbeitsplätze zurückgekehrt waren. Vielleicht tröstete mich der Gedanke, dass sie trotz des ganzen Aufruhrs ihren gewöhnlichen Alltag wieder aufgenommen hatten.

Am Ende der Einfahrt stand ich vor der Wahl, ob ich links oder rechts abbiegen wollte: Links ging es zum Hintereingang der Schule, rechts zum Vordereingang, beide lagen etwa gleich weit entfernt. Ich hatte einmal die Zeit gestoppt. Bog ich links ab, brauchte ich drei Minuten und dreißig Sekunden von Tür zu Tür, nahm ich den rechten Weg, waren es drei Minuten und achtundvierzig Sekunden. Die Entscheidung hing von meiner jeweiligen Tageslaune ab. An diesem Montag traf meine Laune die falsche Entscheidung.

Ich bog rechts ab und marschierte unter meinem schwarzen Regenschirm in Fahrtrichtung die Straße entlang. Dicke Regentropfen prasselten auf den Schirm und den Boden um meine Füße, als hätte gerade ein Luftangriff eingesetzt oder als sei der Amokschütze zurückgekehrt. Jedes Mal, wenn ich ein trommelndes Geräusch wie dieses höre, fühle ich mich in die erste Klasse zurückversetzt, deshalb dachte ich natürlich auch jetzt an Alarmglocken und Polizisten, die sich im Kollektiv auf einen Amokschützen warfen. Ich war also abgelenkt und in grausige Erinnerungen versunken, weshalb mir nicht auffiel, dass der nasse, harte, grau-getönte Morgen ein Vorspiel war, ein unheilvoller Vorbote.

Wäre ich links abgebogen, hätte er mit dem Transporter nicht direkt neben mir halten und mich überrumpeln können. Er hätte zu viel Aufsehen erregt, zumal ich mich nur etwa fünf Sekunden lang auf einem nicht einsehbaren

Straßenabschnitt befunden hätte. Aber sie hatten wohl damit gerechnet, dass ich den rechten Weg nahm. Es war alles genau geplant, sogar trainiert, glaube ich. Damals dachten sie wohl noch, ich wäre den Aufwand wert. Eine gesunde, blonde junge Frau mit einem gesunden Jungen im Bauch. Ein typisches amerikanisches Mädchen, hochbegabt, aus einer wohlhabenden Familie, mit der Aussicht auf eine aufsehenerregende wissenschaftliche Karriere. Ich hatte bereits Preise gewonnen für meine zukunftsweisenden Experimente, Beweise, Modellversuche und Protokolle. Seit ich sechs Jahre alt war, nahm ich jeden Sommer an Jungforscher-Camps und ganzjährig an Wettbewerben teil. Mithilfe meiner Eltern hatte ich mir im Keller ein Labor mit hochmoderner Ausstattung eingerichtet. Ein handelsübliches Mikroskop wäre mir niemals ins Haus gekommen. Mein Equipment stammte aus Katalogen, über die auch die großen Universitäten und internationalen Pharmakonzerne ihre Bestellungen tätigten. Ich analysierte, vermaß, zählte, kalkulierte auf allen Feldern. Ob es nun Physik, Chemie, Medizin oder Mikrobiologie war, ich liebte jede Beschäftigung, die Einordnung und Vergleiche erforderlich machte, Berechnungen und beweisbare Theorien. Ich war eingebettet in dieses Hobby, verwöhnt von beschäftigten Eltern mit zu viel Geld. Dass ich das Elite-College Massachusetts Institute of Technology besuchen würde, war eine ausgemachte Sache. *Mein Baby und ich sind anscheinend sehr wertvoll*, dachte ich nach der Entführung. Zu meiner großen Bestürzung erfuhr ich jedoch bald die nackte Wahrheit: Es ging weder um Intelligenz noch um Lösegeld.

Ich war auf meinem morgendlichen Schulweg etwa zwanzig Schritte weit gekommen, als neben mir ein weinroter Transporter auftauchte, genau in dem Moment, als es donnerte. Die Schiebetür glitt auf, und ein dickbäuchiger Mann zog mich von links ins Innere des Wagens. So einfach, so schnell. Er warf mich auf einen Sessel, der am geriffelten Metallboden des Transporters verschraubt war, und hielt mir seine Waffe so dicht vors Gesicht, dass der Stahl meine Zähne berührte. Es schmeckte, wie wenn man versehentlich beim Essen auf die Gabel beißt, ein penetranter, metallischer Geschmack. Ein Auto rauschte vorbei und spritzte Wasser auf den Gehweg, nichts ahnend von meiner Notlage. Instinktiv verschränkte ich die Arme vor meinem Bauch. Sein Blick folgte meiner Bewegung, und er richtete den Lauf seiner Waffe auf meinen Bauchnabel.

»Wenn du dich bewegst, jage ich eine verdammte Kugel in dein Baby.«

Zu völliger Reglosigkeit erstarrt, keuchte ich und bekam keine Luft mehr. Mir blieb sogar kurzzeitig das wild klopfende Herz stehen. Ich bin sonst nicht leicht zu erschüttern, und nur ein ernsthafter Schock kann mich aufrütteln und in Panik versetzen. Während meiner Gefangenschaft gelang es mir meist, diese Schwäche zu unterdrücken, doch im Transporter schwächten mich die Gefühle, die in mir aufwallten, und ich saß wie gelähmt da, als er meinen Oberkörper nach vorn stieß, mir den Rucksack von den Schultern riss und ihn auf den Boden neben meinen offenen Regenschirm warf. Er legte die Waffe auf einem olivgrünen Ofen ab, der an der gegenüberliegenden Wand des Transporters mit Spanngurten befestigt war, bevor er mir die Arme vom Bauch zerrte und meine Handgelenke mit Klebeband am Sessel befestigte. Aus irgendeinem unerfindlichen Grund, hinter den ich noch nicht gekommen bin, verband er mir mit einem schmuddeligen Lappen die Augen. *Aber ich habe dein Gesicht doch schon gesehen. Deine schwarzen Glotzaugen, dein verquollenes Gesicht mit den ungepflegten Bartstoppeln und der schlechten Haut.*

Es ging alles so schnell. Ich wurde entführt, weil ich den Fehler machte, rechts abzubiegen. Der Angriff erfolgte von links.

Er klappte den Schirm zu, warf ihn in den hinteren Teil des Transporters, nahm seine Waffe und ging gekrümmt nach vorn zum Fahrersitz. Das alles sah ich zwar nicht, spürte oder hörte es jedoch, durch kleinste Luftbewegungen an meiner Haut, durch Mikro-Dezibel, die an meine Ohren drangen. Es sind diese subatomaren Teilchen, die heute meine Erinnerung bevölkern und dort ihre Kreise ziehen.

»Wohin bringen Sie mich?«, rief ich nach vorne.

Er antwortete nicht.

»Wie viel Geld wollen Sie? Meine Eltern zahlen auf jeden Fall. Bitte lassen Sie mich gehen.«

»Wir wollen dein Geld nicht, du Schlampe. Du wirst für uns dein Baby zur Welt bringen, und danach werfe ich dich zum Rest von euch nutzlosen Mädchen in den Steinbruch. Und jetzt halt deine verdammte Klappe, sonst lege ich dich auf der Stelle um, das schwöre ich. Ich kann keine Schereien gebrauchen, verstanden?«

Ich schwieg.

»Hast du mich verdammt noch mal verstanden?!«

»Ja.«

Das waren die Fakten. Ich stellte meinen Fuß auf den Rucksack, damit er nicht davonrutschte.

KAPITEL ZWEI

Special Agent Roger Lui

Ich war seit fünfzehn Jahren beim FBI, als Fallnummer 332578 vergeben wurde, für den Fall Dorothy M. Salucci. Kindesentführungen sind mein Schicksal – was für ein elendes Leben. Was Dorothy M. Salucci angeht: Von allen Fällen meiner Laufbahn ist ihrer bis heute am schwersten zu verkraften. Letzten Endes habe ich wegen ihr meinen Dienst beim FBI quittiert. Fünfzehn Jahre Hölle waren genug.

Aber ich erzähle wohl besser von vorn.

Am 1. März 1993 erhielt ich einen Anruf bezüglich einer schwangeren Schülerin, die vor ihrer Highschool gekidnappt worden war. Der Fall passte ins Muster einiger anderer Fälle, an denen ich im Laufe des letzten Jahres gearbeitet hatte: schwangerer Teenager, verheiratete Eltern, im sechsten bis achten Monat, hellhäutig. Die Schwierigkeit bei diesen Fällen besteht in der anfänglichen Fehleinschätzung, das Kind sei von zu Hause weggelaufen. Statistisch gesehen laufen jährlich unglaubliche 1,3 Millionen Teenager von zu Hause weg, ein hoher Prozentsatz davon wegen ungewollter Schwangerschaften. Diese Statistik führt dazu, dass Zeit vergeudet wird, entscheidende Beweise verloren gehen und die polizeilichen Bemühungen innerhalb weniger Tage nachlassen.

Im Fall Dorothy M. Salucci waren sich ihr Freund und ihre verheirateten und offenbar sehr verständnisvollen Eltern sicher, dass Dorothy nicht davongelaufen war. Ich erstellte ein Profil des Mädchens, studierte ihr Foto, vermerkte ihre blonden Haare, ihre außergewöhnlich guten Schulnoten – sie galt als hochbegabt –, befragte die Familie und den Freund und beschloss, dass dieser Fall meine volle Aufmerksamkeit verdiente.

Am ersten Tag der Ermittlungen begann ich gegen zehn Uhr vormittags mit den Befragungen und der Untersuchung vor Ort. Seit der Entführung war zu diesem Zeitpunkt leider schon ein ganzer Tag vergangen. Das Szenario sah folgendermaßen aus: Eltern kommen von der Arbeit nach Hause ⇨ Kind ist nicht da ⇨ sie rufen die Polizei an ⇨ suchen die ganze Nacht ⇨ rufen sämtliche Freunde ihrer Tochter an ⇨ am nächsten Morgen ist sie immer noch nicht zurück ⇨ das FBI wird alarmiert ⇨ der Fall landet auf meinem Schreibtisch.

Ich nahm also zusammen mit der örtlichen Polizei und meiner Partnerin die ganze Schule auseinander und suchte nach Zeugen, die am Morgen von Dorothys Verschwinden möglicherweise irgendetwas beobachtet hatten. Dass es am Morgen passiert war, wussten wir, weil ihr Vater uns erzählt hatte, er habe Dorothy geweckt, bevor er zur Arbeit aufgebrochen sei. Der Direktor der Schule meldete uns, dass sie nicht zum Unterricht erschienen sei, worüber man aufgrund einer Verwechslung jedoch nicht die Eltern informiert habe. Man schob sich gegenseitig die Schuld zu. Es gab Hinweise darauf, dass Dorothy zu Hause gefrühstückt hatte, ihr Auto stand in der Garage. Im Übrigen bestätigten die Kollegen ihres Vaters und auch die Überwachungskamera seiner Firma, dass er um 7.32 Uhr zur Arbeit erschienen war. Er hatte gelassen und normal gewirkt. Ich hegte keinerlei Verdacht gegen den Vater.

Auch die Firma der Mutter bestätigte ihre pünktliche Ankunft, nämlich laut dem Wachmann, bei dem sich alle Mitarbeiter an- und abmeldeten, um 6.59 Uhr. Videoaufnahmen von der Mutter bei McDonald's, wo sie sich auf der Fahrt zur Arbeit einen Kaffee geholt hatte, zeigten eine völlig normale Drive-in-Abwicklung. Meine Partnerin und ich analysierten die Bänder und sahen, wie Dorothys Mutter während des Wartens auf ihren Kaffee ein Lied vor sich hin summte, im Rückspiegel ihren Lippenstift nachzog und seelenruhig ihren Tagträumen nachhing. Auch die Mutter stand für mich nicht unter Verdacht.

Dorothys Freund erzählte auf der Polizeiwache schluchzend von seiner unsterblichen Liebe zu Dorothy und dem gemeinsamen ungeborenen Kind. Seine Mutter beharrte darauf, ihn um kurz vor halb neun an der Schule abgesetzt zu haben, was seine Klassenlehrerin bestätigte: Sie erinnere sich, dass er mit dem letzten Klingeln die Tür des Klassenzimmers hinter sich zugemacht habe. Ich hegte keinen Verdacht gegen den Freund und unterstellte seiner Mutter auch keine Lüge, ließ die beiden jedoch trotzdem eine Zeit lang beobachten.

Im Zuge unserer Untersuchung vor Ort tauchten zwei Hinweise auf. Die Polizei fand einen schwarzen Converse-Turnschuh, der etwa zwanzig Meter von Dorothys Haus entfernt eine Straßenböschung hinuntergerollt und in einem Gebüsch gelandet war. Ihre Eltern bestätigten uns, dass der Schuh ihr gehört hatte, indem sie beim Anblick der offenen Schnürsenkel in lautes Wehklagen ausbrachen. Der zweite Hinweis stammte von einer Mutter, die ihre Tochter am Morgen der Entführung zur Schule gebracht hatte. Ich werde ihren genauen Wortlaut niemals vergessen: »Ich erinnere mich, dass ich einen weinroten Transporter am Straßenrand gesehen habe. Ja, er war eindeutig weinrot ... Zu dem Zeitpunkt habe ich mir nichts dabei gedacht, aber mir ist gleich das Nummernschild aus Indiana aufgefallen, und zwar deshalb, weil darüber ›Hoosier State‹ stand und ich noch am Abend zuvor mit meinem Mann über den Film *Freiwurf* gesprochen hatte, in dem es um die Basketballmannschaft Hoosiers geht. Nur deshalb ist mir der Transporter überhaupt aufgefallen. Göttliche Fügung, würde ich sagen.« Sie bekreuzigte sich.

Die Worte *Göttliche Fügung* hallten noch lange in mir nach, weshalb ich sie auf den Rand meines getippten Berichts kritzelte.

Einen Tag später, nachdem wir Dutzende Fotos von infrage kommenden Transportern zusammengestellt hatten, identifizierte die Hoosier-Frau einen Chevrolet G20 Baujahr 1989, in der Trans-Vista-Ausstattung mit getönten Seitenscheiben. Alle diese Umstände – die Verzögerung, bis ich endlich benachrichtigt wurde, die Identifizierung des Schuhs, die Befragung der Eltern und des Freundes, das Nachprüfen ihrer Alibis, das Durchleuchten der Schule, die Befragung der Hoosier-Frau, das Zusammenstellen von Fotos möglicher Transporter und das erneute Befragen der Frau zur Identifizierung des Fahrzeugs – sorgten dafür, dass wir erst drei Tage nach der Entführung die Verfolgung aufnehmen konnten. Mit anderen Worten: Wir hinkten dem Entführer drei Tage hinterher.

Dorothys Eltern gingen zu sämtlichen Nachrichtenmedien in der Drei-Staaten-Region und wandten sich auch an die überregionalen Sender. Doch am dritten Tag war die Story nicht mehr brisant genug. Am fünften Tag kürzte mir die Zentrale die finanziellen Mittel für die Überwachung, und meine Partnerin, die weiterhin mit mir an dem Fall arbeitete, wurde unter Druck gesetzt, sie solle liegen gebliebene Formalitäten zu alten, ungeklärten Fällen aufarbeiten. Die Chancen standen schlecht für Dorothy M. Salucci.

KAPITEL DREI

Tage 16–17 in Gefangenschaft

Tag 16: Die Küchenfrauen waren wieder da. Ich stellte mir eine Bauernküche vor, mit gelb-grün geblümten Stoffen, die an hölzerne Arbeitstische gepinnt die darunter auf provisorischen Regalbrettern gestapelten Töpfe und Pfannen verdeckten. Dazu hatte ich einen alten weißen Küchenherd und einen klassischen Mixer in Apfelgrün vor Augen. Ich sah zwei Frauen aus verschiedenen Generationen vor mir, die meine Mahlzeiten kochten und ihre mehlverkrusteten Hände an roten Schürzen mit rosa Paspeln abwischten. Was ihre Biografien anging, hatte ich sehr konkrete Vorstellungen: Die eine war die Mutter, die andere ihre erwachsene Tochter, und beide verdienten ihr Geld damit, auch für andere Menschen aus der Gegend zu kochen. Bestimmt kochten sie gern für mich in dieser Küche mit der hohen Decke. Dass die Küche eine hohe Decke haben musste, schloss ich daraus, dass die meisten Küchen im Erdgeschoss liegen, wir jedoch drei Treppen hinaufgestiegen waren, um zu meiner Gefängniszelle zu gelangen, die sich den Geräuschen nach zu urteilen direkt über der Küche befand. All dies entsprang natürlich nur meiner Fantasie, und es schockierte mich später, wie recht ich mit manchen Dingen hatte und wie unrecht mit anderem. Aus heutiger Sicht ziehe ich es vor, mich so an die Küche und ihre schemenhaften

Köchinnen zu erinnern, wie ich sie mir vorgestellt habe: ein liebliches Kinderlied, eine Katze, die sich auf einem bunten Webteppich sonnte, und rundliche Frauen mit breitem Lächeln, die ihre Holzlöffel schwangen und der Katze Reste hinwarfen. Dazu noch ein Folksong, auf einer Akustikgitarre gespielt, der den Raum mit geschäftiger Fröhlichkeit erfüllte. Vielleicht sogar ein Vogel, der auf einer geöffneten Tür saß und vor sich hin zwitscherte.

Um noch einmal darauf zurückzukommen: Wie bereits erwähnt, bemerkte mein Kidnapper die subtilen Veränderungen in meinem Zimmer nicht, als er an Tag 5 auftauchte, um mir unwirsch das Frühstück hinzustellen. Ich hatte die ganze Nacht gearbeitet und in der Nacht zuvor ebenfalls nicht geschlafen. Seither arbeitete ich unermüdlich daran, meinen Plan zum Erfolg zu führen.

An Tag 16 tauchte er, genau wie schon an Tag 9, früher auf als an den übrigen Tagen, schlich sich an mein Bett und schüttelte mich, bis ich »aufwachte«. Natürlich hatte ich nur so getan, als würde ich schlafen und als hätte ich nicht die ganze Nacht gearbeitet. Er ließ den teuflischen Teller neben meine Brust fallen und bellte, dass ich »jetzt sofort« gehen solle, falls ich »aufs Scheißhaus« müsse. Er drohte, er werde hereinkommen und mich erwürgen, falls ich mich vor Mittag auch nur einen Zentimeter vom Fleck bewegen oder »einen einzigen Pieps« von mir geben würde. »Euch Mädchen gibt es wie Sand am Meer. Wegen dir gehe ich ganz sicher kein Risiko ein, du Schlampe.«

Dir auch einen guten Morgen, Arschloch.

Ich nahm sein Angebot, auf die Toilette zu gehen, an, weil ich beschlossen hatte, alles anzunehmen, was er mir offerierte. Auf keinen Fall wollte ich eine Gelegenheit auslassen, an Pluspunkte oder wertvolles Wissen zu gelangen.

Außerdem hatte ich sein Angebot an Tag 9 ebenfalls angenommen, und ich wollte keine Änderungen der Routine, die sich zwischen uns eingestellt hatte. Schon die kleinste Abweichung konnte meine mühsam gesammelten und sortierten Pluspunkte und meinen immer mehr Gestalt annehmenden Flucht- und Racheplan gefährden, der zum damaligen Zeitpunkt noch schlicht »15« hieß. Jede Abzweigung vom eingeschlagenen Pfad hätte tödlich enden können. Der Tod war zwar durchaus Teil meines Plans, aber nicht mich würde er ereilen.

Nachdem mein Geiselnehmer mich eilig zur Toilette gebracht hatte, damit ich mich erleichtern konnte, führte er mich in meine Zelle zurück und stellte den Eimer neben mich aufs Bett, genau wie er es an Tag 9 getan hatte.

Dann stieß er mir seinen Finger ins Gesicht und befahl: »Benutz den Eimer, aber benutz ihn auf dem Bett, wenn du pinkeln muss. Steh nicht auf.«

Zum Glück hatte ich den Henkel zehn Minuten vor seiner Ankunft wieder am Eimer befestigt.

Während die Hitze des Backofens zu mir heraufstieg, begannen die Küchenfrauen, den Mixer zu bedienen, genau wie sie es an Tag 9 getan hatten. Das Geräusch surrte mich eine volle Stunde lang in einen beinahe hypnotischen Zustand. Ich rieb mir mit den Handflächen den stetig wachsenden Bauch, fasziniert von den Reaktionen des Babys, das mal mit einer Ferse, mal mit einer Faust antwortete. *Baby, Baby, ich liebe dich, mein Baby.* Dann fing der Boden an zu vibrieren, was von einem leisen Brummen begleitet wurde. Ich vermutete, dass beides von der Deckenlüftung der Küche ausging. Die Lüftung brachte Gerüche nach gebratenem Hähnchen, Speck, Brownies, Rosmarin und – was mir am besten gefiel – frischem Brot mit sich.

Ihr Frauen, wisst ihr eigentlich, dass ihr für mich kocht? Wisst ihr, dass ich ein junges Mädchen bin und entführt wurde? Ich glaubte es nicht. Wozu sonst das frühmorgendliche Theater meines Kidnappers? Zumal ich sein schleimiges Röcheln und seine erregten Schritte vor meiner Tür hörte, wo er wie ein Raubtier hin und her strich, mein nervöser Wächter. Das tat er nur an den Tagen, an denen die Küchenfrauen kamen. An allen übrigen Tagen wusste ich nicht, wo er seine Zeit verbrachte, wenn er mir nicht gerade mein Essen hinschleuderte oder den verfluchten Teller wieder abholte. Dennoch führten gewisse Umstände dazu, dass ich den Küchenfrauen misstraute.

Ihre Stimmen drangen nur gedämpft an meine gespitzten Ohren. Ich schnappte einige Wörter auf, zum Beispiel »Hand« und »Pfanne«. Ihre weiblichen Stimmen, die eine rau und alt, die andere leicht und fröhlich, verrieten eine kleine Hierarchie; es war eindeutig, dass eine der Frauen die andere herumkommandierte.

Bisher bestand das Muster der Küchenfrauen darin, dass sie jeden siebten Tag kamen, was durchaus logisch war. Indem ich die Gerüche und die Abfolge der Mahlzeiten studierte, gelangte ich mühelos zu der Theorie, dass sie jeden Dienstag meine Mahlzeiten für die darauffolgende Woche vorkochten.

Am Morgen von Tag 16 hätte ich beinahe um Hilfe gerufen. Aber vorher brauchte ich weitere Beweise dafür, dass die Küchenfrauen unschuldig waren, weshalb ich mit Pluspunkt #11, Geduld, darauf lauerte, sie besser beurteilen zu können. Ich war mir unsicher, wie tief sie in der Sache drinsteckten, weil ich nicht verstand, warum er mich an den Tagen, an denen sie im Haus waren, nicht fesselte und knebelte. *Vielleicht liegt es, wie schon im Transporter, da-*

ran, dass er dumm oder faul ist, oder beides. Zweifel hatte ich auch deshalb, weil er die Frauen an Tag 9 mit den Worten begrüßte: »Uns schmeckt Ihr Essen wirklich gut.« *Uns? Die Frauen wissen also, dass da noch jemand ist? Hier in diesem Zimmer?* Mir wurde klar, dass diese Personen die Mahlzeiten gekocht hatten, die ich während meiner ersten Woche in Gefangenschaft vorgesetzt bekommen hatte. Ich stellte mir eine Zeitachse vor und errechnete die Tage zwischen den Eckpunkten:

Tag 2: Küchenfrauen kochen das Essen für die erste Woche, während ich noch im Transporter bin
+ 7 Tage
Tag 9: Küchenfrauen
+ 7 Tage
Tag 16: Küchenfrauen

Jetzt konnte ich um diesen vorhersehbaren Zyklus herumplanen.

Als mein Kerkermeister die Frauen an Tag 16 begrüßte, sagte er: »Vielen Dank, wir freuen uns sehr über das tolle Essen.« Dieses Mal begleitete er seine Worte mit einem gekünstelten Lachen. *Unaufrichtiges Arschloch.* Ich dachte an meine Mutter. Ihre Verachtung für unechte Menschen war noch größer als ihre Verachtung für faule Menschen. Wenn sie bei Kuchenverkäufen in der Schule auf die stark geschminkten, blondierten Mütter aus dem Elternbeirat traf, die mit ihren Pfennigabsätzen und Caprihosen durch die Turnhalle stöckelten und über die Affären des heißen jungen Sportlehrers mit gleich mehreren von ihnen tuschelten, beugte sich meine Mutter zu mir herüber und sagte: »Werde bloß nie wie diese hohlen Idiotinnen. Benutze dein Gehirn lieber auf produktive Weise und vergeude deine Zeit nicht mit Klatsch und Tratsch.« Und wenn ihr diese Damen ein »Hallo« entgegensäuselten, kurz darauf jedoch Blicke tauschten, die ihre Herablassung verrieten, ignorierte meine Mutter sie einfach, drückte ihren ohnehin kerzengeraden Rücken noch ein wenig mehr durch und strich ihr gutsitzendes Prada-Jäckchen glatt. Es war, als bewohnten sie und ich unsere eigene Welt, in die keine einzige unwürdige Person eindringen konnte. Ich finde, dass alle kleinen Mädchen so aufwachsen sollten, versorgt mit einer Riesendosis Selbstwertgefühl.

Die Küchenfrauen kicherten, und ihre plötzlich mädchenhaften, höheren Stimmen verrieten, dass sie sich vom falschen Charme und den Komplimenten meines Kidnappers geschmeichelt fühlten. *Jetzt machst du auf Prince Charming, du elendes, lügendes Stück Scheiße. Ich werde dich umbringen.* Obwohl ich ihm durchaus recht geben musste: Die Quiche war köstlich und das Brot süß und weich, mit der perfekten Mischung aus Rosmarin und Salz.

Aber ich schweife ab.

Wie gesagt: Ich hatte meine Zweifel bezüglich der Küchenfrauen und daher nicht vor, übereilt zu handeln und mein Pulver vorzeitig zu verschießen. Keine Zahlen, keine gesammelten Daten, keine Berechnungen und ganz sicher keine Vergleichstests rechtfertigten einen solchen Versuch.

Mein Zögern wurde noch dadurch verstärkt, dass ich mich um die Akustik sorgte. Ihre Stimmen drangen zwar zu mir nach oben, aber meine Stimme vielleicht nicht zu ihnen nach unten, zumal, wenn der Mixer und die Lüftung liefen. Wenn meine Schreie nicht rechtzeitig bei ihnen ankamen, würde mein Kerkermeister bestimmt ins Zimmer stürmen und mich zum Schweigen bringen. *Ich muss nicht nur diese Frauen auf die Probe stellen, sondern auch die Schalldämmung dieses Raums.* Mit den Füßen auf den Boden zu stampfen könnte ebenfalls einen Versuch wert sein, aber vielleicht gingen die Frauen einfach davon aus, dass er den Lärm machte, und reagierten nicht schnell genug. Ich konnte stampfen und schreien und es ihnen unmöglich machen, mich, seine Gefangene, zu ignorieren. Doch selbst wenn sie mich hörten – wir befanden uns allem Anschein nach in einer abgeschiedenen Gegend. Wenn die Frauen den Lärm bemerkten und sich daranmachten, mir zu helfen, könnte er sie kurzerhand erschießen und »in den Steinbruch werfen«. Ich musste also erst noch weitere Fakten sammeln. *Die Küchenfrauen einschätzen, die Akustik prüfen und sicherstellen, dass er die Frauen nicht umbringen kann, bevor Hilfe eintrifft.*

All diese Überlegungen führten schließlich dazu, dass ich meinen Plan mit dem Namen »15« ohne die Beteiligung der Küchenfrauen konzipierte. Ich glaube, die meisten Menschen in meiner Lage hätten es darauf ankommen lassen, hätten um Hilfe geschrien und auf den Boden getrommelt, und es kann durchaus sein, dass sie früher gerettet worden wären. Aber in meinem Plan durften keine Eventualitäten unberücksichtigt bleiben. *»15« wird idiotensicher sein und über mehrere doppelte Böden verfügen. Ich werde mich nicht auf einen einzigen trügerischen »Todesstoß« verlassen oder auf die Möglichkeit, dass jemand anders mir hilft, jemand, der vielleicht dabei draufgeht. Das hier wird kein Hollywoodfilm nach dem immer gleichen Muster.*

An Tag 17 kehrten die Besucher zurück: Der Arzt, Mr Offensichtlich und eine weitere Person. Sie warteten um genau 13.03 Uhr vor meiner Tür, laut Pluspunkt #16, meinem Radiowecker, den ich anhand der Zeitansage während der Abendnachrichten auf Pluspunkt #14, dem Fernseher, gestellt hatte. Acht Minuten vor ihrem Eintreffen zog mir mein Kidnapper einen Kissenbezug über den Kopf, raffte die Enden um meinen Hals herum zusammen und knotete einen langen Schal darum, um den Bezug zu fixieren. Die Fransen des Schals hingen auf Handhöhe, und ich zwirbelte sie mit den Fingern, um meine Nerven zu beruhigen. Mit einer Schere und seinen schmuddeligen Händen riss er einen Spalt in den Bezug, als Luftloch, vermute ich. Dann band er meine Arme über meinem Kopf zusammen, wie die Scheren eines Hummers, gefolgt von meinen Beinen, die er ebenfalls fest zusammenzurrte.

»Halt still und beweg dich nicht. Nicht sprechen.«

Er ging.

Als er schon nach drei Sechziger-Einheiten zurückkam, hatte er Den Arzt und Mr Offensichtlich im Schlepptau. Dieses Mal wurden sie von einer Frau begleitet, die zuerst das Wort ergriff.

»Das ist sie?«, fragte sie.

Ja, »das ist sie«. Was hat dir mein Geschlecht verraten, mein dicker Bauch oder meine riesigen Titten, du Genie? Ich verpasste ihr den Namen »Mrs Offensichtlich«, auch wenn es etwas voreilig war, davon auszugehen, dass sie mit Mr Offensichtlich verheiratet war. Selbst wenn diese Verbrecher mich nicht entführt und vorgehabt hätten, mir mein Baby wegzunehmen, hätte meine Mutter sie und ihre dämlichen, sinnlosen Fragen gehasst. Umso mehr Grund hatte ich, sie zu hassen.

»Wir wollen es sehen«, sagte die Frau.

Mein Herz flatterte, der Kolibri kehrte zurück, doch

ich beruhigte mich routiniert durch die Atemtechnik, die ich beim Tai Chi gelernt hatte. Dann hörte ich plötzlich das scheußlichste Geräusch, das man sich nur vorstellen kann. Der Boden jenseits der Zimmertür knarrte so laut, als würden die breiten Kieferndielen durchbrechen. Der Lärm rührte von Metallrollen her, auf denen offenbar etwas Schweres hereingefahren wurde. Niemand sagte ein Wort. Der schwere Gegenstand knallte gegen den Türpfosten. Nachdem er wackelnd den Türrahmen passiert hatte und noch ein Stück weitergerollt war, brachte man ihn am Kopfende meines Betts zum Stehen. Ein Kabel oder Seil schleifte neben mir über den Boden.

Das Lied im Radio verlor an Dynamik. Es folgte ein kurzes Schweigen. Dann ertönte ein kratzendes Geräusch auf Höhe der Steckdose zu meinen Füßen. *Offenbar brauchen sie Strom.* Mit einem Zischen erwachte der schwere Gegenstand, den sie hereingerollt hatten, zum Leben und fing an zu brummen. *Es muss sich um ein elektronisches Gerät handeln.*

»Am besten warten wir ein paar Minuten, bis es warmgelaufen ist«, sagte Der Arzt.

Sie verließen meine Gefängniszelle, um sich auf dem Flur flüsternd miteinander zu unterhalten. Durch den Kissenbezug und das Dröhnen der mysteriösen Maschine schnappte ich nur wenige Wortfetzen auf: »... etwa siebeneinhalb Monate ... zu früh ... blau ... ja, blau ...«

Sie strömten wieder in meine Knastzelle; Schritte näherten sich an den Seiten und am Ende des Betts. Männerhände fummelten an meinen Fußknöcheln herum und banden meine Beine los, dann wurde mir vor dieser Gruppe von Fremden, die ich nicht sehen konnte, die Hose ausgezogen, meine Unterhose entfernt und meine Beine auseinandergerissen. Ich kämpfte mit aller Macht dagegen an, trat den Mann zu meinen Füßen – wer auch immer er war – in seinen weichen Körper. Ich kann nur hoffen, dass ich ihn in der Leistengegend getroffen habe.

»Beine stillhalten, Fräulein, oder ich muss dich sedieren. Ronald, komm bitte her und halt ihre Beine fest«, sagte Der Arzt.

Er darf mich nicht sedieren, ich brauche Beweise. Kaum ließ ich etwas nach, wurde ohne Umschweife, Vorwarnung oder Entschuldigung ein harter, mit einem warmen Gel bestrichener Kunststoffstab in mich eingeführt und bewegte sich in mir.

Der Arzt legte seine eiskalten Spinnenfinger auf meinen Bauch und drückte darauf herum, auf der Suche nach Bewegungen und Körperteilen, genau wie ich es den ganzen Tag in meiner Zelle machte. Nur dass er es aus vollkommen anderen Beweggründen tat. Ihn motivierte finstere Arglist, mich die pure Liebe zu meinem Kind.

»Das hier, diese kleine Krümmung, ist der Penis. Es ist auf jeden Fall ein Junge«, erklärte Der Arzt.

Ein Ultraschallgerät. Ich wünschte mir so sehnlich, mein Baby zu sehen, dass mir Tränen in die Augen schossen und den Bettbezug vor meinem Gesicht durchnässten.

»Hier ist das Herz. Es schlägt kräftig, sehr kräftig. Der Junge ist gesund. Er wiegt derzeit knapp eineinhalb Kilo«, sagte Der Arzt.

Doch das Ehepaar Offensichtlich schien sich nicht für diese wichtigen Details zu interessieren.

»Und Sie sind sich sicher, dass ihre Eltern ebenfalls blaue Augen und blonde Haare haben?«, fragte Mr Offensichtlich.

»Absolut.«

»Und der Vater des Kindes?«

»Wir wissen nicht mit absoluter Sicherheit, wer der Vater ist, aber wir glauben, dass ihr fester Freund auch der Erzeuger ist. Wenn es sich dabei um den jungen Mann handelt, mit dem sie einige Tage vor ihrer Entführung spazieren gegangen ist, dann ist er ebenfalls blond und hat blaue Augen.«

»Ich nehme es nur, wenn es mit blonden Haaren und blauen Augen aus dem Mutterleib kommt. Auf keinen Fall will ich ein fremdländisch aussehendes Baby im Haus haben«, sagte Mrs Offensichtlich und lachte dabei, auch wenn es ihr bitterer Ernst zu sein schien.

»Das ist Ihre Entscheidung. Wir haben eine Warteliste an interessierten Kunden, aber Sie genießen Vorkaufsrecht, vor allem nachdem Sie mit dem letzten Mädchen so viel Pech hatten.«

»Beschaffen Sie mir einfach ein blondes Baby mit blauen Augen«, zischte Mrs Offensichtlich, nachdem Sie ein Glucksen von sich gegeben hatte.

Da der Liebesschalter für mein Baby eindeutig eingeschaltet war, brach es mir das Herz, was ich da hörte. *Er ist gesund. Er ist stark. Er wiegt knapp eineinhalb Kilo. Sie wollen ihn haben. Und wenn sie ihn nicht wollen, nimmt ihn jemand anders. Sein Herz ist stark. Er wiegt knapp eineinhalb Kilo. Sie will kein fremdländisch aussehendes Baby. Sein Herz ist stark.*

Der eben gehörte Dialog festigte nur noch mehr meinen Vorsatz, auch wenn das gar nicht nötig gewesen wäre. Mein Zorn wurde verhärtet, gespornt und gepanzert. Ich glaube, sogar Gott persönlich hätte angesichts meiner Rüstung aus blankem Hass machtlos die himmlischen Hände gehoben und sich ergeben. Mein fester Entschluss, zu fliehen und tödliche Rache zu üben, wurde zu einer unaufhaltsamen Streitmacht. Meine Wut brannte mir die Tränen aus den Augen, und ich nahm mit boshafter Zielstrebigkeit Kurs auf diese nichts ahnenden Schwachköpfe. Nur der Teufel hätte den Versuch gewagt, meine Boshaftigkeit übertrumpfen zu wollen, aber er hätte es nicht geschafft, denn ich wurde selbst zur Teufelin. Nur wenn Satan Mutter gewesen wäre, hätte er eine Chance gehabt, mir das Wasser zu reichen.

Die Menschenansammlung in meiner Gefängniszelle trat nach und nach den Rückzug an. Der Arzt sagte: »Ronald, lass das Gerät einfach hier stehen, dann müssen wir es nicht jedes Mal hin und her rollen. Allerdings sehen wir uns bei dieser Patientin voraussichtlich erst wieder, wenn ihre Fruchtblase platzt. Ruf mich bitte nur, wenn es Probleme gibt.«

Das Zimmer leerte sich bis auf meinen Kerkermeister. *Ronald.*

Augenblicklich kehrte Ruhe ein, Totenstille, bis er auf mich zu schlurfte und den Bettbezug von meinem Kopf entfernte.

Ronald, den ich bei meiner weiteren Erzählung aus mangelndem Respekt möglichst nicht mehr bei diesem Namen nennen werde, band mich los. Für einen kurzen Moment überkam mich ein Gefühl der gelangweilten Vertrautheit, wie wenn Nana nach einem Besuch wieder geht und mich allein mit meinen Eltern zurücklässt. Alles beim Alten, ein einlullendes Gefühl. Doch keine Sorge, der Moment verstrich sofort wieder, und mein unendlicher Hass kehrte zurück, der Hass, den ich brauchte, um planen, fliehen, Rache üben zu können. Ich griff nach meinem Slip und meiner Hose und zog mich wieder an.

Er rollte das Kabel des Ultraschallgeräts zusammen, während ich auf dem Bett saß und ihn anstarrte, die Arme vor der Brust verschränkt. Als er in meine Richtung blickte, blinzelte ich nicht. *Dafür wirst du leiden, Ronald. Richtig, ich kenne jetzt deinen Namen, du Arschloch.* Meine Augen waren keineswegs blau, sondern rot – ein tiefes, blutiges, zorniges Rot.

»Starr mich nicht so an, du verrückte Schlampe.«

»Ja, Sir.« Ich senkte das Kinn, doch meine Augen glühten weiter.

Er verließ das Zimmer.

Ich machte mich wieder an die Arbeit. *Ultraschallgerät (Pluspunkt #21), Verlängerungskabel für das Ultraschallgerät (Pluspunkt #22), Schal mit Fransen (Pluspunkt #23)* ...

KAPITEL VIER

Special Agent Roger Lui

Während meines Studiums an der St. John's University in Queens, New York, war ich in einer Theatergruppe und spielte für ein paar Pennys in den Spätaufführungen von Off-Off-Off-Broadway-nämlich-in-irgendeinem-Hinterhof-am-anderen-Ende-von-Soho-Stücken mit, die von Absolventen der New York University verfasst und auf schlecht beleuchteten Kleinbühnen inszeniert wurden, in der Hoffnung, dass so vielleicht jemand – irgendjemand – auf sie aufmerksam wurde, dass irgendein Spätprogramm-Kritiker über ihre Meisterwerke stolperte.

Amateur-Regisseure besetzten ihre Stücke gern mit mir, weil ich halb-halb bin: vietnamesischer Vater und Mutter aus Rochester, New York. Rein äußerlich bin ich die perfekte asiatisch-amerikanische Mischung, aber innerlich bin ich zu neunundneunzig Prozent Amerikaner – der verbleibende Prozentpunkt ist dem Beharren meines Vaters geschuldet, dass wir einmal im Monat Pho essen.

Durch das Theaterspielen habe ich auch meine Frau Sandra kennengelernt. Sie war genau wie ich in der Theatergruppe der St. John's University und trat als Stand-up-Comedian in Manhattan auf, ebenfalls nach Mitternacht. Nach den Vorlesungen und den Treffen unserer Theatergruppe teilten wir uns meist ein Thunfisch-Sandwich und nahmen den Pendlerzug in die Stadt. Wir waren glücklich, und wir waren verliebt. Mein Hauptfach an der Uni war Strafrecht, was ich nur gewählt hatte, um meine Eltern zufriedenzustellen. Oder vielleicht fügte ich mich unbewusst einem Weg, der schon seit Langem für mich vorherbestimmt war.

Aus Jux oder weil Sandra mich dazu herausforderte oder weil mir vielleicht klar wurde, dass ich einen Job brauchte, um den Lebensunterhalt für mich und meine Freundin, die inzwischen meine Verlobte war, zu bestreiten, bewarb ich mich nach dem Studium beim FBI. Ja, belassen wir es bei einer dieser Erklärungen, um nicht tiefer nach meinen Beweggründen graben zu müssen.

Hätte ich doch nur bei den College-Eignungsprüfungen nicht so gut abgeschnitten und nicht die Bürde eines »außergewöhnlichen Erinnerungsvermögens« geerbt (ich vermute eher, dass ich unter einer abgeschwächten Form des hyperthymestischen Syndroms leide, also einem besonders stark entwickelten episodischen Gedächtnis), was die Entscheidungsträger beim FBI leider eine Meile gegen den Wind rochen. Hätte ich doch nur keine Augen gehabt, die besser waren als die eines Kampfpiloten, und hätte ich mein Studium doch nur schleifen lassen wie andere nächtliche Entertainer und Dramatiker, dann hätten die Feds mich vielleicht wieder vergessen. Vielleicht würde ich mich dann jetzt nicht so schlecht fühlen. Vielleicht wären Sandra und ich glücklicher gewesen, wenn wir weiter ein Dasein im komisch-dramatischen Künstlerelend gefristet hätten.

Aber so war es nicht. Ich landete beim FBI und hatte fünfzehn Jahre später das Gefühl, die Zeit seit meinem Studium wäre aus meinem Leben gesaugt worden und ich wäre seit meinem Einstellungstag in einer Zeitblase eingeschlossen. Das Lachen verschwand fast vollständig aus meinem Alltag.

Wenn die Linse, durch die man die Welt betrachtet, auch eine surreale Perspektive zulässt, sieht man das Leben womöglich, wie es ist: grenzenlos unterhaltsam. Sandra besaß ihre surreale Linse noch und bemitleidete mich weder für meinen verloren gegangenen Humor noch verfluchte sie mich dafür, dem Himmel sei Dank. Stattdessen versuchte sie vergeblich, mich aus meiner düsteren Stimmung zu reißen, indem sie für mich in bunten Farben ausmalte, was ich nicht mehr wahrnahm. »Betrachte es genauer, Schatz, siehst du es denn nicht ...« Dessen ungeachtet befand ich mich nach fünfzehn Jahren im Gestrüpp der Verbrechensbekämpfung nun wieder einmal in einer abgelegenen Polizeidienststelle und durchkämmte verschwindend kleine Hinweise auf die Entführung eines schwangeren Mädchens. Und Sandra war nicht die einzige Frau in meinem Leben. Ich hatte eine Partnerin, die ich hier »Lola« nennen werde, um ihre Identität zu schützen, aus Gründen, die ich später noch darlegen werde.

Bei manchen Fällen gibt es überhaupt keine Hinweise, bei anderen sehr viele, bei wieder anderen gibt es einige wenige gute Hinweise, die zu weiteren führen, und bei einigen Fällen liegt nur ein einziger guter Hinweis vor, aus dem sich unter gewaltigen Mühen etwas machen lässt. Im Fall Dorothy M. Salucci gab es diesen einen guten Hinweis, den Transporter, der uns mit viel Aufwand vielleicht weitere Spuren lieferte. Der Converse-Turnschuh hingegen war im Grunde wertlos, denn wie sollte ich ein Mädchen anhand ihres fehlenden Schuhs aufspüren? Es fanden sich weder Fingerabdrücke noch Blutspritzer des Angreifers daran. Also konzentrierte ich meine ganze Energie darauf, wie ein

Besessener jede Sekunde jedes einzelnen Videobands aus jeder einzelnen Überwachungskamera in Dorothys Heimatstadt, den umliegenden Orten und allen Mautstellen, die vom Tatort wegführten, zu analysieren, sie nach einem flüchtigen Blick auf den Transporter zu durchkämmen.

Am achten Tag meiner Bemühungen entdeckte ich endlich einen weinroten Chevy TransVista Baujahr 1989 mit Indiana-Nummernschild, der sich langsam durch eine Mautstelle schob. Die Hoosier-Frau bestätigte meinen Fund. »Ja, genau, das ist eindeutig der Transporter, den ich gesehen habe«, sagte sie. Daraufhin stellte ich mir in der FBI-Zentrale ein Zwei-Mann-Team zusammen, das die Route des Transporters anhand jeglicher Highway-Kameras, deren Bänder sich beschaffen ließen, nachverfolgen sollte. Unterdessen durchsuchte meine Partnerin, die zwei Dienstgrade unter mir stand und mir daher unterstellt war, das Archiv der Kfz-Meldebehörde von Indiana und förderte vierzehn Zulassungen von auf unsere Beschreibung passenden Chevy TransVistas zwischen den späten Achtzigern und den frühen Neunzigern zutage.

Ich erwähne meinen höheren Dienstgrad nur aus Gründen der Komik, denn meine Partnerin betrachtete diesen als völlig unerheblich und sich selbst als mir und sogar Gott überlegen. Wie bereits erwähnt, werden wir sie einfach »Lola« nennen.

Ob die Zulassungen gelöscht oder noch aktuell waren, aberkannt oder abgelaufen, wir machten uns daran, sämtliche hinterlegten Adressen abzufahren. Diese Aufgabe führte uns kreuz und quer durch den Bundesstaat Indiana, durch Teile von Illinois und Milwaukee und sogar bis nach Ohio, an sämtliche Orte, an denen die Leute gerade ihre Ferien verbrachten, in die sie umgezogen waren oder an denen ihre Transporter durch Verkauf gelandet waren. Sämtliche Fahrzeughalter und aktuellen Besitzer mussten als Täter ausgeschlossen werden, wozu wir sie verhören, ein Charakterprofil von ihnen anlegen, ihre Grundstücke durchsuchen, ihre Körpersprache analysieren und ihre Alibis überprüfen mussten.

Ein Fahrzeughalter war gestorben.

Einer hatte seinen Transporter vor einem Monat durch einen Frontalzusammenstoß mit einem Lkw voller Porsche 911er komplett demoliert. Er zeigte uns den Zeitungsartikel über den Unfall und erklärte abfällig: »Scheiß-Porsches, ich hasse diese Dinger. Wie soll man mit einer dieser winzigen Klapperkisten Gartenabfälle wegfahren oder Kies für seine Einfahrt kaufen?«

Ein Fahrzeughalter weigerte sich zunächst, einer freiwilligen Durchsuchung seiner Ranch zuzustimmen, fügte sich jedoch nach reiflichem Nachdenken und auf den Rat seines Anwalts. Er beeilte sich, einige Topfpflanzen aus dem Weg zu schieben, während wir durch sein Haus gingen. *Dein Marihuana ist mir scheißegal, ich bin hier, um ein gekidnapptes Mädchen zu finden, du Trottel.*

Acht Fahrzeughalter waren ganz normale, typische Besitzer eines Chevy TransVista, und damit meine ich, dass sie vollkommen unverdächtig und beinahe schon wie Klone wirkten, so ähnlich waren sie sich. Vermutlich hatten sie durchaus wichtige Unterscheidungsmerkmale, doch in meinem Ermittlerhirn speicherte ich sie als zusammengehörige Gruppe ab: unschuldige, verheiratete Rentner. Gutherzig noch dazu. Fast alle Ehefrauen weinten, nachdem wir ihnen den Grund unseres Besuchs erklärt hatten, und ein paar der Männer schlugen oder traten gegen die Karosserie ihres Transporters, als wollten sie ihn dafür bestrafen, dass er der Bruder eines Kidnapper-Fahrzeugs war. Während der Befragungen erntete Lola, die sich gern hinter mir aufbaute, viele misstrauische Blicke, die ich so interpretierte: *Muss sie uns wirklich die ganze Zeit so böse anstarren?*

Wie es meistens der Fall ist, war einer der Fahrzeughalter nicht aufzufinden. Er schien keiner festen Arbeit nachzugehen, und auch seine Nachbarn wussten nicht, wohin er verschwunden war. Seine letzte bekannte Adresse befand sich in einer Kleinstadt bei Notre Dame, in einem großen weißen Einfamilienhaus am Ende einer fünfzig Meter langen, von Kiefern gesäumten Schotterzufahrt. Hinter dem Haus ragte auf einer ebenen Wiese eine rote Scheune auf, die von der Straße aus nicht zu sehen war. Natürlich erregte dieser Kerl meine Aufmerksamkeit. Die Nachbarn bestätigten, dass sie ihn schon einmal mit einem weinroten Transporter gesehen hatten, wussten aber nicht mehr, wann das gewesen war. »Er ist oft verreist. Wir wissen nicht, wohin.«

Ich ließ den Nachbarn meine Visitenkarte da und bat sie, mich anzurufen, sobald er wieder auftauchte. Lola stöberte unterdessen den örtlichen Richter auf und klopfte an seine Tür, während er gerade sein Rührei verspeiste. Obwohl ich nicht dabei war, kann ich mir die Szene lebhaft vorstellen. Vermutlich stand sie mit strengem Blick daneben, als der ehrwürdige Richter den Durchsuchungsbefehl unterschrieb, und schnappte sich dann ein Stück von seinem gebutterten Toast, um sich dafür zu rächen, dass sie Personen, die ihrer Ansicht nach unterhalb *Ihres Gesetzes* standen, um Erlaubnis bitten musste. »Um diese armen Mädchen zu finden, sollten wir jedes verdammte Grundstück und Haus stürmen dürfen, das uns verdächtig vorkommt«, erklärte sie. Diesbezüglich musste ich ihr ausnahmsweise zustimmen. Das Recht auf Privatsphäre und das Rechtsstaatsprinzip konnten mir gestohlen bleiben – diese bürokratischen Hürden hielten uns nur unnötig auf. Aber den Toast des armen Richters hätte Lola wirklich in Ruhe lassen können ...

Kaum hielten wir den Durchsuchungsbefehl in den Händen, rief uns einer der Nachbarn an. »Er ist wieder da. Allerdings fährt er einen schwarzen Pick-up. Weit und breit kein Transporter zu sehen, soweit ich das beurteilen kann.«

Wir rasten zweispurige Landstraßen mit niedrigen Gräben und langen Feldern auf beiden Seiten entlang, um zurück zu unserem Verdächtigen zu gelangen. Während der Fahrt hatten Lola und ich die Fenster offen und sogen den reinigenden Duft von taunassem Gras und sprudelndem Quellwasser ein. Indiana. *Indiana, Indiana, nimm mich fort, lass mich hier, bei den Weizenfeldern und dem Mond, wo ich flüchtig einen Blick auf ihr Gesicht erhasche. Indiana, Indiana.* Mehrere leere Schaukeln sangen quietschend dieses Lied im Rhythmus einer einsamen ländlichen Brise.

Wir begrüßten unseren rätselhaften Verdächtigen in seiner Einfahrt, wo er bereits auf uns wartete. *Jemand hat ihn vorgewarnt. Verschworene Gemeinschaft.* Er war groß und kräftig, trug einen verblichenen Jeans-Overall und Arbeitsstiefel mit Stahlkappen, und in seinem schiefen Mund steckte eine Pfeife. »Ich heiße Boyd«, korrigierte er mich, als ich ihn fragte, ob er Robert McGuire sei. »Robert ist mein Taufname, aber Mama hat mich immer schon Boyd genannt.« Boyd war Hühnerzüchter.

Nachdem wir uns vorgestellt und unsere Dienstmarken gezeigt hatten, bat uns Boyd ins Haus. Vor dem Eintreten löschte er seine Pfeife und legte sie auf einem Birkenholztischchen auf der Veranda ab. »Nur Gäste rauchen im

Haus, also zünden Sie sich ruhig eine an, Mr Lui, wenn Sie eine dabeihaben. Mama sagt immer: Nur Gäste rauchen im Haus.«

Genau wie meiner Partnerin mit dem kantigen Kinn fiel auch mir auf, dass Boyd sie bisher kein einziges Mal direkt angesprochen und auch nicht erklärt hatte, sie könne ebenfalls im Haus rauchen. Das war nicht sexistisch gemeint, jedenfalls glaubte ich es nicht. Vermutlich war er lediglich eingeschüchtert von Lolas starrem Blick und der Tatsache, dass sie bei unserem Gespräch vor dem Haus in regelmäßigen Abständen Kautabak hinter sein Beet mit Herzblattlilien gespuckt hatte. Ich hatte sie nicht gebeten, damit aufzuhören, hatte ihr nicht einmal einen ungläubigen Blick zugeworfen. Es wäre ohnehin vergebens gewesen, wie ich von unzähligen früheren Gelegenheiten wusste. Ihre Antwort war immer die gleiche: »Bei dem Elend, das ich bei meiner Arbeit ständig in Kellern und auf Dachböden zu sehen kriege, komm du mir nicht mit Vorwürfen wegen meiner Spuckerei. Und jetzt halt die Klappe und lad mich auf ein Guinness ein, Boss.« Auch wenn ihr Argument nicht ganz von der Hand zu weisen war, gehörten ihr festes Bestreben, Mundhöhlenkrebs zu bekommen, sowie ihre Vorliebe für schlammiges Bier eindeutig zu der langen Liste mit Dingen, die mein fünfzehntes Jahr beim FBI zur Hölle auf Erden machten. Und noch ein Detail zählte dazu: Lola badete regelrecht in Old Spice und roch penetrant danach, ob morgens, mittags oder spätabends bei nächtlichen Observierungen.

Boyds Haus war einigermaßen aufgeräumt, aber furchtbar staubig. Pfannen und Teller stapelten sich in der Spüle, und ich schloss aus dem Geruch nach geronnener Milch und den dicken, umhersurrenden Fliegen, dass sie schon eine ganze Weile dort standen. Aus einem offenen Abfalleimer in der Küche ragte ein Stapel ungeöffneter Post, der sich bereits auf den Boden ergoss, und die Linoleum-Arbeitsfläche war übersät mit einem Dutzend nasser, zusammengerollter Zeitungen. Auf einem Flickenteppich vor einem blauen Kühlschrank lag ein großer Bobtail, der bei unserem Eintreten träge den Kopf hob.

»Kümmern Sie sich nicht weiter um die alte Nicky. Sie furzt mir die Bude voll und ist ansonsten ein verdammt guter Hund«, teilte uns Boyd mit und bot uns Kaffee an, indem er pantomimisch einen imaginären Becher zum Mund führte und auf eine Kaffeemaschine zeigte. Ich verneinte, genau wie Lola.

Boyd und ich setzten uns in der Küche an einem löwenzahngelben Resopaltisch mit dünnen Chrombeinen gegenüber, während Lola wie ein Wachmann hinter mir Aufstellung nahm und sich Mühe gab, Boyd mit ihrem Starren Unbehagen zu bereiten. Die Arme hatte sie hoch über ihrer Brust verschränkt, die sie mit wer weiß was plattdrückte und zusammenzurrte – vermutlich mit Klebeband, ich habe sie nie danach gefragt.

Boyd ließ die buschigen Augenbrauen hüpfen und schürzte die Lippen, als wollte er sagen: *Fangen Sie doch bitte an, Mr Liu, Sie haben meine volle Aufmerksamkeit.* Und so begann die Befragung von Mr Boyd L. McGuire. Ich speicherte jedes Wort in meinem Gedächtnis ab, um den Wortwechsel später niederzuschreiben, was ich normalerweise in einem Motelzimmer tat, während Lola wie ein Vampir im jeweiligen Provinznest lauerte, auf der Suche nach betrunkenen Einheimischen mit loser Zunge, die »vielleicht irgendetwas gesehen oder gehört« hatten oder »einen Perversen in der Stadt vermuteten«. Das Hinterhofgeflüster, das sie dabei aufschnappte, konnte schnell zu einem hinreichenden Verdachtsmoment werden.

Wenn ich ganz ehrlich bin, bewundere ich Lola. Sie war aus unzähligen Gründen eine gute Kriminalbeamtin und ist es bis heute, weshalb wir ihre Identität unbedingt schützen müssen. So manchem Kind blieb dank ihrer unkonventionellen Methoden ein schlimmes Schicksal erspart. Nicht ein einziges Mal habe ich von ihr verlangt, sich für ihr Verhalten in irgendeiner Form zu rechtfertigen. Stattdessen verschlang ich wie ein hungriger Hund sämtliche Informationen, die sie mir vorsetzte, weil ich ein inneres Loch zu stopfen hatte, eine Verletzung, die ich schon seit Jahrzehnten mit mir herumschleppte.

»Boyd, haben Sie etwas dagegen, wenn meine Partnerin sich ein wenig in Ihrer Scheune umsieht, während ich Ihnen ein paar Fragen stelle?«

»Absolut nicht. Wonach suchen Sie eigentlich genau?«

»Ich weiß es nicht, Boyd. Haben Sie etwas zu verbergen?«

»Ich hab überhaupt nichts zu verbergen. Suchen Sie, wo auch immer Sie wollen. Ich bin ein offenes Buch.«

»Vielen Dank, Boyd. Wir wissen Ihre Hilfe zu schätzen.«

Lola hatte beim Stichwort Scheune sofort kehrtgemacht und war zur Haustür hinausgestapft.

»Meinen Informationen zufolge hatten Sie einmal einen weinroten Chevy TransVista?«

»Hatte ich. Hab ihn vor ungefähr drei Monaten verkauft.«

»Ach ja? An wen haben Sie ihn verkauft?«

»Keine Ahnung, Mr Liu.«

»Nein?«

»Ich hatte den Wagen mit einem ›Zu verkaufen‹-Schild

am Straßenrand geparkt. Und eine Anzeige in die Zeitung gesetzt. Daraufhin taucht ein Typ auf, behauptet, er wäre vom Bahnhof hergetrampt. Zweitausendzweihundert, bar auf die Hand. Ende der Geschichte.«

»Was ist mit der Zulassung? Haben Sie mit ihm darüber gesprochen, dass er den Wagen auf sich zulassen muss?«

»Klar. Er meinte, er würde sich darum kümmern. Seit meine Lucy gestorben ist, überfordert mich der Papierkram irgendwie. Nächsten Monat ist sie drei Jahre tot, Gott hab sie selig. Sie hat sich immer um diesen ganzen Krempel gekümmert. Was ist, habe ich deswegen jetzt rechtliche Probleme, Mr Liu? Sind Sie deshalb hier? Man sollte meinen, das FBI hätte dickere Fische zu fangen. Nichts für ungut, Mr Liu, ich mache natürlich alles, was Sie wollen. Wie gesagt, ich bin ein offenes Buch.«

»Nein, nein, darum sind wir nicht hier, Boyd. Wie sah der Käufer aus?«

»Schwer zu sagen. Irgendwie nichtssagend in meinen Augen. Ich weiß noch, dass er einen ziemlichen Bauch hatte. Schön war er nicht, nein. Braune Haare, glaube ich. Ja, braun. Hm. Die ganze Transaktion hat keine zehn Minuten gedauert. Hab ihm gezeigt, dass der Chevy noch anspringt und dass die Bedienungsanleitung im Handschuhfach liegt. Und ich hab ihm den Ofen noch mit obendrauf gegeben. Ich hatte hinten im Laderaum einen Ofen eingebaut. Aber das war es dann auch schon.«

»Hatten Sie eins dieser Spezial-Nummernschilder, auf deren Einfassung ›Hoosier State‹ steht?«

»Klar hatte ich so eins. Der Sohn von meinem Cousin Bobby hat früher bei den Hoosiers gespielt. Bin sehr stolz auf ihn. Auf die ganze Mannschaft. Und meinen Bundesstaat, Mr Liu.«

»Daran habe ich keinerlei Zweifel. Sie helfen uns sehr mit diesen Informationen.«

»Der Kerl, der meinen Transporter gekauft hat – er hat etwas Schlimmes getan, oder?«

»Ja, das kann man so sagen, Boyd. Ein Mädchen ist verschwunden, und wir versuchen, ihn so schnell wie möglich ausfindig zu machen, um ihn diesbezüglich zu befragen. Können Sie sich sonst noch an irgendwelche Einzelheiten über ihn oder die Verkaufsabwicklung erinnern?« Ich studierte Boyds Reaktion und seine Körpersprache genau, wie ich es während meiner Ausbildung gelernt hatte. Ich hatte ihm gerade bestätigt, dass sein Fahrzeug bei einem schweren Verbrechen an einem Kind eine Rolle gespielt hatte, dass die ganze Sache kein Witz war und wir vom FBI einer heißen Spur nachgingen. Wenn er etwas zu verbergen gehabt hätte, hätte er sicher die Arme verschränkt und die Augen zusammengekniffen, wäre meinem Blick ausgewichen und hätte nach links oben geschielt, wenn er erneut das Wort ergriffen hätte, verräterische Anzeichen dafür, dass ein Lügner gerade seine Antworten *erfand*. Boyd tat nichts dergleichen. Er legte seine Hände auf den Tisch, ließ traurig die Schultern hängen und blickte mir wie ein müder alter Bär in die Augen.

»Mir fällt leider wirklich nichts mehr ein, Mr Liu, tut mir leid. Ich würde diesem Mädchen so gerne helfen. Vielleicht können Sie mir ja ein paar gezielte Fragen stellen, zu Dingen, die mir aufgefallen sein müssten? Irgendetwas, was meinem Gedächtnis auf die Sprünge hilft?«

Ich durchsuchte mein Gedächtnisarchiv, überlegte, welche Hinweise in der Vergangenheit zu weiteren Hinweisen geführt hatten. Schließlich war ich nicht zum ersten Mal in dieser Situation.

»Wie viel Benzin war noch im Tank des Transporters, wissen Sie das?«

»Natürlich weiß ich das. Der verdammte Tank war staubtrocken; ich hatte gerade noch genug Benzin im Schuppen, um den Motor anzulassen.«

»Welche Tankstelle ist die nächstgelegene?«

»*R&Ks Tanken und Waschen* am Ende der Straße. Da fällt mir ein, dass er mich genau das Gleiche gefragt hat, und ich habe genau das Gleiche geantwortet: *R&Ks Tanken und Waschen*, am Ende der Straße.«

Bingo.

»Hat er irgendwo unterschrieben? Oder irgendetwas in Ihrem Haus angefasst? War er nur draußen, oder ist er auch ins Haus gekommen?«

Boyd warf einen Blick über die Schulter nach hinten und wandte sich dann wieder mir zu. Lächelnd wiegte er den Kopf hin und her und zeigte mit dem Finger auf mich, stolz auf meine detektivischen Fähigkeiten. »Oh, Sie sind gut, Mr Liu, Sie sind gut. Darauf wäre ich selbst nie gekommen. Wissen Sie was? Er hat verdammt noch mal mein Badezimmer benutzt!«

Und noch einmal Bingo.

»Ich möchte nicht indiskret sein, Boyd, aber ich muss diese Frage stellen: Haben Sie das Badezimmer seither geputzt?«

Boyd lachte. »Mr Liu, ich bin Witwer. Natürlich habe ich den Lokus *nicht* geputzt. Ich benutze ihn überhaupt nicht mehr, weil ich immer im ersten Stock aufs Klo gehe. Außerdem war ich unterwegs und habe meinen Bruder und meine Mama in Louisiana besucht, wo Boyd McGuire nämlich geboren wurde. Bin am Abend, nachdem ich den Transporter verkauft habe, abgereist und heute erst zurückgekommen.«

»War jemand auf der Toilette, seit der Käufer sie benutzt hat?«

»Keine Menschenseele.«

Bingo, Bingo, Bingo. Der Käufer war auf einer Toilette, die seither nicht geputzt und von niemandem benutzt wurde.

»Ich hätte mehrere Bitten an Sie, Boyd. Erstens bräuchten wir Ihre Erlaubnis, das Badezimmer abzuriegeln und nach Fingerabdrücken abzusuchen. Zweitens hätte ich gern den Namen und die Adresse von Ihrem Bruder und Ihrer Mutter in Louisiana, wenn Sie einverstanden sind.«

»Klar bin ich einverstanden, Sir. Stecke ich jetzt in Schwierigkeiten?«

»Boyd, solange Ihre Geschichte sich als zutreffend erweist und meine Partnerin nichts Verdächtiges in Ihrer Scheune findet, haben Sie keinerlei Schwierigkeiten zu erwarten. Wir sind Ihnen sogar sehr dankbar für Ihre Kooperation. Ach ja, noch eine Frage: Haben Sie außer diesem Haus noch irgendwo ein Grundstück?«

»Nein, Sir. Das hier ist alles, was ich besitze.«

»Haben Sie irgendwelche Spitznamen oder Pseudonyme?«

»Boyd L. McGuire – so hat mich meine Mama genannt, und da habe ich doch kein Recht, mich einfach so umzubenennen, oder? Sie ist schon sauer genug, weil ich damals als junger Kerl beschlossen habe, hier in Indiana zu leben, in der Nähe der Familie meines Daddys. Da kann ich nicht auch noch hingehen und meinen Namen ändern, nicht wahr, Mr Liu?«

»Nein, Boyd, das verstehe ich.«

Ich stand auf, ging zum »Lokus« und verschaffte mir einen ersten Überblick. Mit Boyds Hilfe schätzte ich grob die

Quadratmeterzahl für das Spurensicherungsteam, das am Nachmittag eintreffen und nach Fingerabdrücken suchen würde. Dann versiegelte ich die Tür mit dem gelben Absperrband, das wir für solche Zwecke in unserem Dienstwagen mitführten.

Um einen vollständigen Bericht verfassen zu können, untersuchte ich anschließend mit gezogener Waffe jeden Quadratzentimeter des Hauses, während Boyd friedfertig draußen wartete, gegen einen Baum gelehnt, den ich aus jedem der zwölf vorhanglosen Fenster sehen konnte. Dieser Kerl hatte nicht das Geringste zu verbergen, außer vielleicht die Wäscheberge, die vermutlich schon seit dem Tod seiner Frau herumlagen und immer weiterwuchsen. *Das Gewissen dieses hühnerzüchtenden Junggesellen ist so rein wie Landbutter.*

Meine Partnerin kehrte aus der Scheune zurück und durchquerte mit ihrem breitbeinigen Gang Marke Cowboy den Hof neben dem Haus. Außer Hörweite von Boyd teilte sie mir mit, dass sie das gesamte Grundstück abgegangen sei, alles abgesucht und sogar gegen die Wände der roten Scheune geklopft habe, um sich zu vergewissern, dass sich dahinter kein Hohlraum verbarg. »Nichts«, lautete ihr Fazit. Nichts, was auf ein Verbrechen im Inneren der Scheune hinwies. »Allerdings stinkt es da drinnen nach Nuttenarsch, wie in diesen billigen Puffs am Stadtrand von Pittsburgh«, beschwerte sie sich in echter Mannweib-Manier, als wüsste ich, wovon zur Hölle sie da sprach.

Mich kümmerte der Geruch von Boyds Scheune herzlich wenig, solange es sich dabei nicht um Verwesungsgestank handelte. Und das war nicht der Fall, denn Lolas Nase war darauf trainiert, anhand winziger Geruchspartikel Leichen aufzuspüren. Trotz meines anhaltenden Desinteresses schimpfte sie noch die nächsten zwei Tage über knietief in der eigenen Scheiße watendes Federvieh. »Ich kriege den Gestank dieser fetten, gackernden, vollgekackten Hühner nicht mehr aus meiner verdammten Nase«, betonte sie mindestens hundert Mal und griff sogar auf unser Riechsalz für Notfälle zurück, um die übelriechende Erinnerung zu übertünchen. »Meine Spürnase darf keinen Schaden nehmen«, warnte sie.

Obwohl ich keinen Verdacht gegen Boyd hegte, hängt mir ein Zweifel bis heute nach: Wer hatte sich um sein Vieh gekümmert, während er in Louisiana war? Im Nachhinein spielt das natürlich keine Rolle mehr, aber diese Frage hatte mich gleich zu Anfang beschäftigt. Als Lola von ihrer Durchsuchung der Scheune zurückkam, hatte ich Boyd allerdings bereits von jedem Verdacht freigesprochen und hätte es als unhöflich empfunden, mich nach seiner Fürsorge beziehungsweise mangelnden Fürsorge für seine Hühner zu erkundigen. Ich hakte also nicht weiter nach. Wen dieser Umstand stört, dem sei gesagt, dass mein Fachgebiet verschwundene Kinder sind, kein vernachlässigtes Geflügel. Soll derjenige sich doch bei PETA ausheulen.

Boyd L. McGuire besaß tatsächlich keine weiteren Grundstücke, und sein Bruder und seine »Mama« in Louisiana erwiesen sich ebenfalls als unverdächtig. Dass Boyd sauber war, war ein Glücksfall, denn das Streichen von Verdächtigen ist genauso wichtig wie das Aufspüren. Außerdem erbrachte unser Besuch bei Boyd zwei wichtige Hinweise: Erstens fand die Spurensicherung drei identische, nicht von Boyd stammende Fingerabdrücke auf dem Türknauf des Badezimmers sowie – ausgerechnet – an einer Saugglocke aus schwarzem Gummi, die für den Verstopfungsfall neben der Toilette stand. Zweitens stellte ich an *R&Ks* Tankstelle »am Ende der Straße« mit Entzücken fest, dass der Inhaber jeden Abend die Videobänder seiner drei Überwachungskameras auswechselte und sämtliche Aufnahmen archivierte. Die meisten Inhaber überschreiben ihre Bänder aus Kostengründen. Nicht so dieser wunderbare Mann. »Hier entlang, ich zeige Ihnen, wo ich die Aufnahmen aufbewahre«, sagte er.

Er hatte die Bänder nicht nur archiviert, sie waren auch noch chronologisch geordnet und detailliert bis auf die Sekunde beschriftet. Ich hätte ihn am liebsten geküsst. Und was wir dann auf den Bändern fanden, vor allem auf einem davon ... nun ja, für Momente wie diesen wird man Kriminalbeamter.

Am Abend unseres äußerst produktiven Tages bei Boyd und dem wundersamen Tankstelleninhaber rief ich nach einem kurzen Abendessen, das wir uns zur Feier des Tages gegönnt hatten, meine Frau Sandra an. Wir waren zu einem recht weit entfernten Outback Steakhouse gefahren – Lola hatte darauf bestanden –, und ich hatte ein gut durchgebratenes Filet und eine *Bloomin' Onion* bestellt. Lola orderte zwei blutige Steaks, drei Guinness, zwei gefüllte Ofenkartoffeln, die jeweils die Größe eines Footballs aufwiesen, und eine Extraportion Brot. »Das Grünzeug können Sie weglassen«, instruierte sie die Kellnerin. »Ach, und bringen Sie mir bitte noch zwei Stücke Erdnussbutterkuchen.«

»Irgendwann holt dich diese Spezialdiät noch ein«, warnte ich wie immer.

»Bei dem Elend, das ich mir bei meiner Arbeit ständig in Kellern und auf Dachböden ansehen muss, komm du mir nicht mit Vorwürfen wegen meiner Ernährung. Und jetzt halt die Klappe und lad mich auf ein Guinness ein, Boss«, erwiderte sie, ebenfalls wie immer. Und dann rülpste sie.

Bezaubernd, diese Lola.

Sandra war gerade auf Tournee durch Comedy-Clubs und Bars an der Ostküste. Ich erwischte sie nach ihrem letzten Auftritt in irgendeiner Kneipe in Hyannisport.

»Hallo, Schatz. Na, hast du sie heute zum Lachen gebracht?«, fragte ich.

»Ach, du weißt schon. Das, was ich immer bringe: Altmaterial. Ich langweile mich schon selbst.«

»Mich langweilst du nie. Ich vermisse dich.«

»Wann kommst du wieder? Wo bist du überhaupt gerade?«

»Da, wo ich immer bin. Ich klopfe beim Teufel an die Tür, Schatz. Und irgendwann macht er sie auf.«

»Sei dir nicht so sicher, dass der Teufel ein Er ist. Könnte auch eine Sie sein.«

»Könnte auch eine Sie sein.«

KAPITEL FÜNF

Tag 20 in Gefangenschaft

Es dauert lange, bis man eine große Decke gestrickt hat. Eine große rote Decke, wie ich sie hatte. Pluspunkt #5. Natürlich hatte ich mittlerweile eine ganze Menge Pluspunkte gesammelt, von denen einige überhaupt nicht oder nur teilweise zum Einsatz kamen. Manche waren vorbereitet und gebrauchsfertig für den großen Tag, erwiesen sich im letzten Moment jedoch als überflüssig oder unbrauchbar. Zum Beispiel meine improvisierte Schleuder. Die rote gestrickte Decke hingegen war ein echtes Juwel. Ich verwendete auch noch die letzte gezwirbelte Wollfaser, und wenn mir jemals Blut an den Händen klebte, dann waren es die roten Flusen eines wunderschönen, poetischen Kunstwerks aus Wolle. *Bellissimo, bravo, liebe rote Decke, ich verdanke dir mein Leben. Ich liebe dich.*

An Tag 20 vollzog sich nach dem Aufwachen unsere übliche Routine. In drei Tagen würden die Küchenfrauen wiederkommen, und es gab keinerlei bedrohliche Anzeichen dafür, dass Der Arzt oder das Ehepaar Offensichtlich mein Zimmer mit ihrem Besuch beehren würden. Mittlerweile glaubte ich, Änderungen im täglichen Ablauf erkennen zu können, und fühlte mich daher relativ sicher. Ich erwartete keine neuen Hausgäste, aber ich irrte mich.

Jedenfalls kam mein Kidnapper am Morgen von Tag 20

wie üblich mit dem Frühstück herein, um Punkt acht Uhr. Die Küchenfrauen hatten bei ihrem letzten Einsatz wieder eine Quiche gebacken, und genau wie erwartet bekam ich ein Stück dieser Quiche zum Frühstück, und zwar – welche Überraschung – auf dem gemusterten Porzellanteller. Wie ich inzwischen hinlänglich deutlich gemacht habe, hatte ich einen tiefen Hass auf diesen Teller entwickelt.

Weil ich es nicht mehr ertrug, ihn zu berühren, nahm ich die Quiche an Tag 20 mit spitzen Fingern herunter, wie mit einer Zange, um das Porzellan nur ja nicht mit der Haut zu streifen. Ich deponierte das Stück Quiche auf dem Fernseher, bevor ich meine Ärmel als Handschuhe benutzte und den Teller auf den Boden stellte, wo er hingehörte, zu den Staubflusen und dem Mäusedreck. Sollte er dort auf die Hände eines Bösewichts warten, die einzige Zuwendung, die er verdiente. Ich musste über mich selbst lachen, denn rein objektiv betrachtet traf einen leblosen Gegenstand wie den Porzellanteller natürlich keine Schuld. Aber mir kam ein wenig Ablenkung ganz gelegen, und das Muster des Tellers war mir wirklich verhasst.

Dadurch, dass ich nun auf dem Boden saß und die Quiche vor mir auf dem Fernseher liegen hatte, änderte sich mein Blick auf das Zimmer. Die Perspektive war nur geringfügig anders, und dennoch geriet durch die neue Körperhaltung etwas in Bewegung. Vielleicht sorgte das aufrechte Sitzen dafür, dass mein Gehirn besser durchblutet wurde, oder es war der veränderte Blickwinkel, der die Lösung in mir wachrüttelte, die von dem Moment an, in dem ich das Zimmer betreten und die drei freiliegenden Deckenbalken erblickt hatte, in mir geschlummert haben musste. *Ich kann die Decke auftrennen und zu einem Seil knüpfen!* An Tag 20 erschien mir plötzlich alles so offensichtlich, dass ich enttäuscht über mich selbst war, weil ich nicht früher auf diese Idee gekommen war.

Ich glaube, dass wir uns unausweichlichen Erkenntnissen manchmal verschließen, weil wir für die bevorstehenden Aufgaben noch nicht bereit sind. Dann sind wir blind für die Realität. Meine Mutter beispielsweise, eine Frau, die selbst ein Kind zur Welt gebracht hat, wollte sich nicht eingestehen, dass ihre Tochter im siebten Monat schwanger war, bis ihr der Gynäkologe die Wahrheit förmlich aufzwang. Vielleicht hält uns unsere Psyche davon ab, uns ein vollständiges Bild zu machen, damit wir schwierige Veränderungen erst in Angriff nehmen, wenn wir dazu auch in der Lage sind. Ich selbst muss an Tag 20 bereit gewesen sein, denn an diesem Tag offenbarte sich mir mit glasklarer Gewissheit mein gesamter Plan, von Anfang bis Ende. Bis zu diesem Zeitpunkt hatte ich nur einzelne Puzzleteile an den richtigen Ort gelegt. Auch zuvor war ich von der Unumstößlichkeit meines Vorhabens überzeugt gewesen, aber erst, als ich in der Decke plötzlich eine Waffe erkannte, wurde mir klar, wie fest es stand, dass ich mich selbst und mein Baby befreien und Rache üben würde.

Du wurdest gekidnappt. Sie werden dir dein Baby wegnehmen und es an zwei Monster verkaufen. Sie werden dich in einen Steinbruch werfen. Niemand weiß, wo du bist. Du musst dich selbst retten. Das ist die Wahrheit, akzeptiere sie. Deine einzigen Waffen sind die Gegenstände in diesem Raum. Tüftle einen Plan aus und setze ihn um.

Mit einem Lächeln auf dem Gesicht aß ich den Rest der Quiche. Nicht ein Krümel blieb auf dem Fernseher zurück.

Wie gesagt: Es dauert lange, bis man eine große Wolldecke gestrickt hat, und es dauert sogar noch länger, bis man sie wieder aufgetrennt hat. Das war mir intuitiv klar, weshalb ich sofort damit anfangen wollte. Ich wartete, bis mein Gefängniswärter mein Frühstückstablett abholte und ich die allmorgendliche Toilettenprozedur hinter mich gebracht hatte. Danach glaubte ich, dreieinhalb Stunden bis zum Mittagessen zur Verfügung zu haben, in denen ich mit dem Auftrennen des Saums beginnen konnte. Also montierte ich den Henkel vom Eimer ab und legte los.

Die Luft hatte an diesem Morgen eine gelbliche Färbung, jenen melancholischen Schimmer, der einen gleichzeitig ernüchtert und betäubt. Vor der Sonne lag ein gleichmäßiger Wolkenschleier, der einem vorgaukelte, der Tag berge keine Überraschungen, ein traniger, deprimierender Tag ohne jede Verheißung. Auch darin täuschte ich mich.

Gleich zu Anfang kämpfte ich mit einem hartnäckigen Endknoten am Saum der Decke, indem ich den Eimerhenkel in die Mitte des Knotens steckte und die Zwischenräume zwischen den Wollfäden erst mit dem Nagel meines kleinen Fingers weitete und dann mit dem ganzen kleinen Finger. Auf die Weise zog ich das Gewirr nach und nach zu einer gut zehn Zentimeter langen unregelmäßigen Schlaufe auseinander, wofür ich eine Stunde, fünf Minuten und drei Sekunden brauchte. Wenn ich in diesem Tempo weitermachte, lag ich bereits jetzt hinter meinem kalkulierten Zeitplan zurück. Doch bevor ich die benötigte Zeit bis zur Fertigstellung ganz neu berechnete, wollte ich für den Rest des Tages die Entwirrungszeiten für jeden Knoten sammeln und einen Durchschnitt ermitteln. Mit einem Bleistift aus dem rosa Federmäppchen mit den zwei Pferden trug ich den ersten Wert in ein selbst entwickeltes Säulendiagramm ein.

Nachdem das Diagramm erstellt war, begann ich mit dem Auftrennen der ersten Saumreihe. Pluspunkt #16, das alte Flohmarktradio, lieferte mir dafür die Hintergrundmusik: *La Bohème*. Ich hatte mich für den Klassiksender entschieden, denn ich brauchte leidenschaftlichen Aufruhr und ewige, unerwiderte Sehnsucht, Gefühle, bei denen man am liebsten sterben würde. Heitere Popsongs hätten mir vielleicht nicht den nötigen Antrieb geliefert. Der Hardcore-Rap von Dr. Dre und Sons of Kalal, den ich heute – siebzehn Jahre später – vorziehe, hätte sicher die gleiche Wirkung erzielt wie eine Oper voller Liebeskummer. Während meiner täglichen, militärisch anmutenden Trainingseinheiten drehe ich am liebsten Gangster-Rap auf, vor allem wenn mir der Sergeant a.D., den ich eigens dafür engagiert habe, dabei ins Gesicht brüllt. Die treibenden Beats scheinen zu funktionieren, denn wenn ich nach meinem Zwanzig-Kilometer-Lauf bei meiner neunhundertneunundneunzigsten Bauchpresse bin, verbirgt der Sarge regelmäßig ein stolzes Grinsen vor mir. Niemand wird mich je wieder entführen, das steht fest.

Manchmal spucke ich dem Sarge keuchend einen Schleimpfropfen vor die Füße, was mit dem größten Respekt geschieht, wie eine Katze, die ihrem Besitzer eine Maus ohne Kopf vor die Haustür legt. Miau.

Doch genug von der Gegenwart. Zurück in die Vergangenheit.

Als Stunde 2 von Tag 20 anbrach, landete ein schwarzer Schmetterling auf meinem hohen dreieckigen Fenster und drückte sich mit gespreizten Flügeln flach gegen die Scheibe. Wollte er mich warnen? *Warnst du mich vor irgendetwas?* Das Universum birgt viele unerklärliche Phänomene – vielleicht war der Schmetterling also tatsächlich ein Zeichen.

Ich betrachtete ihn ausgiebig, legte die rote Decke und

den Eimerhenkel aufs Bett und ging auf Zehenspitzen zum Fenster, um ihn mir aus der Nähe anzusehen. Da das Fenster jedoch so hoch war, befand sich der beste Beobachtungsposten ungefähr in der Zimmermitte. *Besuchst du mich? Süßer Engel, fliege zu ihnen, sag ihnen, dass ich hier bin.*

Ich trat näher ans Fenster heran, strich mir über den Bauch, streichelte mein Baby. Direkt unterhalb des Fensters blieb ich stehen und legte mein Gesicht flach an die Wand. Wegen meines wachsenden Körperumfangs musste ich mich dafür vorbeugen. Mit geschlossenen Augen versuchte ich zu erspüren, welche Vibrationen der Schmetterling über mir aussandte. *Ist das Einsamkeit? Bin ich einsam? Bitte bring diese Wand zum Zittern mit deinen Flügeln, sag, dass du mich hörst, schwarze Schönheit, schwarzer Freund. Irgendetwas, bitte. Rette mich. Hilf mir. Bring diese Wand zum Zittern.*

Ich ließ meinen Emotionen freien Lauf und begann zu schluchzen. Dabei dachte ich an meine Mutter, an meinen Vater, an meinen Freund, den Vater des Babys. Was hätte ich darum gegeben, die Hand von einem von ihnen auf meinem Rücken zu spüren, ihre Lippen auf meiner Wange?

Doch mein Suhlen in tiefer Verzweiflung war nicht von langer Dauer, denn plötzlich bogen der Tag, mein Plan und meine Zukunftsperspektive von ihrem geraden, vorhersehbaren Weg ab und beschrieben eine scharfe Kurve. Während meine Schultern vor Trauer immer tiefer sanken und mein Körper unter dem Gewicht von Depression und Einsamkeit ächzte, fingen die Stufen im Treppenhaus an zu knarzen. Jemand war eilig auf dem Weg zu mir, das hörte ich. Ich ließ den Schmetterling allein und rannte zum Bett zurück, wo ich die Decke faltete und mein Notizbuch mit dem Balkendiagramm in die Matratze schob – ich hatte sie auf der Seite, die zur Wand zeigte, auf einer Länge von etwa fünfzehn Zentimetern aufgeschlitzt. Nicht eine Sekunde zu früh lag der Henkel wieder auf dem Eimer, als wäre er daran befestigt.

Schon platzte mein Geiselnehmer ins Zimmer. »Radio aus. Mir nach, sofort. Und halt deinen verdammten Mund.«

Ich höre Angst in deiner Stimme, rieche Gefahr in deinem Schweiß, lieber Kerkermeister. Mit einer übertrieben provokativen Geste wischte ich mir die Tränen aus dem Gesicht, als befände ich mich in einem hitzigen Straßenkampf und würde mir das Blut quer übers Gesicht schmieren, um meinem Gegner zu bedeuten: *Es kann weitergehen. Na los, versuch's doch!*

Betont langsam ging ich zum Radio und drehte den Schalter auf Aus, mit der Lethargie eines eigensinnigen, sturen Kindes, das nicht gewillt war, seine Bewegungen der Aufgeregtheit seines Gegenübers anzupassen.

»Beweg jetzt deinen Scheißhintern! Ich werfe dich die Treppe hinunter, wenn du so weitermachst!«

Ich amüsiere mich prächtig mit dir, du Schwachkopf. Du lässt dich so schön leicht provozieren.

Aber ich hatte mir vorgenommen, ihm Unterwürfigkeit vorzugaukeln, und verwandelte mich daher schnell in die geistlose, gefügige Gefangene zurück, die ich seit dem ersten Tag mimte. Mit gesenktem Kopf und bebender Stimme stieß ich meine übliche Antwort hervor: »Ja, Sir.«

Du bist so vorhersehbar, du dämliche Bestie. Mich die Treppe hinunterwerfen? Als ob! Damit wärst du deinen bequemen Job los.

Er packte meinen Unterarm und zog so heftig daran,

dass ich das Gleichgewicht verlor und beinahe den Eimer umgestoßen hätte. Ich streifte ihn mit dem Fuß, und für drei Sekunden blieb mir fast das Herz stehen, weil der Henkel verrutschte und auf dem Eimerrand schaukelte. *Wenn der Henkel herunterfällt, wird er ihn sich genauer ansehen. Dann kommt er mir auf die Schliche, oder er gibt mir einen neuen Eimer, der vielleicht keinen Metallhenkel hat. Nicht herunterfallen, ich brauche dich! Nicht herunterfallen. Bitte nicht herunterfallen. Nicht herunterfallen. Bitte nicht herunterfallen.* Der Henkel schaukelte immer noch. Mein Kopf kippte nach hinten, weil ich mit einem Ruck vorwärts durch die Tür gezerrt wurde, und ich sah gerade noch, wie der Segen des Schmetterlings seine Wirkung tat und der Henkel, dieses Geschenk des Himmels, sich meinem Willen beugte und der Schwerkraft trotzte. *Er ist nicht heruntergefallen. Er ist nicht heruntergefallen. Er ist nicht heruntergefallen.*

Draußen auf dem Flur, wo die Wände mit einem schmuddeligen braun-rosa Blumenmuster tapeziert waren, blieb mein Kidnapper zögernd stehen. Die kühle, modrige Luft und das trübe Licht erinnerten mich daran, dass wir uns in einem alten Gebäude auf dem Land befanden.

Er verdrehte mir so stark das Handgelenk, dass es fast brach, während er zunächst übers Treppengeländer die Stufen hinunterspähte und dann die schmale Treppe hinauf, die zur nächsthöheren Etage führte. Zwischen diesen beiden Wahlmöglichkeiten wanderte sein Blick offenbar unentschlossen hin und her. Ein Klopfen durchschnitt die angespannte Stimmung. Ich vermutete, dass unten ein unerwarteter Besucher vor der Tür stand. Wie erstarrt verharrte mein Kerkermeister auf dem Treppenabsatz. *Ein Hase, der in der Falle sitzt.*

Mit der Körperhaltung einer Echse, die weiß, dass ihre Tarnfärbung sie im Stich gelassen hat, zischte er leise: »Wenn du auch nur einen verdammten Mucks machst, spüre ich deine Eltern auf und schneide ihnen mit einem stumpfen Messer das Herz heraus.«

»Ja, Sir.«

Mit angewinkeltem Ellbogen stieß er mich vorwärts und folgte mir in gebückter Körperhaltung. Ich kam mir vor, als wären wir zwei im Kriegsgebiet zurückgelassene Soldaten, die hintereinander durch hohes Gras krochen. »Beweg dich leise. Die Treppe hoch, na los. Beeilung, Beeilung.«

Zu Befehl, General.

Ich gehorchte und stieg die steile Treppe hinauf, während er mir so dicht auf den Fersen blieb, dass ich am liebsten gesagt hätte: *Nimm sofort deinen Kopf aus meinem Arsch.* Aber ich verkniff es mir. Er stieß mir in den Rücken, damit ich mich beeilte.

»Schneller«, zischte er.

Oben angekommen, erblickte ich einen langen, hohen Dachboden. Der riesige Raum, der fast so lang war wie ein ganzes Footballfeld, machte mir bewusst, in was für einem gewaltigen Gebäude wir uns befanden. Auf allen vier Seiten ragte ein Gebäudeflügel vor, und in einem davon war meine Gefängniszelle untergebracht.

»Geh geradeaus durch die Mitte, bis zu dem Schrank ganz am Ende. Sofort!«

Ich wäre fast gestolpert, so heftig schubste er mich.

»Schneller«, wiederholte er zischend. Auf dem Weg zum Schrank herrschte gähnende Leere. Was auch immer einmal auf dem Dachboden gelagert hatte, jemand hatte es ausgeräumt und den Boden sauber gefegt. Nicht einmal eine Mausefalle war zurückgeblieben.

Als wir den freistehenden Schrank mit Doppeltür erreicht hatten, schob er mich unsanft hinein, schloss die Türen und verriegelte sie von außen mit einem Hängeschloss. Durch den Türschlitz sah ich seine hängenden gelblichen Hundeaugen hereinfunkeln.

»Wenn du dich auch nur zu kratzen wagst, bringe ich deine Eltern um, verstanden?«

»Ja, Sir.«

Er entfernte sich.

Ich hörte ihn alle vier Treppen hinuntergehen, und bis auf seine Schritte war es vollkommen still. Als er die Haustür öffnete, um mit der Person zu sprechen, die geklopft hatte, glaubte ich leise Stimmen zu hören, doch ich war so hoch oben im Gebäude, noch dazu hinter Schranktüren, dass ich es mir vielleicht nur einbildete. *Totenstille, wie bei uns zu Hause, als Dads Schwester starb. Keine Regung, ohrenbetäubende Ruhe. Wo ist mein Schmetterling hingeflogen?*

Ich hatte keine Ahnung, wer unten an der Tür war. Voller Hoffnung stellte ich mir einen skeptischen Detective vor, der davon überzeugt war, dass der Schwachkopf, der ihm da die Tür öffnete, irgendetwas ausgefressen haben musste. Ich überlegte, ob ich meine Stimmbänder zu markerschütternden Schreien zwingen und stampfen und gegen meinen neuen Käfig hämmern sollte. Es stellte sich heraus, dass es eine gute Entscheidung war, dieses Risiko nicht einzugehen.

Nach einer Weile resignierte ich und drehte mich im Inneren des Schranks zur Seite, um in eine sitzende Position hinunterzurutschen. Rechts und links blieb nur ein Fingerbreit Spielraum, um es mir ein wenig bequemer zu machen. Meine Pupillen hatten dreißig bis vierzig Sekunden gebraucht, um sich an das Dämmerlicht im Schrank zu gewöhnen, aber jetzt war alles sichtbar. Und in diesem Moment entdeckte ich es. Wie ein Diamantring an einem Ast im Wald hing an einem Haken in der gegenüberliegenden Schrankecke ein unverhoffter Schatz: ein zweieinhalb Zentimeter breites und ein Meter langes weißes Gummiband von der Sorte, wie Nana sie in den Bund ihrer selbstgeschneiderten Polyesterhosen einnähte. *Nana*. Ich schnappte mir das Gummiband und stopfte es zur sicheren Aufbewahrung in meinen Slip. *Pluspunkt #28, Gummiband.*

Im Schrank stank es nach Katzenurin, was einerseits ein Würgen in mir auslöste und mich andererseits an meine Mutter erinnerte.

Mutter irrt sich niemals, wenn sie eine Behauptung aufstellt. »In diesem Haus ist eine Katze«, sagte sie eines Tages zu uns.

»Wir haben aber keine Katze«, entgegnete mein Vater lachend.

Er versicherte ihr, ihre Nase müsse sie trügen, und vermutete, die Luft in den Zimmern sei nach dem langen Winter ein wenig abgestanden. Aber Mutter wiederholte mit Nachdruck: »In diesem Haus ist eine Katze, so wahr ich die Mutter dieses Kindes bin.« Sie deutete auf mich, als sei ich Beweisstück A in ihrer Argumentationskette; ihre andere Hand war in die Hüfte gestemmt, ihr Rücken aufrecht, der Hals gestreckt, das Kinn vorgeschoben. »In diesem Haus ist eine Katze, und ich werde es beweisen«, lautete das Eröffnungsplädoyer, das sie ihren Geschworenen vortrug: meinem Vater und mir.

Sie schnappte sich die Taschenlampe meines Vaters aus seinem Werkzeugkasten, den er – aus Gründen wie diesem – vor ihr versteckte, und suchte bis drei Uhr morgens, durchwühlte jeden Schrank, jeden Kellerraum, jeden Dachbodenspalt, jeden schattigen Winkel; sie stocherte in den Rissen in der Garagenwand und in hohlen Holzscheiten im Garten herum, kehrte das Unterste zuoberst, ob hoch oder tief, lose oder fest, hell oder dunkel, bis der weiße Lichtkegel der Taschenlampe erst gelb, dann orange, dann braun, dann grau wurde und schließlich erlosch.

Sie förderte nicht ein einziges Katzenschnurrhaar zutage, und dennoch verkündete sie ihrer müden Jury – die nach Mitternacht nur noch aus mir bestand – jede Stunde aufs Neue: »In diesem Haus ist eine Katze, und ich werde es beweisen.« Am nächsten Morgen redete ihr mein Vater ins Gewissen, der einzige Mensch auf Erden, der meiner Mutter Vorwürfe machen darf. Sie müsse endlich zur Besinnung kommen und aufhören, die Existenz einer nicht existenten Katze beweisen zu wollen.

Bemerkenswerterweise widersprach ich Mutters Behauptung nicht ein einziges Mal. Es kann sogar sein, dass ich sie bei ihrer Suche ein wenig angefeuert habe.

Während mein Vater meine Mutter zum Aufgeben überredete, schlüpfte ich durch unsere Fliegengittertür nach draußen und rannte zu einem kleinen Birkenwäldchen hinter unserem Haus. In dessen Mitte befand sich eine Lichtung, die dicht mit Löwenzahn bewachsen war. Mein Versteck hatte also einen gelben Boden, weiße Birkenwände und eine blaue Himmelsdecke.

Meine Eltern wussten nicht, wohin ich verschwunden war.

Ich kehrte schnell wieder zurück.

Ohne etwas zu sagen.

Mutter hatte sich nicht in ihrer Gewissheit beirren lassen, dass sich eine Katze im Haus befand.

Der Geruch verflog im Lauf der Woche.

Ich sagte immer noch nichts.

Mit Nachlassen des Gestanks erlahmte auch Mutters Interesse an der Sache. Am darauffolgenden Sonntag war jeder Rest von Katzengeruch verschwunden. Mutter saß in ihrem Arbeitszimmer auf ihrem Ledersessel, der aussah wie Draculas Thron, und überarbeitete mit ihrem silbernen Cross-Kugelschreiber einen Antrag auf ein gerichtliches Schnellverfahren.

»Mom«, sagte ich von der Tür aus.

Sie spähte angestrengt über ihre Hornbrille zu mir herüber, ohne die Antragsschrift aus der Hand zu legen. Auf eine deutlichere Aufforderung zum Sprechen konnte ich lange warten. Ich hielt eine alte, struppige Katze im Arm.

»Das ist meine Katze«, sagte ich. »Ich bin den beißenden Geruch mit einer Mischung aus Essig, Backnatron, Spülmittel, Wasserstoffperoxid und einer Schicht Holzkohlenstaub losgeworden. Seit sie ins Haus gemacht hat, halte ich sie in einem Käfig im Birkenwäldchen, aber jetzt muss sie zu uns umziehen.«

Mutter knallte die Mappe mit dem Antragsentwurf übertrieben theatralisch auf das Beistelltischchen neben ihrem Sessel. Die gleiche Bewegung hatte ich einmal bei ihr beobachtet, als sie bei einem Prozess, dem ich als Zuschauerin beiwohnen durfte, den Höhepunkt ihres Schlussplädoyers erreicht hatte. »Himmel noch eins! Ich habe deinem Vater doch gesagt, dass ich eine Katze gerochen habe!«

»Ja«, nickte ich so ergeben, als würde ich vor der Queen stehen und ihre Weisung bezüglich einer Änderung des Steuerrechts entgegennehmen.

»Warum hast du mir nichts davon gesagt?«

»Ich wollte das Problem erst lösen, bevor ich euch die

Katze vorstelle.« In Mutters Arbeitszimmer verspürte ich keinerlei Emotionen. Ich hatte nicht das Bedürfnis, sie zuzulassen.

»Tja.« Sie wich meinem Blick aus. Ich war vielleicht der einzige Mensch auf der ganzen Welt, der sie entwaffnen konnte, und ich fürchte, dieser Umstand verunsicherte sie. Ich war wie ein ständig wachsender Dornbusch, den sie aus sicherer Entfernung zurückschneiden musste. Dabei wollte ich sie gar nicht verunsichern; ich wollte ihr nur die Faktenlage erklären.

»Es ist eine weibliche Katze. Ich habe ein Schallhalsband gegen Flöhe und Zecken an ihr ausprobiert, es funktioniert. Sie ist neben den Müllcontainern an der Schule herumgestreift und war nicht markiert. Aber es ist keine wilde Katze, sondern eindeutig eine Hauskatze, die ausgesetzt wurde oder sich verlaufen hat. Sie mag Menschen. Und sie hat nur auf die Kellertreppe gepinkelt, weil ich erst einen Tag, nachdem ich sie gefunden habe, eine Katzentoilette kaufen gegangen bin. Sie steht hinter meinem Sterilisiergerät, neben der Wasserstoffkammer.«

Ich fragte nicht, ob ich die Katze behalten durfte, wie es vermutlich die meisten anderen Kinder getan hätten. Für mich war sie nicht nur mein neues Haustier, sondern auch Teil eines Laborprojekts, und für meine Projekte brauchte ich keine Genehmigungen einzuholen.

»Name?«

»Jackson Brown.«

»Für eine weibliche Katze?«

»Ich dachte, dir gefällt diese Verneigung vor deinem Lieblingsmusiker.«

»Wie könnte ich zu einer Katze namens Jackson Brown Nein sagen?«

Ich habe dich nicht um deine Erlaubnis gebeten, nur um deine Zustimmung. Das ist etwas anderes.

Mein Psychiater stellte später die Theorie auf, die Nachsicht meiner Mutter gegenüber der Tatsache, dass ich ihr erst nach meiner Lösung des Urinproblems von der Katze erzählt hatte, habe mich später zum Verheimlichen meiner Schwangerschaft bewogen. Er vermutete wohl, ich hätte auch dieses Problem erst lösen wollen, bevor ich es publik machte. Die einzige Lösung, auf die ich während der ersten sieben Monate meiner heimlichen Schwangerschaft kam, war jedoch mein Vorhaben, das Baby Dylan zu nennen, nach dem zweiten Lieblingsmusiker meiner Mutter. Diesen Vorsatz setzte ich dann allerdings nicht um, weil sich der Name meines Babys während meiner Gefangenschaft änderte.

Als ich an Tag 20 in jenem Sarg von einem Schrank zunehmend unter Luftmangel zu leiden begann, fing ich nämlich an, den Namen meines Kindes noch einmal zu überdenken. Mein Sohn sollte einen bedeutsameren Namen bekommen.

· Der Schrankkäfig schien regelrecht mit zähem, beißendem Katzenurin getränkt zu sein, und durch die geringe Ventilation auf dem Dachboden an jenem warmen Frühlingstag begann ich zu schwitzen und japsend nach Luft zu ringen. Wenn ich geglaubt hatte, in meinem Zimmer eine Etage tiefer isoliert gewesen zu sein, dann fühlte sich der Schrank an, als würde ich völlig losgelöst durchs Weltall stürzen. *Das war es dann wohl mit meiner Raumkapsel. Das war es mit meinem Planeten. Die Schwerkraft lässt mich im Stich, befördert mich in eine Welt voller Gefahren jenseits der Sterne.*

Wird er mich den ganzen Tag hier drin lassen? Länger?
Ich glaube, es verging eine Stunde.

Irgendwann wurde ich von der Hitze ohnmächtig.

Erst als er den Schrank aufschloss und ich vor ihm auf den Boden kippte und mit dem Kopf gegen seine Stiefel stieß, kam ich wieder zu mir.

»Verdammt noch ...!«, schrie er und zog seine Füße unter meinem Kopf hervor, als wäre ich eine Ratte.

Hyperventilierend und nach Luft schnappend lag ich da, wie ein Fisch auf dem Trockenen.

»Oh, Scheiße«, sagte er und stampfte auf den Boden. »Scheiße, Scheiße, Scheiße.«

Er trat leicht gegen meine Rippen, was wohl seine Methode war, meinen Puls zu prüfen, um sich nur ja nicht bücken zu müssen. Während die Stahlkappe seiner Stiefelspitze wie eine Taube auf meiner Brust herumpickte, quälte ich mich mit meiner beinahe vollständig kollabierten Lunge herum, röchelte, hustete und würgte, bis sich mein Atem endlich wieder halbwegs normalisiert hatte. Nicht ein einziges Mal während meines Überlebenskampfes ließ er sich dazu herab, sich herunterzubeugen und mir zu helfen.

Als ich das Luftholen durch die Nase wieder einigermaßen steuern konnte, rollte ich mich zusammengekrümmt auf die Seite. Zum ersten Mal, seit ich ihm vor die Füße gefallen war, machte ich ein Auge auf und begegnete seinem stechenden Blick, woraufhin wir in einem Moment des gegenseitigen Hasses verharrten.

Er bewegte sich als Erster.

Mit einer raschen Abwärtsbewegung packte er eine Handvoll von meinem ausgebreiteten Haar und riss meinen Kopf und meinen Oberkörper ruckartig nach oben, um mich anschließend polternd über die Bodenbretter zu schleifen, wobei mein Steißbein die harten Holzplanken mit aller Wucht zu spüren bekam.

Um ein Gefühl von diesem Schmerz zu bekommen, müsste man eine Mütze mit zehn Tuben Sekundenkleber füllen und sich diese so lange auf den Kopf drücken, bis der hart werdende Klebstoff jede Mützenfaser umschlossen hätte und bis zu den Haarwurzeln vorgedrungen wäre. Dann müsste man die Mütze etwas über Kopfhöhe an einem Ast befestigen und still dastehen. Die Mütze würde jede Haarsträhne so langziehen, dass sie fast abbrechen würde, und die Kopfhaut so sehr dehnen, dass sie kurz vor dem Reißen wäre. – Ein schneidendes, brennendes, unerträgliches Reißen.

Er schleifte mich also über den Boden, während ich wild um mich schlug, während ich abprallte und rutschte und zeitweilig Erleichterung suchte, indem ich mich an seinen Unterarm klammerte, mit den Füßen umhertastete und Halt fand, wegrutschte und mich erneut gegen eine Diele stemmte. Mein Kopf fühlte sich wie Feuer an: ein loderndes, wütendes, weiß glühendes Feuer. Kein Halt, den meine Füße sich suchten, war fest genug, um der Wucht seines Ziehens zu widerstehen.

Ich krümmte den Körper nach links und nach rechts, ein kämpfender Thunfisch mit verzweifelt schlagenden Flossen, der aus dem Meer gezogen wurde.

Natürlich rutschte durch die Bewegung mein unbezahlbarer neuer Pluspunkt – das Gummiband – aus meinem Slip und schob sich nach oben Richtung Taille. Die Position meiner Schmuggelware wurde so prekär, dass sie sicher von meinem runden Babybauch geglitten und auf den Boden gefallen wäre, wenn ich mich weiter mit ruckartigen Bewegungen gegen die Holzdielen gestemmt hätte. Ich hatte die Wahl: gegen den Schmerz ankämpfen oder das Gummiband retten. *Gummiband*. Ich ließ die Beine locker und erlaubte es meinem Peiniger, mich ungehindert an den Haaren hinter sich herzuziehen. Wie eine Meisterdiebin schob ich unbemerkt die Hand in die Hose, griff nach dem Gummiband und umklammerte es fest.

Er bemerkte nichts davon, war zu sehr in seine Bemühungen vertieft, mir wehzutun. Bei der Treppe angekommen, ließ er mich auf den harten Boden fallen. Mein Rücken war mit Hunderten Splittern übersät und mein Steißbein zerschrammt und vielleicht sogar gebrochen, aber meine Entschlossenheit wuchs über jeden Berggipfel hinaus, über alle Galaxien, über Gott, seine Engel, seine Feinde, über sämtliche Mütter verschwundener Kinder. Dieser Mann würde unter Qualen zugrunde gehen, das stand fest.

»Steh auf, du Schlampe.«

Ich rappelte mich langsam auf und hielt mir die schmerzenden Körperteile, wobei ich die Faust weiter fest um das Gummiband geschlossen hatte.

Wieder standen wir uns Auge in Auge gegenüber. Ich wollte, dass er zuerst die Treppe hinunterging, damit er nicht sah, wie ich das Gummiband wieder in meiner Kleidung verstaute.

»Geh, du schwachsinnige Kuh«, befahl er.

Ausgerechnet du machst Bemerkungen über meine Intelligenz? Ist das dein Ernst?

Eine Sekunde verstrich. Dann noch eine. Tick. Tack. Er knirschte mit den Zähnen und hob die Arme.

Und dann klingelte irgendwo im Stockwerk unter uns ein Telefon, von dessen Existenz ich nichts geahnt hatte.

»Ach, verdammt«, knurrte er, während er die Stufen hinuntertrampelte, um zum Telefon zu gelangen. »Wenn du nicht in drei Sekunden unten bist, schleife ich dich persönlich runter.«

»Ja, Sir.« *Ja, du schwachsinniger Idiot.*

Ich steckte mir meine Trophäe in den Hosenbund und lächelte.

Während ich die Treppe hinunterhumpelte, spitzte ich die Ohren, um das Telefonat mitzubekommen. Ich hörte seinen Teil des Gesprächs, was schon genug war.

»Ich habe dir doch gesagt, dass dieses Haus zu frei zugänglich ist. Heute standen verdammt noch mal zwei Pfadfinderinnen vor der Tür! Mit ihrer Mutter! Die Mutter wollte einfach nicht wieder gehen. Du sagst immer, ich soll keinen Verdacht erregen. Du sagst, ich soll mich unauffällig verhalten und meine Rolle spielen. Ich bin der Typ, der hier draußen seine betagten Eltern pflegt, nicht wahr? Oh, ist es nicht reizend, dass er das alte Gebäude für seine Eltern umbaut? Hast du nicht behauptet, dass die Leute so reagieren würden? Verfickt noch mal, das ist deine bisher bescheuertste Idee, Brad. Ich musste dieser blöden Pfadfinderschlampe Tee anbieten! Eine Scheißtarnung ist das! Verdammt, ich habe es dir … ich habe es dir … Halt die Klappe, Brad. Ich habe es dir verdammt noch mal gesagt. Natürlich hätte ich alle drei erschossen, wenn das Flittchen geschrien hätte!«

Bei diesem letzten Satz zwinkerte er mir zu, mit einem Gesichtsausdruck, der zu sagen schien: *Oh ja, ich hätte euch alle erschossen.* Woraufhin ich dachte: *Zwinkere mir ja nicht zu. Bei der ersten Gelegenheit schneide ich dir für dieses Zwinkern die Augen heraus. Ich beschichte deine Pupillen mit Harz und trage sie an einer Kette um meinen Hals.*

Zurück in meinem Zimmer legte ich mich vorsichtig auf die Seite wegen der blauen Flecken und der Holzsplitter in meinem Rücken. Während ich auf der weißen Tagesdecke ruhte und meine nummerierten Pluspunkte durchging, dachte ich an den Schmetterling, der zu einem fernen Traumbild verblasst war. *Pluspunkt #28, Bogensehne alias Gummiband. Danke, schwarzer Engel, für die Warnung und das Geschenk.*

KAPITEL SECHS

So viele Tage, Monotonie

> *Und ich hasse dasselbe, was du hassest, die Nacht;*
> *ich liebe die Menschen, weil sie Lichtjünger sind,*
> *und freue mich des Leuchtens, das in ihrem Auge ist,*
> *wenn sie erkennen und entdecken, die unermüdlichen*
> *Erkenner und Entdecker. Jener Schatten, welchen alle*
> *Dinge zeigen, wenn der Sonnenschein der Erkenntnis*
> *auf sie fällt – jener Schatten bin ich auch.*
>
> Friedrich Nietzsche: Der Wanderer und sein Schatten

Thales gilt gemeinhin als erster griechischer Wissenschaftler. Er erfand die sogenannte »Schattenmethode«, mit deren Hilfe er Höhe und Breite von Gegenständen errechnen konnte, die man nur schwer hätte abmessen können. Diese Methode erprobte er an Pyramiden. Mit meiner Version der Schattenmethode kalkulierte ich nicht nur Höhe und Breite meines Kidnappers, sondern davon ausgehend auch sein Gewicht.

Nach dem Tag auf dem Dachboden hatte ich genügend Pluspunkte beisammen, um meinen Entführer fünf Mal umbringen zu können. Zu diesem Zweck musste ich jedoch erst einmal ein paar Fakten über ihn abklopfen und außerdem – wie beim Seilspringen – den genauen Zeitpunkt ermitteln, an dem ich ins Spiel einsteigen und zuschlagen musste. *Noch nicht, bald, bald, bald, er kommt, warte, warte ...*

Ich musste meine Waffen schleifen, meine Theorien bezüglich seines Gewichts und seiner Schrittlänge durch präzise Rechnungen untermauern und auf Richtigkeit prüfen – und schließlich üben, üben, üben. Wenn ich hier also nur jene Tage schildere, an denen Besuch kam oder an denen ich wichtige Gegenstände erbeutete, liegt das daran, dass ich ansonsten von stundenlangen Wiederholungen hätte berichten müssen, Wiederholungen, die ich in winziger Schrift auf mehreren Blättern Papier festhielt – meinem improvisierten »Laborjournal«, das ich im Füllmaterial meiner Matratze vergrub. Unten stehend ein Auszug daraus, in dem ich den Gegenstand meiner Studien, meinen Kidnapper, durch dieses Symbol darstelle: ☉ Es steht für den bösen Blick. Der böse Blick gilt in vielen Kulturen als schlechtes Omen für die Person, die von ihm getroffen wird, und ich nutzte wahrlich jede Chance, meinen dickbäuchigen Gefängniswärter mit dem bösen Blick zu schaden, und sei es nur durch ein Symbol in meinem Laborjournal.

Nun stellt sich vielleicht die Frage, warum ich ein derart abergläubisch und mythisch gefärbtes Symbol in ein auf wissenschaftlichen Kriterien beruhendes Laborjournal integrierte. Zur Erklärung meiner Beweggründe eine kleine Nebengeschichte:

Als ich acht Jahre alt war, holte mich mein ecuadorianisches Kindermädchen einmal von einer Theaterprobe nach der Schule ab. Sie wartete an der Tür der Turnhalle auf mich, wo sie die Gespräche der dort versammelten Mütter mitbekam. Das Stück, das wir probten, war *Unsere kleine Stadt*, und ich spielte das altkluge kleine Mädchen. In einer Szene musste ich eine Rampe hinunterrennen und meinen Text ins Publikum brüllen. Ich habe keine Ahnung, warum, aber ich tat, was der Regisseur von mir verlangte, da mir der Kinderpsychiater Theaterspielen verordnet hatte.

»Vielleicht hilft ihr das Spielen dabei, die brutale Realität des Amoklaufs hinter sich zu lassen«, hatte er zu meiner Mutter gesagt, nachdem ich den Fehler gemacht hatte, ihr zu erzählen, dass ich im letzten Monat mehrmals von Maschinengewehren geträumt hatte. Sie ahnte ja nicht, dass es sich dabei nicht um eine vorübergehende Phase handelte, sondern dass ich diese Träume ständig hatte, sie sogar aktiv herbeiführte. Ich hatte viel über die Gehirnentwicklung im Alter von sechs bis acht Jahren gelesen und wusste, dass das Gehirn im Schlaf daran arbeitet, sich selbst zu heilen, stärker zu werden. Also erzwang ich fast jede Nacht die Wiederholung der peitschenden Schüsse, damit die Träume ihre wundersame Wirkung taten und in den Falten meiner Amygdala noch dichtere neuronale Verbindungen knüpften. Zu diesem Zweck lag ich abends im Bett und blätterte einen Munitionskatalog oder eine Jagdzeitschrift durch, die ich beim Zahnarzt im Wartezimmer mitgenommen und in meiner Unterwäscheschublade versteckt hatte, um die Bilder, die ich dort sah, eilig in meinen Hippocampus einzubrennen, wie ein halbwüchsiger Junge mit dem *Playboy*.

Und dennoch sollte ich Theater spielen. Die Rolle in *Unsere kleine Stadt* hatte ich nur übernommen, um meine Mutter zu beruhigen.

Also rannte ich an jenem Nachmittag die Rampe hinunter und brüllte meinen Text, wie es mir der Regisseur aufgetragen hatte, und anscheinend fing ein Grüppchen Mütter daraufhin wie ein Bienenschwarm an zu summen. »Sag ihr, sie soll den Mund halten«, flüsterte eine. »Das ist sie. Die Verrückte, die den Alarm ausgelöst hat, als der Amokschütze in der Schule war«, sagte eine andere.

Als sich mein rundliches Kindermädchen daraufhin zu den Müttern umdrehte, sah es, dass eine elegante Frau mit blonder Helmfrisur mir aus halb zugekniffenen Augen den unheilbringenden bösen Blick zuwarf. »Ich lasse Sara jedenfalls nicht mehr mit ihr spielen. Dieses Mädchen sollte man auf eine Sonderschule für Kinder schicken, die nicht ganz richtig im Kopf sind«, sprach die Dame mit der Helmfrisur.

Mein Kindermädchen schnappte hörbar nach Luft, was die tuschelnde Meute dazu brachte, ihre geifernden Münder zu schließen. Bevor die Mütter eilig eine geheuchelte Entschuldigung murmeln konnten, marschierte meine Beschützerin wie ein General, der dem Präsidenten eine Kriegshandlung ankündigt, in die Turnhalle, packte mich beim Arm und zog mich ohne Umschweife nach draußen.

Auf der Fahrt nach Hause sprach sie nicht mit mir, sondern murmelte lediglich ein Gebet vor sich hin. »Dios mío, ad te Domine«, wiederholte sie immer wieder. Zu Hause stellte sie mich neben dem Kühlschrank ab, während sie ein Ei herausholte, das sie anschließend über meine Arme, meine Beine, meinen Rumpf und mein Gesicht rieb. In diesem Moment kam Mutter in die Küche und wurde Zeugin dieser eigenartigen Handlung, woraufhin sie ihre Aktentasche aus Krokodilleder auf den Küchenboden fallen ließ.

»Gilma, was machen Sie denn da, um Himmels willen?«, rief sie.

Gilma ließ sich nicht beirren.

»Gilma, was in aller Welt tun Sie da?«

»Lady-Madam, nicht unterbrechen mich. Blonde Frau hat geworfen böse Blick auf mein Baby. Ei ist einzige Rettung.«

Mutter toleriert normalerweise keinen Aberglauben,

aber Gilmas Stimme war fest und entschieden, und wenn sich eins über meine Mutter sagen lässt, dann, dass sie zuhört, wenn sie sich einer ehrlichen Überzeugung gegenübersieht, vor allem der einer stämmigen Südamerikanerin mit lederner Haut und goldbraunen Augen.

»Sie keine Sorgen machen, ich mich um alles gekümmert. Ich blonde Frau auch böse Blick zugeworfen, und sie nicht wissen über die Ei.« Sie zwinkerte, fühlte sich sicher in ihrem uralten Mythos.

Ich hatte nichts dagegen, dass Gilma ihr Ei auf meinem Körper herumrollte, auch wenn ich diese Methode für nicht besonders effizient hielt. Wozu die Ungewissheit eines vermeintlichen Heilmittels gegen Flüche abwarten, wenn man die Sache auch selbst in die Hand nehmen und konkrete Ergebnisse erzielen konnte?

Eine Woche später war die Premiere von *Unsere kleine Stadt*. Bevor wir auf der Bühne Aufstellung nahmen, schlüpfte ich vor den Vorhang, um nachzusehen, wo meine Eltern saßen. Auch Gilma war im Publikum, eine Reihe dahinter. Ich hatte nicht geglaubt, dass sie kommen würde, und lächelte erfreut. Gilma wies mit dem Kinn zu den Sitzreihen jenseits des Gangs. Wir folgten ihrem Blick, und Mutter schlug beide Hände vor den Mund, um einen ungläubigen Ausruf zu ersticken. Gilma zwinkerte und formte mit den Lippen: »Böser Blick. Sie kein Ei.«

Unsere Aufmerksamkeit galt der blonden Frau, deren perfekte Helmfrisur an diesem Tag eine ungleichmäßig rasierte Schneise vom Nacken aufwärts bis zur Seitenpartie ihres ehemals vollen, gelockten Ponys aufwies. Bis auf jene gezackte Trasse war ihr aufgeplusterter Bob intakt. Sie trug ihre Frisurenkatastrophe trotzig wie ein Abzeichen, aber ihre zitternden, geballten Fäuste verrieten ihre erregte Gemütsverfassung. Ich habe keine Ahnung, warum sie sich kein Tuch um den Kopf gewickelt hatte, wie es jede andere Frau mit ein wenig Selbstachtung getan hätte.

Eine Frau in einem biederen blauen Pullover beugte sich zu meiner Mutter und flüsterte: »Ihr fünfjähriger Sohn hat sie so zugerichtet, mit Daddys Rasierapparat. Angeblich lag sie betrunken und ohnmächtig auf ihrer Chaiselongue.«

Mutter bedachte die Pullover-Frau mit einem freundlichen, katzenartigen Lächeln und zwinkerte dann Gilma zu, meiner treuen Gouvernante, meinem Ritter der Gerechtigkeit, meiner abergläubischen Eierrollerin.

Wie dem auch sei, hier nun der Auszug aus meinem Laborjournal:

Tag 8: 8.00 Uhr, Eintreffen mit Frühstück. ☉ stellt etwas vor der Tür ab. Schlüsselklappern. ☉ braucht 2,2 Sekunden, um Riegel aufzuschieben – von links nach rechts – und Schloss aufzuschließen. Öffnet Tür mit rechter Hand, stellt rechten Fuß auf Türschwelle, hebt Tablett vom Boden auf. Wenn ☉ aufrecht steht, erreicht er die Markierung 1,75 m auf dem Türpfosten [die Markierungen hatte ich zuvor mit meinem Lineal und Bleistift angebracht]. *Beide Hände von ☉ sind voll. Schiebt Tür mit rechter Schulter weiter auf, kommt mit linkem Fuß zuerst ins Zimmer. Vom Entriegeln der Tür bis Aufsetzen des linken Fußes vergehen 4,1 Sekunden. ☉ bleibt nicht stehen, um zu sehen, wo ich bin; erster Schritt auf der 3. Bodendiele; bringt die 2,50 m von Tür zum Bettrand in 3 Sekunden und 4 Schritten hinter sich; linker Fuß, rechter Fuß, linker Fuß, rechter Fuß herangezogen. Bei heutiger Sonneneinstrahlung ragt Schatten von ☉ 99 cm* über oberstes Brett des Kopfendes hinaus sowie 94 cm über die Seitenwand des Betts Richtung Tür. [Ich markierte diese Stellen gedanklich, was mir die zuvor mit dem Lineal gezogenen Rillen erleichterten.] ⊙ *bietet mir mehr Wasser an. Verlässt Zimmer, um Tasse im Badezimmer auf dem Flur aufzufüllen. Zeitabschnitt von Angebot bis Rückkehr: 38 Sekunden.*

8.01 Uhr: ⊙ *geht wieder.*

8.02–8.15 Uhr: Verzehr des Frühstücks – Zimtbrötchen, Banane, Schinkenröllchen, Milch.

8.15 Uhr: Messen von Schattenkonturen, Erfassen von Körpergröße. Daraus abgeleiteter Körperumfang am Bauch: 101 cm; Vergleich mit meiner Körpergröße und meinem Körperumfang. Gewicht bei letztem Praxisbesuch plus 2–4 Kilo = 61–65 Kilo mit Kind. Ergebnis: ⊙ *wiegt 83 kg. Wert stimmt mit anfänglicher Schätzung und früheren Messungen überein.*

8.20–8.30 Uhr: Warten, bis ⊙ *auftaucht und Tablett wieder mitnimmt.*

8.30 Uhr: ⊙ *kommt zurück. Schlüsselklappern. Braucht 2,1 Sekunden, um Riegel beiseitezuschieben und Schloss aufzuschließen. Öffnet Tür mit rechter Hand, stellt rechten Fuß auf Türschwelle, schiebt Tür mit rechter Schulter weiter auf, kommt mit linkem Fuß zuerst ins Zimmer. Vom Entriegeln der Tür bis Aufsetzen des linken Fußes vergehen 4,1 Sekunden –* ⊙ *bleibt im Tempo konstant, ob er Essen dabei hat oder nicht. Bleibt nicht stehen, um zu sehen, wo ich bin; erster Schritt auf der 3. Bodendiele; bringt die 2,50 m von Tür zum Bettrand in 3 Sekunden und 4 Schritten hinter sich; linker Fuß, rechter Fuß, linker Fuß, rechter Fuß herangezogen – erneute Übereinstimmung. Sonne* wirft Schatten auf Höhe von 96 cm über oberstes Brett des Kopfendes hinaus sowie 91 cm über die Seitenwand des Betts Richtung Tür.

8.30–8.35 Uhr: ☉ bietet Toilettenbesuch an. Benutze Toilette, wasche mir Gesicht, Körper und Zähne mit Waschlappen, der seit Tag 3 auf Becken liegt, trinke Wasser aus dem Hahn.

8.35 Uhr: ☉ geht wieder.

8.36 Uhr: Markierung und Messung der Schatten. Vektoren übereinstimmend: 1,75 m Körpergröße, Bauchumfang 101 cm, Gewicht 83 kg. Werde Messungen fortsetzen, um absolute Sicherheit zu erhalten und eventuelle Gewichtsschwankungen zu bemerken.

8.40–12.00 Uhr: Meditation, Tai Chi. Platzierung der Pluspunkte geübt, Inventur gemacht.

12.00 Uhr: ☉ kehrt zurück. Beobachtungen identisch mit Eintrag von heute Morgen. Mittagssonne wirft kreisförmigen Schatten um seinen Körper, etwa 15 cm von seinen Füßen entfernt. Seine Stiefel haben Gummisohlen, aber ich glaube nicht, dass ihn das retten wird.

12.01 Uhr: ☉ reicht mir Plastikbecher, damit ich auf der Toilette mehr Wasser holen kann. Trinke aus Hahn. Sammle 200 ml Wasser und gehe ins Zimmer zurück. ☉ geht wieder, schließt Tür ab.

12.02–12.20 Uhr: Mittagessen – Quiche mit Ei und Speck, selbstgebackenes Brot, Milch.

12.20 Uhr: Messen des Schattens, Festhalten der Koordinaten: 1,75 m, 101 cm, 83 kg. Werte übereinstimmend. Messungen werden trotzdem fortgesetzt.

12.20–12.45 Uhr: Warten, bis ☉ Tablett abholt.

12.45 Uhr: ☉ kommt wieder, Schlüsselklappern ...

Und so weiter. Er war pünktlich und verhielt sich vollkommen vorhersehbar, seine Koordinaten blieben konstant. Ein militärischer Klon, ein hypnotisierter Soldat. Ich kannte die akkuraten Gewohnheiten meines Navy-Seal-Vaters und schloss daraus, dass mein Kidnapper vielleicht ebenfalls einen militärischen Hintergrund hatte. An Tag 25 war ich mir dessen beinahe sicher. Seltsam war jedoch die Diskrepanz zwischen seiner absoluten Pünktlichkeit und seinem ungepflegten Äußeren.

Wie aus oben stehendem Auszug ersichtlich wird, wiederholte ich sämtliche Messungen mehrfach. Ich wollte eine hundertprozentig sichere Hinrichtung. Allerdings ging mir rasch auf, wie ineffizient es war, alles aufzuschreiben, weshalb ich zu Diagrammen wechselte, um meine Berechnungen und Koordinaten festzuhalten, und bloß noch neu hinzugewonnene Informationen und Pluspunkte protokollarisch festhielt. Von da an enthielt mein Laborjournal fast nur noch grafische Darstellungen.

KAPITEL SIEBEN

Special Agent Roger Liu

Unsere Ermittlungen dauerten bereits endlose Wochen an, als Lola und ich in einer Ecknische des berühmten Frühstücks-Diners Lou Mitchell's in Chicago saßen. Es war ein Mittwoch im späten Frühling, weshalb sich eine bunte Mischung aus Touristen in Trainingsanzügen und machtbewussten Geschäftsleuten in schicken Zweireihern im Diner tummelte. Mein Essen traf auf einem heißen Porzellanteller am Tisch ein: zwei Spiegeleier, die noch von der Butter schimmerten, in der sie gebraten worden waren, weißer Toast, Bratkartoffeln und eine doppelte Portion Bacon. Lola hatte das Gleiche bestellt, plus einen Stapel Pfannkuchen und eine Portion gekochten Schinken. Natürlich teilten wir uns dazu eine große Kanne Kaffee. Ich ließ mich mitreißen von der Energie der exzentrischen Kellnerinnen und geschäftigen Gäste mit ihrem typischen näselnden Tonfall des Mittleren Westens. Die Atmosphäre war eher die eines Nachtklubs, ganz so, als würden weder der Arbeitstag noch der Reisebus warten oder als wäre beides nur ein kurzer Boxenstopp auf dem Weg zu einem panierten Steak zum Mittagessen und ein paar Bier mit Chicken Wings nach der Arbeit. Ich pulsierte in diesem Rhythmus und gestattete mir ein innerliches Grinsen bei der Aussicht darauf, mir auf einer Terrasse an der Rush

Street einen Cocktail zu gönnen. Doch dann klingelte mein Mobiltelefon.

»Hallo?«, meldete ich mich.

Lola hob die Nase aus ihrem dampfenden Berg Pfannkuchen. »Hm«, sagte ihr Gesichtsausdruck.

Als ich die Stimme am anderen Ende der Leitung hörte, stand ich vom Tisch auf und ging zum Telefonieren hinaus auf den Gehweg. Lola aß unterdessen in aller Seelenruhe weiter. Beim Zurückkommen erwischte ich sie dabei, wie sie eine Scheibe Toast von meinem Teller stibitzte.

»Das war Boyd«, teilte ich ihr mit und schwieg dann. Es gefiel mir, sie auf diese Weise neugierig zu machen.

Sie warf meinen Toast auf ihren Teller und schnappte sich ihre Serviette, die bereits fleckig war von Ahornsirup und tropfendem Eigelb. Während sie sich energisch die Mundränder abwischte und mit der Zunge Schinkenfasern aus ihren Zähnen entfernte, boxte sie triumphierend mit der Faust in die Luft. »Gottverdammte Scheiße, Liu. Ich wusste, dass dieser nach Hühnermist stinkende Farmer mehr weiß. Habe ich es nicht gleich gesagt? Habe ich es dir nicht gesagt?«

Sie hatte nichts dergleichen gesagt, sondern sich nur über den Gestank in Boyds Scheune beschwert. Um ehrlich zu sein, hatte allerdings auch ich das Gefühl gehabt, dass Boyd mehr wusste. Ich wünschte, ich könnte behaupten, sein Anruf hätte mich überrascht, aber ich hatte solche Situationen schon zu oft erlebt. Die Leute werden nervös, wenn plötzlich das FBI bei ihnen in der Küche sitzt und sie befragt. Sie sorgen sich darum, wie sie wirken, wie sie klingen, fragen sich, ob sie vielleicht selbst unter Verdacht stehen. Ihnen fallen Fehltritte aus der Vergangenheit ein, und sie überlegen, ob meine Befragung nur Tarnung für eine andere

Ermittlung ist, eine, die sie selbst betrifft. Erst, wenn wir schon lange wieder weg sind, mehrere Tage oder sogar Monate, kommt eine tief vergrabene Erinnerung oder eine unbewusste Beobachtung in ihnen hoch, und dann kramen diese wohlmeinenden Zeugen meine oder Lolas Visitenkarte hervor und rufen uns an. Normalerweise sind ihre Enthüllungen bedeutungslos oder uns bereits bekannt. »Ihr Auto war eindeutig grün, daran erinnere ich mich jetzt wieder ganz genau, Mr Liu«, sagen sie zum Beispiel, und ich denke: *So ist es. Ein smaragdgrüner Ford, Zweitürer, Baujahr '79. Wir haben ihn letzte Woche mit den Leichen im Kofferraum am Grund des Lake Winnipesaukee gefunden. Danke für den Anruf.*

Ich erwartete also nicht viel, als ich Boyds Stimme hörte. Junge, Junge, was für ein Irrtum.

Doch bevor wir uns mit Boyds Juwel von einem ermittlungstechnisch wertvollen Hinweis beschäftigen, sollte ich vielleicht erklären, warum Lola und ich überhaupt in einem Diner in Chicago saßen. Wie bereits erwähnt, war uns das Glück beschieden gewesen, an einer Tankstelle am Rand von South Bend, Indiana, auf vielversprechende Videobänder zu stoßen. Wir wussten, welches Datum und welche ungefähre Uhrzeit wir uns ansehen mussten: den Nachmittag des Tages, an dem Boyd seinen Transporter verkauft hatte, des Tages, der zufällig auch der Geburtstag seines Bruders war, weshalb Boyd noch am selben Tag zu einem längeren Besuch in Louisiana aufgebrochen war.

Für besagten Zeitraum existierten drei Bänder: eins von der Kamera bei den Zapfsäulen, eins von der Kamera über der Kasse und eins von der Kamera über den Toiletten, die von außen begehbar waren. Auf allen drei Bändern entdeckten wir unseren Verdächtigen, frontal gefilmt. *Jack-*

pot. Meist runzelte er die Stirn, nur auf einer Einstellung lächelte er breit. Wir verfolgten seinen Weg auf den Aufnahmen, nachdem sein Transporter zunächst bei den Zapfsäulen auftauchte. Dort blieb der Verdächtige zweieinhalb Minuten, wonach wir ihn etwa drei Minuten aus den Augen verloren, in denen er offenbar eine Schokoladenmilch und eine Packung Ding-Dongs aus den Tankstellenregalen nahm, bevor er an der Kasse wieder ins Bild kam. Dort bat er um »ein Päckchen Marlboro«, was leicht zu erkennen war, weil er so langsam sprach und wir geübt im Lippenlesen waren. Dann fragte er noch nach »dem Toilettenschlüssel«, den ihm unser entzückender Tankstelleninhaber gerne überreichte. Weitere vier Minuten vergingen, bevor der Verdächtige den Schlüssel zurückbrachte und wir ihn ein letztes Mal draußen bei den Zapfsäulen sahen, wo er überprüfte, ob der Tankdeckel fest zugedreht war, hinter der Fahrertür verschwand und davonfuhr.

Sämtliche Aufnahmen wurden zur gründlichen Analyse nach Virginia geschickt, genau wie die Fingerabdrücke, die wir Boyds Badezimmer entnommen hatten. Wir erhielten folgendes Ergebnis: Bei unserem Verdächtigen handelte es sich um einen Mann Anfang vierzig mit braunen, kurzen Haaren à la Julius Cäsar, kleinen runden Rattenaugen, die so dunkelbraun waren, dass sie fast schwarz wirkten, schmalen, kaum sichtbaren Lippen und einer breiten Nase mit außergewöhnlich großen Nasenlöchern. Seine unteren Augenlider hingen herunter, sodass man das rötliche Innere sah, laut unseren Medizinexperten ein mögliches Anzeichen für eine Lupus-Erkrankung. Unsere Profiler und Anthropologen schätzten ihn als in Amerika aufgewachsenen Sizilianer ein. Offenkundig war er Raucher und übergewichtig, was sich jedoch nur in seinem vorstehenden Bauch äußerte, denn ansonsten war er schlank. Er hatte keine Vorstrafen und war nicht beim Militär registriert, daher brachten die Fingerabdrücke keine Ergebnisse. Wir errechneten für ihn eine Körpergröße von einem Meter fünfundsiebzig und ein Gewicht zwischen zweiundachtzig und vierundachtzig Kilo.

Unser Mann trug ein T-Shirt von Lou Mitchell's. Die Fachleute, die die Aufnahmen auswerteten, stellten fest, dass Shirts in dieser Farbe und mit diesem Aufdruck nur in den letzten ein bis zwei Jahren hergestellt worden waren. Ich wäre vielleicht gar nicht so aus dem Häuschen gewesen über das T-Shirt, wenn es der einzige Hinweis gewesen wäre; es hätte ja auch sein können, dass unser Verdächtiger nur einer der vielen Touristen war, die dieses Lokal besuchten. Aber als er an der Tankstellenkasse seinen Geldbeutel öffnete, machte er den Fehler, ihn auf dem Schalter abzulegen, und unsere scharfsichtigen Videospezialisten in der FBI-Zentrale vergrößerten die entsprechende Einstellung – Frame 126:05:001 – und entdeckten den oberen Rand eines ausgefransten Schecks, auf dem mehrere Buchstaben zu erkennen waren: L CHELL'S. Obwohl wir uns so weit hineinzoomten, dass wir die einzelnen Moleküle des Ledergeldbeutels erkennen konnten, fanden wir den Namen des Mannes nicht, da er offenbar keinen Führerschein und keine Kreditkarten mit sich führte, daher nannten wir unseren Verdächtigen mit den Rattenaugen von da an einfach Ding-Dong.

Begierig stürzten wir uns auf die sichtbaren Buchstaben auf Ding-Dongs Scheck. Unsere Verhaltensanalytiker stellten die Theorie auf, dass Ding-Dongs Körperform, sein Gang, die Brandblasen an seinen Fingern und seine Angewohnheit, sich an der Zapfsäule die Hände an der Hose abzuwischen, auf einen Fast-Food-Koch hindeuteten. Aufgrund des T-Shirts und des Schriftzugs auf dem Scheck in seinem Geldbeutel mutmaßten daraufhin alle, dass er als solcher bei Lou Mitchell's gearbeitet hatte. Unsere Medizinexperten diagnostizierten bei ihm außerdem ein leichtes Lungenemphysem, allein aufgrund der Videoaufnahmen.

Lola und ich eilten also nach Chicago, auf der Suche nach irgendjemandem, der unseren kurzatmigen Schnellgerichtkoch identifizieren konnte.

Bei Lou Mitchell's warteten wir nun darauf, dass der Küchenchef, ein Mann namens Stan, den Frühstücksandrang hinter sich brachte. Dem Geschäftsführer hatten wir versprochen, keine Nachforschungen bei den Kellnerinnen während ihrer Arbeitszeit anzustellen, also setzten wir uns zunächst einmal und orderten das bereits erwähnte Frühstück. Als wir dem Geschäftsführer ein Foto von Ding-Dong gezeigt hatten, hatte er erklärt: »Ich arbeite erst seit letztem Jahr hier und kann mich nicht an diesen Kerl erinnern. Ihr redet am besten mit Stan. Wenn der Typ tatsächlich hier gearbeitet hat, dann weiß er es auf jeden Fall.«

Unsere Kellnerin, eine resolute Lady von Ende fünfzig, kam, um unsere Teller abzuräumen. Seitlich zu uns stehend, mit schräg gelegtem Kopf und vertraulich gelangweiltem Ton sagte sie: »Der Große hat jetzt Zeit für euch. Durch die Theke und dann bei der Gefriere links. Könnt ihn gar nicht verfehlen.«

Lola und ich folgten ihren Anweisungen. Sobald wir bei »der Gefriere« links abbogen, erblickten wir ihn, einen buchstäblichen Schrank von einem Mann, der vor einer zwei Meter langen Grillpfanne stand. Er war so breit, dass er zwei zusammengeknüpfte Schürzen brauchte, um seine ausladende Körpermitte zu bedecken.

»Stan?«, fragte ich.

Nichts.

»Stan?«, wiederholte ich.

»Hab Sie schon beim ersten Mal gehört, Sheriff. Kommen Sie rüber und setzen Sie sich auf den Ölkanister hier.«

Ich ließ mich nieder, und Lola nahm ihre übliche Position als ergebener Wachposten hinter meinem Rücken ein.

Von der Seite betrachtet glich Stans Kopf in Umfang und Form einem Medizinball. Er trug einen gepflegten Backenbart und eine Haarmähne, die er bis auf halbe Höhe seines Schädels glatt zurückgekämmt hatte und die sich an seinem Hinterkopf in einer Clownsfrisur wilder Locken der Pomade-Bändigung entzog. Stan drehte den Kopf und blickte mich an. Ich hatte noch nie eine so große Nase gesehen. Falls es auf diesem Planeten je Riesen gegeben hat, war Stan mit Sicherheit ein Nachfahre von ihnen.

»Was wollen Sie von mir wissen, Sheriff?« Ein Teigspritzer von seinem Pfannenwender landete auf dem Boden, und ich folgte ihm mit meinem Blick. Stan sah ungerührt geradeaus.

»Ich will von Ihnen wissen, ob Sie vielleicht diesen Mann kennen.« Ich hielt ihm ein Foto von unserem Verdächtigen hin.

Stan richtete seine braunen Kuhaugen auf das Bild, schnaubte abfällig, drehte sich zu seiner Grillpfanne zurück, wendete in rascher Abfolge drei Pfannkuchen und grunzte in meine Richtung.

»Das heißt dann wohl, dass Sie ihn kennen«, sagte ich.

»Der Kerl ist ein Idiot vor dem Herrn. Hat seit ungefähr zwei Jahren keinen Fuß mehr hier hereingesetzt, weil ich ihn nämlich nach seinem dritten Arbeitstag gefeuert habe. Der Kerl kommt zu mir, erzählt mir, er hätte fünf Jahre lang bei Detroit in einem Fernfahrerlokal gearbeitet. Laut eigener Aussage war er dort alles: Fast-Food-Koch, Souschef, Konditor, Küchenchef, die ganze Palette. Angeblich hat er sich mit dem Inhaber zerstritten und daraufhin alles verloren. Sagt, er will noch einmal ganz von vorn anfangen, ob er in meiner Küche arbeiten kann. Also hab ich ihm die Bacon-Station zugeteilt. Gleich am ersten Tag wurde mir klar, dass dieser Kerl noch nie eine Küche von innen gesehen hat. Hat jeden einzelnen Streifen Bacon anbrennen lassen, den er knusprig braten sollte. Am nächsten Tag hab ich ihn in die Spülküche geschickt. Hat er auch nicht hingekriegt. Bei ihm gingen Teller wieder raus, an denen noch Ei und andere Sachen klebten. Da ist wohl meine übliche Old-Stan-Standpauke über Perfektion fällig, habe ich gedacht und ihm noch einen Tag Bewährung gegeben. Tja, dumm gelaufen, er hat auch den dritten Tag versaut. Und wir sind nun mal Lou Mitchell's, Sheriff. Schlamperei dulden wir hier nicht. Bei uns gibt's das beste Frühstück der Stadt. Daley, der Bürgermeister, ist ein Riesenfan von uns, und auf Zagat steht, unsere Omeletts wären ein Geschenk des Himmels. ›Weltklasse‹ heißt es dort.« Stan wandte seine Aufmerksamkeit Lola zu. »Sie wissen, wovon ich rede«, sagte er und zeigte mit seinem Pfannenwender auf sie. »Ja, Sie wissen Bescheid, Detective, ich habe gesehen, wie Sie meine Pfannkuchen verdrückt haben.«

Lola bedachte Stan mit einem knappen Nicken, was bei ihr schon das höchste der Gefühle und in diesem Fall ein Zeichen des Respekts war. Das schien er zu wissen, denn er zwinkerte ihr zu und kehrte dann zu der Predigt zurück, die er mir gerade hielt.

»Wie auch immer, Sheriff, das hier ist Lou Mitchell's, deshalb muss ich mir von niemandem auf der Nase herumtanzen lassen, klar?«, betonte er, als würde ich diese völlig offensichtliche Tatsache bestreiten. Ich stimmte ihm mit einem Nicken zu, und Stan fuhr fort: »Na ja, am vierten Tag warte ich jedenfalls am Hintereingang auf den Schwachkopf, drücke ihm seinen Scheck in die Hand und sage ihm, dass er nicht mehr wiederzukommen braucht. Sagt der verdammte Trottel doch glatt, ich müsste ihn in bar bezahlen, er könne keine Schecks einlösen. Ich hätte es wissen müssen, stimmt's? Ich hätte wissen müssen, dass er der Schwarzgeld-Typ ist. Tja, wir sind hier aber kein Schwarzgeld-Laden, Sheriff.« Stan drehte sich zur Seite, um weitere Pfannkuchen zu wenden, während er mit der freien Hand hinter seinem Rücken eine wegwerfende Handbewegung machte. »Ich vermute, Sie brauchen seinen Namen und wollen wissen, was wir sonst noch an Informationen über ihn haben. Das Problem ist nur, dass ich den üblichen Bewerbungsprozess umgangen und ihn spontan direkt vor Ort eingestellt habe. Deshalb habe ich keine Bewerbungsunterlagen und auch sonst nichts von ihm vorliegen. Linda, unsere Empfangsdame, hat ihn eine Lohnsteuerbescheinigung ausfüllen lassen, damit wir Schecks auf ihn ausstellen konnten. Sagen Sie ihr, sie soll die Bescheinigung für den Trottel herauskramen, der sich ›Ron Smith‹ nannte und im März '91 drei Tage hier gearbeitet hat. Aber Vorsicht, Sheriff: Der Typ hieß nicht wirklich Ron Smith, das wissen wir beide.«

»Da haben Sie sicher absolut recht, Stan. Gibt es sonst noch irgendetwas, was Sie uns über ihn erzählen könnten? Hatte er Tätowierungen? Hat er etwas über seine Herkunft erzählt, wo er zur Schule ging, irgendeine Information, die uns weiterhelfen könnte?«

»Also erstens war er ein Arschloch. Zweitens hohl wie

der Ölkanister, auf dem Sie sitzen. Konnte nicht mal Bacon braten. Drittens war er ungesellig. Hat weder mit mir noch mit sonst jemandem geredet. Asozialer Scheißkerl. Ich wüsste keine einzige Info über ihn, außer vielleicht, dass er ein Pünktlichkeitsfanatiker war. Hat um Punkt fünf Uhr morgens eingestempelt und um Punkt fünfzehn Uhr wieder ausgestempelt, auf die Sekunde. Das weiß ich, weil ich für Linda seine Stundenzahl zusammengerechnet habe. Die Stechuhr hat exakt die volle Stunde angezeigt, zu Schichtbeginn und zu Schichtende, an allen drei Tagen. Als er damals an der Hintertür aufgetaucht ist, hat er etwas gesagt, was mir in Erinnerung geblieben ist: ›Ich habe einen Pünktlichkeitsfimmel. Bei mir können Sie sicher sein, dass ich jeden Tag pünktlich da bin, aber ich muss auch genau zum Ende meiner Schicht ausstempeln. Nennen Sie es eine Zwangsstörung, nennen Sie es, wie Sie wollen. Ich bin immer pünktlich, ich kann nicht anders.‹ Das hat er zu mir gesagt. Verdammter Spinner.«

»Stan, damit haben Sie uns sehr geholfen. Glauben Sie, dass er ein Ex-Soldat ist, ein Kriegsveteran?«

»Diese Dumpfbacke war ganz sicher nicht bei der Army. Bei den Marines, der Air Force oder der Navy schon gar nicht. Auf keinen Fall. Ich habe selbst gedient, und hier arbeiten auch viele Jungs, die früher Soldaten waren. Nicht einer von ihnen ist wie dieser Kerl. Zumal er sich null Komma null für seinen Körper interessiert hat. Ich selbst darf diesbezüglich nichts sagen, aber die meisten Ex-Soldaten, die ich kenne, halten sich in Schuss, wenigstens ein bisschen. Die Oberarme von diesem Kerl haben noch nie eine Hantel gesehen, das steht fest. So etwas merkt man. Nein, das ist nur so ein Spinner, der pünktlich sein muss, weil er sonst austickt.«

»Stan ...«, setzte ich an, doch in diesem Moment fuhr der Küchenchef zu mir herum und zeigte mit dem Pfannenwender auf mein Gesicht. Ich wich zurück, während Lola sich interessiert vorbeugte. Stan ignorierte sie, als wäre sie eine lästige Fliege in seiner Küche. Die beiden hätten vermutlich ein gutes Paar abgegeben, wenn Lola auf Männer gestanden hätte. Stan wäre ihr vielleicht gewachsen gewesen.

»Der Kerl war verdammt noch mal verrückt, Sheriff, das schwöre ich Ihnen. Mir ist gerade noch etwas eingefallen: Er hatte einen nervösen Tick und hat ständig mit den Augen geklimpert, wenn man ihn zur Rede gestellt hat. Konnte einen zur Weißglut treiben. Das kommt also noch zu seinem Pünktlichkeitsfimmel dazu. Er hatte wirklich eine Zwangsstörung, wenn Sie mich fragen.« Stan hielt inne, um mir den Tick zu demonstrieren, indem er heftig mit den Augen blinzelte. »Das ist alles, woran ich mich erinnere. Mehr habe ich nicht zu bieten.«

Lola richtete sich wieder auf und verdaute diese neue Information. Auch ich überlegte, inwiefern sie uns weiterbrachte. Ich war mir sicher, dass Lola ihren generellen Nutzen infrage stellen und bezweifeln würde, dass sie uns in irgendeiner Form weiterhalf. Auch in mir wurden die Zweifel stärker, denn Lola hatte normalerweise recht.

Nachdem wir uns mit Linda durch zehn verschiedene Kisten im Keller gewühlt hatten, fanden wir die richtige Lohnsteuerbescheinigung, ausgefüllt auf den Namen »Ron Smith«. Wir faxten sie an die Zentrale, und wie erwartet bestätigten uns die Archivspezialisten kurz darauf, dass es sich um einen falschen Namen und eine falsche Sozialversicherungsnummer handelte. So falsch, dass sie sie nicht einmal durch die Datenbank jagten. »Liu, Sie müssten mittlerweile wissen, dass Sozialversicherungsnummern nicht mit einer 99 anfangen, es sei denn, dieser Mann stammt aus dem fiktiven Städtchen Talamazoo in Idaho.« Daraufhin prusteten sie nach Art von trotteligen, lichtscheuen Bürogewächsen in sich hinein.

Nachdem wir das Lou Mitchell's verlassen hatten, schlenderten Lola und ich in Richtung Stadtzentrum. Wir überquerten den Chicago River auf dem Fußgängerstreifen einer verschnörkelten, orange gestrichenen Eisenbrücke. Das Wasser unter uns leuchtete in karibischem Grün, und die Fähren und Wassertaxen glitten in harmonischem Chaos umher. Anwälte, Touristen, Kinder, Nachtschwärmer, die aus Jazzklubs nach Hause torkelten, und Börsenkuriere in knallgelben Jacken wuselten umher und rempelten sich gegenseitig an, als wären sie die silbernen Kugeln in einem Flipperautomaten. Lola und ich bewegten uns gleichmäßig und langsam durch das Gedränge, blieben vor dem Sears Tower stehen, nachdenklich und schweigend, jeder für sich über die Entwicklungen des Vormittags nachdenkend.

Zu diesem Zeitpunkt arbeiteten wir bereits seit fünf Jahren zusammen, und man konnte uns getrost als gleichrangig bezeichnen, auch wenn sich unsere Gehaltsstufen unterschieden. Ich wusste genau, wann *sie* ihre Ruhe brauchte, und sie wusste, wann ich meine brauchte. Es schmerzt mich zwar, es zuzugeben, aber Lola und ich waren ein besser justiertes Gespann, als ich es mit meiner eigenen Frau bildete. Sogar unsere Schritte waren an diesem Morgen synchron, unsere Schrittlänge, unsere Gangart, unsere Atmung, unsere Pausen, unser Kopfschütteln, unser ganzes Sein, als wären wir ein seit Langem zusammenarbeitendes Stepptanz-Duo am Broadway. Vielleicht war es dieser Spaziergang, bei dem ich endlich den in mir nagenden Zweifel erhörte und mir eingestand, dass ich ein schrecklicher Ehemann war. Ich war nie zu Hause. Würde Sandra enttäuscht von mir sein, wenn ich meinen Dienst quittierte? Würde ich es schaffen, diese Hölle hinter mir zu lassen, diese Verpflichtung, die ich mir aufgebürdet hatte, zum Teil als Bestrafung und zum Teil als Wiedergutmachung eines großen Fehlers aus der Vergangenheit?

Tief hinein ins Zentrum Chicagos bummelten wir. Die Hochhäuser auf beiden Seiten der Madison Street verdunkelten Teile unseres Weges, als würde es bereits dämmern. Als wir die Schmuckhändler auf dem Lower Wacker Drive erreichten, rauschte über unseren Köpfen die Hochbahn vorbei. In dieser Gegend der Stadt waren die Tauben zahlreicher als die Büroangestellten, die zwei Straßen zuvor noch alles bevölkert hatten. Wir gingen weiter und überquerten die Michigan Avenue, um in den Grant Park zu gelangen. Dort setzten Lola und ich uns auf eine Bank. Ich schlug gedankenversunken die Beine übereinander, sie spreizte ihre, stemmte die Ellbogen auf ihre Oberschenkel und ließ den Kopf hängen.

Mein Mobiltelefon klingelte. Es war Boyd. Ich hatte schon auf seinen Anruf gewartet und stand auf, um im Kreis zu gehen und ihm außer Reichweite von Lolas gespitzten Ohren zu lauschen.

Nach dem Gespräch kehrte ich zu unserer Bank zurück und ahmte Lola nach, ließ genau wie sie mit gebeugten Schultern den Kopf hängen. Nachdem ich mir eine Minute für mich gegönnt hatte, atmete ich laut aus, um Bewegung in unser Zwei-Mann-Team zu bringen. Ich hatte etwas zu verkünden.

In meinem Beruf erlebt man die verrücktesten Dinge,

hat mit Begebenheiten zu tun, die für sich genommen noch einigermaßen plausibel wirken, zusammen jedoch vollkommen aberwitzig sind. Es hatte beispielsweise einen Fall gegeben, bei dem ein rumänischer Zirkus seinen alten Tanzbären in einer dicht bewaldeten Gegend Pennsylvanias ausgesetzt hatte, eben jener Gegend, in der wir einen Kidnapper vermuteten, der im Vormonat ein zehnjähriges Mädchen entführt hatte.

Die Bärin, der man die Klauen entfernt hatte, assoziierte Menschengeruch mit Futter und folgte diesem Geruch in konzentrischen Kreisen, bis sie buchstäblich über unseren Kidnapper stolperte, mit ihrer Bärentatze seine Luftröhre abdrückte und ihn erstickte. Das zehnjährige Mädchen war zu erschrocken, müde und erschöpft gewesen, um davonzulaufen, und hatte sich schluchzend vor dem Raubtier auf dem Boden gewälzt. Später erzählte es uns, dass ihm die Bärin in seinem Fieberwahn wie die heilige Mutter Gottes vorgekommen sei, mit einem Glorienschein um ihr göttliches Gesicht und ihr rosa Gewand. Ein Autofahrer fand das Mädchen halb bewusstlos auf dem Rücken der Bärin vor, die wimmernd und knurrend mitten auf einer alten Holzabfuhrstraße entlanglief. Das Mädchen trug einen rosa Turnanzug, und der Tanzbär ein rosa Tutu.

Während ich auf jener Chicagoer Parkbank über Boyds Geschichte nachdachte, stieß ich einen tiefen Seufzer aus, als könnte ich seine Worte damit zu einer halbwegs glaubwürdigen Wahrheit komprimieren.

In unserer gekrümmten Haltung verharrend drehten wir die Köpfe und sahen uns an. »Bist du bereit, mir zu erzählen, was Boyd gesagt hat?«, fragte Lola.

»Hol das Auto. Wir fahren zurück nach Indiana. Am besten wären wir schon vor einer Stunde aufgebrochen.«

»Verdammt, Liu, ich wusste, dass dieser stinkende Farmer mehr weiß.«

»Du hast ja keine Ahnung. Die Geschichte glaubst du mir nie. Hol das Auto.«

»Rosa Tanzbär?«

»Rosa Tanzbär.«

KAPITEL ACHT

Tag 25 in Gefangenschaft

Es gibt Tage im Leben, die erschreckend gruselig sind, rückblickend jedoch eine gewisse Komik entwickeln. Eine düstere Komik zwar, aber immerhin. Und es gibt Menschen, die auf groteske Weise absonderlich wirken, und auch sie gewinnen im Rückblick diese düstere Komik. Sie machen einem die eigene Überlegenheit bewusst, weil sie die Messlatte so niedrig legen, weil sie einem die Luft wegatmen, als wäre es ihr gutes Recht.

An Tag 25 hatte ich einen Besucher, bei dessen Erinnerung ich noch jetzt, während ich diese Worte schreibe, kichern muss. Vielleicht fanden Gott und sein schwarzer Schmetterling, dass ich eine Pause von meinem Kummer brauchte, und schickten mir daher etwas, worüber ich rückblickend herzlich lachen konnte. Rückblickend wohlgemerkt. Während der Begegnung brauchte ich meine ganze Energie dafür, gegen meine Angst anzukämpfen und den hartnäckigen Panikschalter in meinem Kopf immer wieder auf Aus zu stellen.

Es war später Nachmittag, und die Abenddämmerung begann bereits, das Haus zu umhüllen. Mein Abendessen würde jede Minute eintreffen. Wie jeden Tag sammelte ich meine Trainingsutensilien ein, auch die, die nur in meiner Fantasie existierten, und legte die sichtbaren wie die unsichtbaren Hilfsmittel an ihren angestammten Platz. Dann setzte ich mich aufs Bett, drückte den Rücken durch und legte eine Hand auf jedes Knie. Mein Bauch ragte vor wie bei einem drallen Plüsch-Teddybären.

Knarz.

Knarz, knack – näher kommende Schritte.

Knarz, knack – laute Schritte.

Ins Schlüsselloch geschobenes Metall, Drehgeräusch, Aufschnappen des Schlosses, Öffnen der Tür.

Kein Essen.

»Steh auf.«

Ich erhob mich.

»Komm her.«

Ich ging zu meinem Gefängniswärter, und er zog mir eine Papiertüte aus dem Supermarkt über den Kopf.

»Leg eine Hand auf meine Schulter, die andere aufs Treppengeländer. Ich habe die Tüte nicht zugebunden, du siehst also deine Füße auf der Treppe. Jetzt komm. Und stell bloß keine dummen Fragen.«

Was soll das? Warum muss ich mit fast völlig verdeckter Sicht eine Treppe hinuntergehen? Was könnte ich jetzt noch Wichtiges sehen? Ich korrigiere: Was glaubst du, was ich jetzt noch Wichtiges sehen könnte? Ich weiß, dass ich eine unermessliche Anzahl an Pluspunkten entdecken würde, vielleicht sogar einen Fluchtweg, aber das weißt du nicht, du Affe.

»Ja, Sir.«

Aufgrund der Papiertüte erlangte ich keine Informationen über die Welt unterhalb des Treppenabsatzes vor meiner Gefängniszelle, davon abgesehen, dass die Stufen aus Holz und in der Mitte heller waren, weil dort anscheinend ein Läufer fehlte. Der Boden im Erdgeschoss bestand aus schmalen Eichendielen, die offenbar über viele Jahre stark beansprucht worden waren, denn sie waren abgewetzt und der Lack fast vollständig verschwunden. Wir bogen um mehrere Ecken und betraten schließlich einen hellen Raum, dessen Licht trotz Papiertüte zu mir hereinströmte. Jemand zog mir die Tüte vom Kopf.

»Hier ist sie«, sagte mein Kidnapper zu meinem Kidnapper.

Was ist denn jetzt los? Verliere ich allmählich den Verstand? Da sind zwei von diesen Kerlen. Wie bitte?

»Also in meinen Augen sieht sie kerngesund aus, Bruderherz. Die bringt uns sicher ein nettes Sümmchen ein«, sagte der Doppelgänger meines Geiselnehmers zu meinem Geiselnehmer.

Eineiige Zwillinge. Das Ganze ist ein Familienunternehmen. Man tauche mich in geschmolzene Bronze und gieße mich zur Statue, mit offen stehendem Mund.

»Komm, setz dich zu mir, lieber Panther«, sagte der doppelte Kidnapper zu mir und wies mit einer femininen Geste auf einen prunkvollen Speisezimmertisch. Seine Fingernägel waren länger als bei einem Mann üblich. Mir fiel sein lila Paisley-Halstuch auf.

Ein unerwartetes Geräusch drang an mein Ohr, das Klimpern eines Klavierstücks von Tschaikowski. Es ging von einem Plattenspieler aus, der auf einem Servieraufsatz mit Spitzendeckchen am Ende des Esstischs thronte. Eine Rosentapete in Malve und Grün verlieh dem Raum ein altmodisches viktorianisches Flair, das durch die dunkle Esszimmergarnitur noch antiquierter wirkte. Das Holz war beinahe schwarz und auf Hochglanz poliert. Zwölf Stühle mit hohen Lehnen und rosa geblümten Kissen umgaben den Tisch, in dessen Mitte es aus Auflaufformen dampfte. Die Heizung war voll aufgedreht.

»Hübscher Panther, hübscher, hübscher Panther, komm her, setz dich neben mich. Mein Name ist Brad«, stellte sich der Zwilling vor, in einem hohen, nasalen Singsang. Sein langes, fransenbesetztes Halstuch flatterte bei jeder seiner übertriebenen Gesten.

Das ist also Brad. Warum nennt er mich Panther? Bestimmt war der Schal von ihm, den ich nach der Ultraschalluntersuchung behalten habe.

Brad und mein Entführer waren absolut identisch: das gleiche Gesicht, die gleichen Haare, Nase, Augen, Mund, die gleiche Körpergröße, der gleiche Bierbauch. Einziger Unterschied: Brad sah sauber und frisch aus, während mein Kidnapper verquollen und aufgedunsen wirkte.

Ich setzte mich auf den Stuhl neben Brad, und er legte mir seine Hand federleicht auf den Ellbogen. Selbst durch den Stoff hindurch fühlte sie sich klamm an. *Sein Händedruck ist sicher kraftlos, bei diesen schlaffen Handgelenken*, dachte ich. Meine Mutter hätte ihn gehasst. »Traue niemandem mit einem schwachen Händedruck«, sagte sie gern. »Menschen, die zur Begrüßung nur ein bisschen deine Finger berühren, haben kein Rückgrat, keine Substanz, keine Seele. Die kannst du – musst du – getrost vergessen.« Brad legte ein großes Mobiltelefon auf den Tisch, außerhalb meiner Reichweite.

»Bruder, du hast mir gar nicht gesagt, dass unser kostbarer Panther so eine coole Diva ist!«, rief Brad, während er ein Brötchen auf meinen Teller legte, wobei es sich wieder um einen Porzellanteller mit dem altbekannten, verhassten Muster handelte. *Irgendwann vernichte ich diese Teller.*

»Lass uns einfach essen und sie dann wieder hochbringen, Brad. Ich verstehe nicht, warum du unbedingt mit diesen Dingern essen musst. Sind doch sowieso so gut wie tot«, sagte mein entsetzlich ungehobelter Kidnapper.

»Ts, ts, Bruderherz, musst du immer so ruppig sein?«, rügte ihn Brad und sah mich an. »Ich muss mich entschuldigen, Panther, mein Bruder hat keine Manieren. Kümmere dich nicht um diesen Rohling. Genießen wir lieber unser Abendessen. Ich bin so müde; ich bin gestern erst aus Thailand eingeflogen und habe heute den ganzen Tag beim Zahnarzt verbracht. Der alte Griesgram hat mich außerdem in einer flohverseuchten Absteige in diesem gottverlassenen Nest untergebracht. Was bin ich müde, Panther. Unendlich müde. Und morgen fliege ich schon wieder nach ... Oh, Panther, was bin ich rücksichtslos, quassle hier nur über mich selbst. Du willst bestimmt endlich essen, hihi.«

Welchen Film habe ich neulich noch mal mit Lenny gesehen, meinem Freund? Ach ja: Three On A Meathook. *Sohn, Mutter und Vater, alles Killer. Eine Familie von Psychopathen.* Tschaikowskis Musik verwandelte sich in die kreischenden Klänge aus dem Film *Psycho*, und ich sah ein Messer vor mir, das durch einen Duschvorhang hindurch zustach.

Brad nahm den Deckel von einer Platte, auf der aufgeschnittener Braten angerichtet war, und legte mir zwei Scheiben auf den Teller. Ich hoffte, dass es sich um Kalbfleisch handelte, denn es sah so aus und roch auch so. Allerdings traute ich meinen Sinnen in dieser Höhle des Wahnsinns längst nicht mehr. Brad servierte mir außerdem eine Pyramide glänzender grüner Bohnen, einen Klecks Kartoffelbrei und zart glasierte Möhren. Das Fleisch schnitt er in winzige Stücke und beugte sich zu mir herüber, als wäre er meine Mutter und ganz vernarrt in mich.

»Panther-Mädchen, mein Bruder und ich, na ja, vielleicht auch nur ich, haben uns gefragt« – an dieser Stelle ging sein hoher Singsang in ein gepresstes, tiefes Brummen über, als würde er halb ernst, halb spaßig mit einem Kleinkind sprechen –, »warum du ihn immer so böse anfunkelst?« Er kehrte zu seiner höheren Stimme zurück und fuhr fort: »Woran liegt es? Schmeckt dir das Essen nicht, dass er dir vorsetzt? Haha, keine Sorge, wir lassen ihn nicht selbst an den Herd. Er hat es nicht mal geschafft, einen Job zu behalten, bei dem er in einem Diner Speckstreifen wenden musste! Weißt du noch, Bruderherz? Weißt du noch, als du wegwolltest von deinem lieben Brady-Pu? Das hat ja nicht so toll geklappt, was?« Brad zwinkerte meinem Kidnapper zu. »Jetzt muss das Dickerchen wieder für mich arbeiten. Für alles andere ist es zu dumm. Wie auch immer, wie auch immer ... ich gerate schon wieder ins Plaudern. Du funkelst ihn wahrscheinlich so böse an, weil er so ein ungepflegter Dickwanst ist.« Brad knuffte mich in die Schulter, um mich zum Mitlachen aufzufordern. Ich stieß mühsam ein kurzes »Ha« hervor, woraufhin ich sofort den starren Blick meines Geiselnehmers auf mich zog, einen kalten, leblosen Blick, der von permanentem Blinzeln durchzogen war. Es war das erste Mal, dass mir dieses Blinzeln an ihm auffiel: Er blinzelte und blinzelte und blinzelte, ohne Pause.

»Halt verdammt noch mal den Mund, Brad, und lass uns das hier hinter uns bringen.« Blinzel, blinzel.

»Aber, aber, Bruderherz, entspann dich. Gönn dem Mädchen doch sein leckeres Mampfi-Mampfi! Stimmt's, Pantherchen?«

»Ja, Sir.«

»*Ja, Sir?*«, johlte Brad. »Ja, Sir! Oh, Brüderchen, was für ein Baby sie noch ist, ein süßer kleiner Baby-Panther.«

Brad wandte sich seinem eigenen Teller zu. Meine Hände lagen auf meinem Schoß. Während er die Gabel zum Mund führte, schoss sein Blick zu meinen geballten Fäusten. Er starrte mich mit halb zusammengekniffenen Augen finster an, hatte in Sekundenschnelle seine kichernde Leichtigkeit verloren.

»Nimm jetzt deine verdammte Gabel und iss das Kalbfleisch, das ich für dich zubereitet habe. Jetzt sofort!«, befahl er mit tiefer, hasserfüllter Stimme. »Hihi«, fügte er anschließend in zurückgekehrtem hohem Tonfall hinzu.

Ich nahm meine Gabel und aß das arme Kälbchen.

»Also, Bruderherz, warum nennt mich dieser Panther hier ›Sir‹? Lässt du dich etwa von ihm so nennen?«

Mein Kidnapper sank noch tiefer in seinen Stuhl und schob sich Kartoffelbrei in den offenen, kauenden Mund.

»Bruderherz, Bruderherz. Du wirst nie über Daddy-Pu hinwegkommen, nicht wahr?« Brad drehte sich in meine Richtung. »Mein Bruder ist fürs Leben gezeichnet, hübscher Panther. Unser Daddy, unser lieber, lieber Daddy, hat sich nämlich immer von uns ›Sir‹ nennen lassen. Selbst wenn wir Grippe hatten und in unseren gebügelten Schlafanzügen zur Toilette rannten und uns übergeben mussten, hieß es: ›Sir, es tut mir leid, dass ich kotzen muss, Sir.‹ Und rate mal, was mein lieber Daddy einmal mit meinem dämlichen Bruder gemacht hat, schwarzes Raubkätzchen?«

»Brad, wenn du jetzt nicht sofort dein widerliches Maul hältst ...« Blinzel. Blinzel. Blinzel, blinzel, blinzel.

Brad unterbrach ihn, indem er ohrenbetäubend laut mit beiden Handflächen auf den Tisch schlug. Der Kronleuchter mit den tropfenförmigen Kristallen zitterte, als er aufsprang, um sich brüllend nach vorn zu beugen.

»Nein, *du* hältst dein Maul, Bruder!«, schrie er und

schwang das Messer in seiner Hand, während er sich mit der Zunge eine Fleischfaser aus den Zähnen saugte.

Mein Kidnapper hielt sofort den Mund, und Brad setzte sich wieder und lächelte mir mit gekräuselter Nase zuckersüß zu.

Hm, eigenartige Dynamik. Der feminine Zwilling übt Macht über den dicken, ungepflegten Zwilling aus. Ich beugte mich ein wenig näher an Brad heran, vielleicht aus dem Wunsch heraus, in ihm ein Gefühl der Komplizenschaft zu erzeugen.

»Brüderchen, Brüderchen, immer so empfindlich, ts, ts!« Bei dem Wort »empfindlich« wurde Brads Stimme eine Oktave höher. »Nun hör dir das an, Raubkätzchen: Mein kleiner Bruder hatte Schwierigkeiten, sich an die Zeitvorgaben unseres Vaters zu halten. Ja, Daddy hatte immer die Zeit im Blick, auf seiner Militäruhr, die er besaß, seit er als Unteroffizier gedient hatte. Ich hingegen war überaus pünktlich und Daddys Liebling – selbstredend.«

Während Brad »selbstredend« sagte, inspizierte er zufrieden seine Fingernägel.

»Nun ja, und dieser Volltrottel hier überzog grundsätzlich Daddys Fristen, um eine Minute hier, um dreißig Sekunden dort. Ist schnaufend angekeucht gekommen, völlig außer Atem. Eines Abends, wir waren damals beide achtzehn – wir sind Zwillinge, musst du wissen – und hatten gerade die Highschool beendet, schickte Daddy ihn los, um im Laden an der Ecke Milch und Instantkaffee zu kaufen. Daddy sagt also zu ihm: ›Sohn, ich stoppe die Zeit. Das wird ein Test. Du bist um Punkt neunzehn Uhr wieder hier, keine Sekunde später, verstanden?‹ Und mein Bruder antwortet: ›Ja, Sir‹, was die korrekte Antwort war. Der Junge rennt also aus der Tür und rast die Straße hinunter, während Daddy und ich ihm hinterherblicken. Daddy knurrt vor sich hin: ›Der Kerl ist ein Nichtsnutz, ein Versager. Hetzt davon wie ein Schwachkopf.‹ Im Laden muss dann irgendetwas passiert sein. Was war es noch gleich, Bruderherz? Was hat dafür gesorgt, dass du volle zwei Minuten zu spät kamst?«

Schweigen.

Zwei Brüder, die sich gegenseitig mit Blicken töteten. Schweiß, der meinem Kidnapper die Hängebacken hinunterrann.

Blinzel. Blinzel. Blinzel.

Hass zwischen zwei Männern, Zwillingen.

Blinzel. Blinzel. Blinzel.

Ich legte meine Arme schützend um meinen Bauch.

Blinzel. Blinzel. Blinzel.

»Ist ja auch vollkommen egal. Mein lieber, dämlicher Bruder keucht jedenfalls zur Tür herein, und Daddy tippt auf seine Uhr und sagt: ›Junge, es ist exakt 19.02 Uhr. Du kommst zwei Minuten zu spät. Dafür wanderst du ein Jahr in den Bau.‹«

Mein Geiselnehmer ließ seine Gabel fallen. Dieses Mal war sein Blick starr, er blinzelte nicht, konzentrierte seinen ganzen Hass auf mich, als wäre ich diejenige, die ihm die Strafe aufgebrummt hatte. Vielleicht lag es daran, dass ich aufgehört hatte zu essen und Brad fasziniert anstarrte, damit er mir mehr von dieser Geschichte erzählte. Die Frage *Welchen Bau?* verkniff ich mir gerade noch.

»Pantherchen, weißt du, was der Bau war? Natürlich nicht. Obwohl mein Bruder jammerte und flehte, schleifte ihn Daddy die Kellertreppe hinunter, schob eine falsche Wand beiseite, schubste ihn in eine Gefängniszelle, die wir im vorherigen Sommer gebaut hatten, und schloss die Tür ab. Es war meine Aufgabe, unserem Trottel seine Mahlzeiten zu bringen. Ich habe mir wirklich sehr viel Mühe gegeben mit seinem Essen, Panther. Es ist ungeheuer wichtig, gesund zu bleiben, wenn man eingesperrt ist. Lektion von Daddy. Ich hoffe, mein Bruder füttert dich gut. Tut er das? Kriegst du regelmäßig deine Mahlzeiten?«

»Ja, Sir.« Ich sah meinen Geiselnehmer bei meiner Antwort nicht an. Es war mir egal, ob er sie guthieß oder nicht.

»Falls nicht, springe ich ein und übernehme das. Also sag es mir ruhig ehrlich, Panther: Bringt er dir regelmäßig deine Mahlzeiten, ja?«

Ich will nicht, dass du einspringst. Dann müsste ich mit meinen Berechnungen noch einmal ganz von vorne anfangen. Zu spät, ich bin so nah dran. Nein, ich lasse nicht zu, dass du einspringst.

»Ja, Sir.«

»Schnucki, Schnuckiputzi, dann läuft ja alles wie geschmiert«, sagte Brad und klatschte in die Hände wie ein Aufzieh-Äffchen mit Becken. »Aber nun zurück zu meiner Geschichte. Der Stinkstiefel hat seine Zelle ein ganzes Jahr nicht mehr verlassen. Auf den Tag genau ein Jahr später holten wir ihn heraus, um Punkt 19.02 Uhr.« Beim Wort »Punkt« tippte sich Brad an die Nase. »Im Bau musste er jeden Tag schreiben: ›Der Teufel zwingt mir seine Uhrzeit auf. Er leitet mich, wenn ich zu spät komme.‹ Mit diesem Satz hat er 365 Notizbücher gefüllt, eins pro Tag. Als mein Bruder dann endlich freigelassen wurde – ›endlich frei, endlich frei‹ –, wandte er sich an Daddy und sagte: ›Danke, Sir.‹ Und das war die richtige Antwort.«

Mein Gefängniswärter hatte mich immer noch nicht aus seinem unnachgiebigen Blick entlassen. Jetzt, da ich die Ursache für die Finsternis seiner Seele kannte, erreichte sein bedrohliches Starren eine neue Ebene der Bösartigkeit. Blinzel. Blinzel. Blinzel. Ich las in seinen Augen, dass er mir gegenüber keinerlei Gnade zeigen würde, weil er mein Mitleid fürchtete – Mitleid hätte ihn geschwächt, hätte bedeutet, dass sein Daddy im Unrecht gewesen wäre. Blinzel. Blinzel. Blinzel. Mitleid hätte geheißen, dass er unter mir stand, ein niederes Geschöpf. Sein Blinzeln bohrte sich in mich hinein und löst eine leise Angst in mir aus, eine Angst, die sich erst nach vollen zehn Sekunden zurückdrängen und ausschalten ließ. Blinzel. Blinzel.

Jemand stieß gegen meinen Teller.

»Iss dein Gemüse, Pantheon, wir brauchen dich gesund und munter«, forderte mich Brad auf.

»Iss dein Essen, denn ich bin kurz davor, dir das Baby aus dem Leib zu schneiden«, knurrte mein Entführer.

Brad rügte ihn nicht, sondern nickte zustimmend mit dem Kopf.

Ich nahm einen Schluck von der Milch, die Brad mir eingeschenkt hatte, und wünschte mir, ich könnte nach dem Steakmesser greifen, das unter seinem kleinen Finger lag, und ihm die Klinge in den Hals rammen. Das rote Blut hätte sich aufs Schönste mit der lila Seide seines Schals vermischt.

Nachdem das Abendessen beendet und abgeräumt war, tänzelte Brad hinaus und kam mit einem Stück Apfelkuchen wieder herein, nur für mich. »Panther, Pantherton, nimm diesen Kuchen doch bitte mit in dein Zimmer. Danke, dass du mir Gesellschaft geleistet hast bei diesem kleinen Happi-Happi. Hin und wieder lerne ich gern die Hüterinnen unserer Ware kennen.« Beim »Hin und wieder« wedelte er mit der freien Hand hin und her.

Hüterinnen eurer Ware? Redest du so von einem schwan-

geren Mädchen? Von einer Mutter? Du bist so krank, dass ich mich noch nicht einmal über dich ärgern kann. Krank. So krank, dass es schon lächerlich ist.

Als Brad die Hand hob, um mein Ohrläppchen zwischen Daumen und Zeigefinger zu reiben, dachte ich ernsthaft darüber nach, ihn von hinten anzurempeln, damit er die Balance verlor, und ihn mitten in der Vorwärtsbewegung am Arm nach hinten zu reißen, damit er auf den Rücken fiel – allein durch seine eigenen physikalischen Kräfte. Anschließend würde ich mit meiner Ferse seine Luftröhre abdrücken – das wären dann *meine* physikalischen Kräfte. Genauso hatte es mir mein »Daddy-Pu« beigebracht. Sobald dieses Manöver vollbracht war, würde ich nach dem Schürhaken links neben mir greifen und meinen verdutzten Geiselnehmer damit aufspießen. Leider machte meine fortgeschrittene Schwangerschaft alle Erfolgsaussichten dieser so simplen wie offensichtlichen Lösung zunichte, weshalb ich schicksalsergeben den Apfelkuchen entgegennahm.

Erneut zur Hälfte durch die Papiertüte erblindet, ging ich mit meinem Kidnapper im Rücken und meinem typisch amerikanischen Dessert in der Hand zu meiner Zelle zurück.

Normalerweise hätte er mich einfach hineingeschubst. Diesmal blieb er stehen und musterte mich von oben herab. »Du glotzt mich an, als wäre ich unter deiner Würde, du Schlampe. Seit dem ersten Tag hast du kein einziges Mal geblinzelt. Lass dir eins gesagt sein: Du hast keine Chance. Ich werde dich aufschlitzen und ausweiden. Dann wirst du es bereuen, dass du über die kleine Geschichte meines Bruders gelacht hast.«

Mit diesem freundlichen Gutenachtgruß verließ er mich.

Sein blinzelndes, zähneknirschendes Grinsen verfolgte mich bis in den Schlaf.

Ich reiße mich besser zusammen, damit er seine bisherigen Verhaltensmuster beibehält.

KAPITEL NEUN

Tag 30 in Gefangenschaft

Wie erwartet drang um halb acht Uhr morgens der Duft nach frisch gebackenem Brot an meine Nase. Mein vierter Küchenfrauentag war angebrochen und ging wie immer mit vibrierendem Boden – die Deckenlüftung lief – und dem Surren und Rütteln des Mixers einher. In meiner Vorstellung knetete das apfelgrüne Gerät gerade den Teig für ein Blech Brownies, denn eine Schokoladen-Duftwolke erfüllte den Raum und verweilte unter der Zimmerdecke, bevor sie dem Geruch nach schmelzendem Käse und buttriger Kruste wich. Meine Nase zuckte, mein Magen knurrte, und mir lief das Wasser im Mund zusammen. Ach, hätte ich doch nur die Schüssel auslecken oder einen kleinen Happen Kuchen probieren dürfen, wenn er frisch aus dem Ofen kam! Stattdessen kauerte ich zusammengekrümmt auf meinem Gefängnisbett und bemühte mich, keine Geräusche zu machen. Auf dem Flur hustete mein Kidnapper. Er lehnte mit dem Rücken an meiner Tür, die bei jedem seiner schnaufenden Atemzüge klapperte. Am frühen Morgen hatte er mir wieder seine Waffe gezeigt und den Eimer neben mir aufs Bett geworfen. »Rühr dich verdammt noch mal nicht vom Fleck! Kein Mucks, oder ich verpasse dem Baby heute noch eine Kugel«, hatte er gewarnt.

Der Lauf der Waffe hatte auf meinen Bauchnabel gezeigt,

also vermutlich auf den Kopf meines Babys. Nachdem er endlich weg war, blieb ein Frösteln zurück, so eiskalt, als hätte er tatsächlich abgedrückt. Solange das Arschloch in meinem Zimmer gewesen war, hatte ich nicht einmal mit der Wimper gezuckt, war nur innerlich erschaudert beim Gedanken daran, dass Metall sich durch mein Kind fraß. Eine grauenvolle Vorstellung, die nicht mehr verschwinden wollte, wie das unaufhörliche Summen einer Mücke.

Siebzehn Jahre später sitze ich vor einem Spruch, den ich aufgeschrieben und mir über den Schreibtisch gehängt habe: »Worauf du auch wartest – sei darauf gefasst, dass es eintritt.« Damit meine ich, dass man nicht untätig herumsitzen, sondern die nötigen Schritte ergreifen sollte, um Erhofftes Wirklichkeit werden zu lassen. Ein Ziegelstein, eine Schicht Mörtel, noch ein Ziegelstein – Schritt für Schritt Richtung Ziel, Gefühl für Gefühl. Der Spruch soll mich immer daran erinnern, dass ich so leben muss, als würde das, worauf ich warte, auf jeden Fall wahr werden, unabhängig von Zweifeln, physikalischen Gesetzen oder – am allerschlimmsten – der zur Verfügung stehenden Zeit.

Zeit, tickende Zeit. Sie lässt unsere Entschlossenheit stumpf werden wie Wasser, das unaufhaltsam über einen spitzen Felsen rinnt. Vor allem in der Senke, in der Mitte einer Zeitspanne, wenn die Sekunden zäh tickend ihren Hohn kundtun, muss man sich zwingen, an jede Schlaufe zu denken, die noch aufzutrennen ist, an jede Schrittfolge, die noch nicht dreifach überprüft wurde, an jeden Schatten, der noch nicht ausgemessen ist, an jede Aufgabe, egal welche, solange sie auf das eine entscheidende Ziel zuführt – das Ereignis, das man so sehnlich erwartet.

Viele Nachmittage vergingen beinahe komatös unter dem stetigen Tröpfeln der Zeit – tropf, tropf, tropf. Irgendwann fielen mir keine weiteren Aufgaben mehr ein, und ich versank in einer katatonischen Starre, glotzte die raue, scheunenähnliche Holzwand meiner Gefängniszelle an. Die Deckenbalken wurden zu Ästen, die Decke zu einem weißen Wolkenhimmel. Bis mich das Trompetensignal einer knarrenden Holzdiele aufschreckte, die eine Bewegung jenseits der Tür verriet, und ich in meinem Verstand mühsam nach einer neuen Aufgabe kramte. Wenn ich keine fand, wandte ich mich der einzigen Beschäftigung zu, die mir ein wenig Trost verschaffte: dem Proben der Abläufe. Das Ereignis, das ich herbeisehnte, erforderte Training, Training und noch einmal Training, je mehr, desto besser.

Ich liebe olympische Athleten, vor allem die Einzelsportler, die nicht für ihre Mannschaft kämpfen, sondern für ihr eigenes Seelenheil. Die Schwimmer, die Leichtathletik-Stars. Und ich habe eine Schwäche für ihre Hintergrundgeschichten, Geschichten von zermürbenden Trainingstagen, die um vier Uhr morgens beginnen und bis Mitternacht dauern. Wie die Springteufel schießen diese Sportler aus ihrer Kiste, klappen wieder in sich zusammen, schießen erneut heraus, klappen zusammen, auf und ab, auf und ab, mit fest in der Kiste verankerten Füßen. Am großen Tag ertönt das Startsignal, der Schuss, und es geht los: Muskeln, die Wasser bezwingen, über Hürden fliegen, mit einem Spritzen, einem Knirschen sind sie davon. Schießen wie ein Stachelrochen an ihren Konkurrenten vorbei, machen sich in Lichtgeschwindigkeit aus dem Staub. Immer wenn ein Favorit gewinnt, jubele ich ihm lautstark zu. Er hat dafür geschuftet, er hat es sich verdient. Ehrgeizig, entschlossen, hingebungsvoll, todesverachtend, wettkampffixiert. Die einzige Motivation dieser Sportler ist der Sieg. Ich liebe jeden Einzelnen von ihnen.

An Tag 30 lag ich also auf meinem Bett und wartete darauf, dass die Küchenfrauen wieder gingen, damit ich mein Training fortsetzen und so der hartnäckigen Horrorvorstellung von Kugeln, die mein Baby durchsiebten, Einhalt gebieten konnte.

Gegen elf war der vertraute heuchlerische Wortwechsel zwischen meinen Bäckerinnen und meinem Kerkermeister zu hören. Mir stieg die Galle hoch, und ich hätte mich am liebsten angewidert über meine Tagesdecke erbrochen. Statt sich wie sonst irgendwo im Haus zu verkrümeln, trampelte mein Kidnapper an diesem Tag erneut die Stufen zu meinem Zimmer herauf, sobald die Tür hinter den Frauen ins Schloss gefallen war. Das war nicht Teil der gewohnten Routine. Ich hasste Veränderungen in meinem Tagesablauf. Warmer Schweiß bildete sich in meinem Nacken, und in meinem Hals brannte die Säure. Wieder begann mein Herz, im Takt eines Kolibris zu klopfen.

Und schon platzte er mit seiner üblichen Erregung ins Zimmer.

»Steh auf«, befahl er.

Ich stand auf.

»Zieh die an.« Er warf mir ein altes Paar Nike-Turnschuhe vor die Füße.

Sie waren zwei Nummern zu groß. Ich zog sie an und band sie zu. *Pluspunkt #32: ein Paar Laufschuhe. Moment mal: Wo sind eigentlich meine Schuhe? Hatte ich die ganze Zeit schon keine Schuhe im Zimmer? Warum ist mir das nicht aufgefallen?*

»Beweg dich«, sagte er barsch und drückte mir die Waffe in den Rücken. Wir nahmen das schlurfende Gangster-Opfer-Defilee vom Abend unserer Ankunft wieder auf, ich vor ihm – ohne jede Ahnung, wo es hinging – und er dahinter. Der einzige Unterschied bestand darin, dass ich dieses

Mal weder eine Papiertüte auf dem Kopf hatte, noch meine Augen verbunden waren.

O Gott, bitte hilf mir! Wo gehen wir hin? Schmetterling, du hast mich nicht gewarnt. Warum? Vielleicht hast du mich gewarnt. Ich habe den ganzen Morgen an die Wand gestarrt. Warum habe ich das Fenster nicht im Auge behalten? Wohin bringt er mich?

Wir stiegen die drei Treppen hinunter, bogen jedoch nicht links ab, um durch die Küche zu gehen. Stattdessen schlurften wir geradeaus zu einer Hintertür, die auf einen kleinen unasphaltierten Vorplatz hinausführte. Das Gras, das hier einst gewachsen war, war von den Leuten niedergetrampelt worden, die früher um den verwitterten Picknicktisch vor der Tür gesessen haben mussten. Zigarettenstummel bedeckten den Boden. *Ein Pausenbereich für Angestellte?* Ich hätte mich zu gerne umgedreht, um mir das Gebäude von außen anzusehen, aber er trat mir in die Fersen, um mich vorwärtszutreiben, und mir war nicht einmal ein flüchtiger Blick vergönnt.

Auf den kleinen Picknickbereich folgte ein langer Streifen ungemähter Wiese, der parallel zum Haus verlief und nach etwa zwei Metern zu einem Kamm anstieg. Mein Geiselnehmer zwang mich mit der Waffe, diese Anhöhe zu erklimmen, hinter der ein schmaler Pfad steil bergab führte und im Wald verschwand. Während ich den Pfad hinunterstolperte, rasten meine Gedanken.

Wohin bringt er mich? Ist das Ende schon gekommen? Ich bin im achten Monat. Das Baby wäre also überlebensfähig, wenn sie über die entsprechenden Geräte verfügen. Aber würden sie nach dem ganzen Aufwand wirklich einen vorzeitigen Kaiserschnitt riskieren? Wohin bringt er uns?
Ich rieb meinen Bauch mit der Heftigkeit einer gestrande-

ten Schiffbrüchigen, die mit zwei Stöcken Feuer machen will. In diesem Moment ging mir etwas Entscheidendes auf: Wann immer eine direkte Bedrohung für mein Kind bestand, legte sich der Panikschalter in meinem Kopf automatisch um. Dieses Problem hatte ich vor meiner Schwangerschaft nie gehabt. Nachdem ich diesen Defekt erkannt hatte, konnte ich bewusster agieren und das unerwünschte, behindernde Gefühl der Angst manipulieren beziehungsweise aktiv unterdrücken. In psychologischer, medizinischer und vielleicht sogar philosophischer Hinsicht ist Angst natürlich eine durchaus interessante Empfindung. Manchmal frage ich mich, ob sich die Emotionen meines Babys – seine möglicherweise im Mutterleib empfundene Angst – in solchen Momenten auf mich übertrugen. Ich hielt es am Leben, aber galt das auch umgekehrt?

Am frühen Morgen hatte es geregnet, und die Frühlingsnässe haftete noch am Waldboden und umschloss jedes Blatt. Die Knospen der Bäume schienen in der kühlen Feuchtigkeit ihr Wachstum eingestellt zu haben. Nicht ein einziges Zeichen neuen Lebens zeigte sich bei diesem Wetter. Die Sonne schlief, war nicht gewillt, gegen die Kälte anzukämpfen, und über uns bildeten dichte Wolken eine klamme Decke. Ich fröstelte, weil ich keine Jacke trug.

»Du bist vollkommen nutzlos. Schäbig. Eine Hure. Sieh dich nur an, wie nuttig du herumläufst. Vögelst durch die Gegend wie eine läufige Hündin, schwanger mit Sünde. Du bist Abschaum, bedeutungslos, bedeutungslos für diese Welt«, zischte er. Ohne die Waffe von meinem Rücken zu nehmen, schob er sein Gesicht um meinen Hals herum, drückte seine Lippen dicht an meine Wange. Nachdem er zwei heiße Atemzüge ausgestoßen hatte, spuckte er mir ins Gesicht und schob hinterher: »Wertlose Schlampe!«

Wenn ich allein die Verantwortung übernehme, wenn ich vorhabe, hart für mich und mein Baby zu arbeiten, ist das Ganze dann nicht meine Angelegenheit? Ich mag das Glück haben, dass meine Eltern Geld haben und mich lieben und unterstützen, aber ist es nicht trotzdem meine Reise, die ich da antrete? Eine ungewöhnliche Reise zwar, aber dennoch ganz allein meine? Warum steht meine Schwangerschaft zur allgemeinen Debatte? Wer stößt diese Debatte an? Er etwa, dieser skrupellose Verbrecher? Moment mal, ganz ruhig. Es geht hier gar nicht um mich. Konzentriere dich. Es geht darum, dass er seine eigene Verdorbenheit rechtfertigen will. Konzentriere dich. Bitte. Konzentriere dich. Atme.

Ich war mir nicht sicher, womit ich seine scheinheilige Kritik verdient hatte, außer damit, dass ich eine Frau war und schwanger geworden war – und noch dazu so jung. Sollte ich mich rechtfertigen, mich bei ihm, bei der Welt entschuldigen? Bei Gott? Dem Wald, den Bäumen, den Molekülen in der Luft? Nichts davon hätte ihn besänftigt. Ich hatte an diesem Tag widerstandslos jeden seiner Befehle befolgt, und er war trotzdem fuchsteufelswild. Er wollte mir Schaden zufügen, und davon ließ er sich nicht abbringen. Ich senkte den Kopf, machte mich auf die Fortsetzung seiner Moralpredigt gefasst, während mir sein Speichel langsam über die Haut rann.

»Oh ja, du hast mich sehr genau verstanden. Wertlos bist du. Alle anderen Mädchen weinen und flehen mich an, ihnen zu helfen. Was bist du, du Schlampe? Geistesgestört? Sitzt einfach da, als ob nichts wäre. Du willst dieses Baby gar nicht, oder? Dir ist das alles scheißegal.«

Irrtum. Ich wollte mein Baby mehr als alles andere, mehr noch als meine Rettung. Viel mehr. Oft malte ich mir aus, der Schmetterling würde mich vor die Wahl stellen: entweder in diesem Horrorhaus bleiben und das Baby behalten oder gerettet werden und das Baby verlieren. Noch bevor mir der Schmetterling die Frage zu Ende gestellt hatte, plante ich bereits, wo ich mein neugeborenes Baby hinlegen würde, wenn wir gemeinsam im Bett unserer ewigen Gefängniszelle schliefen. Meine Hand würde sich um seinen runden kleinen Bauch schließen, und ich würde seine süße Pfirsichwange küssen.

»Ich wette, du fängst an zu schreien, wenn wir zum Steinbruch kommen. Dann ist es nicht mehr weit her mit deiner Tapferkeit ...«

Warum bringt er mich zum Steinbruch?

»Ja, ich wette, dann weinst und jammerst du endlich, du Schlampe. Was? Was?!«

Ich wusste nicht, wie ich auf diese Frage reagieren sollte. Unsicher stolperte ich vor ihm den schmalen, gewundenen Pfad entlang und musste all mein Geschick aufbieten, um nicht hinzufallen, während er hinter mir her stapfte und *Was?* brüllte. War das eine rhetorische Frage? Sarkasmus? Welche Reaktion erwartete er von mir? Redete er mit sich selbst?

Schließlich blieb ich stehen, mit gesenktem Kopf und vorgebeugtem Körper. Mein rechter Fuß wölbte sich um einen faustgroßen Stein, der linke ruhte auf einer Wurzel. Er schlich langsam heran und war schließlich auf gleicher Höhe mit mir, schlang mir seinen Arm mit der Waffe von hinten um den Bauch, als wäre er mein Liebhaber. Dann zischte er mir ins Ohr wie eine wahnsinnige, züngelnde Schlange: »Du beantwortest gefälligst meine Fragen, Schlampe. Was? Was, glaubst du, tun wir heute?«

»Ich habe keine Ahnung, Sir.«

»Aha, verstehe. Tja, dann hör mir mal gut zu: Du wirst

jetzt diese Anhöhe dort hinaufsteigen, noch ein paar Schritte, mehr sind es nicht. Und dann wirst du sehen, wo ich euch Schlampen entsorge. Es hängt mir verdammt noch mal zum Hals raus, wie du auf deinem Bett thronst, als würde dir das ganze Haus gehören. Du sollst wissen, was dich erwartet, denn dann sitzt du vielleicht nicht mehr ganz so selbstgefällig in deinem Zimmer herum, mit diesem Gesichtsausdruck, als wolltest du mir jeden Moment an die Kehle. Du dämliche Nutte.«

Sein Atem stank immer noch unerträglich.

Die heißen Schweißperlen, die sich zu Beginn unseres Ausflugs in meinem Nacken gebildet hatten, waren zwischenzeitlich eiskalt geworden, doch nun, da sein bedrohlicher Atem meinen Hals streifte, begann erneut der Angstschweiß zu fließen. Fiebrige Hitze stieg in mir auf, und ich wurde von Übelkeit gepackt und würgte, bis Galle auf meinen rechten Fuß und den Stein spritzte, auf dem er stand.

Er wich zurück. »Bewegung!«, war seine einzige Reaktion auf mein Unwohlsein. Schroff stieß er mir die Waffe in den Rücken.

Mühsam erklomm ich die erwähnte Anhöhe, auf der der Pfad plötzlich aufhörte. Wir standen vor einer Ansammlung gewaltiger Granitplatten, einer natürlichen Felsformation. An einigen Stellen waren die Felsen mit grünem Moos und Flechten bewachsen, die aussahen wie der Bartflaum eines pubertären Jungen. Ich kletterte weiter, blieb gebeugt vor einem besonders steilen Stück stehen, eine Haltung, die durch meinen schweren Bauch und meinen unsicheren Halt in den zu großen Schuhen noch verstärkt wurde.

Einmal rutschte ich nach hinten und stieß gegen ihn, fing mich jedoch ab, indem ich die Finger in die kratzigen Flechten krallte, die mir die Haut zerschrammten.

»Steh auf. Steh auf und beweg dich«, befahl er. Er gab mir nicht die Hand, um mir aufzuhelfen.

Kurz darauf hatten wir unser Ziel erreicht.

Wir standen auf dem Kamm eines kreisförmigen Felsgebildes, in dessen Mitte sich ein mit schwarzem Wasser gefülltes Loch befand. In den Fels gesprengte Furchen zogen sich vom Wasser senkrecht nach oben. *Hier wurde also mal Gestein abgebaut. Ein Steinbruch.* Der *Steinbruch*.

Der See war etwa so groß wie acht Gartenschwimmbecken.

»Angeblich ist das Wasser an einigen Stellen mehr als zwölf Meter tief. Willst du hinuntertauchen und es herausfinden, Schlampe?«

»Nein, Sir.«

»Nein, Sir? Nein, Sir! Ist das alles, was du dazu zu sagen hast? Du verfickte kleine Hure. Na los, komm mit. Ich werde dir ein für alle Mal beibringen, wie man heult.«

Er hat offenbar den Verstand verloren. Das viele Herumsitzen, die Tatsache, dass er mich bewachen, mich bedienen muss, geht ihm mehr an die Nieren als mir. Er ist krank. Ein kranker Mensch. Kranke Menschen sind unberechenbar. Ich kann nicht mehr vorauskalkulieren, was passieren wird, ich muss ihm zuhören, muss tun, was er sagt.

Ich folgte ihm, bevor er mich beim Genick packen und mit sich zerren konnte.

Wir gingen an der Kante des Steinbruchs entlang und kletterten dann nach und nach die Felsen hinunter, bis wir eine Stelle erreichten, an der Wasser über den Rand des Sees geschwappt war und einen kleinen Tümpel bildete. Den Arm mit der Waffe weiterhin auf mich gerichtet, bückte sich mein Kerkermeister, um ein aufgerolltes nasses Seil vom Boden aufzuheben.

»Hände auf den Rücken.«

Sobald ich gehorcht hatte, legte er die Waffe auf dem Boden ab und wickelte das Seil wie ein geübter Seemann, der ein Boot vertäut, um meine Handgelenke. Dann nahm er das Ende des Seils und band mich wie einen Kettenhund an einem Baum fest, der am Rand des Steinbruchs wuchs.

»Bleib dort stehen und sieh zu«, sagte er.

Auf Höhe des Tümpels streckte er den Arm ins dunkle Wasser des Steinbruchs und tastete mit der Hand die Felswand ab. Er schien etwas loszuhaken, ein zweites Seil, das nun lose im Wasser trieb. Mit dem Ende des Seils in der Hand ging er an mir vorbei und suchte sich einen Felsbrocken, gegen den er die Füße stemmen konnte. Dann spannte er die Arme an, die Beine, den Kiefer, um den offenbar sehr schweren Gegenstand aus dem Wasser zu ziehen, der an dem Seil befestigt war.

Keuchend legte er eine Pause ein und japste: »Die hier habe ich auf ein Wakeboard geschnallt, ein teures Wettkampfboard. Die Dinger halten sogar Salzwasser stand.« Sein pumpender Brustkorb verriet seine Anstrengung, und dennoch grinste er selbstzufrieden über die geistesgestörten Details, die er mir verriet. »Unter dem Wakeboard habe ich einen großen Betonblock festgebunden, und dann habe ich alle drei – sie, das Wakeboard und den Betonblock – von der Kante dort geschubst.« Er holte schwer atmend Luft, bevor er seine verrückte Ansprache und das Ziehen am Seil wiederaufnahm. »Zuerst ist das Board kopfüber mit ihr unter Wasser verschwunden, aber dann hat es sich aufgerichtet, weil der Betonblock es von unten stabilisiert. Sie treibt nicht weit unter der Wasseroberfläche, du wirst sie gleich sehen. Ja, du Schlampe, ich habe sie in Reichweite behalten, für den Fall, dass ich bei einem von euch

Flittchen Überzeugungsarbeit leisten muss. War das nicht schlau von mir?«

»Ja, Sir.«

Ein Teil von mir, meine emotionslose Seite, war zugegebenermaßen ein wenig fasziniert von den bizarren Maßnahmen, die er ergriffen hatte, um eins seiner Opfer wieder aus dem See ziehen zu können. Es war, als hätte er sich eine Unterwasser-Trophäe geschaffen. Offen gestanden hatte ich so meine Zweifel, was die Tauglichkeit und Haltbarkeit seiner Vorrichtung anging. Während ich unterwürfig dastand und folgsam zu lauschen vorgab, reimte ich mir zusammen, dass seine Trophäe noch nicht sehr alt sein konnte. Das Wakeboard, das nach oben wollte, und der Betonblock, der dem schlammigen Grund des Steinbruchs zustrebte, zerrten von oben und von unten an der Leiche, zerfaserten ihr ohnehin verwesendes Fleisch. Das Seil, das sie eigentlich unter Wasser halten sollte, würde sich nach und nach durch ihre Muskeln, ihre Organe und ihr Skelett schneiden, bis sie endgültig auseinanderriss. Teile von ihr würden entweder an die Oberfläche steigen oder auf den Grund hinabsinken.

Er kann sie erst vor Kurzem versenkt haben.

»Hab die Schlampe in den Keller verlagert, als ich dich hergeholt habe. Sie war ohnehin fast so weit. Oh ja, du Flittchen: Ich habe das Baby aus ihr herausgeschnitten, direkt dort oben auf diesem Felsen, während du auf deinem Hintern saßt und die Wand angestarrt hast.«

Ich kann nicht einmal ansatzweise beschreiben, was ich in diesem Moment fühlte. Normalerweise lasse ich fast keine Emotionen zu, doch als er mir die genaue Stelle zeigte, an der er ein lebendes Baby aus dem Mutterleib geschnitten hatte, während er gleichzeitig an einem Seil zog, um es mir zu beweisen, sprang der Angstschalter um, und ich erlebte die einzige längere Panikphase meines Lebens. Sie muss ungefähr fünf Minuten gedauert haben. Ich befand mich in einem Zustand des Schocks, war unfähig, irgendwelche Aus-Knöpfe in irgendwelchen Hirnlappen zu betätigen. Das Entsetzen darüber, dass er gerade ein unbekanntes Mädchen aus der trüben Schwärze des Sees zog, löste vollkommene Leere in mir aus, pure Besinnungslosigkeit. Ich weiß nur noch, dass ich den Blick fest auf einen Rotkardinal richtete, der auf dem höchsten Ast einer Eiche am oberen Rand des Steinbruchs saß. Ich wartete darauf, dass er auf mich herabstieß und mich fortriss. Soweit ich mich erinnere, war dies mein einziger Gedanke.

Mein Kidnapper verstärkte seine Bemühungen, verwandelte seinen Körper in eine wogende Maschine. Auf der Wasseroberfläche begann es zu gluckern, Blasen stiegen auf, als würde ein Höllenkessel überkochen. Der Rotkardinal flog davon.

Mit einem leisen Platschen durchbrach ein verwesender Kopf mit langen Haaren die Oberfläche, dicht gefolgt vom Rest des aufgeblähten, verrottenden Leichnams. Das Seil, das ein Geschirr um die Brust des Mädchens bildete, war wie angekündigt an einem Wakeboard befestigt, lila mit schwarzer Schrift. Ich nahm an, dass der Betonblock unterhalb ihres Oberkörpers hing und nur darauf wartete, sie wieder in ihr wässriges Grab hinunterzuziehen, sobald mein Geiselnehmer das Seil losließ. Doch er ließ sie über der Wasseroberfläche schweben, als wäre er ein Magier. Übelkeit stieg in einer heißen Welle von meinem Bauch auf, erfasste Lunge und Herz, versteifte meine Schultern, meinen Hals, verschlang mein Gesicht.

Direkt vor meinen Augen befand sich die Leiche eines Mädchens, dessen Unterleib von Hüfte zu Hüfte aufgeschlitzt war. Der Schnitt hatte im Wasser gegärt und besaß dunkle, aufgeworfene Ränder, sah aus wie angesengtes Papier. Doch dies war kein Brandmal, sondern das Stigma eines dilettantischen Kaiserschnitts, verwesendes Fleisch, an dem die Süßwasserbakterien nagten.

»Hab das Baby rausgeschnitten, es war tot. Der Arzt war zu betrunken, um seinen Hintern herzubewegen. Also hab ich's selbst getan. Yeah. Hab die Schlampe anschließend ins Wasser geworfen. Das Baby auch. Es ist an einem Felsbrocken festgebunden, ganz tief unten, bei den anderen. Die Schlampe hat geheult und meine ganze Plane vollgeblutet. Jetzt muss ich eine neue kaufen, extra für dich, du blöde Hure. Du bist fast so weit.« Er zeigte wieder auf den Felsen von vorhin. »Hat alles hier draußen stattgefunden, damit ihr Blut nicht das ganze Haus vollkleckert. Diese Lektion hab ich beim letzten Mal auf die harte Tour gelernt. Der Arzt will normale Geburten, findet, wir müssten die Babys nicht rausschneiden. Wir werden sehen. Du treibst mich in den Wahnsinn – ich glaube nicht, dass ich noch lange warten will. Du hörst also besser auf, mich ständig so finster anzustarren.« Er ließ das Seil los. Die Leiche versank.

Da alle meine Gefühlsschleusen geöffnet waren, gaben meine Beine nach. Ich fiel in Ohnmacht.

Wenn man aus tiefer Bewusstlosigkeit erwacht, verharrt man zunächst in schwebendem Grau, ist ein unbeschriebenes Blatt. Nichts war davor, nichts kommt danach. Es fühlt sich schwerelos an, dieses Grau, denn der Verstand hält an keiner Vergangenheit fest, plant keine Zukunft, ist noch unschlüssig, ob er zurück ins Schwarz sinken oder weiter dem grellen Weiß zustreben soll, das ihn geweckt hat. Sonst gibt es keine Farben in diesem Zustand, nur Grau, das sich langsam immer heller färbt. Mit dem Weiß kommen erste Geräusche, die anschwellen und wieder abebben, in einer Wellenbewegung gleitet man ins Grau zurück, bevor man mit einem hauchzarten Geräusch erneut ins Weiß gespült wird.

Ein Stock schnalzt gegen meinen Kopf.

Husten.

Undeutliche Worte.

Ein kurzer Rückfall ins Schwarz, dann wieder Grau, dann schonungsloses Weiß, als ein Stoß meinen Rücken trifft.

»Wa... ...f«, höre ich.

»Wach auf«, vernehme ich, diesmal deutlicher.

Umrisse zeichnen sich hinter meinen geschlossenen Lidern ab. Farben kommen ins Spiel.

Wieder ein Stoß, diesmal an den Schultern.

»Wach auf, du verdammte Schlampe«, höre ich mit aller Klarheit.

Ich öffne die Augen. Sofort kehrt die Übelkeit zurück. Ich liege im Moos am Rand des Steinbruchs. Meine Arme sind hinter meinem Rücken gefesselt.

»Steh verdammt noch mal endlich auf. Von jetzt an werden wir ja sehen, ob du mich immer noch so unverfroren anstarrst.«

Wir gingen den schmalen, gewundenen Pfad zu meinem Gefängnis zurück. Diesmal hielt er dabei das Ende des Seils fest, das um meine Handgelenke gebunden war, als würde er mit einem Hund spazieren gehen. Ich hatte zwar die Augen geöffnet, nahm jedoch nichts um mich herum wahr. Jeder, der schon einmal unter Schock stand, weiß, wovon ich rede. Im Schockzustand besteht keine Verbindung mehr zwischen Sinneswahrnehmungen und Bewusstsein. Man sieht nichts, hört nichts, riecht nichts. Daher erfasste ich weder Farbe noch Form, weder Material noch Höhe des Gebäudes, zu dem wir zurückkehrten, registrierte nicht ein einziges seiner Fenster. Ich wusste immer noch nicht, wie es von außen aussah, stellte es mir weiterhin als weißes Farmhaus vor. Die einzige Tatsache, an die ich mich während jener entsetzlichen Momente zwischen Steinbruch und Ankunft in meiner Gefängniszelle klammerte, war die Tatsache, dass wir überhaupt zurückkehrten. *Wir kehren zurück. Ich bin nicht tot. Er hat mich nicht in den Steinbruch geworfen. Er hat mir nicht mein Baby weggenommen. Er hat mich nicht aufgeschlitzt. Wir kehren zurück.* Es war das erste und einzige Mal, dass ich dankbar war für meine Zelle.

KAPITEL ZEHN

Tag 32 in Gefangenschaft

> *Ausdruckslose Tage, voll von Nichts, von leerem Himmel*
> *Doch siehe da, jenseits der Leere*
> *ist Trost im Anmarsch*
> *und alles wird gnädig in Weiß getaucht.*
> S. Kirk

Zwei Tage nach den Küchenfrauen. Zwei Tage nach dem Steinbruch. Alles, was ich wollte, war ein Bad. Ein schönes Lavendelbad, bei dem mich das Wasser wie heißer Treibsand umschloss. Ein Bad in Mutters maßgefertigtem, extra-tiefem Whirlpool mit Blick auf den Fernseher, ein Bad, nach dem ich, wenn mir zu heiß und meine Haut zu runzlig wurde, die nassen Füße auf ihren flauschigen weißen Badewannenvorleger setzte, mich in ihren dicken weißen Bademantel aus dem Ritz hüllte und ihren ans Badezimmer angrenzenden begehbaren Kleiderschrank betrat, um nur mit ihren Jimmy Choos, ihren Manolos oder ihren strassbesetzten Riemchensandalen von Valentino über einen imaginären Laufsteg zu stöckeln. Den weißen Trost von Mutters femininem Marmorbad herbeisehnend blickte ich mich in meiner staubigen braunen Gefängniszelle um, starrte auf meine schmutzige Haut und wünschte mir, es wäre endlich zu Ende, zumal mich die schauspielerische Leistung erschöpfte, die ich seit Tag 30 an den Tag legte. Ich hatte angefangen, verzweifelte Monologe und Heulkrämpfe zu inszenieren und flehende Appelle an meinen Geiselnehmer zu richten, er möge mich und mein Baby doch bitte freilassen.

Mein Kidnapper mit dem schwachen Ego sollte sich mächtig fühlen.

Ich gab ihm, was er brauchte, um sich weiterhin an unsere einstudierte tägliche Routine zu halten.

Obwohl ich nach einem Bad lechzte wie ein Anwalt nach Kaffee, war ich nicht bereit, vom Gewohnten abzuweichen und unsere durchchoreografierten Tage mit neuen Forderungen zu stören. Ich hätte eine Ecke der Tagesdecke in meine Wassertasse tauchen und sie als Waschlappen für einige besonders kritische Körperstellen benutzen können, aber ich hätte lieber mit einer Viper gerungen, als auch nur einen Tropfen Flüssigkeit zu verschwenden. Verschwenderisch mit einem wichtigen Pluspunkt umzugehen kam für mich nicht infrage.

Nachdem ich an Tag 32 einen Kartoffel-Lamm-Auflauf zum Mittagessen bekommen hatte, wartete ich darauf, dass mein Kerkermeister das Tablett wieder abholte. Ich stand auf und schüttelte mich, angewidert von meinem eigenen Körper, dem Schmutzfilm auf meinen Beinen, meinen fettigen Haaren. Meine Bemühungen, mich jeden Tag mit dem furchtbar schmutzigen Waschlappen aus dem Badezimmer zu reinigen, waren völlig vergebens – so oft, wie ich diesen Lappen schon benutzt hatte, machte ich damit alles nur noch schlimmer.

Die Luft wärmte sich zusehend auf im hellen Licht der Sonne, die von einem wolkenlosen Himmel herabschien. Mein Zimmer mit seinen holzgetäfelten Wänden verwandelte sich in eine Sauna, wurde noch heißer als an den Tagen, an denen die Gerüche und der Ofendampf der Küchenfrauen wie Rauch von einem offenen Feuer in meine Zelle aufstiegen.

Da war es, das Knarren des Bodens, das die Ankunft des Psychopathen ankündigte. Er kam, um mir das leere Tablett zu entreißen. Ich saß auf dem Bett und zählte die Kiefernholzdielen von meinen Füßen bis zur Tür. Von dort ließ ich meinen Blick die weiß verputzte Wand hinaufwandern und zählte die Risse, die sich wie Adern um den Türrahmen herum ausbreiteten. Ich tat es, obwohl ich die Anzahl bereits kannte, tat es, um mir jeden Tag aufs Neue jedes Muster einzuprägen, das mich umgab: zwölf Dielen von unterschiedlicher Breite; vierzehn Risse, die kleinen Nebenrisse eingeschlossen.

Schlüssel klapperten vor meiner Tür, und ich ließ den Kopf hängen vor Langweile über den immer gleichen Vorgang. Mir stiegen die dicken Schwaden ungezügelten Schweißes von meinen Achselhöhlen in die Nase, und ich unterdrückte ein angewidertes, geräuschvolles Ausatmen. Als er die Tür aufgeschlossen hatte und auf seine übliche Stelle auf Bodendiele #3 trat, setzte ich mich aufrechter hin.

»Tablett her. Badezimmer?«

»Ja, bitte.«

»Dann beeil dich, ich habe nicht den ganzen Tag Zeit.«

Du hast nicht den ganzen Tag Zeit? Was machst du denn den lieben langen Tag? Ach ja: nichts. Du machst den ganzen Tag lang nichts. Du nutzloses Stück Scheiße.

Doch ich warf ihm keine herablassenden oder bösen Blicke zu, wie ich es vielleicht früher getan hätte. Ich senkte den Kopf, reichte ihm zaghaft das Tablett und schlich vermeintlich nervös zum Badezimmer, während er zum Treppenabsatz ging, um den Weg nach unten zu blockieren, wie er es immer tat.

Im Badezimmer lehnte ich mich von innen gegen die Tür und hielt einen Moment inne, um darüber zu staunen, wie dick ich mittlerweile war. Das Baby bewegte sich in mir, ganz langsam, wie ein gemütlicher Wal, der den Ozean mit seinem Buckel durchpflügte. Mein Kind hatte seine volle Größe erreicht und krümmte sich in seinem beengten Quartier. Wobei es so beengt nicht sein konnte: Mein Bauch hatte die Ausmaße eines Kugelgrills erreicht.

Ich tätschelte das Baby und ließ den Blick durch den Raum schweifen. Soweit ich weiß, habe ich das Badezimmer im Flur noch nicht beschrieben. Der Größe nach zu urteilen, musste es einmal ein Einbauschrank gewesen sein, ein winziger, keilförmiger, in eine Nische gezwängter Raum. Die Decke verlief schräg über einer frei stehenden Badewanne, die fast die gesamte Bodenfläche einnahm. Man musste sich seitwärts an ihr vorbeischieben und auf der weißen Toilettenschüssel vollkommen gerade sitzen. Während man dort thronte, philosophierte man vielleicht über das Leben und stützte dabei den gebeugten Ellbogen auf dem weißen Waschbecken neben der Toilette ab. Über dem Waschbecken war ein billiger viereckiger Spiegel leicht schief an die Wand geklebt, und zwischen Toilette und Waschbecken klemmte ein etwa dreißig Zentimeter hoher weißer Abfalleimer, in dem sich zwei weiße Plastiktüten befanden: die, die gerade in Gebrauch war, und eine darunterliegende. Ich hatte beide Tüten an Ort und Stelle gelassen, weil mir noch keine Verwendung für sie eingefallen war. Es waren jene hauchdünnen Tüten, die man im Supermarkt bekommt, von der Sorte, in der der Mitarbeiter an der Kasse nur jeweils einen gekauften Artikel unterbringt, Ketchup-Flasche in die erste Tüte, Milch in die zweite, Brot in die dritte, und so weiter. Am Ende schleppt man fünfzig davon mit nach Hause. Ich hasse diese Tüten. Ich hasse sie wirklich.

Aber ich schweife ab.

Der Boden des Badezimmers bestand aus den gleichen Holzdielen wie mein Zimmer. Ich hatte den winzigen, weiß gestrichenen Raum schon häufig nach Pluspunkten abgesucht, aber alle sichtbaren Gegenstände waren entweder verschraubt oder festgeklebt oder zu nichts zu gebrauchen. Was sollte ich beispielsweise mit einem derart kleinen Abfalleimer anfangen? Der Waschlappen war nichts als ein zehn mal fünfzehn Zentimeter großer Schmutzlappen. Darüber hinaus waren sämtliche Gegenstände aus dem Badezimmer entfernt worden, die meinem Plan hätten nützen können. Keine auf den ersten Blick erkennbaren Reinigungschemikalien, kein Nagelknipser, keine Pinzette – verdammt, selbst Zahnseide wäre als Waffe verwendbar gewesen.

Obwohl ich mich bereits damit abgefunden hatte, dass im Badezimmer nichts zu finden war, durchsuchte ich den kleinen Raum erneut, sobald ich die Tür hinter mir zugemacht hatte. Wie immer ohne Erfolg. Ich schob mich seitwärts zur Toilette durch und entleerte meine Blase. Mein Babybauch berührte den abgerundeten Rand der Badewanne, und mein linker Ellbogen ruhte auf dem Waschbecken. Nachdem ich mich erleichtert hatte, stand ich auf und bückte mich, um mein Gesicht unter den Wasserhahn zu halten und so viel Wasser zu schlucken, wie mein trockener Mund aufnehmen konnte. Mit dem verdreckten Waschlappen, den ich seit Wochen benutzte, wusch ich mich rasch unter den Armen und an gewissen anderen Körperstellen.

Dabei beäugte ich mit fast schon animalischer Begierde die Badewanne. Oh, wenn ich doch nur den Warmwasserhahn hätte aufdrehen und in die Wanne gleiten können, um im heißen Wasser zu liegen und endlich meinen Gestank loszuwerden! Ich stellte den linken Fuß auf die Toilettenbrille, balancierte auf meinem rechten Bein und beugte mich mühsam nach unten, um mir den behaarten Fußknöchel zu kratzen.

Während ich zusammengekrümmt und mit leicht zur Seite geneigtem Kopf dastand, entdeckte ich etwas, was die ganze Zeit auf mich gewartet hatte. Verschämt lugte es aus seinem Versteck, und doch war es von Anfang an buchstäblich direkt vor meiner Nase gewesen.

Eine Flasche Bleichmittel.

Hinter der Toilette. Eine Vierliterflasche. Das Etikett fehlte, und da die weiße Flasche so tief in der Einbuchtung hinter dem Toilettensockel steckte, war sie gut getarnt. Halleluja: Als ich in die Hocke ging, um meinen Fund hervorzuziehen, stellte ich fest, dass dieses wundervolle Albino-Chamäleon zu drei Vierteln voll war. *Natriumhypochlorit, willkommen im Club. Pluspunkt #36.*

Für meinen Plan benötigte ich diesen Bonus-Pluspunkt nicht unbedingt, und dennoch fiel mir selbst in dieser Endphase meiner Planung noch die perfekte Verwendung für die Bleiche ein: die Erzeugung eines zusätzlichen Schmerzes, etwas, von dem mir nicht klar gewesen war, dass ich es brauchte, bis ich das prachtvolle weiße Gefäß erblickt hatte. Ich gestattete mir einen frivolen, psychotischen Moment, presste die Plastikflasche verliebt an meine angeschwollenen Brüste und küsste den blauen Deckel.

Am Boden des Abfalleimers befand sich noch immer die Ersatz-Plastiktüte. Ich holte sie heraus und stopfte sie in meine Hose: *Plastiktüte, Pluspunkt #37.*

Dann stellte ich die Flasche wieder zurück an ihren Platz.

Bei diesem Badezimmerbesuch würde ich das Bleichmittel nicht mitnehmen können, aber da der ganze heiße Nachmittag vor mir lag, würde mir bestimmt etwas einfallen.

»Komm raus, verdammt noch mal!«, brüllte er und hämmerte mit seiner dicken Faust gegen die Tür, dass das Holz knirschte. Jedes Mal, wenn er das tat, befürchtete ich, dass die alte Tür splitterte und durchbrach.

»Ja, Sir. Ich komme schon. Tut mir leid, ich fühle mich heute nicht so gut.« Das stimmte zwar nicht, doch mir war in der kurzen Zeit, in der ich die Flasche zurückgestellt und beobachtet hatte, wie sich die Tür unter seinem Gehämmer bog, eingefallen, wie ich die Bleiche doch noch gefahrlos aus dem Badezimmer bekommen würde. Ich brauchte den Nachmittag gar nicht mehr, um einen Plan auszuhecken.

»Tut mir wirklich leid, ich beeile mich. Mir ist nur ein bisschen schlecht.«

»Das ist mir scheißegal. Komm jetzt endlich raus.«

Ich öffnete die Tür, demonstrierte mit hängenden Schultern Unterlegenheit und Unterwürfigkeit und huschte eilig in meine Zelle.

Mit seinem albernen Schlüsselring schloss er die Tür hinter mir ab.

Wofür sind die anderen Schlüssel? Egal, wen kümmert es?

Während der nächsten Stunde beschwor ich makabre, abstoßende Visionen herauf. Ich drehte mich, bis mir schwindlig wurde, blieb dann abrupt stehen und ließ mich auf alle viere sinken, um meinen Kopf zu senken und für einen kurzen Moment auf dem Scheitel zu balancieren, ein Ablauf, den ich mehrmals wiederholte. Die krankste und groteskeste Vision von allen war natürlich meine reale Erinnerung an den aufgeschlitzten Leib des Mädchens im Steinbruch. Also rief ich sie wieder und wieder ab und stellte mir anschließend vor, ich würde dem Zwilling meines Kidnappers den Rücken lecken. Brads Rücken war bestimmt haarig und pickelig, und ich malte mir aus, wie sich meine Zunge durch seine drahtigen Rückenhaare kämpfte, wie ich seine Pickel ausdrückte, während er über einen Teller mit blutigem Kalbfleisch herfiel. Mit diesen ekelhaften Bildern vor Augen drehte ich mich erneut, leckte weiter und drückte weiter, stellte mir das Kalbfleisch jedes Mal noch blutiger, den Eiter aus den Pickeln bei jedem Durchgang noch dickflüssiger vor, wirbelte und wirbelte herum, bis ich vollkommen benommen war, mir den Finger in den Hals steckte und mich endlich, endlich übergab. Es ist schwerer, als man glaubt, sich selbst zum Erbrechen zu bringen. Ich habe es seither nie wieder getan und kann eine Magenentleerung auf diesem Wege auch nicht empfehlen. Aber manchmal heiligt der Zweck eben die Mittel, und so war es auch in diesem Fall.

Der Schwall ergoss sich ein gutes Stück von der Tür und den übrigen Flächen entfernt, die mein Geiselnehmer täglich betrat, genau wie geplant. Er sollte auch in Zukunft nicht zögern, bevor er mein Zimmer betrat, sollte weiterhin genau den gleichen Weg einschlagen wie immer.

Soll ich bis zum Abendessen mit diesem beißenden Geruch in der Hitze ausharren, oder soll ich ihn gleich rufen? Ich hatte keine Ahnung, wo sich mein Kerkermeister zwischen seinen Besuchen in meiner Zelle aufhielt. Vielleicht saß er in irgendeinem Zimmer der unteren Stockwerke, oder er verließ das Gebäude und machte Besorgungen. Jedenfalls war er an einem Ort, an dem ich ihn nicht hören konnte. Wenn ich außerhalb der üblichen Badezimmerzeiten an die Tür hämmerte und um einen zusätzlichen Toilettenbesuch bat, kam er acht von zwölf Mal die Treppe heraufgetrampelt und spielte den genervten Gefängniswärter. Die Erfolgsquote war also relativ gut, vermutlich, weil er keine Sauerei wegwischen wollte. Angesichts der hohen Wahrscheinlichkeit, dass er auch diesmal reagierte, und der Tatsache, dass ich ihn bereits zwölf Mal gerufen hatte und das Ganze daher Teil unserer Routine und somit unverdächtig war, beschloss ich, ihn sofort auf die Lache mit Erbrochenem aufmerksam zu machen.

Zumal mir der widerliche Geruch der Zersetzung, die in meiner Hitzekammer von einem Zimmer beschleunigt abzulaufen schien, bereits beißend in die Nase stieg und mich in meiner Entscheidung bestärkte.

Auf keinen Fall tue ich mir das den ganzen Nachmittag an.

Ich rieb die Hände aneinander und schlenderte zur Tür, um mit heißen Handflächen dagegen zu schlagen.

»Entschuldigen Sie, Sir! Entschuldigen Sie bitte! Ich habe mich übergeben!«, rief ich.

Und tatsächlich rührte sich etwas in irgendeinem Winkel des Gebäudes. Dann kehrte wieder Stille ein. Vermutlich hoffte er, sich verhört zu haben.

»Entschuldigen Sie!« Ich klopfte und rief weiter. »Sir, mir ist schlecht geworden! Es tut mir wahnsinnig leid!«

»Verflucht! Gottverdammte Scheiße!«, brüllte er, während er die Treppe heraufstapfte.

Ich wich von der Tür zurück, und schon kam er herein.

»Was zur Hölle ...«, sagte er und kniff sich die Nase zu, während er die Ursache des Gestanks auf dem Boden entdeckte.

»Ich mache es selbst wieder sauber, Sir. Es tut mir so leid. Bitte seien Sie nicht böse. Ich habe im Badezimmer Bleichmittel gesehen. Kann ich das benutzen? Soll ich es damit wegmachen?« Ich sank vor ihm auf die Knie und sagte flehend: »Es tut mir so leid!«

Angewidert das Gesicht verziehend wich er zurück, nahm seine Position am Treppenabsatz ein und bedeutete mir mit einem Winken, dass ich ins Bad gehen sollte. »Dann mach. Putz die Scheiße weg. Und beeil dich, verdammt noch mal.«

Immer noch auf Händen und Knien kroch ich zum Badezimmer, schnappte mir den Abfalleimer, den Waschlappen und die Bleiche und krabbelte zurück. Schnell schob ich das Erbrochene in den Eimer und goss zwei Verschlusskappen der Reinigungschemikalie auf den Waschlappen, um damit den Holzboden zu schrubben. Danach stellte ich die Flasche beiseite, nahm den Eimer und den Waschlappen, kehrte ins Badezimmer zurück, kippte alles in die Toilette, wusch Abfalleimer und Lappen im Waschbecken aus und ging wieder in mein Zimmer.

»Danke, Sir. Es tut mir leid.«

»Und wehe, du kotzt noch mal. Ich gucke gerade *Matlock*«, warnte er, während er meine Tür wieder abschloss.

Das machst du also den ganzen Tag. Wie vorhersehbar.

Ich schätze, wir befinden uns wieder auf dem Pfad der Routine und fühlen uns sicher, nicht wahr?

Bleichmittel, Pluspunkt #36. Gerade noch rechtzeitig. Morgen geht es los.

KAPITEL ELF

Special Agent Roger Liu

Was nun folgte, können Sie glauben oder nicht, ganz wie Sie mögen. Es hört sich auf jeden Fall zu abstrus und märchenhaft an, um in einem offiziellen FBI-Bericht aufzutauchen.

Manchmal – heute weniger oft als früher – nehme ich mir eine kleine Auszeit. Sagen wir, ein Meeting ist früher zu Ende als erwartet, und ich habe fürs Erste keine weiteren Termine mehr. Natürlich könnte ich dann im Büro anrufen oder meine Frau Sandra, aber vielleicht nutze ich die geschenkte Zeit lieber, um ein gepflastertes Gässchen entlangzuhuschen und in ein kleines italienisches Restaurant einzubiegen, das es dort schon immer gibt. Wenn das frühzeitig endende Meeting in Boston stattgefunden hat, heißt das Restaurant womöglich Marliave und liegt auf einem Hügel am Rand von Downtown Crossing. Ich glaube, das Marliave steht dort schon seit der Erfindung des Ziegelsteins.

Dann zwänge ich mich vielleicht in eine schwarze Sitznische, das Mobiltelefon unberührt neben mir auf der Bank liegend. Die Kellnerin bringt mir die Karte, die ich nicht brauche, denn wer will sich in seiner gestohlenen Auszeit schon mit einem derart prosaischen Gegenstand befassen? Hier bin ich frei, ungebunden, ein Gott auf Zeit, dem seine Göttlichkeit Klarheit bezüglich eines simplen Verlangens verleiht: »Ich nehme die Gnocchi *al dente* und eine Cola, bitte.« Die Kellnerin schleicht leise davon und zaubert von irgendwoher meinen heißen Teller herbei.

Ich liebe dieses Gefühl. Niemand auf der ganzen Welt weiß, wo ich mich in diesen Momenten aufhalte. Ich fühle mich mächtig, bin Herrscher meiner Welt. Ich falle sozusagen in einen Hohlraum des Universums und verharre dort für eine Weile in der Schwerelosigkeit.

Die Macht, die einem ein gutes Versteck verleiht, kenne ich, seit ich dreizehn bin, doch während meiner wertvollen Auszeiten gestatte ich es meinen Gedanken nicht, zu jenen düsteren Erinnerungen zurückzukehren, zu jenem düsteren Tag, der mein ganzes Leben, meine ganze berufliche Laufbahn geprägt hat.

Natürlich hätte ich Sandra gern dabei, wenn ich mich vor der Welt verstecke, aber das geht leider nicht. Meine Fluchten sind nie vorhergeplant, und sie ist ohnehin meist beschäftigt oder auf Tour. Niemand vermisst mich. Ich könnte die Zeit nutzen, um weitere Fälle zu übernehmen, Projekte vorzuziehen, meine Mutter oder einen Freund anzurufen, dringende Besorgungen zu machen. Andererseits: Wenn mich nach dem Meeting ein Bus überrollen würde, würden diese Dinge auch unerledigt bleiben. Also betrachte ich die geborgte Zeit als Dreingabe, als Extraportion Soße, als Sahnehäubchen. Ich rufe weder jemanden an, noch arbeite ich, sondern sitze einfach nur da mit meiner Pasta und meinem Mineralwasser und starre in die Schatten des Restaurants, oder ich lehne mich zurück und lausche dem verliebten Pärchen am Nebentisch.

Am Ende meines Lebens würde ich gern alle diese Momente zu einem Film zusammenschneiden. Ich bin mir sicher, was sich dann zeigen würde, nämlich dass jeder gestohlene Moment genauso war wie der vorherige oder der darauffolgende. Denn ich schwöre, dass ich jedes einzelne Mal, wenn es zu einer solchen Auszeit kommt, gedanklich am selben Ort bin, nur ich, ganz allein. Ich sitze da und lächle, weil ich die Freiheit habe, in eben diesem Moment leben zu dürfen, ohne dass irgendjemand meine Perspektive verändert. Das kann im Marliave sein, an einem Stausee in Manchester, New Hampshire, in meinem Hotelbett in Atlanta, in den Straßen von Soho oder in einem Park in Kentucky mit Blick auf ein braunes Pferd und ein isabellfarbenes. Der Ort ist immer derselbe: innerer Frieden.

Dieses Gefühl des Friedens kann ich natürlich nur genießen, weil ich nicht auf der Flucht bin. Ich muss mich vor niemandem verstecken, außer vor mir selbst und meinen finsteren Erinnerungen. Wenn ich auf der Flucht wäre, nun ja ... dann sähe die Sache anders aus. Oder wenn ich etwas sehr Schreckliches zu verbergen hätte, dann würde ich bestimmt nicht ruhig und gelassen in einem Restaurant sitzen und ein Pastagericht bestellen.

Ich habe festgestellt, dass es auf meinem Spezialgebiet der Verbrechensbekämpfung ein breites Spektrum an Kriminellen gibt. Am einen Ende ist das größenwahnsinnige Superhirn zu Hause, das nichts dem Zufall überlässt und von dem weder Fingerabdrücke noch Reifenspuren noch Haarsträhnen noch Fußabdrücke zurückbleiben. Keine Zeugen. Keine Komplizen. Rein gar nichts, was in seine Richtung deuten würde. Am anderen Ende gibt es die geistig minderbemittelten Stümper, die ihr Verbrechen genauso gut per Live-Schaltung in die Welt hinaussenden könnten. Dazwischen finden sich die Feld-Wald-und-Wiesen-Verbrecher, die vieles richtig, aber auch einige entscheidende Dinge falsch machen, und genau auf diese Dinge stürzen wir uns.

Im Fall Dorothy M. Salucci hatten wir es, Boyds Schilderungen am Telefon nach zu urteilen, mit einem Straftäter der stümperhaften Sorte zu tun. Was er schilderte, war so absurd, dass ich es wie gesagt Ihnen überlasse, ob Sie es glauben wollen oder nicht. Bedenken Sie jedoch, dass die Realität oft noch bizarrer ist, als es Fiktion je sein könnte. In jedem Fall dient das nun Folgende als Beweis dafür, dass unsere Ermittlungen tatsächlich manchmal zu einer Auflösung führen, ob das Ergebnis nun positiv oder negativ ist. »Positiv« und »negativ« sind ohnehin subjektive Konzepte.

»Mr. Liu, Sie werden nicht glauben, was ich Ihnen zu erzählen habe«, sagte Boyd, als er mich das erste Mal anrief.

Zu diesem Zeitpunkt stand ich draußen vor dem Lou Mitchell's in Chicago, während Lola sich drinnen über mein Frühstück hermachte.

»Was gibt es denn, Boyd?«

»Das glauben Sie mir niemals, Mr. Liu. Ich glaube es ja selbst kaum. Oh, Scheiße ...«

Schweigen.

»Ich muss Sie gleich noch einmal anrufen«, sagte er und legte auf.

Wie Sie bereits wissen, kehrte ich daraufhin in den Gastraum zurück und ertappte Lola dabei, wie sie meinen Toast stibitzte. Nachdem Lola und ich auf Big Stan gewartet, diesen befragt hatten und anschließend zum Park gegangen waren, rief Boyd erneut an.

»Mr. Liu, es tut mir leid. Entschuldigen Sie, dass ich vorhin aufgelegt habe. Sie werden es nicht glauben!«

»Fahren Sie fort, Boyd, ich habe den ganzen Tag Zeit.«

Natürlich hatte ich nicht wirklich den ganzen Tag Zeit, aber ich hätte der rauen Stimme dieses Hühnerfarmers stundenlang zuhören können, weil sie mich an meinen

Großvater erinnerte, bevor alles den Bach runtergegangen war.

»Mr. Liu, ich stehe in der Küche meines Cousins Bobby in der Nähe von Warsaw, Indiana. Ich schlage vor, Sie machen sich auf den Weg hierher.«

Boyd erzählte mir, er sei von seinem Haus nach Warsaw gefahren, eine Fahrt von etwa einer Stunde, um dort Spezialfutter für seine Hühner zu kaufen. »Ich sage Ihnen eins: Wäre nicht auf dem Rückweg meine Motorhaube kaputtgegangen und aufgesprungen, hätte ich Ihnen diese Information vielleicht nie liefern können. Was für ein Segen Gottes! Mr. Liu, ich hatte das Futter auf der Ladefläche gestapelt und keine Plane dabei, daher wusste ich, dass es – außer einer neuen Kühlerhauben-Verriegelung – nur eine Lösung gab, um es sicher nach Hause zu bringen, bevor es anfing zu regnen: in den nächsten Baumarkt zu gehen, mir eine große Rolle Panzertape zu kaufen und die Haube über meinem Motor zu fixieren. Mit dem Zeug könnte man einen Elch an einen Baum kleben. Ich stehe also nichts ahnend an der Kasse im Baumarkt an, als ich plötzlich – hoppla – meinen Augen nicht traue. Dort in der Schlange war er, Mr. Liu, der Kerl, der meinen Transporter gekauft hat!«

»Hat er Sie gesehen?«

»Nein, Mr. Liu, bestimmt nicht. Ich stand ein ganzes Stück hinter ihm, und er war viel zu weggetreten, um irgendjemanden zu bemerken. Die Kassiererin musste ungefähr dreimal ›Tschuldigung!‹ rufen, bis er zur Kasse aufrückte, als er an der Reihe war. Der Kerl war mit seinen Gedanken ganz woanders. Aber warten Sie, es kommt nämlich noch mehr. Oh ja.«

»Erzählen Sie weiter, Boyd, erzählen Sie weiter. Oder Moment: Wann war das genau?«

»Vor ungefähr eineinhalb Stunden. Nachdem er bezahlt hatte und gegangen war, warf ich sofort 'nen Zwanziger auf den Kassentisch, rief der Kassiererin zu, dass sie das Restgeld behalten sollte, und rannte nach draußen. Dort klebte ich in Windeseile meine Motorhaube zu, während der Kerl mit *meinem* Transporter wegfuhr. Ich bin dann zu einer Apotheke gefahren, von der ich weiß, dass sie ein Stück die Straße hinunter liegt. Dort gibt es ein Münztelefon, und von da aus habe ich Sie das erste Mal angerufen. Ihre Visitenkarte habe ich nämlich jetzt immer dabei, zum Glück. Na ja, jedenfalls musste ich auflegen, weil – das erraten Sie nie – der Typ schon wieder auftauchte. Hatte auf der anderen Seite des Gebäudes geparkt und kam in die Apotheke. Das ist so eine von diesen altmodischen Apotheken, Mr. Liu, wo es nur Medikamente gibt, keine Lebensmittelabteilung oder Pampers-Regale. Können Sie ihn nicht anhand seines Rezepts ausfindig machen? Allerdings brauchen Sie das vielleicht nicht, denn hören Sie sich das an ...«

»Moment, nicht so schnell. Hat er Sie am Münztelefon stehen sehen?«

»Auf keinen Fall. Er hat mich in der Apotheke nicht gesehen und im Baumarkt auch nicht. Ich hab mich nämlich im Hintergrund gehalten, weil ich wusste, dass Sie das so gewollt hätten, Mr. Liu. Hätte Ihnen gar nichts gebracht, wenn er mitgekriegt hätte, dass ich ihn gesehen habe, nicht wahr? Dann wäre er bestimmt abgehauen. Im Baumarkt hat er mich auf keinen Fall bemerkt, weil ich den Kopf eingezogen habe und hinter so einem großen Kerl mit rotschwarzer Jägerjacke stand. Ihr Verdächtiger hat dort übrigens auch Klebeband gekauft – und eine Schaufel und eine Abdeckplane. Das verheißt nichts Gutes, oder, Mr. Liu?«

»Nicht wirklich, Boyd. Und in der Apotheke hat er Sie

auch nicht bemerkt, sagen Sie? Haben Sie gewartet, bis er die Apotheke wieder verlassen hat?«

»Nein, Sir, ich bin losgefahren, um mich nach einem anderen Münztelefon umzusehen. Ich wollte ja nicht, dass er doch noch auf mich aufmerksam wird. Meinen Sie, ich hätte ihm lieber folgen sollen? Falls ja, warten Sie es ab, es kommt noch besser.«

»Erzählen Sie weiter«, sagte ich, während sich ganz langsam der Gedanke *rosa Tanzbär* in mein Bewusstsein schob.

»Ich fahre also herum und halte nach einem verdammten Münztelefon Ausschau, und die sind heutzutage schwerer zu finden, als man meinen sollte, Mr. Liu. Na ja, jedenfalls fällt mir plötzlich mein Cousin Bobby ein. Ich habe Ihnen schon von ihm erzählt, das ist der, dessen Sohn für die Hoosiers gespielt hat. Sie erinnern sich? Als Sie mich nach dem Nummernschild gefragt haben.«

»Ja, Boyd, ich erinnere mich. Erzählen Sie bitte weiter.«

»Mir fällt also mein Cousin Bobby ein, der ungefähr eine halbe Stunde von Warsaw entfernt wohnt. Man braucht so lange zu ihm, weil zu seiner Rinderfarm nur unbefestigte Straßen führen. Ich habe mir gedacht, da fahre ich doch einfach zu ihm, dann kann ich sein Telefon benutzen und in seinem Traktorschuppen parken, damit mein Futter nicht nass wird vom Regen. Na ja, und als ich dann endlich bei meinem Cousin eintreffe, kommt er aus dem Haus, grinst sein fettes Farmergrinsen und sagt was total Komisches.«

»Und was war das?«

»Er sagt: ›Verdammt, Boyd, ich wollte dich gerade anrufen. Ich komme nämlich eben von der großen Koppel zurück, der hinter dem Bergrücken, und was sehe ich dort? Deinen alten Transporter, unter einer Weide am Rand des alten Schulgrundstücks geparkt. Warum hast du ihn da abgestellt?‹ Ich habe ihm nicht geglaubt, bis er mit mir hingegangen ist. Und tatsächlich, Mr. Liu, da steht mein weinroter Transporter, noch mit den Hoosier-Nummernschildern vorne und hinten. Ich habe zu Bobby gesagt, dass wir uns am besten ganz langsam zurückziehen, und zwar rückwärts, damit wir mitkriegen, ob uns jemand gesehen hat. Und genau das haben wir getan. Zwei erwachsene Männer, die rückwärts durch eine Rinderweide schleichen. Jetzt sitzen wir in Bobbys Küche und zittern, Mr. Liu. Wir schlottern richtig. Bobby hat zwei Gewehre, wir können uns also um die Sache kümmern, wenn Sie wollen. Die Jungs von der hiesigen Polizei haben wir noch nicht angerufen. Wir wollten erst Sie fragen, Mr. Liu.«

»Rühren Sie sich nicht vom Fleck. Geben Sie mir Ihre Adresse, ich kümmere mich um alles. Wir kommen sofort. Bewegen Sie sich nicht von Bobbys Küche weg.«

Unser mutmaßlicher Täter machte in aller Ruhe Besorgungen, als hätte er nichts zu verbergen, als hätte er sich ein bisschen Zeit gestohlen, so wie ich es manchmal tat. Wir würden in Erfahrung bringen, was er im Baumarkt und in der Apotheke gekauft hatte, würden Beweismaterial aus den Überwachungskameras beider Läden erhalten und vermutlich auch Aufnahmen von der Straße dazwischen. Wir wussten, wo sein Transporter stand, und ich war mir ziemlich sicher, dass der Kerl sich in der alten Schule versteckte, die Boyd so beiläufig erwähnt hatte. Wir würden ihn auf frischer Tat ertappen. Zumindest glaubte ich, dass wir ihn auf frischer Tat ertappen würden.

KAPITEL ZWÖLF

Der grosse Tag

Ich habe einmal gelesen oder gehört, dass ein Mensch bereits in fünf Zentimeter hohem Wasser ertrinken kann. Wasser war mein Pluspunkt #33, und der kam an Tag 33 meiner Gefangenschaft zum Einsatz. Daher der vollständige Name meines Plans: »15/33«

Ich wachte wie üblich um 7.22 Uhr auf, das verrieten mir Pluspunkt #14, der Fernseher, sowie Pluspunkt #16, das Radio. Ich machte das Bett, wie ich es immer tat, und setzte mich auf die weiße Tagesdecke, um auf das Frühstück um 8.00 Uhr zu warten. Um genau 7.59 Uhr knarrten die Dielen, und schon näherte sich mein überpünktlicher Gefängniswärter. Er schloss die Tür auf und reichte mir das Tablett mit dem angeschlagenen Porzellanteller – angeschlagen, weil ich den Teller am Vortag absichtlich hatte fallen lassen, aus Spaß. *Blaubeer-Muffins von den Küchenfrauen. Und, natürlich, die obligatorische Milch und die Tasse mit Wasser. Ich hasse Blaubeeren, aber die Butter-Zucker-Kruste sieht lecker aus.*

»Danke.«

Das übliche Zweite-Tasse-Wasser-Theater.

Er ging wieder.

Der gelangweilte Dirigent gähnt, während er mit seinem Stab die altbekannten Bewegungen vollführt. Wach auf!

Dieses Orchester wird bald die Rockversion eines eingeübten Chorals spielen; der einzige Zuhörer wird schockiert sein. Steigern Sie das Tempo, Maestro.

Seit dem Ausflug zum Steinbruch, den ich inzwischen bewusst aus meinem Gedächtnis verbannte, würzte ich meinen täglichen Tagesablauf mit Geschrei und Heulkrämpfen, was einzig und allein dem Zweck diente, das schwache Ego meines Kidnappers zu streicheln. Parallel zu diesen genau geplanten Phasen gespielter Hysterie wuchs meine innere Entschlossenheit, die ich nicht spielen musste. Deshalb hatte ich auch den Zeitplan beschleunigt. Ich hatte ursprünglich vorgehabt, zwei weitere Wochen verstreichen zu lassen, zwei weitere Besuche der Küchenfrauen, um bei meinen Berechnungen und meinem Training auf der absolut sicheren Seite zu sein. Und um auch wirklich genügend Wasser zur Verfügung zu haben. Nach der Wanderung zum Steinbruch des Schreckens beschloss ich jedoch, das Ende schon früher einzuläuten. Ich ließ drei Tage verstreichen, damit er sich ein wenig beruhigte und wieder sicher fühlte in seiner Routine, damit ich ein gelassenes Vertrauen in ihm aufbauen konnte, indem ich ihm gab, wonach sein gestörter Verstand verlangte: ein heulendes, weinendes, unterwürfiges Etwas, das ihn wie ein Alphamännchen behandelte, das vor ihm kroch, das aufblickte zu ihm, dem Machtmenschen, dem starken Mann, dem Herrscher, dem Pharao, dem einzigen König meiner Welt. *Du elende Missgeburt.*

In jemandem fälschlich das Gefühl zu wecken, er besitze Kontrolle über einen, ist das ultimative Machtspiel.

Die Ausführung meines Plans würde bis zur Lieferung meines Mittagessens warten müssen, weil zwischen 7.22 Uhr und 8.00 Uhr nicht genug Zeit gewesen wäre, um alles aufzubauen. Also aß ich eilig den Muffin und wartete darauf, dass mein Geiselnehmer zurückkam. Auf dem Matratzenrand sitzend benutzte ich einen Faden, den ich aus dem Saum der Steppdecke gezogen hatte, um meine Zähne zu reinigen. Muffinkrümel reihten sich wie Perlen an der behelfsmäßigen Zahnseide, die ich durch meine engen Zahnfugen zwängte. Ich arbeitete mich von den Backenzähnen zu den Schneidezähnen vor und löste mit meiner groben Form der Zahnpflege prompt Zahnfleischbluten aus.

Ich muss zum Zahnarzt, wenn ich hier raus bin.

Ich empfand es als demütigend, ein derart intimes Ritual in diesem Zimmer durchführen zu müssen – wie unzivilisiert, das Schlafzimmer als Badezimmer zu benutzen.

Ich habe etwas Besseres verdient.

Prüfend betrachtete ich meine Fingernägel, ungehalten über meine rissigen Nagelhäute. Und wartete. Ich pflegte mich und wartete.

Zum Glück verhielt er sich ganz nach Plan und erschien, um das Tablett abzuholen.

Schlag die donnernde Kesselpauke.

Er öffnete die Tür. Ich gab ihm das Tablett.

Es folgte die übliche Prozedur: Katzenwäsche, Zähne putzen, aus dem Wasserhahn trinken. Dieses Mal spritzte ich mir das Wasser nur ins Gesicht und auf den Körper. Den ekelhaften Waschlappen ließ ich links liegen.

Die Mitglieder des Orchesters rutschen auf ihren Stühlen weiter nach vorn, legen die Hände auf die Saiten, holen Luft. Eine Geige gesellt sich zur Pauke und verstärkt die Leidenschaft noch. Gespannte Erwartung kriecht kribbelnd den kerzengeraden Rücken des Pianisten hinauf.

Ich watschelte zurück ins Zimmer und betrachtete diese Phase von Plan 15/33 als erfolgreich beendet. *Erledigt.*

Die Einzelheiten jenes Tages sind fester Bestandteil meines Kopfkinos geworden. Selbst kürzeste Handlungen und Beobachtungen haben sich so tief eingebrannt, dass ich sie bis heute eins zu eins abspielen kann. Als er mich nach meinem morgendlichen Badezimmerbesuch wieder in mein Gefängnis schob, war seine Hand an meinem Unterarm so eiskalt, dass ich befürchtete, sie würde an meiner Haut festkleben wie Lippen an einer vereisten Glasscheibe. Langsam reckte ich den Hals und entdeckte einen Fleck an seinem Kinn, zwischen seinen ungepflegten Bartstoppeln. Der Fleck war gelblich und sah aus wie Eigelb. Wahrscheinlich hatte er sich Eier zu Gemüte geführt, nachdem er mir meinen Muffin gebracht und bevor er mein Tablett wieder abgeholt hatte.

Er gönnt sich also ein warmes Frühstück voller Proteine, und mich speist er mit den leeren Kalorien kalten Gebäcks ab.

Ich verachtete ihn dafür, dass er sich das Gesicht nicht abwischte, bevor er zu mir kam, dass er sich nicht dafür entschuldigte, dass er in meiner Anwesenheit seinen heißen, übelriechenden Atem ausstieß und meine Luft mit seinem Körper- und Mundgeruch verpestete, dass er glaubte, er könne in Ruhe eine Mahlzeit genießen, während ich im selben Haus weilte, dass seine Berührung keine Wärme ausstrahlte, dass er von meinem Plan nichts mitbekam. Ich verachtete ihn für seine Blindheit, seine Dummheit, seine Existenz, seine Vergangenheit, eine Vergangenheit, die dafür gesorgt hatte, dass ich zu seinem Opfer geworden war – weitergegebene Folter. Ich verachtete ihn für den gelben Fleck. Hätte ich die klebrige Masse auf seinem mit Mitessern übersäten, schuppigen Gesicht doch nie gesehen, aber sie war da, und ich war da, und an diesem Tag lag harte Arbeit vor mir.

Jetzt habe ich gut dreieinhalb Stunden Ruhe vor ihm. An die Arbeit. Phase 2.

Dreieinhalb Stunden – so viel Zeit brauchte ich nicht, um alles aufzubauen. Höchstens eine Stunde. In der zusätzlichen Zeit trainierte ich. *Hier muss ich stehen.* Ich stellte mich in Position. *Und dann muss ich das hier fallen lassen.* Ich tat so, als würde ich ein Kabel fallen lassen. *Als Nächstes muss ich das hier aufheben und damit zustoßen, so schnell wie möglich.* Ich übte mit der losen Bodendiele. *Das hier muss ich losmachen, bevor ich den Raum verlasse.* Den letzten Schritt trainierte ich nicht, aus Angst, meinen Gnadenstoß versehentlich zu vergeuden, mein großes Finale, meine Dreifach-Absicherung, die Garantie für seinen sicheren Tod.

Die Stunde der Wahrheit rückte näher. Wäre ich eine Ballerina gewesen, hätte ich mich auf die Fußspitzen erhoben, meine Zehen, meine Beine, meinen ganzen Körper steif wie Beton werden lassen. Das Kind, das in mir heranwuchs, drehte sich; sein Füßchen wanderte an meinem Bauch entlang. Fünf winzige Zehen und eine Ferse waren zu sehen, als es den Fuß von innen gegen meine Bauchdecke stemmte. *Ich liebe dich, Baby. Halt dich fest, es geht los.*

Ein schneller Windstoß rauschte durch die Baumkrone vor dem dreieckigen Fenster, woraufhin sich der Himmel verdüsterte. Der plötzlich einsetzende Regenschauer wurde von einem Blitz erhellt.

Die Flöten klingen wie ein Bienenschwarm, die Geigen geraten in Rage, verursachen einen Wirbelsturm, der Flügel spielt verrückt, fast zerfällt das Elfenbein der hämmernden Tasten zu Staub.

Minuten später war der Himmel immer noch grau und schwer, auch wenn es nicht mehr richtig regnete. Wenn die

Luft warm gewesen wäre, wäre es ein dunstiger Tag geworden, wie im Sommer bei Nana in Savannah. Da die Luft jedoch kalt war und wir uns nicht in einer tropischen Region befanden, kroch einem die Nässe eiskalt in die Knochen, drang einem durch Mark und Bein.

Mein Sohn wird nicht hier geboren werden. Er wird nicht auf eine nasskalte Welt kommen. Sie werden ihn mir nicht wegnehmen.

Meine Schwangerschaft trieb mich dazu, gewisse Maßnahmen zu ergreifen. Ich konnte es nicht riskieren, meinen Geiselnehmer körperlich anzugreifen, obwohl es dazu bereits genügend Gelegenheiten gegeben hätte. Ich hätte ihm beispielsweise einen Dolch aus zerbrochenem Porzellan oder das zugespitzte Ende der Fernsehantenne in den Hals rammen können. Ich hätte das Bettgestell auseinanderbauen und ihm mit einem Bettpfosten eins überziehen können. Glauben Sie mir, diese Optionen waren mir allesamt durch den Kopf gegangen. Ich hatte sie verworfen, weil sie Beweglichkeit erforderten, weil ich mich hätte auf ihn stürzen müssen, was ich in meinem fortgeschrittenen Stadium nicht mehr konnte. Außerdem hätte ich ihn verfehlen können, und ich wollte das Baby nicht mit einem unklugen Fehlversuch belasten. Also baute ich stattdessen so viele Pluspunkte wie möglich in meinen Plan ein, nutzte physikalische Kräfte, schlichte Biologie, Hebel- und Flaschenzugeffekte, ungezügelte Rachsucht.

Mein Vater ist Physiker und besitzt seit seiner Zeit bei der Navy den schwarzen Gürtel in Jiu Jitsu. Er brachte mir bei, das Gewicht und die Bewegungen eines Angreifers im Kampf gegen ihn zu verwenden. Von meiner Mutter, einer abgebrühten Zynikerin, wusste ich: »Unterschätze nie die Dummheit und Faulheit eines Menschen.« Jeder Gegner wird irgendwann einen Fehler machen, weshalb ihrer Lehre zufolge galt: »Vergeude nie einen Moment der Schwäche deines Gegners und zögere nicht, eine freiliegende Halsschlagader aufzuschlitzen.« Sie meinte es im übertragenen Sinne, und ich versuchte vergeblich, diesen Leitspruch im Wortsinne umzusetzen.

Mein Kidnapper zeigte unzählige Momente der Schwäche, der Dummheit, der Faulheit. Ich nenne hier nur einige wenige: der Transporter mit Seitenfenstern, die Küchenfrauen, der Bleistiftspitzer, das Beibehalten einmal etablierter Verhaltensmuster, die Unfähigkeit, sein eigenes Ego hintanzustellen, die Entscheidung, den Lauf seiner Waffe auf mein ungeborenes Baby zu richten, das tägliche Angebot, mir mehr Wasser zu holen, der Fernseher, das Radio und nicht zuletzt die Tatsache, dass er jedes Mal, nachdem er die Tür aufgeschlossen hatte, um mein Zimmer zu betreten, den Schlüssel von außen stecken ließ.

Inzwischen wusste ich mit einiger Sicherheit, dass die Küchenfrauen erst wieder an Tag 37 erscheinen würden. Der Arzt und das Ehepaar Offensichtlich würden ebenfalls nicht auftauchen, da es bei mir bisher keinerlei Anzeichen für Wehen gab – und selbst wenn es sie gegeben hätte, hätte ich es meinem Geiselnehmer bestimmt nicht mitgeteilt. Bei Brad ging ich davon aus, dass er längst wieder ins Flugzeug gestiegen und abgereist war.

Mein Gefängniswärter und ich werden ganz allein sein, genau wie es Plan 15/33 erfordert.

Die Zeitanzeige des baumelnden Radios verkündete, dass es 11.51 Uhr war. Noch neun Minuten, dann war Showtime. Ich stand an der vorgesehenen Stelle und versuchte, die Zeit auf dem Radio im Auge zu behalten, das an einem Seil in der Luft hing und sich immer wieder drehte. Die Sekunden tickten genauso langsam wie mein Herzschlag. Ich glaube, meine einzige Sorge bestand darin, es möglichst schnell hinter mich zu bringen. Durch das viele Training kam es mir so vor, als hätte ich eine leidenschaftliche Liebeserklärung auswendig gelernt, die beim ersten Verfassen noch Herzklopfen und vielleicht sogar Tränen ausgelöst hatte, nach dem zehntausendsten Vortrag jedoch zu einer bedeutungslosen Wortmasse zusammengeschmolzen war, abgekoppelt von jedem menschlichen Gefühl, ähnlich wie bei einem Regierungschef, der vom Teleprompter oder einem schlechten Schauspieler, der direkt vom Drehbuch abliest. Der Satz »Ich liebe dich« geriet so zu einer roboterhaften Aneinanderreihung dreier Wörter, ohne jede Modulation der Stimme oder Bewegung der Schultern, ohne vorgestreckte Hand, geweitete Pupillen oder emphatisch gerunzelte Stirn. »Ich. Liebe. Dich.« Nüchtern dahingesagt, vielleicht mit einem gleichzeitigen Blick auf die Uhr. *Eine solche Liebeserklärung entbehrt jeglicher Liebe; wenn derjenige beim Sprechen hingegen mit weichen Knien zu kämpfen hat, die Augen weit aufreißt und zu blinzeln vergisst, dann ist die Liebe zu spüren, dann pulsiert der Raum vor Liebe.*

Ähnlich wie dem menschlichen Roboter bei seiner Liebeserklärung ging es nun auch mir – meine geübte Hand wartete nur darauf, ihre Aufgabe auszuführen. Wahrscheinlich hätte ich meinen Kerkermeister auch mit verbundenen Augen oder schlafend töten können, so oft hatte ich die geplanten Handlungen wiederholt.

Um 11.55 Uhr signalisierte ich meinem Star, einer Tüte Bleichmittel, seinen Platz im Rampenlicht einzunehmen. Bleichmittel wirkt ätzend. Ich habe einmal einen Artikel gelesen, in dem Scott Curriden vom biomedizinischen Forschungsinstitut Scripps in Kalifornien zitiert wurde. Seine Aussage: »Bleichmittel frisst sich sogar durch Edelstahl.« Daher wartete ich so lange wie möglich, bis ich meine drei Liter Bleiche in die dünnwandige Plastiktüte goss und diese mit dem Seil zuband, das ich aus der aufgeribbelten roten Wolle geknüpft hatte. Als Nächstes stellte ich mich an die Tür und zog am anderen Ende des Seils, das ich zuvor über den Deckenbalken oberhalb der Tür geworfen hatte. Dort hing bereits ein Kabel bereit, an dem ein weiterer Gegenstand befestigt war, auf den ich noch zurückkommen werde. Ich zog so lange, bis der Beutel mit dem Bleichmittel unter dem anderen schweren Gegenstand hing, und zwar direkt über Bodendiele #3.

Bleichmittel wirkt ätzend, das verrät uns wie gesagt die Wissenschaft, und es brennt höllisch, wenn es einem in die Augen, den Mund oder das Gesicht spritzt, das verrät uns der gesunde Menschenverstand.

Die Uhr sprang auf 11.59 Uhr. Zeitgleich leuchtete die Sonne auf und ließ die Staubkörner in der Luft tanzen. Der Geruch meines eigenen Schweißes umnebelte mich auf dem engen Raum, den ich mir selbst zugewiesen hatte, flach an die Wand neben der Tür gedrückt. Meine Ausdünstungen hatten sich nicht aufgrund etwaiger Nervosität verstärkt, sondern wurden mir nur im Übermaß bewusst, während ich alle Details dieses schrecklichen Zimmers noch einmal auf mich wirken ließ.

Ein fast unmerkliches Beben setzte ein, die Dielen knarrten. *Mittagessen.* Ich drückte meinen Rücken gegen die Wand. Draußen stellte er das Tablett auf dem Boden ab. Das klackernde Geräusch von Plastik auf Holz veranlasste mich dazu, sämtliche Muskeln anzuspannen. Ich war bereit.

Schlüssel klirrten, Metall kratzte im Schlüsselloch.
Die Tür ging auf.
Er hat sie weit aufgemacht, genau, was ich brauche, genau wie immer, genau wie erwartet und geplant.

Nachdem er das Tablett mit dem Essen wieder vom Boden aufgehoben hatte, trat er ohne den Blick zu heben auf exakt die gleiche Stelle wie immer, genau die Stelle, die ich seit Tag 5 dreimal täglich markiert und ausgemessen hatte. Bodendiele #3. Jetzt blickte er geradeaus zum Bett, das inzwischen zur Todesfalle umgerüstet war. Was dachte er wohl, als er entdeckte, dass ich nicht wie erwartet dort saß und auf mein Mittagessen wartete, sondern ... dass die Matratze schräg zwischen Bettgestell und Wand geklemmt war, dass die Untermatratze aufgeschlitzt und ausgehöhlt auf dem Boden lag, ausgelegt mit Plastikfolie und gefüllt mit Wasser, umfunktioniert zu einem Becken, einem Steinbruch mit Stoffwänden nur wenige Schritte von der Tür entfernt. In der Sekunde der Erkenntnis, die ich ihm gönnte, sah er hoffentlich eine vorbereitete Leinwand, auf der nur noch das Hauptmotiv fehlte – er –, bevor ich sie zu meinem Meisterwerk vollendete. Ich hoffte, dass er sich dafür verfluchte, dass er die Plastikfolie an der Untermatratze gelassen hatte, dass er zu faul gewesen war, sie zu entfernen und das Bett ordentlich auf einen Lattenrost zu legen. Bestimmt wanderte sein Blick von eben dieser Untermatratze, die jetzt fachmännisch mit der Plastikfolie beschichtet und zur Hälfte mit Wasser gefüllt war, zurück zu der aufrecht stehenden Matratze, die wie ein offener Sargdeckel an der Wand lehnte und darauf wartete, sich über ihm zu schließen. Am hölzernen Bettgestell, das hätte ihm auffallen müssen, fehlten mehrere schmale Sprossen. Ob er sich fragte, wohin sie verschwunden waren? Und über allem baumelte und trällerte das Radio, an einem Seil, das aus einer roten gestrickten Wolldecke entstanden war. Das Stromkabel des Radios führte zur Steckdose am Kopfende des Betts.

Stellte er eine Verbindung zwischen Wasser und Steckdose her? Spürte er die aufgeladene Atmosphäre im Raum, die Anspannung der schmetternden Oper über dem Bett, die elektrisierte Stimmung, die so intensiv war, dass ich mir einbildete, es würden Lichtblitze durchs Zimmer zucken?

Wenn ich eine weitere Sekunde hätte verstreichen lassen, hätte er sicher den Kopf gedreht und mich links von sich neben der offenen Tür stehen sehen. Er hätte fassungslos die Frage Wie? gekrächzt, wozu ich es natürlich gar nicht erst kommen ließ. Aber ich nutze die Gelegenheit für eine rasche Erklärung:

In jener arbeitsreichen Nacht zwischen Tag 4 und Tag 5 hatte ich zunächst den Bleistiftspitzer mithilfe der spitzen Enden des Eimerhenkels auseinandermontiert, die Klinge herausgelöst und damit den Plastiküberzug und den Stoff aus dem Inneren der Untermatratze geschnitten. Dieser Prozess hatte am längsten gedauert, da ich dafür nur die winzige Klinge zur Verfügung gehabt hatte. Jeder noch so kleine Schnitt daneben hätte meinen Plan gefährden können, daher ging ich methodisch vor, wie eine Restauratorin, die sich einen beschädigten Rembrandt vornahm, wertvollen Zentimeter für Zentimeter darauf achtend, dass jeder Schnitt so gerade war, wie wenn ihn ein Chirurg mit dem Skalpell gezogen hätte. An den Seiten und am Boden der Untermatratze ließ ich die Plastikfolie dran und fixierte sie mit den Reißnägeln, meinem Pluspunkt #24, den ich gleich näher erläutern werde. Den Innenraum der Untermatratze zwischen ihren nun freiliegenden Seitenwänden legte ich mit dem abgetrennten Teil der Plastikfolie aus und befestigte diesen mit weiteren Reißnägeln, sodass eine Wanne entstand. Einige Stellen verstärkte ich mit Flicken von meiner schwarzen Regenjacke, die ich zerriss. Meinem Kerkermeister fiel nie auf, dass sie fehlte.

»Wenn dein Gegenspieler nichts von deinem Vorhaben mitbekommt, weil er zu sehr mit seinem eigenen beschäftigt ist, begehre nicht unterbewusst nach seiner Anerkennung deiner Genialität und lenke dadurch Aufmerksamkeit auf dich, sondern begnüge dich mit deiner eigenen Anerkennung. Glaube immer zuversichtlich an deinen Sieg.« Dieses auf eine Serviette gekritzelte Zitat hing gerahmt im Arbeitszimmer meiner Mutter. Es stammte von meinem Vater, der es als Inspiration für sich selbst aufgeschrieben hatte, bevor er in seinem Navy-Neoprenanzug aus einem Flugzeug gesprungen war und einen gekidnappten Strohmann von einer Gefängnisinsel befreit hatte. Um solche Themen ging es in unserer Familie beim Abendessen, auch dann noch, als die gewonnenen Prozesse meiner Mutter zum Normalfall geworden waren und mein Vater die Navy längst verlassen hatte, um sein restliches Leben der Wissenschaft zu widmen.

Mein Geiselnehmer konnte vermutlich nicht glauben, was er da vor sich sah: ein Untermatratzen-Becken, gefüllt mit dem lauwarmen Wasser, das er mir zu jeder Mahlzeit aus dem Badezimmer geholt hatte. Die für meinen Zustand unabdingliche Flüssigkeit hatte ich zu mir genommen, indem ich während meiner Toilettenbesuche aus dem Wasserhahn getrunken hatte. Über dem Untermatratzen-Becken hing das Radio, das in die Steckdose am Kopfende des Betts gestöpselt war und aus dem eine Symphonie von beispielloser Unersättlichkeit schmetterte.

Wilde Töne. O wilde Melodie. Wüte weiter.

Kurz bevor mein Kidnapper an Tag 33 mit meinem Mittagessen das Zimmer betreten hatte, hatte ich selbst noch über mein Werk gestaunt. *Als ich jedes Mal, wenn du mir mehr Wasser gebracht hast, ›Danke‹ sagte, meinte ich eigentlich: ›Danke – danke, dass ich dich damit ertränken, dich damit elektrisch hinrichten darf.‹*

Das Orchester ist inzwischen jenseits jeder göttlichen Raserei, so blindwütig, dass ich keine einzelnen Noten mehr wahrnehme. Was für eine Musik, was für ein Rausch! Ich bin überwältigt.

Eine Sekunde, nachdem er ins Zimmer gekommen und auf die Stelle getreten war, die ich seit Wochen ermittelte, ließ ich die Tüte mit Bleichmittel los (Pluspunkt #36), genau wie das Verlängerungskabel des Ultraschallgeräts (Pluspunkt #22), an dem der Fernseher über seinem Kopf baumelte. Die Tüte traf ihn zuerst und platzte auf, und nur eine Millisekunde später zerschmetterte der herunterstürzende Fernseher seinen Schädel. Beide Geschosse trafen meinen Gefängniswärter genau an der Stelle, die einmal die Fontanelle an seinem Säuglingskopf gewesen war.

Die Bleiche muss ihm sofort in die Augäpfel gedrungen sein, denn statt seinen zermalmten Schädel zu halten, schossen seine schwachen Arme – schwach, weil er kurz davor war, das Bewusstsein zu verlieren – zu seinen Augen, während er ein hohes Jammern ausstieß. Von diesem Moment an sind seine Gesten als einzelne Standbilder in meinem Gedächtnis abgespeichert. Standbild für Standbild rieb er sich das linke Auge mit dem linken, das rechte Auge mit dem rechten Handrücken. Das Gebrüll und die Flüche, die dabei vermutlich aus seinem weit aufgerissenen Mund drangen, hörte ich damals genauso wenig, wie ich sie heute in meiner Erinnerung höre. Ich hörte nur die Oper im Radio, die mein Beifall war, mein frenetischer Jubel, und ich vernahm das Knistern der Elektrizität, die aus der Steckdose drang, begierig darauf, das Ihrige beizutragen. Das Wasser in der Untermatratze kräuselte sich von der Erschütterung des Fernsehers, der dumpf auf dem Holzboden landete, nachdem er vom Kopf meines Gefängniswärters auf seine rechte Schulter gestürzt und an seinem Rücken abgeprallt war. Dabei war eine Metallecke an seinem Nacken entlanggeschrammt, weshalb nun Blut seinen Rücken hinunterrann wie eine rote Schnur.

Bevor mein Geiselnehmer endgültig kollabierte, ging ich zur nächsten Waffe über, nach der ich mit derselben Bewegung griff, mit der ich die Bleiche und den Fernseher losgelassen hatte. Die lose Diele in meinen Händen wurde zum Rammbock, den ich gegen seinen Rücken einsetzte. Ich legte die notwendige Wucht in meinen Stoß – kalkuliert anhand seines Gewichts und seiner Körpergröße – und schleuderte seinen Körper, der bereits im Fallen begriffen gewesen war, nach vorn, sodass er mit dem Kopf voran in meinen Steinbruch stürzte. Dann schlüpfte ich auf den Flur hinaus und löste von dort ein weiteres Seil von einem Nagel neben der Tür, ein weiteres Seil aus der roten gestrickten Decke, Pluspunkt #5, mit deren Aufribbeln ich, wie bereits erwähnt, an Tag 20 begonnen hatte. Mein Gefängniswärter hatte nichts davon mitbekommen, weil ich die Decke jeden Morgen bei Dämmerung wieder zusammengefaltet und den noch unversehrten Teil über den bereits aufgetrennten gelegt hatte. Das eben noch baumelnde Radio stürzte in das Wasserbecken, in dem sein zerschmetterter, vom Bleichmittel verätzter Kopf und sein Oberkörper lagen. Der Knall des Stromschlags und das anschließende

Knistern erfüllten den Raum, während ich in sicherer Entfernung vor der Tür stand.

All dies hatte weniger als zehn Sekunden gedauert, also ungefähr genauso lange, wie er gebraucht hatte, um mich auf dem Schulweg zu packen und in seinen Transporter zu ziehen.

Das, meine Freunde, nenne ich ausgleichende Gerechtigkeit. Kalte, harte, brennende, schädelspaltende, elektrisierende Gerechtigkeit.

15/33 war ein Dreipunkteplan: Fernseher – mit der im Grunde unnötigen Dreingabe Bleichmitteltüte –, Stromschlag und Ertrinken. Jeder dieser Punkte hätte auch für sich allein zum Tod geführt. Wenn der Fernseher ihn verfehlt hätte, hätte ich dennoch nach der Bodendiele gegriffen und sie ihm in den Rücken gerammt, damit er ins Straucheln geriet. Falls nötig hätte ich noch mehr körperliche Gewalt eingesetzt und mit der Diele auf ihn eingeschlagen, bis er zusammengebrochen wäre. Danach hätte ich zu meinem Trumpf in der Hinterhand gegriffen und ihm mit meinem auf den Rücken geschnallten Bogen vier Pfeile in Augen, Hals und Leistengegend gejagt.

Bogen und Pfeile? Den Bogen hatte ich aus dem Gummiband vom Dachboden und meinem bewährten Eimerhenkel gebastelt, und die Pfeile waren die Sprossen, die ich dem Bettgestell entnommen und mithilfe des scharfen Endes der abgebrochenen Fernsehantenne zugespitzt hatte. Die Sprossen und die Antenne hatte ich jeden Morgen wieder an ihren Ort zurückgesteckt, wo sie natürlich nur noch eine dekorative Funktion erfüllt hatten. Als Köcher hatte ich den Ärmel meiner Regenjacke genommen, den ich unten mit Wolle zugebunden hatte, und als Riemen die Kabel, die ich dem Inneren des Ultraschallgeräts entrissen hatte.

Zum Glück erwiesen sich die Pfeile zunächst als überflüssig, denn ich hätte nicht gewusst, wie gut ich damit in der Praxis zielen konnte. Ich dankte Gott und seinem schwarzen Schmetterlingsengel für meinen Positionsvorteil und mein Überraschungsmoment, dafür, dass ich durch meine unermüdlichen Beobachtungen derart genau das Bewegungsmuster meines Gegners kannte, seinen Gang, seine Schrittlänge, seine Größe und sein Gewicht. Ich hätte mich fast schon selbst in diesen Mann verwandeln können, so ganz und gar war ich in seine Haut geschlüpft.

Woher stammten also die Reißnägel? Wie bereits geschildert, hatte ich in der ersten Nacht im Transporter weniger geschlafen als mein Kidnapper. Es ist erstaunlich, wie sehr Schweiß Klebeband zusetzen kann. Es war warm in dem Transporter, und ich hatte durch die Schwangerschaft einige Kilos zu viel auf den Rippen. Während des gesamten ersten Tages spürte ich, wie meine Körperwärme ihre magische Wirkung auf das Klebeband entfaltete, und meine dünnen Handgelenke erarbeiteten sich langsam aber sicher mehr Freiraum in ihrem Klebebandgefängnis. Als mein Geiselnehmer dann in der Nacht endlich schnarchte, probierte ich aus, ob ich bereits einen Arm herausziehen konnte. Tatsächlich glitt fünfzig Minuten, nachdem er eingeschlafen war, mein rechter Arm unter dem Klebeband hervor. Weil ich nicht wusste, wie viel Zeit mir blieb, und weil der olivgrüne Ofen ohnehin die seitliche Schiebetür und eine Kette die Heckklappe versperrte, unterließ ich es, auch noch meinen linken Arm und meine Beine zu befreien. Ich beugte mich zu meinem Rucksack hinunter, zog die Reißnägel daraus hervor – eine Großpackung mit tausend Reißnägeln, die so eng verpackt waren, das sie nicht rasselten – und stopfte sie in die Tasche meiner gefütterten schwarzen Regenjacke. Mein Kidnapper bewegte sich auf dem Vordersitz, und ich setzte mich schnell wieder aufrecht hin. Nachdem ich meine Hand wieder durch das Klebeband geschoben hatte, sackte ich in mich zusammen und tat so, als würde ich schlafen. Er gähnte und drehte sich auf seinem Sitz um. Ich spürte, wie er mich ansah.

»Verfickte kleine Hure«, sagte er.

Idiot. Ich werde dich mit diesen Reißnägeln umbringen, hatte ich gedacht.

Dreiunddreißig Tage später stand ich bewegungslos vor meiner Gefängniszelle, während sein zischender Körper nach oben zuckte. Als er wieder in sich zusammensank, war er vollkommen schlaff, und seine Beine lagen gespreizt und mit Sichelfüßen da, bevor sich sein Oberkörper erneut aufbäumte. Besonders grotesk war, wie seine Hüften mit jedem Stromstoß gegen die Seitenwand des Betts stießen, als würde er im Traum mit jemandem vögeln, während er unter Wasser schlief. Dieses Wasser, das gelb und blau zu schillern schien, brodelte um ihn herum und spritzte auf den Boden, während Funken aus der Steckdose an der Wand stoben und drohten, das ganze Gebäude abzubrennen, was jedoch nicht geschah, weil sie auf den Dielen zu schwarzen Punkten verglühten. Bei jedem Funken knallte es, und aus dem Mund meines Gefängniswärters drangen Blasen. Der Tod richtete sich in seinem Körper häuslich ein, und auch die aufgebrachte Elektrizität kam langsam zur Ruhe. Ich wartete, bis das Knistern und Knallen vollständig verstummt war, als würde ich Popcorn in der Mikrowelle zubereiten. Die letzten zähen Sekunden verstrichen, eins, zwei, drei, Stille, dann das Platzen eines letzten Korns. *Ding!*, machte die Mikrowelle. *Fertig*.

Mit einem Summen erloschen die Lichter im Haus: Die

Stromschläge hatten einen Kurzschluss verursacht. Obwohl es erst Mittag war, lag der modrige Flur plötzlich im Dunkeln, und es herrschte gespenstische Stille. Ich griff nach einem Pfeil aus dem Köcher auf meinem Rücken und stand still wie eine steinerne Statue im Park. Aus der Todeszelle drangen keine Geräusche mehr. Keine Schritte ertönten hinter mir, über mir, unter mir oder sonst irgendwo im Gebäude. Nachdem ich die Tür meines ehemaligen Zimmers zugezogen hatte, schloss ich sie ab und nahm den Schlüssel an mich.

Stille.

Mein Herz klopfte laut in meinen Ohren.

Eine Schwalbe flatterte am Treppenhausfenster vorbei, ein Bote, der zwitscherte: »Die Luft ist rein.«

Ich hoffe, dir hat das Bad in meinem kleinen Swimmingpool gefallen, du Arschloch. Ich spuckte gegen die Tür.

Dann ging ich die Treppen hinunter und betrat die Küche. Ich hatte sie mir so oft mit geblümten Kissen und Vorhängen, hölzernen Arbeitstischen, weißer Spüle und apfelgrünem Mixer vorgestellt, dass ich mich nun betrogen fühlte bei ihrem Anblick, denn die Realität sah vollkommen anders aus. Statt einer Landküche hatte ich zwei lange Edelstahltische im Stil einer Großküche vor mir. Der Herd war riesig und schwarz, der Mixer in einem langweiligen Eierschalenweiß gehalten. Überhaupt gab es keine Farben in diesem Raum. Keine Schürzen mit rosa Paspeln, keine dicke Katze, die auf einem Teppich faulenzte. Und mich erwartete noch eine Überraschung.

Auf dem Edelstahltisch, der mir am nächsten stand, entdeckte ich einen zweiten Porzellanteller mit Essen, der ganz sicher nicht für mich gedacht war; mein eigener Teller lag zerbrochen unter den elektrisierten Überresten der Füße meines Kidnappers. Dieser Teller war mit Frischhaltefolie abgedeckt und mit einem Klebezettel versehen. Daneben standen ein Becher Milch und eine Tasse Wasser. Ich trat näher heran. Auf dem Zettel stand: »D.« Ich warf einen Blick in den Müll. Ganz oben lag klar erkennbar ein weiteres Stück Frischhaltefolie mit einem Klebezettel, nur dass auf diesem »L.« stand, der erste Buchstabe meines Vornamens. *Wie konnte mir das nur entgehen? Ich bin nicht die Einzige! Noch ein Mädchen, und ihr Name fängt mit D an.*

Die Ablenkung gefährdete meinen Plan. *Konzentrier dich, bring 15/33 zu Ende, dann kannst du für das andere Mädchen einen neuen Plan schmieden.* Ich fand einige Umschläge mit der Adresse des Gebäudes im Mülleimer, entdeckte ein Telefon und wählte die Notrufnummer. Als sich eine Stimme meldete, verlangte ich den Chef der örtlichen Polizeiwache und wurde zu ihm durchgestellt.

»Hören Sie mir gut zu und schreiben Sie mit, was ich Ihnen sage. Ich werde langsam reden. Ich heiße Lisa Yyland und bin das schwangere Mädchen, das vor einem Monat in Barnstead, New Hampshire, gekidnappt wurde. Ich befinde mich in 77 Meadowview Road. Kommen Sie nicht mit Blaulicht und Sirene, und geben Sie den Einsatz auch nicht über Polizeifunk durch, sonst gefährden Sie mich und ein weiteres Mädchen, das hier festgehalten wird. Kommen Sie in einem Zivilwagen und beeilen Sie sich. Kein Polizeifunk, bitte. Kein Blaulicht. Haben Sie das?«

»Ja.«

Ich legte auf.

Jetzt konnte ich mich mit dem anderen Opfer befassen. Ich trat durch die Hintertür nach draußen und sah endlich das komplette Gebäude vor mir. In einem Punkt zumindest hatte ich recht gehabt: Es war weiß. Wie mir bereits auf dem Dachboden aufgefallen war, bestand die Grundfläche aus vier Gebäudeflügeln mit je drei Stockwerken plus Dachboden. Ein verblichenes Schild an der Wand neben der Tür verkündete: »Appletree Internat.« Die Küche war eindeutig neu, aber hier draußen blätterte die Fassadenfarbe. Ich musste an eine Szene aus *Auf der Jagd nach dem grünen Diamanten* denken, in der Kathleen Turner und Michael Douglas Juan besuchen, dessen Haus von außen ein heruntergekommener Schuppen und von innen ein Palast ist.

Das Mädchen D. konnte überall sein, und ich hatte nicht vor, sämtliche Treppen hinaufzusteigen und nach ihr zu suchen. Nach ihr rufen wollte ich auch nicht. Zum Glück fiel mein Blick auf ein dreieckiges Fenster im linken Flügel des Gebäudes, das sich auf gleicher Höhe befand wie mein Fenster. Ich umrundete das ganze Haus und konnte keine weiteren Fenster wie diese beiden entdecken. Alle anderen Fenster waren größer, manche sogar bodentief. Hätte sie sich hinter einem dieser Fenster befunden, wäre es sicher mit Vorhängen oder Jalousien verhängt gewesen. Ich blickte erneut zu dem kleinen dreieckigen Fenster empor und hätte schwören können, dass der schwarze Schmetterling vor der Glasscheibe herumflatterte, als wollte er mir den Weg weisen.

Ich öffnete die Tür des linken Gebäudeflügels und stieg drei Treppen hoch. Das Treppenhaus sah genauso aus wie meins. Im dritten Stock war genau an der gleichen Stelle ein winziges Badezimmer eingebaut.

Vor der Tür eines verschlossenen Raums brachte ich die Bodendielen zum Knarren.

»D.?«, fragte ich.

Nichts.

»D., wie heißt du? Ich bin gerade aus einem anderen Gebäudeflügel geflohen.« Stille. »Ist da jemand?«

Ein lautes Krachen war zu hören, irgendetwas war umgestürzt.

»Hallo? Hallo! Bitte lass mich raus!« Den letzten Satz schrie sie immer wieder mit zunehmender Verzweiflung, während ich mich hastig durch den Ring mit Schlüsseln arbeitete, den ich von meiner Tür abgezogen hatte. Endlich fand ich den richtigen. Interessanterweise handelte es sich um ein simples, altes Schloss, im Gegensatz zu meiner Tür, die mit einem Titan-Schloss nachgerüstet worden war. *Warum genießt sie so viel mehr Vertrauen als ich? Hat er sie vielleicht unterschätzt?* Das Schloss an dieser Tür hätte ich schon in der ersten Nacht geknackt. Als ich die Tür öffnete, setzte sich ein blondes Mädchen mühsam auf seinem Bett auf. Ein Stapel Bücher lag über den Boden verteilt da, vermutlich die Ursache für das Krachen. D. trug ein violettes Kleid und einen schwarzen Converse-Turnschuh. Ihr anderer Fuß war nackt. Wieder fragte ich mich, wo meine eigenen Schuhe waren, während ich in den viel zu großen Nikes, die ich stattdessen bekommen hatte, mit den Zehen wackelte. *Warum durfte sie ihren Schuh behalten?* D. war hochschwanger, genau wie ich.

»Die Polizei ist unterwegs hierher. Sie muss gleich eintreffen.«

Noch während ich es sagte, waren draußen Reifenknirschen und ein brummender Motor zu hören.

Warum habe ich es in meinem Gebäudeflügel nie gehört, wenn Autos vorgefahren sind? Sie muss es jedes Mal mitgekriegt haben, wenn die Küchenfrauen eintrafen, Der Arzt, das Ehepaar Offensichtlich, die Pfadfinderinnen und ihre Mutter, Brad. Ob sie um Hilfe gerufen hat? Vielleicht hat sie niemand gehört.

»Ich bin Dorothy Salucci, und ich brauche dringend einen Arzt.«

Eine Autotür wurde zugeschlagen. *Das kann noch nicht die Polizei sein. Ich habe erst vor dreieinhalb Minuten angerufen. Aber es muss die Polizei sein. Jemand umrundet das Gebäude. Wo geht er hin?*

Schweißperlen standen auf ihrem bleichen Gesicht, und ihre Augen waren matt vor Schwäche, nicht vor gelangweilter Lethargie. Ihr rechtes Bein war geschwollen und rot, das Schienbein sah aus, als könnte es jeden Moment platzen. Ihre strähnigen Haare glänzten vor Fett, und ihr Pony war mit einer Haarklammer zur Seite gesteckt.

Wo sind die Polizisten?

Dorothys Kerker glich meinem in vielerlei Hinsicht: ein hölzernes Bettgestell ohne Lattenrost, eine Matratze in der Mitte, eine mit Plastikfolie bezogene Untermatratze, die gleichen Deckenbalken, das gleiche Fenster, der gleiche Dielenboden. Aber sie hatte keinen Fernseher. Auch kein Radio. Kein Federmäppchen, kein Lineal, keine Bleistifte, kein Papier, keinen Bleistiftspitzer. Und mit Sicherheit auch keine Reißnägel. Aber sie besaß zwei andere Pluspunkte, über die ich nicht verfügt hatte: Stricknadeln und Bücher.

In einem anderen Gebäudeflügel war Gebrüll zu hören. In meinem Flügel.

Ich versuchte Dorothy aufzuhelfen, sie dazu zu bringen, sich in Bewegung zu setzen.

Eine Tür wurde zugeknallt. Wieder in meinem Flügel.

»Komm, Dorothy, komm jetzt mit.«

Sie war wie erstarrt.

»Dorothy, wir müssen weg, und zwar sofort!«

Hastige Schritte vor dem Gebäude unter uns.

Schritte auf der Treppe.

Dorothy rutschte sitzend nach hinten und presste sich an die Wand hinter ihrem Bett.

Ich zog an ihrem Arm.

Eine Diele knarrte auf dem Flur vor der Tür.

In diesem Moment gestand ich mir meine kolossale Fehleinschätzung ein.

KAPITEL DREIZEHN

Special Agent Roger Liu

Sobald ich nach dem Telefonat mit Boyd aufgelegt hatte, machten Lola und ich uns auf den Weg zum Chicago Skyway, der einzigen Verbindung nach Indiana, die uns ein schnelles Vorankommen mit eingeschaltetem Blaulicht und Sirene ermöglichte. Ich rief die Polizeiwache vor Ort an und kündigte unser bevorstehendes Eintreffen an, nicht ohne den Polizeichef zu ermahnen, sich absolut still zu verhalten und nicht einen einzigen Aufruf über die übliche Funkverbindung zu tätigen. »Kein Problem«, erwiderte er und versprach, seine Männer mithilfe eines unverfänglichen Funkrufs von den Straßen zu holen.

Hinter Gary schalteten wir Blaulicht und Sirene aus und reihten uns wie ein beliebiges Zivilfahrzeug in den Verkehr ein, um an diesem kalten Frühlingstag die weizengelben Felder Indianas zu durchqueren. Der Himmel über uns bildete eine stahlgraue Decke, gegen die nur ein schwacher Anflug von Blau ankämpfte, und die Sonne war eine entfernte Erinnerung hinter der trüben Wolkensuppe.

Lola saß mit geschärften Instinkten am Steuer, ihre innere Anspannung stieg. Das erkannte ich daran, dass ihre nach Old Spice riechenden Ausdünstungen jeden Zentimeter des Wageninneren durchdrangen. Ich öffnete das Beifahrerfenster.

»Mach das verdammte Fenster zu, Liu, das Rauschen tut mir in den Ohren weh.«

Der penetrante Luftzug störte mich ebenfalls – wie musste es dann erst einer Frau mit den feinen Sinnen eines Jagdhunds gehen? Ich drückte auf den Knopf und fuhr das Fenster wieder hoch.

Endlich angekommen, fragten wir uns zur Polizeiwache durch, die sich als behelfsmäßige Zwei-Mann-Kommandozentrale herausstellte. Die Einrichtung der einstöckigen Schachtel von einem Gebäude bestand aus einigen grauen Schreibtischen, die durch eine hüfthohe Holztrennwand vom Eingangsbereich abgetrennt waren. Von der Armee aus blaugekleideten Streifenpolizisten, die ich erwartet hatte, war nichts zu sehen. Ein älterer Polizist streckte mir die Hand entgegen.

»Agent Liu, ich bin Chief Marshall. Das ist mein Deputy Hank. Entschuldigen Sie, ich weiß, Sie hatten ein größeres Aufgebot erwartet. Sobald ich nach unserem Telefonat aufgelegt hatte, fiel mir ein, dass meine Jungs ausgerechnet heute geschlossen auf der Beerdigung der Frau ihres ehemaligen Polizeichefs sind. Das ist zweieinhalb Stunden entfernt. Aber hören Sie zu, es gibt Neuigkeiten.«

Der Chief trat näher an mich heran und blickte mir tief in die Augen, um seiner Verkündigung noch mehr Nachdruck zu verleihen.

»Sie glauben nicht, was passiert ist: Ihr gekidnapptes Mädchen hat gerade angerufen. Das Timing ist wirklich unglaublich.«

»Dorothy hat hier angerufen?«, fragte ich ungläubig.

»Dorothy? Wer ist Dorothy? Nein, das Mädchen sagte, sein Name sei Lisa Yyland.«

»Rosa Tanzbär«, flüsterte Lola.

»Was?«, fragte Chief Marshall verwirrt.

»Unwichtig«, winkte ich ab. »Lisa Yyland, haben Sie gesagt?«

»Ja, Sie können sich den Mitschnitt gerne anhören. Ihr Anruf ist gerade mal drei Minuten her. Seither versuche ich, Sie anzurufen. Das Mädchen sagte, wir sollten hoch zum alten Internatsgebäude kommen, sie würde dort auf uns warten. Wir sollten auf keinen Fall mit Blaulicht und Sirene kommen, um sie und ein weiteres Mädchen nicht zu gefährden.«

Ein weiteres Mädchen. Ein weiteres Mädchen. Ich wette, dieses Mädchen ist Dorothy.

»Wer ist Lisa Yyland?«, fragte der Chief. »Wenn Sie nach Dorothy suchen, wissen Sie bestimmt auch, wer Lisa ist, oder?«

»Ja, das wissen wir. Als Lisa vor ungefähr einem Monat aus New Hampshire verschwand, war ein Team von uns dort, um ihr Elternhaus und ihre Umgebung in Augenschein zu nehmen. Das war eine Woche, nachdem Dorothy verschwunden ist, das Mädchen, dessen Spur uns hergeführt hat. Lisa hatte am Morgen ihres Verschwindens einen großen Rucksack mit Kleidung, bergeweise Proviant und anderen Gegenständen zusammengepackt. Laut den ermittelnden Kollegen ließ der Inhalt dieses Rucksacks nur einen Schluss zu: dass sie freiwillig von zu Hause weggelaufen war. Aufgrund dieser Indizien landete der Fall zunächst nicht bei uns, sondern in einer anderen Abteilung. Diese verdammten Zahlen und Computermodelle, die jedes Querdenken verhindern. Mir war sofort klar, dass Lisas Verschwinden mit unseren Entführungsfällen zu tun hatte.« Ich rieb mir mit der Faust die Stirn und biss die Zähne zusammen, um ein tiefes Knurren zu unterdrücken.

»Roger, los jetzt, wir müssen sofort dorthin«, forderte mich Lola auf und zog an meinem Ellbogen.

Lola besaß genügend Feingefühl, um mich in Anwesenheit anderer Roger zu nennen, nicht Liu, was mir keineswegs entging. Meinen Vornamen verwendete sie außerdem immer dann, wenn sie mich aus irgendeinem grüblerischen oder lethargischen Zustand reißen wollte.

»Können Sie uns zu diesem Internat bringen, Chief?«

»Natürlich kann ich das. Wir nehmen Sammys Volvo. Sammy ist unser Disponent. Mit seiner Rostlaube erregen wir am wenigsten Aufsehen.« Der Chief zeigte auf einen übergewichtigen Mann, der zusammengesackt auf einem Stuhl kauerte und einen Donut in sich hineinstopfte, in einem Kämmerchen, das offenbar die Telefonzentrale der Polizeiwache darstellte. Der dicke Sammy nickte und kaute weiter, während er dem Chief wortlos seinen Schlüsselbund reichte. Der Puderzucker auf seinen Lippen und seinem Kinn und die fehlenden zwei Knöpfe seines Uniformhemds machten mir bewusst, dass wir uns in der tiefsten Provinz befanden.

Wir nahmen also in Sammys orangefarbenem Volvo Platz: Chief Marshall und Deputy Hank auf Fahrer- und Beifahrersitz, Lola und ich auf der Rückbank. Leere Kaffeebecher von der Tankstelle und Hundefutter aus einer offenen Großpackung rollten vor Lola und mir im Fußraum herum. Unsere Waffen waren geladen und steckten griffbereit im Holster, bereit, ein Blutbad anzurichten, wenn es sein musste. Lola hielt ihre Nase aus dem Fenster und nahm schnüffelnd die Fährte auf. Ihre Muskeln zuckten vor angespannter Erwartung, und ihre Finger lagen stocksteif auf ihren zusammengepressten Oberschenkeln. Meine Gefühle passten genau zu dieser körperlichen Botschaft.

KAPITEL VIERZEHN

Tag 33, Fortsetzung

Ich drehte mich von Dorothy weg zur Tür und erblickte den Zwilling meines Geiselnehmers. Sofort wurde mir bewusst, welche Pflicht nun auf mir lastete: das Leben von vier Menschen zu beschützen, meins, das meines ungeborenen Kindes, das der hysterischen Dorothy und das ihres Fötus. Abschätzend musterte ich die Tränen, die wie Lava aus Brads blutunterlaufenen Augen quollen. Sein ganzes Gesicht war feucht und aufgeweicht, als würde seine Haut zerfließen, als würde sich eine Schlammlawine Bahn brechen. Aus Sorge, ich könnte an einer Wahnvorstellung leiden und in Wirklichkeit den Zerfall einer Wachsfigur erleben, sah ich noch einmal genauer hin und merkte, dass seine Tränen Priele hinterließen wie ablaufendes Wasser im weichen Sand, Schneisen in seiner dick aufgetragenen Grundierung. *Er trägt tatsächlich Make-up. Wow.* Schon bald entlarvten ihn die darunter zum Vorschein kommenden großen Poren als wahren eineiigen Zwilling des Mannes, den ich gerade getötet hatte. Brads schwere, schluchzende Atemzüge verrieten unermessliche Trauer und grenzenlose Wut. Wie ein wilder, von einer Biene gestochener Stier scharrte er förmlich mit den Hufen, bereit, auf mich zuzustürmen und mich auf die Hörner zu nehmen.

Ich zog vier rasche Schlussfolgerungen:

Brad hat die Überreste seines Bruders gefunden.

Brad besitzt seine eigenen Schlüssel zu unseren Gefängniszellen. Zum Glück habe ich den Ring mit den Schlüsseln in meinen Köcher geschoben, nachdem ich Dorothys Zimmer betreten habe.

Brad ist doch nicht in ein Flugzeug gestiegen und abgereist.

Brad hat vor, uns wehzutun, noch mehr, als er und sein Bruder es bisher getan haben.

»Mein Bruder!«, kreischte er, durchschritt Dorothys Zimmer und sprang mir förmlich ins Gesicht. »Mein Bruder, mein Bruder, mein Bruder«, wiederholte er immer wieder, während er aufgebracht auf- und abmarschierte und die Arme mal hierhin, mal dorthin warf.

Bei seinem dritten grollenden Ausfallschritt in meine Richtung erhaschte ich einen flüchtigen Blick auf eine Delle, die einer der vier Goldknöpfe am rechten Ärmel seines extravaganten marineblauen Samtblazers aufwies. *Trotz seiner Schimpftirade wirkt er so makellos. Bis auf die Delle ...*

Als er mit dem rechten Unterarm meine linke Schläfe traf wie ein Tennisschläger den Ball, kam mir der Gedanke, dass die Delle womöglich eine Zukunftsvision gewesen war und dass erst der Kontakt mit meinem Kopf sie verursacht hatte. Vielleicht hatte ich mein Gehirn durch meine ständige Evaluierung und Planung jedes noch so winzigen Schrittes dahingehend konditioniert, dass es Handlungen in der nahen Zukunft vorhersah. Natürlich kann ich diese Theorie nicht beweisen, aber ich würde dem Phänomen gern eines Tages mit neurowissenschaftlicher Unterstützung auf den Grund gehen.

Durch Brads Hieb wurden endgültig alle emotionalen

Schalter in meinem Inneren auf Aus gestellt. Während ich polternd zu Boden ging, erfasste mich ein befriedigendes Nichts. Ich war nur noch ein leeres Gefäß, ein Roboter, ein Automat. Ein mordlustiger Androide.

Mit zuckendem Auge beobachtete ich, wie einer meiner Sprossenpfeile aus meinem Köcher rollte. Ich schnappte ihn mir mit derselben Bewegung, mit der ich mir im Liegen den Bogen vom Rücken zog. Auf der Seite ruhend legte ich den Pfeil an die Sehne und wartete, bis sich mein erneut auf- und abschreitender Kontrahent wieder mir zuwandte. All dies spielte sich innerhalb von drei Sekunden nach der Kollision seines Arms mit meinem Kopf ab. Training, Training, Training. Nur ständiges Üben sorgt dafür, dass man so kaltblütig wird. Körperliche Handlungen werden vom Schrecken der Realität entkoppelt. Das kann jeder Soldat in jedem Krieg auf der Welt bestätigen.

Dorothy stand unterdessen aufrecht auf ihrer Matratze und schrie wie am Spieß, als wäre sie die Sopranistin in einer nur aus fünfgestrichenen Cs bestehenden Opernarie über unermessliche Qualen. Selbst die Luft schien bei ihrer ohrenbetäubenden Tonhöhe zu zerspringen. Wie gern hätte ich ihre Stimme durch angenehmere Klänge aus meinem Flohmarkt-Radio ersetzt. Ich drehte mich nicht zu ihr um, um sie zu beruhigen, denn dazu blieb keine Zeit. Während sie auf dem Bett ihre Stimmbänder strapazierte, lag ich vor ihr auf dem Boden und richtete einen Pfeil auf unseren gemeinsamen Feind. Auf der Seite, auf der mich sein Hieb erwischt hatte, war mein Auge angeschwollen, und ein Rinnsal aus Blut erschwerte mir zusätzlich die Sicht. Mein oberes Auge war hingegen frei von Schwellungen, Blut und Schmerzen. Mit diesem Auge sah ich gestochen scharf.

Endlich drehte er sich zu mir um. Er war nur gut einen

Meter von mir entfernt und damit leichte Beute. Ohne ihm die Chance zu geben, zurückzuweichen oder auch nur einen Moment auf der Stelle zu verharren, zielte ich auf seine Augen und entließ den Pfeil mit einem Zupfen an der Bogensehne in die Luft.

Los, Pfeil, schnapp ihn dir.

Der Pfeil geriet auf halbem Weg ins Schlingern, korrigierte seinen Kurs dann jedoch wie eine Wärmesuchrakete und richtete sich wieder gerade, ohne an Geschwindigkeit zu verlieren. Nachdem die zielstrebige Holzspitze des Pfeils – Volltreffer – in der empfindlichen Spalte zwischen seinem Nasenknorpel und seinem linken Wangenknochen gelandet war, etwa zweieinhalb Zentimeter unterhalb seines Auges, bohrte sie sich tief genug in sein Fleisch, um stecken zu bleiben. *Wenn ich doch nur an einem Heuballen hätte üben können, dann hätte ich es bestimmt geschafft, sein Auge und vielleicht sogar sein Gehirn zu durchbohren.*

Er stimmte bestialisches Geschrei an, hob den Arm und zog sich den Pfeil aus dem Gesicht, in meinen Augen das Dümmste, was er hätte tun können. *Lass das Messer stecken, wenn dich jemand damit erwischt hat, und geh sofort zum Arzt. Die Klinge dichtet die Wunde ab,* hatte mein Vater einmal zu mir gesagt, als er mir die aus seiner Zeit bei der Navy stammende Wunde oberhalb seiner rechten Hüfte gezeigt hatte. *Ich bin noch fünfzehn Kilometer gelaufen – mit dem Küchenmesser des Aufständischen in meiner Seite. Hätte ich es herausgezogen, wären weder ich noch du heute hier.*

Ein Schwall Blut brach aus Brads Wange hervor und durchnässte seinen Samtblazer, bevor es auf den Holzboden und meine Hände spritzte. Dorothy hörte – dem Himmel sei Dank – endlich auf zu schreien und kletterte vom Bett, um Brad ihre Bücher an den blutenden Kopf zu werfen. *Der Fänger im Roggen, Frühstück für Helden, Hundert Jahre Einsamkeit, Das Böse kommt auf leisen Sohlen* und andere typische Schultitel wurden zu Waffen in unserer Schlacht – J. D. Salinger, Vonnegut, Marquez, Bradbury. *Pluspunkt #39: Literaturklassiker.*

Brad, der nur noch ein wimmerndes Häufchen Elend war, trippelte auf den Flur hinaus und presste sich eine Hand fest auf das blutende Loch in seinem Gesicht, während er ruckartig die Tür zuzog und hastig versuchte, sie abzuschließen, wobei ihm immer wieder der Schlüssel herunterfiel. Die Tatsache, dass ich erneut gefangen war, bereitete mir weniger Sorgen als der Umstand, dass ich es nun mit einem verwundeten Tier zu tun hatte. Verwundete Tiere haben Schmerzen und sind wehrlos, weshalb sie nichts mehr zu verlieren haben. Sie lassen sich weder gut zureden, noch anderweitig zur Vernunft bringen.

Außerhalb des Zimmers wartete also eine tollwütige Hyäne auf mich und innerhalb des Zimmers ein hysterischer Teenager. Dorothy war ins Bett zurückgekehrt und gab qualvolle, gepresste Schreie von sich. Mein schwarzer Schmetterling ließ mich im Stich, obwohl ich mit hängenden Schultern auf einer stark abgenutzten Bodendiele stand – die offenbar besonders zum ruhelosen Hin- und Herstreifen einlud – und flehend zum dreieckigen Fenster aufblickte.

Wie konntest du die Gefahr, dass Brad zurückkommt, einfach ignorieren? Wie um alles in der Welt konntest du dich so verkalkulieren?, schimpfte ich mit mir.

Meine Erwartungen an mich selbst waren immer schon unrealistisch hoch, das gebe ich gerne zu. Ich verlange von mir Allwissenheit, obwohl mir klar ist, dass es so etwas nicht gibt. Dahinter steckt vermutlich mein Wunsch, das gesamte Wissen des Universums nutzbar zu machen, aus dieser kollektiven Intelligenz die entsprechenden Vorteile zu ziehen und mit ihrer Hilfe die großen, grundsätzlichen Fragen zu klären – Raum und Zeit, Materie, Schöpfung, Sinn des Lebens ...

Immer, wenn mir meine menschlichen Grenzen bewusst werden, reagiere ich mit Demut, und dennoch erwarte ich mehr von mir selbst. Ich erwarte, dass ich mich niemals der Realität beuge.

Während ich unruhig meine Kreise durch mein neues Gefängnis zog, rief ich mir in Erinnerung, dass ich die Polizei gerufen hatte. *Bald ist alles vorbei, entspann dich, atme. Die Beamten müssten jede Minute hier sein. Hoffentlich treffen sie ein, bevor er wieder nach oben kommt. Ich überlege mir trotzdem für alle Fälle einen Plan. Vielleicht steckt der Mann, mit dem ich telefoniert habe, mit unseren Entführern unter einer Decke?*

Dorothy lag in der zusammengerollten Stellung eines sterbenden Rehkitzes auf dem Bett und störte mit ihrem Wehklagen mein strategisches Denken. Ich war es nicht gewohnt, andere Personen in meine Pläne einzubeziehen, ob nun zu Hause in meinem Labor oder hier in Gefangenschaft. Ein Gespräch mit einem Mädchen meines Alters zu führen oder gar zu beginnen war ebenfalls ungewohnt für mich. In meinem Heimatort hatte ich keine Freundinnen. Mein einziger Freund war Lenny, der seit meinem vierten Lebensjahr mein Sandkastenkumpel und seit meinem vierzehnten Lebensjahr mein fester Freund war. Lenny war Dichter und hatte Gefühle im Überfluss zu bieten. Wir hatten festgestellt, dass wir uns gegenseitig perfekt ergänzten. Lenny konnte verblüffend gut mit Sprache umgehen. In einer Liste vermeintlich unzusammenhängender Wörter erkannte er derart schnell ein Muster, dass unsere Lehrer Mühe hatten, sich neue Herausforderungen für ihn auszudenken. Seit sie ihn in der fünften Klasse in eine besondere Förderklasse gesteckt hatten, kam einmal die Woche ein Spezialist vom Hochschulgremium New Hampshires, um Lenny ein neues Aufgabenpaket zu bringen. Menschen mit Doktortiteln und anderen hochtrabenden Titeln verpassten ihm das Etikett »inselbegabt«, aber ich glaube, dass Nana, die überhaupt keinen Titel vorzuweisen hat, die beste Diagnose stellte.

Nana war etwa acht Monate vor Tag 33 von ihrem Anwesen in Savannah zu uns nach New Hampshire geflogen. Meine Eltern waren nach Boston gefahren, um sich ein »Broadway-in-Boston«-Stück anzusehen, und Nana, Lenny und ich spielten Scrabble auf unserem Hackblock in der Küche, während wir gemütlich auf hohen Stühlen mit gepolsterter Lehne saßen. Natürlich lag Lenny mit niederschmetternden siebzig Punkten in Führung, und ich hatte errechnet, dass es sich nicht mehr lohnte, das Spiel fortzusetzen.

»Nana, lass uns lieber Karamellbonbons machen. Weiterspielen bringt nichts«, sagte ich. »Ich habe kalkuliert, ob noch ein Sieg für uns drin ist. Ist er nicht. Also können wir ihn genauso gut jetzt gleich zum Sieger erklären. Oder habt ihr Lust auf Schach? Lenny ist ein wahnsinnig schlechter Stratege, beim Schach können wir ihn also so richtig auseinandernehmen.«

»Du meinst, *du* kannst uns beide auseinandernehmen«, sagte Nana.

»Okay, wenn du es so sehen willst«, erwiderte ich. Ich hatte meinen Schalter für Zuneigung aktiviert und gönnte

Nana ein breites Grinsen, das sie mit ihrem typischen Nana-Zwinkern erwiderte, bei dem sie gern mit ihren buschigen Augenbrauen wackelte. Ich mochte ihre faltige Haut, die so weich und weiß war, so schneeweiß, dass sie perfekt zu ihren weißen Locken passte. Auf mich wirkte sie wie ein leuchtendes Gespenst, ein fröhlicher Geist, der durch mein Leben spukte. Ein Geist in einer roten Bluse mit lindgrünem Blumenmuster, einem langen roten Kordrock mit rosa Seidenband als Gürtel und roten Leder-Clogs mit lila Riemen – so weiß sie auf dem Kopf und im Gesicht war, so farbenfroh war ihre Kleidung. Als wäre sie von einem Regenbogen umgeben.

Nana war die Verfasserin einer regional sehr erfolgreichen Krimiserie, deren Zielpublikum andere ältere Damen waren, die im Gegensatz zu ihr in Seniorenwohnsiedlungen oder Backstein-Pflegeheimen auf ihren Schaukelstühlen herumsaßen. Nana weigerte sich, sich dem Alter unterzuordnen. Sie schrieb und nähte, nähte und schrieb und machte Karamellbonbons, wenn sie mich besuchte.

An diesem Abend acht Monate vor Tag 33 hatten Lenny und ich gerade die elfte Klasse begonnen. Es war ein Freitag Mitte Oktober. Die Luft war ungewöhnlich warm für diese Jahreszeit, und durch die offenen Küchenfenster strich eine milde Brise herein und brachte die gerafften Vorhänge über dem Granitspülbecken zum Flattern. Als der Teekessel zu pfeifen begann, rutschte Nana von ihrem Stuhl, um ihn zum Schweigen zu bringen.

»Weißt du, Liebes«, sagte sie zu mir. »Lenny ist genau wie wir, mit dem einzigen Unterschied, dass er der glückliche Wirt jenes literarischen Parasiten ist, der schon Charles Dickens und Bob Dylan heimsuchte. Ein wundervolles Leiden, mit dem Normalsterbliche niemals umgehen könnten. Wie ich mir wünschte, ebenfalls von ihm betroffen zu sein!«

Während sie einen wattierten Topflappen um den Griff des Teekessels wickelte, starrte ich Lenny mit dem ausdruckslosen Blick an, der ihn regelmäßig wahnsinnig macht.

»Lisa, fang gar nicht erst damit an«, sagte er und schnippte mit den Fingern, um den Bann zu brechen. Doch ich war bereits geistig abwesend, hatte mich an einen isolierten, unerreichbaren Ort zurückgezogen. Kurzum: Ich befand mich im Forschermodus.

Als Nana Lennys literarische Begabung auf ein mikrobiologisches Leiden reduzierte, machte irgendetwas Klick in meinem Kopf. Ihr wissenschaftliches Vokabular hatte meinen Analysehunger geweckt. Vielleicht hätte ich ihren wohlwollenden Kommentar auf die leichte Schulter nehmen, ihn als beschwingte Hintergrundmelodie für unser Wochenende betrachten sollen. Auf keinen Fall hätte ich ihre Theorie in den Rang eines wissenschaftlich erwiesenen biologischen Tatbestands erheben dürfen. Doch mich hatte ein von Forschungsdrang und Begierde gleichermaßen befeuerter Hormonschub erfasst, zu dem noch die verquere Denkweise eines Teenagers kam. Ja, vielleicht wünschte ich mir, mir Lennys Wortkrankheit einzufangen, und sorgte dafür, dass unsere Verhütungsmaßnahmen versagten. Jedenfalls wurde in dieser Nacht unser Kind gezeugt, in Lennys Auto, nachdem wir uns mit Nanas Karamellbonbons vollgestopft hatten. Ich dachte zu hundert Prozent an einen eventuellen mikrobiologischen Übersprung und zu null Prozent an meinen Eisprung. Die Esoterik hatte über die Wissenschaft gesiegt. Es war der einzige derartige Ausrutscher, der mir je unterlief – ein Ausrutscher, den mein kurzzeitiges Straucheln im Kampf gegen die Hormone möglich gemacht hatte. Ich hasste es, ein Teenager zu sein.

Nachdem der Zeitpunkt meiner nächsten Periode verstrichen war, ohne dass ich Tampons benötigt hätte, beschloss ich, mir nie wieder von prosaischer körperlicher Lust mein sonst so analytisches Denken vernebeln zu lassen. Ich bat Lenny um Verzeihung und versprach, sein Leben nicht zu zerstören, sondern die alleinige Verantwortung zu übernehmen. Wir saßen abermals auf den gepolsterten hohen Stühlen in meiner Küche, als ich ihm die Neuigkeit überbrachte. Meine Eltern waren bei der Arbeit, Nana zurück in Savannah. Als ich erklärte, ich wolle die Verantwortung allein schultern, bekam der emotionale Lenny feuchte Augen.

»Auf keinen Fall«, sagte er.

»Doch, Lenny, es ist meine Schuld.«

»Nein, meine. Ich wollte es so.«

»Du wolltest es so?«

»Heirate mich, Lisa.«

Rasch überschlug ich unser Alter und die in unserem Leben bevorstehenden Ereignisse. Der pfeifende Teekessel war erneut Vorbote einer tiefen Veränderung in unserem Leben, und während ich seitlich vom Stuhl glitt und mich am Hackblock vorbeischob, um ihn von der Herdplatte zu nehmen, gab ich Lenny eine ehrliche, nüchterne Antwort.

»Ja. Aber erst in genau vierzehn Jahren, wenn wir dreißig sind. Dann haben wir unsere Studienabschlüsse in der Tasche, und ich habe in der Forschung und du in der Literatur Fuß gefasst.«

»Also gut«, sagte er, wischte sich die Augen mit dem Ärmel ab und griff nach einem Stift, um seinem inneren Aufruhr in einem auf eine Papierserviette gekritzelten Gedicht Ausdruck zu verleihen.

Für mich war dieser Moment in meiner Küche die pure Romantik. Wie Lenny ihn empfand, weiß ich nicht. Er verbrachte das Wochenende in der Bibliothek und suchte nach Dichtern, die über ihre Kinder geschrieben hatten. Am Montag kam er mit strahlenden Augen und beschwingten Schritten zur Schule.

Nana wäre entsetzt, wenn sie wüsste, dass ihr skurriler Vergleich mich zu alldem inspiriert hatte. Ich werde es ihr niemals sagen. Selbst jetzt, siebzehn Jahre später, zucke ich bei der Schilderung dieser Ereignisse noch zusammen und habe Angst, dass ihre achtundachtzig Jahre alten Augen die Wahrheit über ihren Urenkel erspähen.

Aus irgendeinem Grund musste ich in Dorothys Gefängniszelle an Nana und den Abend ihrer schicksalhaften Worte vor acht Monaten denken. Ich eilte zu Dorothys Bett, auf dem ihr Körper sich mir wie ein unförmiges, in der Mitte zu dick geratenes Croissant entgegenwölbte. Ich hatte keine Ahnung, wie ich sie trösten sollte. Vermutlich wäre sie höchst befremdet gewesen, wenn ich ihr erzählt hätte, wie ich in meinem eigenen Verlies unseren Geiselnehmer umgebracht hatte. Ich glaube nicht, dass sie Verständnis für meine Vorstellung von Gerechtigkeit gehabt hätte.

Brad war im Erdgeschoss, wo er aufgebracht auf- und ablief und mit Gegenständen um sich warf. Dem manischen Geschrei nach zu urteilen, war er inzwischen vollkommen durchgedreht. Auf einmal hallte ein lautes Krachen zu uns nach oben. Vermutlich hatte er einen Stuhl oder ein Tischchen gegen eine Wand geschleudert.

Bald ist es vorbei. Wo bleibt die Polizei? Sie ist auf dem Weg, sie wird uns retten. Wo steckt sie, verdammt noch mal? Sie müsste gleich hier sein, oder? Müsste sie nicht längst hier sein?

Ich wusste, dass ich Dorothys simples Türschloss in genau zwei Sekunden knacken konnte, ich hatte es beim Hereinkommen geprüft: alt, leicht aufzubrechen, Pluspunkt #38. Aber es brachte nichts, aktiv zu werden, bevor die Polizei eintraf oder, falls sie nicht eintraf, bevor Brad das Gebäude verließ. Zum Glück waren sämtliche Geräusche innerhalb und außerhalb des Gebäudes von Dorothys Flügel aus gut zu hören. Wenn wir uns zunächst ruhig verhielten, würde sich irgendwann eine Gelegenheit ergeben, das Schloss zu knacken und sich davonzumachen, da war ich mir sicher. Bis dahin bestand meine Aufgabe darin, Dorothy zu beruhigen. Wir würden lauschen und abwarten müssen, abwarten und lauschen, bis endlich die Polizei kam. Falls sie nicht kam, brauchten wir Geduld – Pluspunkt #11 – und mussten darauf hoffen, dass Brad das Gelände verließ. Und dann mussten wir uns beeilen, aus dem Zimmer und dem Gebäude zu kommen.

Dorothy lag zuckend da, und mir fiel ihr zerknittertes violettes Kleid aus einlagigem Stoff auf, das Mutter mich niemals hätte tragen lassen. Minderwertige Massenware, hätte sie gesagt. Zum ersten Mal während meiner Zeit in Gefangenschaft dachte ich über meine eigene Kleidung nach. Meine schwarze Schwangerschaftshose, in Frankreich handgenäht, hatte erstaunlich gut die Form behalten und knitterte kaum. Mutter hatte mir noch an dem Tag, als sie von meiner Schwangerschaft erfahren hatte, zwei Paar davon gekauft. »Wir werden diese schwere Zeit auf zivilisierte Weise durchstehen, Lisa. Du wirst dich anständig kleiden. Keine schlabberigen Säcke mehr. Dein Äußeres ist deine Visitenkarte«, hatte sie gesagt, während sie sich einen unsichtbaren Krümel von ihrer gestärkten Bluse geschnipst und ihre diamantbesetzten Manschettenknöpfe unter ihren eingestickten Initialen geradegerückt hatte. »Das hat nicht das Geringste mit Wohlstand zu tun. Ich hätte dir für den Preis dieser beiden Hosen auch zehn billige Schwangerschaftskleider kaufen können, wie es die meisten schwangeren Frauen getan hätten. Aber äußere Qualität zeugt nun einmal von innerer Qualität. Zumal es auch wirtschaftlich unsinnig ist, Quantität über Qualität zu stellen. Eine kolossale Geldverschwendung.« Sie hatte mit den Fingern durch die Luft gewedelt, als wollte sie finanzielle Fehlentscheidungen in eine staubige Ecke verbannen, außerhalb ihres erhabenen Blickfelds. Damals hatte ich mich gefragt, warum mein Kleidungsstil ihr mehr Kopfzerbrechen zu bereiten schien als mein Zustand. Aus heutiger Sicht ist mir klar, dass es schlicht ihre Art war, mit der Situation umzugehen.

Die Qualität meiner Hose half mir bei der Frage, wie ich Dorothy beruhigen könnte, allerdings auch nicht weiter – in den straffen Säumen des französischen Baumwollmischgewebes verbarg sich diesbezüglich leider keine Lösung. Dorothy begann bereits zu würgen, weil sie so heftig schluchzen musste. Immer wieder stieß sie zusammenhanglose Schimpftiraden hervor und schlug mit der Faust auf die Matratze. Bei jedem dieser Schläge hüpfte mein danebenliegender Kopf nach oben. Die arme Dorothy hatte offensichtlich auch noch den letzten mentalen Halt verloren. Wenn sie mir ihren Kopf zugewandt hätte, wäre ich sicher Zeugin wild rollender Augäpfel geworden, wie bei diesen schwarz-weißen Kulleraugen zum Aufsetzen, die man in Kostümläden kaufen kann.

Wo zum Teufel bleibt die Polizei? Mittlerweile dauert es eindeutig zu lange. Ich habe an Nana gedacht. Ich habe an Mutter gedacht. Ich sitze hier auf einer Matratze und blute im Gesicht. Irgendetwas stimmt nicht. Ich muss selbst aktiv werden. Muss uns hier herausbringen.

Unten krachte irgendein schwerer Gegenstand gegen einen anderen schweren Gegenstand, gefolgt von einem markerschütternden Heulen, das sich ungefähr so anhörte: »Jiiii-anannaa – mein Bruderrr!«

Dass uns jemand rettet, können wir vergessen. Rechne mit niemandem, nur mit dir selbst. Konzentriere dich auf Dorothy. Sorge dafür, dass sie einigermaßen ruhig bleibt. Irgendwann muss er das Haus verlassen. Weil er ein Werkzeug braucht oder was auch immer. Er wird gehen, und wir müssen bereit sein. Sorge dafür, dass sich Dorothy beruhigt.

Der einzige Friede, den ich Dorothy bieten konnte, bestand darin, dass ich mich im Schneidersitz neben sie setzte und eine Hand ausgestreckt neben ihr Kissen legte. Meine andere Hand behielt ich an meinem Gesicht, um die Blutung zu stillen. Wenn Dorothy meine Hand so dicht neben sich hatte, konnte sie sich jederzeit daran festhalten, sobald sie ihre Umgebung und die Realität wieder wahrnahm. Damit ahmte ich ein Verhalten nach, das ich bei Nana beobachtet hatte, am Tag, als die Schwester meines Vaters, ihre Tochter, gestorben war. Nana hatte geweint und war so erschöpft gewesen, dass sie meinem Vater nur diese stumme kleine Geste anbieten konnte. Er hatte Tante Lindy sehr nahegestanden. Die beiden waren nur neun Monate auseinander gewesen, und Lindys Krebserkrankung hatte schnell und erbarmungslos zugeschlagen.

Mutter und ich hatten Nana und meinem Vater auf unsere eigene Weise Trost gespendet. Wir hatten die Zeit der Tränen dazu genutzt, eine detaillierte Reiseroute für einen einmonatigen Ausflug nach Italien für uns alle vier auszutüfteln: mich, Mutter, Dad und Nana. Ich kann mich nicht erinnern, dass Mutter und ich jemals direkt über Tante Lindys Tod gesprochen hätten. Dennoch orientierte ich mich an ihr, was das angemessene Verhalten anging. Ich bewahrte absolute Ruhe im Haus und konzentrierte mich auf die minutiöse Planung von Museums-, Kirch- und Restaurantbesuchen. Natürlich vermisste ich Tante Lindy, aber Trauer wäre unproduktiv gewesen und hätte meinem Vater auch nicht geholfen. Zumal ich dann keine Energie für die Untersuchung von Lindys Blutprobe gehabt hätte, die ich hinter dem Rücken der Krankenschwestern eingesteckt hatte. Tante Lindy hatte mir heimlich eine Ampulle davon in die Hand gedrückt und mir ins Ohr geflüstert: »Mit diesem Verstand musst du irgendwann ein Mittel gegen Krebs finden oder Ungerechtigkeiten bekämpfen, mein Mädchen. Vergeude deine Intelligenz nicht.« Sie hatte mühsam geschluckt – ihr Mund war durch die Krankheit ständig ausgetrocknet gewesen –, um fortfahren zu können: »Und scheiß auf die Psychiater, die dir auf die Sprünge helfen wollen, weil du angeblich keine Gefühle empfindest. Liebe ist das einzige Gefühl, das wirklich zählt, und ich glaube, das hast du dir längst zu eigen gemacht.«

War Liebe das Gefühl, das ich für dieses Mädchen neben mir auf dem Bett zulassen sollte? Diese gequälte junge Frau, die offenbar unter etwas litt, was sich mir entzog? Die genauso schwanger war wie ich und sich in der gleichen misslichen Lage befand, aber ein emotionales Chaos durchzumachen schien, das ich nicht nachvollziehen konnte. An meiner Hand auf dem Laken spürte ich die Wärme ihrer Wange. Ich betrachtete ihre mageren Arme und fragte mich, ob sie während ihrer Gefangenschaft überhaupt etwas gegessen hatte. Ihr heutiges Mittagessen hatte sie auch noch nicht bekommen – ich hatte den Mann umgebracht, der es ihr gebracht hätte.

Die Sonne war nichts als ein körniger weißer Schmierfilm hinter schwarzen Wolken – ein Totalausfall von einem Tag. Die Schatten in Dorothys kaltem Zimmer gaukelten mir vor, es wäre schon Nacht, auch wenn es nicht viel später als halb eins am Mittag sein konnte.

Die Geräuschkulisse war anders in diesem Teil des Gebäudes. Draußen machte sich die Natur bemerkbar: Von irgendwo weit entfernt drangen das Muhen von Kühen und das gelegentliche Bimmeln ihrer Glocken herein. Weil jemand einen Stein oder einen anderen Gegenstand geworfen und damit ein Loch in das hohe dreieckige Fenster geschlagen hatte, pfiff beißender Wind herein und brachte den Geruch von Gras und Dünger mit. Zu diesem sensorischen Überschwang trugen noch die von unserem aufgebrachten Peiniger geworfenen Gegenstände und ausgestoßenen Flüche bei. Ein wildes Tier im Käfig. Die Gitterstäbe: sein eigener Wahnsinn.

Die Polizei kommt nicht. Du brauchst einen anderen Ausweg.

Trotz des unaufhörlichen Lärms wurde Dorothy allmählich ruhiger, nachdem ich meine Hand neben ihren Kopf gelegt hatte. Irgendwann ergriff sie meine Finger und drückte sie so fest, dass ich das Gefühl hatte, sie sei eine gestürzte Bergsteigerin, die verzweifelt ihre Nägel in einen Felsvorsprung krallte. Ich wagte es nicht, mich auch nur einen Zentimeter zu bewegen, denn ihre tieferen und ruhigeren Atemzüge und ihre flatternden Lider verrieten, dass sie tatsächlich dabei war einzuschlafen. Als sie das letzte Mal blinzelte, bevor sie in den Schlaf abtauchte, begegneten sich unsere Blicke, und ich sah ihr in die großen, feuchten blauen Augen. Unsere Gesichter waren nur ungefähr dreißig Zentimeter voneinander entfernt. In diesem kurzen Moment wurde Dorothy M. Salucci die erste beste Freundin, die ich je im Leben gehabt hatte. Ich aktivierte für sie meinen Liebesschalter, in der Hoffnung, dass mich dieses Gefühl dazu motivieren würde, einen neuen Plan zu schmieden und uns beide zu retten – uns alle vier.

Liebe ist die am leichtesten auszuschaltende und am schwersten einzuschaltende Emotion. Die Gefühle, die sich hingegen am leichtesten einschalten, aber am schwersten wieder ausschalten lassen, sind: Hass, Reue, Schuld und – vor allem – Angst. Verliebtheit ist ein ganz anderes Paar Schuhe. Man sollte Verliebtheit gar nicht erst als Gefühl einordnen, denn sie ist ein unbeabsichtigter, von einer messbaren chemischen Reaktion ausgelöster Zustand, der zu einem Suchtkreislauf führt, da der Körper ihn dauerhaft aufrechtzuerhalten versucht. Bis jetzt habe ich mich in meinem Leben erst einmal verliebt, und das war, als sich in meinem Inneren zum ersten Mal ein winziges Lebewesen regte. Was für ein Tag! Derart aufgerüttelt zu werden, im vollen Bewusstsein. An diesem Tag schlich sich dieser Zustand, der sich als Gefühl ausgab, in mein Herz und nistete sich dauerhaft dort ein. Er verwandelte sich in eine höhere Form der Liebe, und ich würde alles tun, um diesen Zustand zu schützen und zu verlängern, diesen Zustand, der sich in mein Leben drängte und keine Schalter im Angebot hatte.

Gewöhnliche Liebe ist hingegen eindeutig ein Gefühl, ein Gefühl mit einem widerspenstigen, aber – wenn eingeschaltet – äußerst produktiven Schalter. Und diesen Schalter aktivierte ich nun, während ich Dorothy beim Schlafen zusah und ihre nasse Wange an meinen inzwischen blutleeren Fingern spürte.

KAPITEL FÜNFZEHN

SPECIAL AGENT ROGER LIU

Wenn ich an jenen Tag zurückdenke, möchte ich manchmal die nächstbeste Person erwürgen oder einen Ziegelstein durch ein Fenster werfen. Wie frustrierend, so nah dran zu sein und derart ausgebremst zu werden.

Das mittlere Indiana ist wie die ländlichen Regionen des Bundesstaats New York, nur flacher. Also flach, wie es flacher nicht geht. Durch unseren Zielort verlief in gerader – und ich meine kerzengerader – Linie eine vierspurige »Route«, die einen zur Weißglut brachte, mit einer Million Ampeln, die vermutlich nur aufgestellt worden waren, um Autofahrer auf der Durchreise zu ärgern, wohingegen die Einheimischen kein Problem damit zu haben schienen, gemütlich vor sich hin zu zockeln und bei jeder gelben Ampel eine Vollbremsung hinzulegen. Der Teer dieser Hauptstraße war zu einem verwaschenen Grau verblichen, das von unzähligen Tagen gnadenlosen Sonnenscheins herrührte, Tagen von der Sorte, an denen ganze Heerscharen unsichtbarer Grillen vor sich hin zirpten. Der heutige Tag konnte von Gluthitze allerdings nur träumen; es war ein rauer, kalter Frühlingstag, an dem der unansehnliche Teerbelag zwar genauso verschossen wirkte, von den spärlichen Regentropfen, die in unregelmäßigen Abständen aus den dunklen Wolken fielen, jedoch an einigen Stellen dunkler gefärbt wurde.

Wir fuhren wie stumme Phantome durch die Stadt, an Tankstellen und leeren Parkplätzen von familiengeführten Eisenwarenhandlungen und Billigwarenhäusern vorbei. Mehrere Frauen schoben Einkaufswagen am Straßenrand entlang, obwohl weit und breit kein Supermarkt zu sehen war. Schweigend krochen wir durch den Verkehr und hofften, dass wir nicht die Aufmerksamkeit eventueller Komplizen des Verbrechens erregten, dem wir gemeinsam auf der Spur waren. Unglücklicherweise war der orangefarbene Volvo, in dem wir saßen, an sich schon eine aufmerksamkeitsheischende Sirene, und das Knattern des schalldämpferlosen Auspuffs zeugte wie ein Nebelhorn von unserer Ankunft.

Wir fuhren an einem verlassenen Gebäude mit dem unverkennbaren Wachturm eines KFC-Schnellrestaurants vorbei. Auf die mit Brettern zugenagelten Fenster hatte jemand mit blauer Farbe »STROMANSCHL.« gesprüht und einen Pfeil nach unten gemalt, der vermutlich auf unterirdisch verlaufende Stromkabel hinwies. Ich fragte mich, warum derjenige nicht orange Farbe verwendet hatte, ein eigenartiger Gedanke angesichts der vor uns liegenden Aufgabe.

Trotz des Röhrens von Sammys rostigem Volvo versuchte sich der Chief mit Lola und mir zu unterhalten. Ich beugte mich vor und stützte eine Hand auf den Rand seines Schalensitzes.

»Was?«, brüllte ich.

Ich schnallte mich ab, um weiter nach vorn zu rutschen, aber selbst aus nächster Nähe konnte ich den Chief nicht verstehen. Der Motorenlärm strapazierte mein Trommelfell, als würde ich bei einem Led-Zeppelin-Konzert direkt auf der Bühne sitzen.

Der Chief löste seinen Blick von der Straße und spähte zu Lola und mir nach hinten. Ich rutschte wieder auf meinen Sitz zurück, schnallte mich jedoch nicht an. Mir fiel auf, dass Lola ihre Finger inzwischen noch tiefer in ihre Oberschenkel gekrallt hatte. Ihre Fingerspitzen mussten längst blau sein.

»Arbeiten Sie beide schon lange an dem Fall?«, fragte der Polizeichef.

»Äh, Chief ...«, entgegnete Lola und wies nach vorn.

Ich blickte ebenfalls auf die Straße, der ich schon eine Weile keine Beachtung mehr geschenkt hatte.

Ich habe keine Ahnung, ob ich es war, der beim Anblick des heranrasenden Lastwagens aufschrie, oder ob Lola sein halsbrecherisches Tempo mit einem lauten Kreischen quittierte. Jedenfalls kam der besagte Lkw direkt auf uns zu. Ich erinnere mich, dass der Chief sich wieder nach vorn drehte und das Lenkrad herumriss, um die Kollision zu verhindern. Danach sind mir seltsamerweise nur noch Standbilder in Erinnerung: mein Arm, der zur Seite schnellte, um sich gegen Lola zu stemmen, die angeschnallt war und das Gleiche bei mir tat; der Deputy, der die Krempe seines Huts festhielt, als würde er auf dem Vordersitz einen nahenden Sturm fürchten. Auch die Frage, warum der Deputy uns nicht vor dem außer Kontrolle geratenen Lastwagen gewarnt hatte, ging mir durch den Kopf, aber ein weiteres Standbild meiner Erinnerung zeigt ihn, wie er erst Sekunden vor dem Aufprall den Kopf von seiner auf dem Schoß ausgebreiteten Landkarte hob.

Es heißt immer, man würde einen Zusammenstoß in Zeitlupe erleben und die Geräusche als einzelne Töne wahrnehmen, die einer nach dem anderen anklingen, ein Akkordeon, das sich langsam auseinanderfaltet. Bei mir war es anders. Wie ein Blitz zuckte mir der Schmerz in die Ohren, als die Front von Sammys Volvo mit einem überschallartigen Knall gegen einen Laternenpfahl prallte, der die Einfahrt zu einem Einkaufszentrum flankierte. Mein Kopf kollidierte mit dem Dach, und für einen Moment sah ich nur noch schwarz. Als ich wieder zu mir kam, schob Lola gerade ihre Arme unter meine, um mich heldenhaft aus dem Autowrack zu ziehen. »Im Kasten!«, hätte der Regisseur bei einer Hollywood-Produktion gerufen, denn sobald meine Absätze den Asphalt berührten, kippte der stählerne Laternenpfahl um und demolierte das Auto des armen Sammy endgültig.

Keuchend und nach Luft ringend lagen Lola und ich da und hielten uns die blutenden Köpfe. Der Chief und sein Deputy, die Lola ebenfalls aus dem Wrack gezogen hatte, waren bewusstlos. Auf meine zitternden Arme gestützt, setzte ich mich mühsam auf und ließ den Blick über das Schlachtfeld gleiten. Der Chief lag auf der Fahrerseite bäuchlings auf dem Gehweg, mit verdrehten Schultern. Der unnatürliche Winkel, in dem seine Arme vom Körper abstanden, verriet, dass sie ausgekugelt waren. Auch der Deputy lag auf dem Bauch. Auf der rechten Hälfte seines Gesichts klaffte eine blutende Scharte, die längs über sein rechtes Auge und seine Wange verlief und irgendwo unterhalb seines Kinns endete. *Das wird eine scheußliche Narbe*, dachte ich. Der Hut, den er gerade noch festgehalten hatte, war kopfüber neben seinem linken Fuß gelandet, der in die falsche Richtung abgespreizt war. Das Rauschen aus dem Funkgerät des Chiefs verriet mir, dass unser Donuts-kauende Disponent Sammy sich sonst wohin verkrümelt hatte. Wir waren allein.

Der Chief und der Deputy waren offenkundig schwer

verletzt, der nutzlose Disponent nicht verfügbar und der Rest der kümmerlichen örtlichen Polizeitruppe zweieinhalb Stunden entfernt auf einer Beerdigung, während die Unterstützung, die ich nach Verlassen der Polizeiwache angefordert und mit der Adresse des Appletree Internats ausgestattet hatte, noch mindestens zwei bis drei Stunden auf sich warten lassen würde. Es gab also nur eine Person, an die ich mich wenden konnte.

»Lola, mein Telefon. Wo ist mein Telefon?«, fragte ich, setzte mich aufrecht hin und schloss die Augen. Das Blut schoss mir laut pochend in den Kopf und verlangte, dass ich aufhörte zu reden. »Lola, mein Mobiltelefon, hol mir bitte mein Mobiltelefon.«

Aus halb zugekniffenen Augen sah ich sie über den Parkplatz krabbeln, die Hände in den losen Splitt gegraben, der die oberste Schicht des Asphalts bildete. Sie kroch in das zertrümmerte Auto hinein, dessen Türen weit offen standen. Ich hätte mich nicht gewundert, wenn sie auf allen vieren rückwärts wieder herausgekommen wäre und mein Mobiltelefon zwischen den Zähnen getragen hätte, wie ein Jagdhund, der eine tote Ente apportierte.

Aus dem Auto rasselte und klopfte es, was mich zwang, genauer hinzusehen. Feuer loderte aus der rauchenden Motorhaube, und die orangefarbenen Flammen breiteten sich aus und schrumpften wieder zusammen, breiteten sich aus und schrumpften wieder, gleißende Zungen, die verzweifelt danach trachteten, an Haut und Narben zu lecken. Eine Benzinspur schlängelte sich unter dem Kofferraum hervor und kroch näher an meinen Fuß heran.

»Lola, komm sofort aus dem Auto! Es brennt!«

Ich glaube nicht, dass sie mich hörte, denn ich schrie nicht wirklich, war gefangen in einem Traum, in dem ich versuchte, mir die Lunge aus dem Leib zu brüllen, während ich in Wirklichkeit nicht einmal ein Glucksen herausbrachte.

Ich startete einen zweiten Versuch. »Lola! Feuer!« Gerade als ich mich auf meine wackligen Beine hochgekämpft hatte, kam sie rückwärts aus dem Auto gekrochen, richtete sich auf, warf mir das Mobiltelefon ins Gesicht und stürmte zum Chief, der genau wie sein Deputy immer noch bewusstlos war und viel zu nah am Motor lag.

Ich ließ das Telefon auf den Boden fallen und wankte Richtung Beifahrertür, um Lola einen Teil der Arbeit abzunehmen. Während sie den Chief in die eine Richtung zog, zerrte ich den Deputy in die andere, gerade weit und schnell genug, damit keine lodernden Metallteile auf uns herabregneten, als das Auto schließlich explodierte.

Sobald ich den Deputy in Sicherheit wusste, legte auch ich mich wieder auf den Boden und beobachtete wie hypnotisiert das Inferno. Das Feuer wütete wie wild, schien nur darauf gewartet zu haben, freigelassen zu werden, als sei es jahrhundertelang unter der Motorhaube von Sammys Volvo eingesperrt gewesen.

So geht es mir immer, wenn in meiner Nähe ein Feuer lodert: Ich bin wie gelähmt, unfähig, mich zu bewegen. Erinnerungen an unsere Scheune stiegen in mir auf, die mein Vater versehentlich in Brand gesetzt hatte, als ich fünf Jahre alt gewesen war. Am Tag des Scheunenfeuers waren meine Mutter und mein kleiner Bruder gerade beim Einkaufen gewesen, und mein Vater hatte mich gebeten, ins Haus zu laufen und uns beiden eine kalte Pepsi zu holen. In der Zeit, die ich brauchte, um mit meinen kleinen Füßen nach drinnen zu tippeln, den Kühlschrank aufzumachen, die zwei Flaschen in die Fäuste zu nehmen und wieder hinauszurennen, war eine Windböe von den Great Lakes in das alte, trockene Gras gefahren, das mein Vater zu einem Haufen zusammengeharkt und angezündet hatte, und hatte es in die Spalten der ausgedörrten Scheunenbretter geweht. Ich stand nutzlos da und umklammerte die beiden Pepsi-Flaschen, als würde ich zwei Gänse erwürgen, während eine niederträchtige Feuerwand vom Boden in den Himmel emporkletterte. Die Flammen loderten nicht seitwärts, sondern immer weiter nach oben, ließen keinen Zweifel an ihrer angestrebten Richtung, trieben mich mit ihrer Hitze immer weiter zurück, bis ich mich an die Hauswand drückte.

»Geh rein!«, muss mein Vater gebrüllt haben, während er wild mit den Armen fuchtelte. »Geh rein!«, muss er dann noch einmal lautstark wiederholt haben, doch alles, was ich hörte, war das tosende Zischen und Fauchen der orangeroten Flammen, die mich hypnotisierten und dafür sorgten, dass ich reglos dastand und sie anstarrte.

Und nun, viele Jahre später, tat ich hier im mittleren Indiana wieder das Gleiche und sah dem Volvo ohne zu blinzeln beim Abbrennen zu, bis plötzlich ein Schatten über mir aufragte. Eine der Frauen mit Einkaufswagen, an denen wir vor einigen Minuten vorbeigekommen waren, versuchte, mich mit ihrem Schirm vor den spärlich fallenden Regentropfen zu schützen.

»Sind Sie verletzt? Hören Sie mich?«, formten ihre Lippen, aber ich hörte kein Wort von dem, was sie sagte.

»Mein Telefon«, sagte ich zu ihr und zeigte zu der etwa drei Meter entfernten Stelle, an der ich es fallen gelassen hatte.

»Ihr was?«

»Mein Telefon. Telefon. Bitte, dort drüben.«

Die Frau, die etwa Mitte fünfzig war und eine schmutzig-blonde, verfilzte Dauerwelle, einen Hausmantel und Hausschuhe voller Straßendreck trug, folgte schlurfend der Richtung meines Zeigefingers, bückte sich wie eine uralte Großmutter und kam zu mir zurückgeschlurft, um mir mit offenem Mund mein Mobiltelefon zu reichen.

Aus dem Einkaufszentrum drang eine verschwommene Ansammlung sich bewegender Geräusche herüber. Ich vermutete, dass die Leute sich gegenseitig schreiend auf uns aufmerksam machten, nahm jedoch keine Einzelheiten wahr, entweder, weil meine Trommelfelle geplatzt waren oder weil ich mich auf nichts anderes konzentrieren konnte als auf den einen, wichtigen Anruf. Lola saß unterdessen schwer atmend da und umfasste das Handgelenk des Chiefs, um mithilfe ihrer Sanyo-Uhr seinen Puls zu messen. An ihren geweiteten Nasenlöchern und der gerunzelten Stirn erkannte ich, dass ihr der lange Abstand zwischen seinen Herzschlägen große Sorgen machte.

Mein Urteilsvermögen war sicher getrübt, als ich diesen Anruf tätigte, durch den ich alle möglichen FBI-Regeln verletzte, doch das war mir in diesem Moment egal. Ich hatte das Gefühl, dass mir keine andere Wahl blieb.

»Boyd«, sagte ich, nachdem er sich gemeldet hatte. »Ich muss doch auf Ihre Hilfe zurückkommen.«

KAPITEL SECHZEHN

Tag 33, Fortsetzung

Dorothy – dieses Bild, das ich von ihr bewahre wie ein altes, wertvolles Polaroid-Foto, das man in der Handtasche mit sich herumträgt, ein Foto, bei dem sich nur die verblassenden Farben im Laufe der Zeit verändern, während seine herzzerreißende Nostalgie für immer und ewig die gleiche bleibt. Dorothy – selig schlafend dank des Schocks, dank ihrer Krankheit, während ihre blonden Locken sich mit jedem Atemzug hoben und senkten. Ich wollte meine eigenen Atemzüge an ihre anpassen, damit auch ich in einen tiefen Dornröschenschlaf sank. Es wäre so schön gewesen, wenn jemand über mich gewacht und mich vor Wölfen und Drachen beschützt hätte, doch diese Zuwendung verdiente nur die liebliche Dorothy, meine neue Freundin, meine einzige Freundin, die Person, die meinen Wunsch, Mutter eines Kindes zu werden, am besten nachvollziehen konnte. Nur Dorothy war es wert, eine Pause vor dem Sturm zu genießen. Ich hingegen war nichts als eine Waffe.

Wie sie in so einem Moment schlafen konnte? Ich verstehe es, ich verstehe es wirklich. Als sie meine Hand neben sich auf dem Bett sah, konnte sie endlich dem Schlaf und dem Fieber nachgeben, gegen die sie schon so lange ankämpfte. Ich sollte sie retten. Sie legte ihr Schicksal in meine Hände.

Und es gab Arbeit für mich. Ich hatte zwar meinen Liebes-Schalter für Dorothy aktiviert, ließ aber sonst kein einziges Gefühl zu. Nicht einmal Verärgerung. Ich hatte jede Hoffnung, dass die Polizei doch noch auftauchte, aufgegeben, daher verbannte ich diese Option vollständig aus meinen Gedanken.

Das Gejammer von Brady-Pu mit dem Loch im Gesicht drang nun von draußen zu uns herauf, bewegte sich auf meinen Gebäudeflügel und die Küche und seinen toten, verbrannten Bruder zu. Vermutlich würde es nicht lange dauern, bis er zurückkam. Bestimmt wollte er der Kleidung seines Bruders irgendein Werkzeug oder Gerät oder einen sonstigen Gegenstand entnehmen, an dem er mit von Wahnsinn verblendeter Sentimentalität hing. Und dann würde er vermutlich in die Küche gehen und dort herausfinden, dass ich das Telefon benutzt hatte, da ich den Umschlag mit der Adresse der Schule unter dem baumelnden Telefonkabel liegen gelassen hatte. Er würde sich mit der Hand gegen die Stirn schlagen und »Na klar!« sagen, wenn ihm aufging, dass ich die Polizei gerufen hatte. Ich hatte nicht vor, den Intelligenteren der dämlichen Zwillinge zu unterschätzen. Die schlafende Dorothy und ich hatten geschätzte vier Minuten Zeit, um aus dem Haus zu flüchten und zum Transporter zu gelangen.

Ich sammelte Pluspunkt #40 ein, Dorothys Stricknadeln, und verstaute sie in meinem Köcher, während ich mit dem Fuß sanft gegen Dorothy stieß, um sie aufzuwecken. Dann zog ich ihr Pluspunkt #41, die Haarklammer, aus dem Pony und schlich zur abgeschlossenen Tür. Erst vor zwei Monaten hatte ich eine winzige Nadel durch Jackson Browns geschorene Pfote geschoben, um die Wunde zu nähen, die sie sich bei der Taubenjagd auf einer zerklüfteten Dachkante zugezogen hatte. Da ich im Herzen also eigentlich Chirurgin war, war das Knacken des alten Schlosses an Dorothys Zellentür für mich so einfach, als würde ich mit dem flachen Ende einer Gabel eine Dose mit Pillsbury-Zimtschnecken aufmachen. Knack.

Nachdem die Tür offen war, kam ich meiner Pflicht als Beschützerin nach und versuchte erneut, Dorothy aufzuwecken. Als sie die Augen öffnete und langsam den Kopf aus dem Kissen hob, drückte ich ihr schnell meine blutige Hand vor die trockenen, aufgesprungenen Lippen und blickte ihr eindringlich in die erschrockenen Augen.

»Dorothy, sei bitte still, wenn du diesen Tag überleben willst. Mucksmäuschenstill. Und jetzt komm mit, schnell. Na los, steh auf.«

Ich ließ ihren Mund nicht los, weil ich nicht wusste, ob sie mich verstanden hatte.

»Verstehst du mich? Wenn du auch nur einen Ton von dir gibst, sind wir geliefert. Du musst den Mund halten und mir folgen. Verstanden?« Als ich mich aufrichten wollte, stieß ich gegen meinen selbstgebastelten Köcher und brachte die Stricknadeln, Sprossenpfeile und Schlüssel darin zum Klappern.

Dorothy nickte, um mir zu bedeuten, dass sie mich verstanden hatte.

Langsam lockerte ich meinen Griff um ihren Mund; sie wischte sich mein Blut von den Lippen.

Sind wir jetzt Blutsschwestern? Fühlt es sich so an, eine beste Freundin zu haben?

Hör auf.

Hör auf mit diesen lächerlichen Gedanken. Auf zum Transporter.

Man hätte meinen können, ich würde Dorothy kidnappen, so sehr musste ich sie von hinten anschieben, wobei ich ihr meine Finger gegen die Wirbelsäule drückte, als hätte ich eine Waffe in der Hand. Ihr mageres und ihr geschwollenes Bein zitterten vor Erschöpfung und emotionaler Anspannung, und sie drehte sich immer wieder mit fragendem Hundeblick zu mir um. »Sieh nach vorn und geh weiter. Und sei still«, sagte ich dann jedes Mal zu ihr.

Schritt für Schritt bewegten wir uns über die Türschwelle und traten auf den Flur hinaus. Dorothy schreckte vor der Treppe zurück und vergewisserte sich immer wieder bei mir, dass ich es ernst meinte. Ihr Gesichtsausdruck schien zu fragen: »Bist du dir sicher? Ganz sicher?« Ich drückte fester mit meiner Fingerwaffe zu. Ihr Rücken fühlte sich knochig an, nicht fleischig, wie es in ihrem fortgeschrittenen Stadium der Schwangerschaft hätte sein müssen.

Aufgrund des regnerischen Wetters traf uns die zähe, nasskalte Luft des Treppenhauses – deren Modergeruch an solchen Tagen noch ausgeprägter war als bei Sonnenschein – wie ein flinker Aufwärtshaken. Auf Dorothy wirkte sie so aufrüttelnd wie Riechsalz, denn sie zuckte alarmiert zusammen und blieb stocksteif stehen. Ich schob wieder von hinten.

Dorothys Verhalten machte mich nicht sauer, denn solche Empfindungen hatte ich ausgeschaltet, aber sie musste sich dringend zusammenreißen und ihr Schneckentempo beschleunigen. Dorothy war eindeutig kein Pluspunkt. Allerdings war sie meine Freundin, meine Schutzbefohlene, zu der ich vom ersten Moment an eine tiefe Verbindung gespürt hatte, eine Verbindung, die niemand sonst verstehen konnte, die nicht einmal ich wirklich verstand. Also hielt ich zwischen meinen mit strenger Stimme geknurrten Anweisungen zweimal inne, um ihr aufmunternd auf den

Rücken zu klopfen und zu sagen: »Jetzt komm, sei stark. Du schaffst das!« Genau das hatte Mutter zu meinem Dad gesagt, bevor er die erste Schaufel Erde auf Tante Lindys Grab geworfen hatte.

Wir hatten ungefähr die Hälfte des Treppenhauses hinter uns und waren fast bei der letzten Treppe angekommen, als ich stehen blieb und in Dorothys fettige Haare griff, um sie zurückzuhalten. Aufmerksam spitzte ich die Ohren und lauschte auf schlurfende Schritte auf dem Teer oder dem Kies des Hofes. Dorothys schleimbelastete Atemzüge erfüllten das Treppenhaus mit einem rasselnden Grundrauschen, als wäre sie eine alte Dame mit Lungenentzündung. Ich nahm ihr Handgelenk und spürte, dass ihr Puls viel zu schnell ging, und als ich meine blutige Hand an ihre Stirn legte, verbrannte ich mich fast. Wieder begegneten sich unsere Blicke, und in diesem zweiten Moment des Erkennens knüpfte sich das Band unserer Freundschaft noch enger. Ohne, dass sie etwas sagen musste, flüsterte ich: »Ich weiß.«

Nach meiner Schätzung blieben uns noch etwa eineinhalb Minuten, um die letzte Treppe hinabzusteigen, das Gebäude zu verlassen, den kleinen Parkplatz zu überqueren und den Pfad durch das Wäldchen zu betreten, bevor Brad wieder aus meinem Gebäudeflügel auftauchte. Ich hatte mir die Umgebung meines Gefängnisses und den Pfad vom Transporter zum Haus bei meiner Ankunft vergegenwärtigt, obwohl ich verbundene Augen gehabt und eine Tüte auf dem Kopf getragen hatte. Ich hatte die Schritte gezählt, die Beschaffenheit des Bodens abgespeichert, Temperatur und Luftfeuchtigkeit erfasst. Alle diese Einzelheiten hatte ich immer wieder abgespult und zu einem visuellen Datenspeicher verschmolzen. In Gedanken war ich die Strecke vom Transporter zum Gebäude und vom Gebäude zum Transporter hunderttausend Mal abgelaufen, und bis auf die Tatsache, dass es sich bei meinem Gefängnis um eine weiße ehemalige Schule und kein weißes Farmhaus handelte, hatte ich mir jede Einzelheit exakt zutreffend vorgestellt. Was zeigt, wie viel die eigenen Sinne, das eigene Erinnerungsvermögen, vorheriges Wissen und das eigene Selbstvertrauen leisten können, wenn man unproduktive Ablenkungen durch Angst oder ungute Vorahnungen ausschalten kann. Einfach nur, indem man lauscht, riecht, schmeckt, sieht, erlebt, beurteilt. Im Hier und Jetzt.

Die meisten Menschen nehmen nur ein Prozent aller Farben aus einem riesigen Spektrum an Farbtönen wahr. Die wenigen, die mehr sehen, sind entweder enttäuscht, weil alle anderen das Leben so fad erleben, oder sie schweben im siebten Himmel. Sie besitzen eine Art Über-Sinn, diese Glücklichen.

Ein Artikel im wissenschaftlichen Magazin *Scientific American* hat mich erst kürzlich wieder an den Über-Sinn erinnert, den ich während meiner Zeit in Gefangenschaft entwickelte. Der Artikel fasst die im *Journal of Neuroscience* veröffentlichten Forschungsergebnisse bezüglich intermodaler Neuroplastizität von Tauben und Blinden zusammen und vertritt die Ansicht, dass »diese Ergebnisse ... uns gemahnen, dass unser Gehirn über verborgene Superkräfte verfügt«. Bei intermodaler Neuroplastizität geht es darum, dass das Gehirn von Menschen, denen ein Sinn fehlt, die Fähigkeit besitzt, sich in den betroffenen Arealen neu zu organisieren. Beispielsweise können »gehörlose Menschen sensorische Stimuli aufnehmen, die sie empfänglich machen für eine Wahrnehmungsillusion, die hörende Menschen nicht erleben«. Besonders gefallen hat mir die Einleitung des eigentlichen Artikels aus dem *Journal of Neuroscience*, in der es sehr prägnant heißt: »Erfahrungen beeinflussen die Entwicklung des Gehirns ein ganzes Leben lang, aber Neuroplastizität ist von Gehirnsystem zu Gehirnsystem unterschiedlich.«

Ich, eine Person, die mal dieses und mal jenes Sinnes beraubt gewesen war, hatte mir also Modelle der Realität gebaut, eine separate Sinnesdimension, die sich mit der Welt auf sehr zutreffende Weise deckte. Vielleicht sind Gefühle ja auch nur so etwas wie Sinne, deren Abwesenheit zu hochpräzisem Hören, Tasten, Riechen, Sehen und Vorstellen führt.

Vielleicht.

Wer weiß.

Nachdem ich kein Anzeichen für Brads Schritte hatte ausmachen können, gingen wir den Rest der Treppe hinunter und schoben uns vorsichtig nach draußen. Ich blickte nach links und nach rechts, entdeckte keine Spur des wutentbrannten Zwillings und schob Dorothy schräg über den geteerten Bereich des Parkplatzes zu dem Pfad, der zum Transporter führte. Unsere Körper wirkten wie miteinander verschmolzen, so eng drückten wir uns gegeneinander. Durch unsere Bäuche sah unser Schatten aus wie zwei aneinanderklebende Hügel, wie ich beim Erreichen des Wäldchens ehrfürchtig feststellte.

Sind wir ein Mädchen? Dasselbe Mädchen? Sind wir mit sechzehn alle gleich? So bereit für das Leben und dennoch blutjung. Ich muss uns beide retten. Uns alle vier.

Während ich den Schlüsselbund aus dem Köcher zog, beugte ich mich dicht an Dorothys Ohr heran. Die große Hitze, die von ihrem Körper ausging, weckte die Befürchtung in mir, dass sie innerlich verbrannte. Mein Gesicht fing an zu glühen, und ich bemerkte erst jetzt, dass es regnete, weil die Regentropfen mich wieder abkühlten.

»Dorothy, wir müssen eine Minute lang geradeaus gehen. Am besten rennen wir, dann sind wir schneller. Vertrau mir. Ich weiß, dass der Wald unheimlich und dunkel ist, aber dahinter kommt schon bald eine große Wiese mit Kühen und einem großen Baum, einer Weide. Unter der Weide steht ein Transporter. Mit dem werden wir flüchten, ich habe den Schlüssel. Los geht's.«

Dorothy nickte langsam mit dem Kopf, als wäre ihr schwindlig, und machte zaghaft die ersten Schritte in das Wäldchen hinein. Ich folgte ihr, dicht an ihren Körper geschmiegt. Unsere Schritte waren so synchron, als wären unsere Beine zusammengebunden, und der doppelte Rhythmus unserer Füße hätte beinahe das Geräusch der hinter uns zufallenden Tür übertönt.

»Oh nein, nicht doch! Bleibt sofort stehen, ihr zwei!« Brads Stimme war ein hohes Fiepen, das seinen wirren, verkommenen Geisteszustand verriet.

Ich drückte Dorothy den Ring mit den Schlüsseln in die Hand. »Geh! Tu, was ich vorhin gesagt habe. Eine Minute durchs Wäldchen. Renn! Na los, geh endlich. Auf dem Schlüssel für den Transporter steht Chevy. Geh. Geh!«

Es waren die letzten Worte, die ich jemals zu Dorothy M. Salucci sagte.

Ich machte kehrt und rannte auf Brad zu, in der einen Hand eine Stricknadel und in der anderen einen Sprossenpfeil.

KAPITEL SIEBZEHN

SPECIAL AGENT ROGER LIU

»Hei-li-ge Schei-ße, Lola. Heiligescheiße!«, fluchte ich, nachdem ich mein riesiges Mobiltelefon zugeklappt hatte und zusammengezuckt war, weil es immer noch in meinen Ohren klingelte. Boyd war sofort ans Telefon gegangen, und ich glaube, er hatte sich bereiterklärt, am Schulhaus nach dem Rechten zu sehen und sein Gewehr mitzunehmen. Gehört hatte ich ihn nicht. Dann hatte er nach fünf Minuten noch einmal zurückgerufen, was ich nur bemerkt hatte, weil mein Mobiltelefon auf Vibrationsalarm gestellt war. Boyds Wörter waren zu einem gedämpften Gemurmel verschmolzen, was mir offenbar anzusehen gewesen war, denn Lola war am brennenden Auto vorbeigekrochen, hatte mir das Telefon aus der Hand gerissen, obwohl ich kein Wort zu ihr gesagt hatte, und hatte sich angehört, was Boyd ihr vorgejammert hatte. Boyds Neuigkeiten – erneut schockierend und fast nicht zu glauben – hatte sie mir übermittelt, indem sie eine Zusammenfassung in das Notizbuch gekritzelt hatte, das sie in der quadratischen Tasche ihrer Männerhose aufbewahrte.

Ihre Zusammenfassung lautete folgendermaßen:

B hat DSaluc bei seinem ehem. Transporter gefunden.?? Wald? Keine Lisa. B sagt: »Ist nix von nem anderen Mädchen zu sehen. Hier ist überhaupt niemand.« B hat von der Schulküche aus telefoniert. Er sagt: »*Fürchterlicher Gestank hier drin, kommt von oben. Riecht wie der Tod.*«

Nach dieser zweckmäßigen, absolut archivwürdigen Notiz fügte Lola auf einer zweiten Seite ihre eigenen Gedanken hinzu, die sie außerdem langsam vor sich hin sagte, damit ich sie von ihren Lippen ablesen konnte:

»Woher will dieser nach Hühnerkacke riechende Drecksfarmer wissen, was ein fürchterlicher Gestank ist?«

Das FBI verlangte sämtliche Notizen und Bemerkungen von uns fürs amtliche Protokoll, vor allem die schriftlichen. Das hielt Lola allerdings nicht davon ab, zu allem und jedem ihre Meinung kundzutun. Ich riss ihre zweite Notiz heraus und wünschte mir einmal mehr, sie müsste nicht zu allem ihren Senf dazugeben.

»Nach all den brennenden Autos und Leuten, die ich retten musste – deinen verdammten Arsch zum Beispiel –, erspar mir deine übliche Standpauke über meine Kommentare, Liu«, zischte sie, als ich die Fetzen ihrer Notiz auf den glitschigen Boden warf.

Um diesen altbekannten Satz zu verstehen, musste ich nicht auf ihre Lippenbewegungen achten – ich wusste auch so, was sie gesagt hatte. Das furchtbare Klingeln in meinen Ohren wurde unterdessen immer lauter. Ich war ein rasender, tauber Mann, der verzweifelt darum kämpfte, wieder klar hören zu können. Es fühlte sich an, als würde ich träumen, als würde ich rasend schnell dahinrennen, meine Beine zwingen, immer weiter auszuholen, und dennoch nicht vom Fleck kommen, mich in einer Stunde nur wenige Zentimeter bewegen, während meine Brust vor Anstrengung pumpte. Klingelingelingeling – das Klingeln übertönte alles andere, es ließ die Welt um mich herum verschwimmen. Ich zerkratzte mir die Hände, hielt mir die Ohren zu, suchte den tief hängenden Himmel nach einer anderen Sinneswahrnehmung ab, nach irgendeiner Farbe, fand jedoch nur das gesprenkelte Grau eines fallenden Vorhangs und schwarze Schatten, die wie Geister herabstießen. Die Wolken hatten sich inzwischen zu einer bedrohlichen Gewitterspirale aufgetürmt und gaben dennoch nur spärliche Regentropfen preis, als wollten sie uns quälen. Dem Feuer war es ohnehin egal: Keine Flüssigkeit der Welt konnte seinen Zorn besänftigen. Sammys Volvo, von dem bereits der Großteil der Farbe verschwunden war, verschmolz zu einem zusammengekrümmten Quader aus verbranntem Stahl. Nur einige wenige orange Farbkleckse schimmerten noch durch.

Ein dicker, lästiger Regentropfen plumpste auf meinen Nasenrücken, rollte bis zur Nasenspitze und landete schließlich auf dem oberen Rand meiner Lippen. Die Berührung des Wassers kitzelte unerträglich, sodass ich mir mit dem Ärmel meiner feuchten grauen Jacke heftig übers Gesicht rieb. Das Klingeln in meinen Ohren schien schwächer zu werden, wenn ich mich auf andere Sinneswahrnehmungen konzentrierte.

Ein Krankenwagen und ein Löschfahrzeug kamen an den Unfallort gerast, der Krankenwagen schlitterte fast auf zwei Reifen heran. Inzwischen standen Lola und ich aufrecht da und schirmten den Chief und den Deputy ab, denn hinter uns hatten Schaulustige einen Halbkreis gebildet, in Schach gehalten von Lolas grimmigen Befehlen und ihrem fauchenden Gebrüll. Während sie dafür sorgte, dass der Abstand zu uns gewahrt wurde, suchte ich die Menge nach dem potenziellen Besitzer eines geländetauglichen Wagens ab.

Eine Frau mit gesteppter Outdoor-Jacke stand aufrechter

und breitschultriger da als alle Umstehenden. Sie hatte die langen dichten Haare einer Farmerstochter und trug unter ihrer Jacke ein bis oben hin zugeknöpftes Flanellhemd über einer verblichenen Jeans. An den Spitzen ihrer Stiefel – von der Sorte mit dicker Gummisohle – klebten Schlammreste. Ich schätzte sie auf etwa Mitte vierzig. Von ihrer Wikingerstatur abgesehen war sie recht attraktiv.

»Ma'am!«, rief ich und nickte ihr zu.

»Ich?«, sagten ihre Lippen, ohne dass ich es hören konnte. Inzwischen nahm ich das Klingeln nur noch gedämpft wahr, weil es von einem akustischen Orkan begleitet wurde.

»Haben Sie einen Geländewagen?«, rief ich.

»Ford F-150«, erwiderte sie. Ich trat näher an sie heran und wandte mein Ohr ihrem sprechenden Mund zu. Sie zeigte auf einen glänzenden schwarzen Pick-up, der – tatsächlich – direkt hinter ihr geparkt war. Regentropfen zogen langsam ihre Bahnen auf den beschlagenen Fensterscheiben.

»Allrad?«

»Natürlich«, antworteten ihre Lippen, während ihre gerümpfte Nase leichte Verärgerung verriet.

Ein Mann mit Koteletten verschränkte die Arme, blickte die Frau an und verzog das Gesicht, während er mit dem Kinn in meine Richtung wies. »Was will der Kerl?«, schien seine Geste zu sagen.

»Ma'am, wir brauchen Ihren Wagen«, schaltete sich Lola ein, die wusste, was ich vorhatte, und mitbekommen hatte, wie schwer ich mich mit der Kommunikation tat.

Ich zog die Wikingerfrau von der Menge weg, bis wir außer Hörweite waren. »Und könnten Sie uns auch den Weg zum alten Internat zeigen?«

Wieder rümpfte sie die Nase und lächelte ungläubig.

Lola berichtete mir später, was die Frau zu ihr gesagt hatte: »Wow. Dort habe ich zwanzig Jahre lang unterrichtet, bis es zur Zwangsvollstreckung kam. Ich frage mich schon länger, was dort oben am Appletree Internat los ist. Insofern: Ja, den Weg kann ich Ihnen allerdings zeigen.«

Ich zog die Schultern hoch und duckte mich dazwischen, in der Hoffnung, den kreischenden Sturm in meinen verletzten Ohren zum Schweigen zu bringen. Lola übernahm das Kommando, obwohl auch sie sich nicht wohlzufühlen schien, was ich daran erkannte, dass sie immer wieder mit der Nase zuckte. Vermutlich war der Gestank des brennenden Metalls und Leders unerträglich für jemanden mit ihren empfindlichen Geruchsnerven.

KAPITEL ACHTZEHN

Tag 33, Fortsetzung

»Gemach, gemach, runter mit dem Stöckchen«, sagte Brad auf seine umständliche Art. Dann zielte er ganz umstandslos mit einer Neun-Millimeter-Pistole auf mein Gesicht.

Ich blieb stehen, ohne jedoch Dorothys Stricknadel und meinen Pfeil sinken zu lassen. Und so verharrten wir in der Einfahrt, erstarrt in einer bizarren Patt-Situation: ich, schwanger und japsend mit meinen MacGyver-Waffen in der Hand, und er mit seinem blutigen Jackett und seiner Pistole im Anschlag. Obwohl unsere Version meilenweit vom klassischen Western-Patt entfernt war, sehe ich im Rückblick immer trockenes Gestrüpp vor mir, das auf dem Weg nach nirgendwo vor unseren Füßen vorbeirollt.

Wo sind die verdammten Bullen?

Nichts geschah. Niemand kam.

Wir standen uns immer noch reglos gegenüber.

Jenseits des Wäldchens, aus Richtung des Transporters, ertönte plötzlich statt des erwarteten Motorengeräuschs menschliches Gebrüll, eine Kakophonie aus Dorothys hohem Schrei und laut rufenden Männerstimmen. Ich beging den Fehler, den Kopf zur Seite zu drehen und dem Lärm von jenseits der Kiefern zu lauschen.

»Boyd! Boyd! Fang sie auf, sie fällt!«, hörte ich einen Mann brüllen.

Das muss die Polizei sein.

Durch meine Unbedachtheit hatte ich mich vorübergehend verletzbar gemacht und es Brad ermöglicht, die Distanz zwischen uns zu überwinden. Er packte mich von der Seite, zwang mich, meine Waffen loszulassen, und zerrte mich mit sich, obwohl ich die Füße in den Boden stemmte. Die Absätze meiner Turnschuhe zogen zwei schmale Gräben durch den Schmutzfilm der Einfahrt.

Warum müssen mich diese Brüder immer rückwärts durch die Gegend schleifen?

Brad hielt die Luft an und ließ nicht ein einziges Mal nach, während er mich zu seinem zweitürigen VW-Käfer schleifte, einem Oldtimer in Perlmuttweiß. Mit der Pistole an meiner Schläfe stieß er mich in den Wagen. Ohne mich aus dem Visier seiner Waffe zu entlassen, bewegte er sich im Krebsgang seitwärts-rückwärts Richtung Käferfront. Der Regen hatte die Windschutzscheibe mit dunstigen Flecken beschmiert, sodass Brad zu einer Aquarellversion seiner selbst verschwamm, als er den Wagen umrundete.

Ich dachte ernsthaft darüber nach, die Tür zu öffnen, sobald wir ein gewisses Tempo erreicht hatten, und mich eine Böschung hinunterzurollen. Ich selbst hätte es darauf ankommen lassen und mich den Gesetzen der Geschwindigkeit und der Schwerkraft ausgesetzt, aber ich hatte nun einmal einen acht Monate alten Fötus im Gepäck und mir geschworen, dass ihm nicht eine Faser seines gerade erst sprießenden Haars gekrümmt werden sollte. Tatsächlich war auch mein Scheinangriff auf Brad vor wenigen Minuten nur ein Ablenkungsmanöver gewesen, damit Dorothy flüchten konnte. Ich hatte vorgehabt, mit meinen Waffen nach links auszubrechen und den unbefestigten Teil der langen Zufahrt hinunterzurennen, in der Hoffnung, dass die Polizei sich bald einschalten würde. Doch Brad, der panther-schnelle Brad, hatte meinen Bluff im Keim erstickt, indem er seine Pistole gezogen hatte. Vermutlich war es das gewesen, was er oben bei seinem Bruder geholt hatte.

Ich hätte dieser Dumpfbacke die Waffe abnehmen sollen.

Und dann fuhren wir los, eine Schotterpiste entlang, die in den Wald führte, Richtung Steinbruch. Sie verlief parallel zu dem kurvenreichen schmalen Pfad, den mich mein Geiselnehmer nur wenige Tage zuvor hinaufgezwungen hatte.

Der teilnahmslose Himmel sandte halbherzig ein wenig Regen auf die Erde hinab, aber die Baumkronen schirmten das Auto vor den meisten Tropfen ab. Ich starrte geradeaus und zählte die Eichen, an denen wir vorbeirauschten, die Kiefern, die hübschen Birken und auch einige jüngere, mir unbekannte Bäume. Der Wald war zwar finster durch die schwarzen Wolken, erstrahlte jedoch im frischen Grün der jungen Blätter, die sich gerade erst entrollten, eine Symphonie aus Lindgrün und Smaragdgrün. Hätte die Sonne an diesem Tag geschienen, hätten sicher helle Pinselstriche die kräftigen Grüntöne akzentuiert und Schatten in diesem botanischen Kaleidoskop tanzen lassen, den Wald in einen magischen Ort verwandelt – jedenfalls für all jene, die ein Auge für so etwas besaßen.

Hier schwärme ich von der Schönheit eines kalten, dunklen Waldes, obwohl ich von einer Höllenfahrt berichte. Aber ich dachte in jenem Moment tatsächlich darüber nach, wie ich die Szenerie in einem Gemälde festhalten könnte, wie ich das Schattenspiel von Grautönen und dunklen Grüntönen in Kontrast setzen könnte zu lindgrünen und sonnig gelben Farbtupfern. Es geht mir bei meiner

Schilderung auch darum zu übermitteln, wie jemand ohne Emotionen in einer solchen Situation denkt. Ich gebe die mentalen und physikalischen Sachverhalte einfach so wieder, wie sie waren.

Als die Räder des Käfers über einen ausgetrockneten Flusslauf rumpelten, blickte ich in Brads Richtung. Seine Nasenlöcher waren geweitet, seine Augen glänzten vor Tränen, und das Blut aus dem Loch in seinem Gesicht tropfte auf sein Samtjackett.

Als er meinen Blick auf sich spürte, unterbrach er sein Schluchzen und fauchte: »Du Schlampe, heute nehme ich mir dein Baby!«

Ich starrte wieder nach vorn und konzentrierte mich auf die schwarzen Ringe einer weißen Birke, auf den Kontrast, den ihre sprießenden gelblich grünen Blätter dazu bildeten. Der Baum erinnerte mich an eine Birke aus dem Wäldchen hinter unserem Haus, dem Wäldchen, in dem ich Jackson Brown versteckt hatte. Diese Erinnerung verlieh mir die Fähigkeit, noch weiter abzustumpfen und auf diese Weise sogar noch mehr Kräfte freizusetzen. Ich legte so viele Schalter in meinem Gehirn um, dass ich auch noch den letzten Überrest von Angst eliminierte. Das Training in meiner Gefängniszelle hatte mich auf genau diesen Moment vorbereitet: auf die unselige, unvermeidliche Realität. Ich mochte Brads Reisebewegungen falsch eingeschätzt haben, aber ich hatte es nicht versäumt, mich auf das Schlimmste vorzubereiten.

Die Birke ermöglichte es mir, eine konstante Selbstbeherrschung zu erreichen, einen Kriegermodus. Ich setzte mich aufrechter hin, als würde mich der feste Stamm des Baums von hinten stützen.

Brad, der offenbar erwartete, dass ich ihn um Gnade

anflehte, trat auf die Bremse, und ich flog nach vorn, bewahrte mich mit blitzschnell gegen die Windschutzscheibe gestemmten Händen davor, mir den Kopf anzuschlagen, und wurde gleich darauf nach hinten gerissen, weil ich angeschnallt gewesen war. Wir waren ringsum von Wald umgeben, von der Schneise der Schotterpiste vor und hinter uns einmal abgesehen. Vor uns ging sie noch etwa fünfzehn Meter weiter und endete dann abrupt vor einem riesigen Haufen Reisig, der die Weiterfahrt blockierte. Jetzt konnte Brad nur noch rückwärtsfahren. Endstation.

»Ronny hat mich gewarnt, dass du ein eiskaltes Flittchen bist. Verrückte Schlampe, hat er dich genannt. Oh, ich werde dir dein Baby entreißen. Du wirst bezahlen für das, was du getan hast. Niemand weiß, wo du jetzt bist. Und niemand wird meinen Fluchtweg finden, du kleine Panther-Schlampe.«

Wie eloquent. Aus welchem Gedicht zitierst du da, Walt Whitman?

Welcher Fluchtweg überhaupt? Es gibt keinen Fluchtweg. Du schwafelst herum, dabei sitzt du in der Falle. Du hast keine Ahnung, was du jetzt tun sollst. Ich kann die Nervosität in deinen herumhetzenden Augen sehen. Idiot. Du bist so dumm, genauso dumm wie dein Bruder. Hast nicht mal deine Flucht geplant, falls es hart auf hart kommt. Wie unklug. Wie kindisch.

»Ich weiß, was du denkst, Panther-Schlampe. Du denkst, ich bräuchte einen Arzt, um das Baby aus dir herauszuschneiden. Ha!«, gluckste er und grollte dann mit seiner tiefen Stimme: »Wer, glaubst du, hat die Mädchen aufgeschlitzt, bevor es ihn gab? Hä? Ich, du Schlampe! Ich und mein Bruder! Alles, was ich dafür brauche, habe ich im Kofferraum. Ich nehme dir dein Baby weg, werfe dich in den Steinbruch und verschwinde zu Fuß von hier, ohne dass mich jemand sieht.«

Na gut, diesmal sagt er vielleicht die Wahrheit. Vielleicht ist das der Plan.

Ich schürzte die Lippen und zog die Augenbrauen hoch, signalisierte unfreiwillig, dass mich Brads Strategie ein wenig beeindruckt hatte. Fast wäre mir sogar ein »touché« entschlüpft. Stattdessen beschloss ich, meinen Einsatz zu erhöhen und unsere verrückte Poker-Partie erst richtig in Schwung zu bringen.

»Weißt du, Brad, das ist ja ein netter kleiner Plan, aber ich glaube nicht, dass du heute noch mehr Blut verkraften kannst«, sagte ich und zwinkerte langsam, während ich ihn durchtrieben anlächelte. »Das Loch in deinem Gesicht sieht langsam richtig übel aus, das gibt eine ziemlich hässliche Narbe in deinem hübschen kleinen Gesicht, Schätzchen.« Ich warf ihm eine Kusshand zu.

An dieser Stelle muss ich etwas gestehen, damit kein falscher Eindruck aufkommt. Es war keineswegs besonders mutig von mir, so etwas zu Brad zu sagen. In Wahrheit genieße ich es, bösartig zu sein. Ja, ich gebe es hiermit offen zu: In mir schlummert eine niederträchtige Ader, die sich nie ganz abklemmen lässt, ein Gefühl der Freude, wenn andere sich in meiner Gegenwart winden. Verraten Sie das bloß nicht meinen Psychiatern, die bisher davon abgesehen haben, mich als Psychopathin abzustempeln.

Ich jagte ihm offenbar – genau wie beabsichtigt – einen ziemlichen Schrecken ein, denn er starrte mich ohne zu blinzeln an, als hätte ich ihn beim Fangenspielen abgeklatscht und »versteinert«. Ihm schoss erneut das Wasser in die Augen, und die älteren Tränen kullerten seine Wange hinunter und vermischten sich mit dem Blut aus seiner Wunde, bildeten eine hellrosa Brühe, die sich an seinen Kinnstoppeln staute.

Du siehst furchtbar aus, lieber Brady-Pu. Hihi.

Er starrte mich immer weiter an. Hier und dort landeten Regentropfen auf der Kühlerhaube, deren leises Trommeln fast unterging, weil der Motor immer noch vor sich hin brummte. Sonst war es vollkommen still. Selbst der versteinerte Brad hatte seine Lippen versiegelt. Platsch. Brumm. Stille. Brumm. Stille. Platsch.

Ich sehe ihn heute noch vor mir, diesen unheimlichen Mann mit dem blutigen Gesicht, der mich erschüttert anstarrt, mit weit geöffneten Augen. Er reißt mich aus dem Tiefschlaf, siebzehn Jahre später, und wenn ich aus dem Bett schieße, ist die Welt noch immer durch ihn verdunkelt.

Als Brad gebremst hatte, hatte ich auf die Analoguhr des Käfers geblickt: 13.14 Uhr. Um 13.34 Uhr starrte mich Brad immer noch an.

Also starrte ich zurück und versuchte ihm mit meinem stechenden Blick noch mehr Angst einzujagen.

Wenn jemand in diesem Moment zufällig vorbeigekommen wäre, hätte er uns sicher für Frischverliebte gehalten, mit unseren geweiteten Pupillen und der unbeirrten Fixierung aufeinander – wäre Brads Gesicht nicht von der zugespitzten Sprosse eines Bettgestells durchbohrt gewesen.

Es heißt immer, wenn man ein Wildtier anstarrt, ist das ein Zeichen von Aggression und provoziert einen Angriff. Tut man dasselbe jedoch mit einer Kobra, kann man sie zähmen, was ich eine Woche vor meiner Entführung noch mit eigenen Augen gesehen hatte. An dem Abend, als Mutter von meiner Schwangerschaft erfuhr, also am Abend vor meiner ärztlichen Untersuchung, versteckte ich mich in ihrem Arbeitszimmer und beobachtete sie dabei, wie sie sich ein Video ansah, das ihr ihre Kanzlei geschickt hatte. Sie hatte keine Ahnung, dass ich mich in diesem Moment im Raum befand, wusste auch noch nichts von meiner Schwangerschaft. Es sollte der Abend meiner schonungslosen Enthüllung werden.

Wir hatten gerade Mutters Heimkehr nach ihrem viermonatigen Prozess in New York – den sie natürlich gewonnen hatte – mit einem Festessen aus Schweinekoteletts in Apfelsauce gefeiert. Bei unserem Küchentisch für vier Personen ließ sich schwer sagen, wer am Kopfende saß. Ich hatte jedenfalls die dunkelste Ecke für mich gewählt und meinen Bauch in Dads ausgewaschenem dunkelblauem Sweatshirt versteckt, das mir vier Monate zuvor noch viel zu groß gewesen war. Da weite Kleidung allein nicht mehr genügte, um meinen Zustand zu verbergen, hatte ich außerdem eine rosa-grün gemusterte Steppdecke um mich gewickelt und schniefend und hustend Gliederschmerzen vorgetäuscht.

Nach dem Abendessen war ich in mein Zimmer gegangen, hatte einige hochkomplizierte Infinitesimalrechnungen beendet und meine rundliche Körperform in meinem Schlafzimmerspiegel betrachtet. Nachdem ich Dads dunkelblaues Sweatshirt ausgezogen hatte, war ich auf Zehenspitzen die Treppe hinuntergeschlichen und leise in Mutters abgedunkeltes Arbeitszimmer geschlüpft, wo sie vor dem Fernseher saß. Der leuchtende Bildschirm hüllte sie und den Dracula-Thron, auf dem sie saß, in stahlblaues Licht. Dort saß sie also in ihrer Blase aus Fernsehlicht, während ich mich außerhalb dieser Blase aufhielt, gut getarnt durch die Schatten, die die Mahagoni-Regale ihres Arbeitszimmers warfen.

Es war nicht das erste Mal, dass ich mich in die schattigen Winkel dieses Zimmers zwängte, um Mutters Gedankenwelt zu analysieren und Daten darüber zu sammeln, wie man in gewissen gesellschaftlichen Situationen reagiert. Sie sah sich hier nämlich manchmal Filme an, die mein Vater als »Weiberfilme« bezeichnete. Jedes Mal, wenn Patrick Swayze sich in dem Film *Ghost – Nachricht von Sam* Demi Moores Küssen hingab, griff sich Mutter an den Hals, strich über ihre eigene Haut und atmete tief ein. Ich vermutete, dass ein solches Verhalten auch von mir erwartet wurde, wenn Lenny mich küsste, also tat ich genau das. Er schien diese Geste zu honorieren, daher ließ ich Momente der Freude zu, während Lenny seine Umarmung intensivierte und meine physischen Sinne aufzulodern begannen.

Als ich Mutter dieses Mal beobachtete, sah sie sich keinen Film an, sondern das ungeschnittene Rohmaterial einer Fernsehreportage über wilde Tiere. Ein großes Konglomerat von Unterhaltungssendern zählte zu Mutters Klienten und besaß die Rechte an diesen Aufnahmen. Nun wurden die Produzenten der Reportage, der Sender selbst, die Sendeleitung – einfach jeder – von den Erben eines einigermaßen berühmten »Wildnis-Experten« verklagt. Der Vorwurf lautete auf widerrechtliche Tötung, und die Anklageschrift behauptete, man habe den Mann durch »Druck, Aufstachelung und Drohungen« dazu gebracht, sich während einer verhängnisvollen Reise ins tiefste Hinterindien einer Kobra zu nähern.

Aus diesem Grund saß Mutter in ihrem Arbeitszimmer und sah sich die Aufnahmen von dem Vorfall an, die noch unbearbeitet und ungeschnitten waren. Darauf war zu sehen, wie der Wildnis-Experte mit glänzenden Wildnis-Stiefeln, gebügelter Khakihose und dem richtigen Aufnäher auf der Brust zu neuen Abenteuern aufbrach. Mutter beugte sich auf ihrem Stuhl vor und unterbrach ihre Notizen, als sich der »Experte« im hohen Gras Indiens auf den Bauch legte, um einer aufgerichteten Kobra ins Auge zu sehen, die ihn hypnotisiert anstarrte. Sein Gesicht war etwa eineinhalb Meter vom Kopf der Schlange entfernt. Mutter blickte auf ihre antike Kuckucksuhr, notierte sich die Zeit und wandte sich wieder dem Bildschirm zu, um den Leinwandstar ihres Klienten in den letzten Momenten vor seinem Tod zu betrachten. Sie hob die Hand an ihren Mund und tippte sich mit einem Finger gegen die Zähne, als sei sie ängstlich oder angespannt, aber ich ahnte, dass sich ihre Mundwinkel vor lauter Vorfreude zu einem leichten Grinsen verzogen hatten. Sie schien sich mit der letztgültigen Macht des Todes abgefunden zu haben, daher akzeptierte auch ich den Tod als grundsätzliche Tatsache, auch wenn ich mir nicht das Vergnügen gestattete, das es ihr zu bereiten schien, die Endlichkeit des Lebens mit anzusehen. Sanft strich ich mit der Handfläche über meinen Bauch, um das Kind darin zu beruhigen.

Der Mann in dem Video starrte die Schlange eine gute Stunde lang an, eine ungefähre Schätzung, denn Mutter wurde es langweilig beim Warten, weshalb sie das Band vorzuspulen begann. Play. Vorspulen. Stopp. Zurückspulen. Schneller. Stopp. Play. Ein rasches Zucken der Kobra veranlasste den Wildnis-Experten dazu, ebenfalls zu zucken, ohne jedoch den Blick von der Schlange abzuwenden. Die Kobra machte schließlich einen Rückzieher, glitt erst langsam nach hinten, bis sie den Kopf senkte und in einer seltsam hastigen Rückwärtsbewegung zischend unter ihrem Felsen verschwand. Genau in diesem Moment sprang ein Tiger ins Bild, landete auf dem Rücken unseres Mannes und verbiss sich in seinem Nacken.

Mutter schnellte von ihrem Stuhl hoch, wobei ihre Notizen und ihr Stift auf den Boden fielen. »Heilige Scheiße!«

Während ich sie dabei beobachtete, wie sie den Tiger beim Zerfleischen des Wildnis-Experten beobachtete, blinzelte ich einige Male, wie man es während einer Fernsehsendung tut, um die Augen feucht zu halten. Ich sah auf die Uhr und dachte, dass mir noch zwanzig Minuten blieben, bis ich meine Kleider für den morgigen Schultag herauslegen und ins Bett kriechen musste.

Der Tiger, der sich immer wieder genüsslich übers Maul leckte, weidete sein Opfer aus, ein blutrünstiges Spektakel, das auf Film gebannt worden war, weil der Kameramann offenbar die noch aufzeichnende Kamera fallen gelassen und sich davongemacht hatte.

»Was für ein wunderschönes Tier«, murmelte Mutter und ließ sich wieder in ihren Ledersessel sinken.

Ich trat aus dem Schatten hervor.

»Was?«, fragte ich.

Sie rutschte auf dem Sessel nach hinten und presste die Hände gegen die Armlehnen, um sich noch tiefer hineinzuschieben.

»Lisa! Meine Güte! Was soll das?! Du hast mich zu Tode erschreckt, verdammt noch mal! Stehst du schon die ganze Zeit da?«

»Ja.«

»Verdammte Scheiße, Lisa. Du kannst dich doch nicht einfach hier verstecken. Gottverdammte Scheiße. Ich hätte fast einen Herzinfarkt gekriegt.«

»Oh, äh ... na ja, ich wollte dich nicht erschrecken. Ich wollte nur fragen, was du gesagt hast.«

»Ich weiß es nicht ... was meinst du?«

Völlig aus der Fassung gebracht, suchte sie den Boden ab

und bückte sich, um ihre Papiere und ihren Stift einzusammeln. Nach jedem Gegenstand hielt sie inne, um den Kopf zu schütteln und mir einen verwirrt-verunsichert-verärgerten Blick zuzuwerfen.

»Hast du vorhin ›wunderschönes Tier‹ gesagt?«

»Ach, Lisa, ich weiß es nicht. Ich glaube schon«, antwortete sie mit gereizter und gleichzeitig verwunderter Stimme. Schnaubend rutschte sie auf ihrem Sessel wieder ganz nach hinten und musterte mich von Kopf bis Fuß.

»Was spielt das außerdem für eine Rolle?« Jetzt betrachtete sie meinen Körper genauer.

»Ich hatte mich nur gefragt, wer oder was in dem Video das wunderschöne Tier ist. Der Mann, die Kobra oder der Tiger?«

»Der Tig... der Tig...er«, stammelte sie. Dann kniff sie die Augen zusammen und nahm noch einmal meine Körpermitte ins Visier, die sich unübersehbar unter meinem engen weißen T-Shirt wölbte. Ich versteifte meine Körperhaltung wie eine Ballerina, die die Musterung des Ballettmeisters erwartete. Während ich die Schultern nach hinten nahm, um meine Position noch zu perfektionieren, hob ich das Kinn, als könnte mein Stolz das Urteil meiner Mutter abwehren.

»Aber der Tiger hat den Mann doch getötet. Findest du ihn trotzdem schön?«

»Ja, er hat den Mann getötet, aber der Mann ist in sein Territorium eingedrungen.«

Mutter heftete ihren Blick auf die Linie meines Bauchs von meinen Brüsten bis zum Becken. Ich kam näher und betrat die stahlblaue Blase. Erkenntnis beherrschte den Raum, Leugnen war zwecklos geworden.

Zögernd und mit unsicherer Stimme, aber dennoch auf

einer präzisen Antwort beharrend, denn Mutter löste sich nur ungern von einem einmal begonnenen Gedankengang, fuhr sie fort: »Der Tiger ist wunderschön wegen seiner listigen Art, sich anzuschleichen, und seiner Fähigkeit, die Kobra das Fürchten zu lehren.«

Ich richtete mich noch stolzer auf, als sie meinen ausladenden Bauch betastete.

Als sie erschüttert vor mir auf die Knie sank, fühlte ich mich wie der Tiger.

War sie die Kobra und die sichere Distanz zwischen uns der zerfleischte Mann?

Vielleicht ist diese Analogie zu weit hergeholt. Oder zu wahr. Jedenfalls hatte ich weder vor, sie zu zähmen, noch ihr wehzutun. Ich wollte meiner Mutter überhaupt in keiner Weise schaden. Dennoch glaube ich, dass ich genau das bin: ihre Schwäche, ihr blinder Fleck, und damit auch mein eigener.

Erst als ich mit dem starrenden Brad in seinem VW-Käfer festsaß, ging mir auf, wie verletzend ich mich Mutter gegenüber verhalten hatte. Es stimmte schon, dass sie distanziert war – auch sie zeichnete sich durch ihr kühles Verhalten aus. Wir waren uns sehr ähnlich, glaube ich, obwohl Mutter meines Wissens nie als psychologischer Spezialfall eingeschätzt wurde. Und obwohl sie durchaus weinen oder wütend die Fäuste ballen konnte. Ich denke nicht, dass sie im medizinischen Sinne emotional »beeinträchtigt« (oder »begünstigt«) war, wie es bei mir der Fall war. Über ihre Vergangenheit weiß ich nur, dass wir niemals über ihre Eltern sprechen dürfen. Ich habe nur eine Großmutter, Nana, sonst niemanden. Nana, mein literarisches Regenbogengespenst.

Trotz der hohen Mauern und breiten Grenzzäune, die

sie um sich herum errichtete, gab sich Mutter auf ihre Art Mühe, auf mich zuzugehen.

Das kann ich umgekehrt leider nicht behaupten.

Während ich weiter Brads starren Blick erwiderte, nahm ich mir vor, Mutter zukünftig mehr entgegenzukommen. Sie war nicht die Ursache für unsere Distanz. Das war ich. Ich hätte es ihr unbedingt früher erzählen müssen. Ich hätte sie in meine Schwangerschaft einweihen müssen, nicht, um mich ihr gegenüber verletzlich zu machen, sondern um eine Bindung zu ihr aufzubauen.

Als Mutter ihre Hand auf meinen pulsierenden Babybauch legte und die Realität ihrer bevorstehenden Rolle als Großmutter auf sich wirken ließ, beschloss sie offenbar, dass wütendes Herumbrüllen nichts brachte. Das hatte sie einige Male probiert, als ich noch ein Kleinkind gewesen war. Weil ich nicht verstanden hatte, was eine erhobene Stimme bedeutete, hatte ich einfach angefangen zu lachen. Das taten die Leute nämlich immer, wenn es laut wurde in den Fernsehsendungen, die mein Vater gerne sah. Am Abend meiner Offenbarung zeigte Mutter daher lediglich auf die Tür, um mir zu bedeuten, dass ich sie allein lassen sollte. Als ich am nächsten Morgen ausgeruht und mit zerzausten Haaren aus dem Bett stieg, fand ich sie in ihrem Arbeitszimmer vor. Sie trug immer noch die Kleidung vom Vorabend und hatte ein Bein über die Lehne ihres Sessels gelegt. Von ihrem großen Zeh baumelte ein Stöckelschuh, und auf dem Perserteppich lagen zwei Flaschen des besten Jahrgangsweins meiner Eltern. Mein Vater saß ihr im Schneidersitz auf dem Boden gegenüber, den Kopf in seinen muskulösen Händen vergraben.

Wenn man eine Kobra auf die richtige Weise fixiert, kann man sie unschädlich machen, daher starrte ich den unheimlichen Brad auf dem Vordersitz seines verdammten Käfers immer weiter an, mitten in den Wäldern von Indiana, ins Stocken geraten auf dem Weg zu Brads wahnsinnigem Plan, mich niederzumetzeln und mir mein Kind zu stehlen. Wir starrten und starrten, während der Zeiger der Uhr tickte und tickte und der Regen klopfte und klopfte, auf die Windschutzscheibe, auf das Autodach.

Und dann wurde Brad noch gruseliger.

»Pantherchen.«

Nicht schon wieder.

»Oh, mein Kleines, du bist ein wilder Panther mit langen Krallen. Hast du's mir aber gezeigt«, kicherte Brad, während er sich ein weißes Taschentuch, das er aus der Brusttasche seines zerknitterten Hemds gezogen hatte, auf das Blut drückte, das von seinem Kinn tropfte. Mit der freien Hand zupfte er sich einige Fussel vom Jackett. »Panzi, hoppla, Panthi, meinte ich, guck dir an, wie ich aussehe. Was für eine Sauerei«, säuselte er in lieblichem Debütantinnen-Singsang, bevor er seine Stimmlage um mehrere Oktaven absenkte, sich abrupt zu mir herüberlehnte und knurrte: »Du verdammte Fotze. Mein Jackett ist völlig hinüber.« Er setzte sich wieder gerade hin und kicherte: »Ähem.«

Dafür, dass du mich mit dem F-Wort bedacht hast, wirst du nie wieder auch nur eine Sekunde in deinem Leben glücklich werden.

KAPITEL NEUNZEHN

Special Agent Roger Liu

Lola klärte die Sanitäter hastig über den Zustand des Chiefs und des Deputys auf, zeigte ihre Dienstmarke vor und bedeutete mir pantomimisch, das Gleiche zu tun. In meinen Ohren rauschte und surrte es immer noch so laut, dass ich keine Stimmen verstand. Die Frau mit dem Hausmantel und dem Einkaufswagen, die mir mein Mobiltelefon geholt hatte, watschelte zum anderen Ende des Einkaufszentrums hinüber und beugte sich über einen Mülleimer, wobei sie die Sirenen und die Schreie, das Feuer und den Rauch überhaupt nicht wahrzunehmen schien. Wie wunderbar, in einer völlig anderen Dimension zu existieren, dachte ich.

Lola führte mich zum F-150 der Wikingerfrau, als wäre ich ein Betrunkener, der gerade seinen letzten Schnaps des Abends gekippt hatte. Während sie den ersten, zweiten, dritten und schließlich den vierten Gang einlegte, streckte sie immer wieder die Nase aus dem Fahrerfenster, wie ein Jagdhund, der sich schnüffelnd orientierte. In mir herrschte plötzlich ein großes Nichts, ein fast vollständiges Fehlen von Geräuschen, das den Wind in meinen Ohren ersetzte. Statt in Panik zu geraten, ließ ich die Erleichterung zu und merkte, dass meine Sehkraft wieder an Schärfe zunahm, sogar schärfer wurde als zuvor.

Habe ich schon erwähnt, dass ich zu Beginn meiner

Laufbahn beim FBI als Scharfschütze ausgebildet wurde, weil ich überdurchschnittlich gute Augen besitze? Gemeinsam ergaben Lola und ich gewissermaßen einen Superhelden mit übermenschlichem Sehvermögen und Geruchssinn. Vermutlich war das überhaupt erst der Grund gewesen, warum uns das FBI zusammengesteckt hatte. Ohne von Geräuschen abgelenkt zu werden, hätte ich vermutlich bis Texas schauen können, wären keine Hügel und Gebäude im Weg gewesen.

Lola ließ die Schultern hängen und zog ein Gesicht, als würde es sie furchtbar verdrießen, am Leben zu sein. Ich versuchte, mich auf alles andere zu konzentrieren, nur nicht auf die Stille. Ich las die Schriftzüge von sämtlichen einsamen Läden und Restaurants, an denen wir auf unserer kerzengeraden Fahrt auf der kerzengeraden Straße vorbeikamen. Der Regen war von der lästigen, kalten Sorte, der Sorte, die sich nicht entscheiden kann, ob sie richtig ausbrechen oder wieder aufhören will. Ein melancholischer Regen. Obwohl erst Mittag war, war der Himmel so dunkel wie zur Abenddämmerung.

Ein Briefkasten in Form eines Barsches mit breitem Maul erinnerte mich an das Wohnviertel, in dem ich meine Kindheit verbracht hatte. Andererseits erinnerten mich sämtliche Fälle, an denen ich arbeitete, an meine Kindheit. Mein außergewöhnlich ausgeprägtes episodisches Gedächtnis, das ich normalerweise recht gut unter Kontrolle habe – anders als Menschen, die wirklich unter dem hyperthymestischen Syndrom leiden –, übernahm die Führung, und ich wurde von Erinnerungen heimgesucht, die ich am liebsten für immer verdrängt hätte. Vor allem die Wiederholung eines bestimmten Tages quälte mich, zog mich in eine Spirale hinein, aus der ich schon so oft nicht mehr herausgefunden hatte. Nun gut, ich lasse die Katze aus dem Sack und enthülle ein Geheimnis, das ich bis jetzt für mich behalten habe. Zu Beginn dieser Doppelmemoiren kannten wir uns noch nicht gut genug, daher habe ich behauptet, zum FBI gegangen zu sein, um meine Eltern »zufriedenzustellen« und den Unterhalt für mich und meine Freundin, beziehungsweise Verlobte, zu verdienen.

Als ich dreizehn wurde, fing mein Vater mit einer neuen Arbeit an und plante Kraftwerke für eine große Baufirma in Chicago. Wir zogen also aus dem Überfluss von Buffalo in einen Backstein-Bungalow in einer Vorstadt namens Riverside, etwa zwanzig Minuten westlich von Chicagos Stadtzentrum. Riverside ist voll mit Kunstwerken des Architekten Frank Lloyd Wright. Dort gibt es friedliche Vögel und hoch aufragende Bäume, ruhige Straßen und eine süchtig machende Eisdiele mit dem passenden Namen Grumpies.

Riverside wurde von demselben Herrn entworfen, der auch den Central Park angelegt hat, nämlich von Frederick Law Olmstead. Olmstead hatte die Vision, eine Stadt zu erschaffen, in der jedes Haus Blick auf einen Park genoss. Die Straßen in Riverside sind daher Kreise und Knäuel, die von kleineren Rasenflächen und ausgewachsenen Parks wie dem Turtle Park durchsetzt sind, in dem es eine grün angemalte Betonschildkröte gibt.

Damals, zu meinen Kinderzeiten, behaupteten die Immobilienmakler, die Kriminalität sei in Riverside besonders niedrig, weil das Straßenwirrwarr es Einbrechern erschwere, sich aus dem Staub zu machen. Wenn man in Riverside als Verbrecher tätig werden will, sollte man das Gelände genau kennen, die Windungen der Brezelstraßen, die irreführenden Krümmungen der Parks. Kurz, man sollte ein Insider sein.

Turtle Park war mittendrin in diesem Labyrinth, ein Park, der von gewundenen Straßen umgeben war wie von einem Kranz aus Weinreben. In eben diesem Park ereignete sich etwas sehr Schreckliches und Einschneidendes, das zum ersten Mal meine besondere Sehfähigkeit zum Vorschein brachte. Und wenn ich einschneidend sage, dann meine ich die Art von Ereignis, die dem eigenen Leben schlagartig eine neue Richtung gibt, die Gefühle und festsitzende Ängste herauskitzelt und sie vollkommen umkrempelt, bis man schließlich mit neuen Ängsten zurückbleibt, die man niemals für möglich gehalten hätte und die fortan einen ständigen Begleitton bilden, den Titelsong jeder wachen Minute.

Das Ereignis, von dem ich spreche, setzte meinen Eltern außerdem den Floh ins Ohr, dass ich eines Tages bei einer Strafverfolgungsbehörde arbeiten sollte. Ich wehrte mich während meiner nachfolgenden Kindheit, Jugend- und Studienzeit, indem ich Komödien schrieb, Comics zeichnete und in Theaterstücken mitspielte. Es war meine Art, die Erinnerungen an besagten Tag zu begraben.

Im letzten Studienjahr am St. John's College überzeugte mich jedoch ein Jesuitenpriester beim Schachspielen davon, dass ich mich meinen Ängsten stellen müsse. Ich nahm diesen göttlichen Rat nicht nur an, sondern trieb ihn auf die Spitze, indem ich die radikalste Entscheidung traf, die ich treffen konnte: mich beruflich mit genau dem Thema zu befassen, das mich schon so lange quälte und verfolgte: Kidnapping.

Da waren wir also, ich als Dreizehnjähriger, meine Mutter, mein Vater und mein achtjähriger Bruder Reese, den wir nie Reese nannten, sondern Mozi. Es war ein wolkenloser tiefblauer Julitag, windstill und heiß, daher gingen unsere Eltern mit uns von unserem Bungalow zu Grumpies, um ein Eis zu kaufen. Grumpies war ungefähr acht Häuserblocks entfernt. Auf halbem Weg zurück nach Hause legten wir einen Zwischenstopp im Turtle Park ein.

Mozi und ich hatten die Stadt bestimmt zwanzig Mal mit dem Fahrrad oder zu Fuß erkundet, manchmal zusammen mit unserem Babysitter. Mein lästiges periodisches Gedächtnis hatte dabei jeden Quadratzentimeter von Riverside in meinem Kopf als dreidimensionales Modell abgespeichert. Ich wusste, dass das Frank-Lloyd-Gebäude an der Ecke des Turtle Parks, das aussah wie ein rechteckiges Raumschiff, genau achthundert Meter von unserem Bungalow entfernt war. Ich wusste, dass der basketballgroße Stein neben der Einfahrt des Gebäudes zehn Kerben aufwies. Ich wusste, dass der Park von fünf viktorianischen Villen, drei Steinhäusern, zwei gewaltigen Neubauten, einem Cape-Cod-Haus, einem Haus mit Mansarddach und einer heruntergekommenen Ranch umgeben war. Die Abstände zwischen den einzelnen Gebäuden luden zu Wettrennen zwischen Mozi und mir ein, die ich allesamt mit Leichtigkeit hätte gewinnen können, aber ich ließ mich hin und wieder von meinem klein geratenen jüngeren Bruder mit den dicken Brillengläsern besiegen, um ihm ein Mindestmaß an Selbstachtung zu gönnen. Ich liebte Mozi sehr. Er war so wunderbar unbeschwert. »Kindskopf« nannte ihn meine Mutter. Er brachte einfach jeden zum Lachen, und jeder war sich sicher, dass er eines Tages Komiker werden würde.

Ich wusste, dass ich niemals so werden würde wie Mozi, und er würde niemals so werden wie ich, dafür waren wir zu verschieden. Dennoch habe ich seither immer wieder versucht, ihn heraufzubeschwören, wie er in jungen Jahren gewesen ist, für uns alle jenen vor langer Zeit verloren gegangenen kleinen Jungen wiederauferstehen zu lassen, der so liebenswürdig war und so gerne lachte.

Wir hatten also unser Eis gekauft, das nun aus den Waffeln auf unsere Handgelenke tropfte, und saßen um die Betonschildkröte herum wie eine quakende Entenfamilie um einen Teich. Nachdem Mozi seine leere, durchgeweichte Eiswaffel in den Müll geworfen hatte, rief er: »Wir spielen Verstecken, Dad muss suchen!« Dann rannte er los, genau wie ich, und auch unsere Mutter sprang auf, um sich dem Spaß anzuschließen. Mein Vater warf seine Waffel ebenfalls in den Müll, legte den Arm vor die Augen und rief: »Ich fange an zu zählen!«

Zwischen Turtle Park und einer zweiten großen Wiese mit Baseball-Feld bildete eine u-förmige Straße eine von Kiefern und Eichen gesäumte Trennlinie. Mozi schoss wie der Blitz über die Straße zum hinteren Ende des zweiten Parks, während ich im Turtle Park blieb und auf einen Baum kletterte, um mich in dessen dichter Baumkrone zu verstecken. Von dort aus hatte ich Mozi gut im Blick, der sich etwa zweihundert Meter entfernt in ein Gebüsch zwängte.

Entlang des zweiten Parks schlängelte sich eine weitere Straße, die das üppige Grün der Wiese wie ein schmales schwarzes Band umsäumte. Mozi versteckte sich nur einen guten halben Meter von dieser Straße entfernt, sichtbar für Vorbeifahrende, aber unsichtbar für einen Vater, der mit geschlossenen Augen zählte, und eine Mutter, die unter der Rutschbahn eines Spielturms kauerte und in die falsche Richtung blickte. Selbst wenn die beiden zu Mozi hinübergespäht hätten, bezweifle ich, dass ihre Augen so weit gereicht hätten. Meine schon. Damals war mir nicht klar, dass das ungewöhnlich war. Ich glaubte zu sehen, was alle anderen auch sahen.

Ein brauner Datsun, der zehn Meter von Mozi entfernt geparkt hatte, rollte langsam am Rand des Parks entlang auf Mozis Gebüsch zu. Das Nummernschild war für mich deutlich zu erkennen: Idaho XXY 56790. Ich machte es sofort als ortsfremd aus, auch wenn es mir auf eigenartige Weise vertraut war. Der Augenarzt, der später vor Gericht meine Aussage stützen sollte, erklärte, die meisten Menschen könnten Nummernschilder »aus drei bis vier Autolängen Entfernung« lesen. Der Baum, auf dem ich gethront hatte, sei zwar etwa »vierzig Autolängen entfernt« gewesen, aber meine »Sehschärfe« sei »ausgeprägter als alle bisher aufgezeichneten und kaum noch im messbaren Bereich«. Diese Aussage entkräftete die Behauptung der Verteidiger, ich könne das Nummernschild aus einer derartigen Entfernung gar nicht erkannt haben. »Er wurde offenbar von jemandem auf den Prozess vorbereitet«, lautete ihr Argument. Sie nahmen auch Anstoß daran, dass ich aussagte, ich hätte an den Lippenbewegungen erkannt, was der Fahrer des Datsun gesagt hatte.

Als das Auto bei Mozi angekommen war, waren Fahrer- und Beifahrertür aufgegangen. Zwei Männer in Trainingsanzügen waren ausgestiegen, einer rot und einer schwarz. Der Fahrer war neben seiner offenen Tür stehen geblieben und hatte nach Zeugen Ausschau gehalten, von denen es, bis auf meine unsichtbare Gestalt im Baum, keine gegeben hatte. Der andere Mann, der mit dem schwarzen Trainingsanzug, war zu Mozi hinübergeschlendert, hatte ihn aus dem Gebüsch gepflückt, ihn unter den Arm geklemmt und ihm die Hand fest auf den Mund gepresst, während er mit ihm zum Auto zurückgerannt war. Er hatte ihn auf den

Rücksitz des Datsun geworfen, war selbst daneben eingestiegen und hatte weiter mit seiner Hand Mozis Schreie erstickt. An den Lippenbewegungen des Fahrers hatte ich erkannt, dass er »Mitternacht« gesagt hatte, bevor der Wagen davongerast war.

Ich sprang vom Baum und landete in den Knien federnd auf beiden Füßen. Strauchelnd rannte ich los und brüllte meinen nichts ahnenden Eltern über die Schulter zu: »Mozi! Sie haben Mozi entführt! Sie haben Mozi entführt! Sie haben Mozi entführt!«

Ohne darauf zu warten, dass sie zu mir aufschlossen oder verstanden, was ich meinte, rannte ich weiter und brüllte weiter meinen Satz. Ich hatte keine Zeit, stehen zu bleiben und ihnen zu erklären, dass ich den Datsun, mit dem Mozi entführt worden war, bereits kannte, weil ich ihn mir auf einem Spaziergang eingeprägt hatte, dass ich die Anzahl der Fenster und Türen des Hauses aufzählen konnte, vor dem er normalerweise so harmlos parkte.

Ich bin mir sicher, dass ich die ganzen vier Häuserblocks bis zu unserem Bungalow kein einziges Mal Luft holte. Ich riss die Seitentür auf, nachdem ich sie mit dem Schlüssel aufgeschlossen hatte, den meine Eltern unter der Fußmatte versteckten. Dann raste ich die Kellertreppe hinunter, schnappte mir mein Luftgewehr und eine Schachtel Munition, rannte nach draußen und warf das Gewehr und die Kugeln über den Zaun, der unseren Garten vom danebenliegenden Schulhof trennte, bevor ich selbst hinterherkletterte. Ich hörte meine Eltern, die etwa einen Häuserblock entfernt waren, nach mir rufen, aber sie trafen nicht rechtzeitig ein, um mich über den Zaun verschwinden zu sehen, und ich blieb nicht eine Sekunde stehen, damit sie zu mir aufholen konnten.

Ich schlängelte mich um das Schulgebäude herum, durchquerte den Spielplatz und rannte etliche kurvenreiche, von Bäumen gesäumte Straßen entlang, umrundete eine Kurve nach der anderen, bis ich den Stadtrand erreicht hatte, wo die netteren Bungalows, die Raumschiff-Häuser und viktorianischen Villen terrassierten Häuschen und kleinen Farmen wichen. Unsere Babysitterin war bereits dreimal mit uns hier gewesen, weil ihr Freund in diesem Viertel wohnte.

Schließlich bog ich in eine Stichstraße ein, an deren Ende drei terrassierte Häuser lagen. Sie waren halbmondförmig um eine kleine Rasenfläche in der Mitte angeordnet, die von Autofahrern und Kindern mit ihren Spielzeugautos in einem perfekten Kreis umrundet werden konnte. Die Garagenwohnung des Freunds unserer Babysitterin befand sich zwei Straßen weiter, und um dort hinzukommen, hätte ich das Haus, das ich beobachten musste, aus den Augen verloren, weil die Straßen so kurvig waren und das Laub der Eichen und Ahorne ein einziges großes Blätterdach bildete. Entlang der Stichstraße gab es eigenartigerweise keine weiteren Häuser, sie war ein isolierter Außenposten, was ungewöhnlich war für dieses sonst so dicht bebaute Viertel. Bei den drei Häusern an ihrem Ende handelte es sich um architektonische Drillinge, die offenbar vom selben Bauunternehmer stammten. Eins von ihnen, ein weißes terrassiertes Gebäude, schien nicht mehr bewohnt zu sein, den angesammelten Zeitungen nach zu schließen. Der Leerstand des zweiten Hauses, das unten braun und oben weiß gestrichen war, war angesichts des vorhanglosen Blicks ins leere Wohnzimmer und des ungemähten Rasens sogar noch offensichtlicher, was das gelbe Absperrband um die fehlende Eingangstreppe bestätigte. Das dritte Haus ganz links hatte weiße Fensterläden und war ansonsten königsblau gestrichen. Von der Fassade blätterte bereits die Farbe, und das Haus hätte wohl ebenfalls unbewohnt gewirkt, hätte nicht der braune Datsun in der Einfahrt gestanden, genau dort, wo ich ihn auf einem unserer Spaziergänge abgespeichert hatte. Dasselbe Nummernschild: Idaho XXY56790. Die Fliegengittertür des königsblauen Hauses fiel gerade stotternd zu, weil jemand sie Sekunden zuvor geöffnet hatte, um das Haus zu betreten.

Statistisch gesehen werden die meisten Entführungsopfer wenige Kilometer vom Ort ihrer Entführung entfernt versteckt gehalten oder verscharrt.

Ich steckte in einer Zwickmühle, schließlich konnte ich das Haus nicht einfach stürmen. In seinem Inneren befanden sich zwei erwachsene Männer, die mich vermutlich überwältigt und ebenfalls gefangen genommen hätten. Zumal in dem Haus vielleicht noch mehr Männer waren. Weglaufen und Hilfe holen konnte ich genauso wenig, weil ich es nicht wagte, das Haus aus den Augen zu lassen, für den Fall, dass sie mit meinem geliebten Mozi die Flucht ergriffen. Ich hegte die verzweifelte Hoffnung, dass die Erwähnung des Wortes »Mitternacht« bedeutete, dass sie erst um Mitternacht das Haus verlassen würden. Bis dahin würde ich bereit sein, aus dem Hinterhalt auf sie zu schießen. Mir blieb nur eine Wahl: Ich musste warten und mich in dem Ahorn gegenüber dem Haus verstecken, musste mein Gewehr auf Vorder- und Seiteneingang des Hauses richten und schießen, sobald es Mitternacht war und sie aufbrachen.

Jetzt war erst Mittag.

Der Himmel wusste, welche Qualen Mozi im Inneren des Hauses ertragen musste.

Was für ein Tag im Baum das war, was für ein Tag …

Wenn Sie beim Lesen erschüttert sind und am liebsten schreien würden, dass es noch andere Auswege aus dieser Situation gegeben hätte, einfachere und naheliegendere Auswege, dann kann ich Sie nur beglückwünschen. Ich selbst war damals dreizehn, mir fehlten die nötige Einsicht und Erfahrung.

Nachdem ich mir das Luftgewehr auf den Rücken gehängt und die Munition in die Hosentasche gesteckt hatte, kletterte ich hastig den Stamm des Ahorns hinauf. Auf etwa drei Metern Höhe befand sich ein gerader, perfekt geeigneter Ast, ein Ast, den Gott für eine Schaukel vorgesehen hatte. Ich schob erst das eine und dann das andere Bein darüber und setzte mich auf jenem gesegneten dicken Ast zurecht. Seitlich an den Stamm des Baumes gelehnt, griff ich nach einem kleineren, schiefen Ast, um mich daran festzuhalten. Und wartete. Und wartete.

Von Zeit zu Zeit musste ich mein Gewicht von einer Gesäßbacke auf die andere verlagern, damit das Blut wieder kribbelnd in meine eingeschlafenen Körperteile zurückfloss. Auch meine Füße, Beine, Arme und Hände musste ich regelmäßig bewegen. Die größte Herausforderung dieses Tages bestand darin, dass meine Muskeln trotz meiner verkrampften Haltung funktionstüchtig blieben. Als frischgebackener Scharfschütze lernte ich schnell und fand heraus, wie ich mit simplen Tricks meine Durchblutung anregen konnte. Ich übte das Zielen und Schießen, ohne mich abstützen zu müssen. Als die Abenddämmerung hereinbrach, war ich zum Meisterschützen herangereift, und zum Ornithologen, der mit geschultem Blick den An- und Abflug einer Rotkardinalmutter beobachtete, die in einem eineinhalb Meter entfernten, von dichtem Blattwerk geschützten Nest ihre Jungen fütterte. Irgendwann packte mich der

Neid auf ihre unversehrte kleine Familie, die Würmer fraß und vor sich hin zwitscherte und damit prahlte, wie unberührt von allem Bösen sie war. Gemütlich in ihrem kleinen Blätterzuhause sitzend streckten die Jungvögel ihre Kaugummikugelköpfe nach oben und wippten damit herum, als wollten sie mich dazu bringen, lachend in ihr Gezwitscher einzustimmen. Einmal richtete ich sogar meine Waffe auf sie, so wütend machte mich ihre Fröhlichkeit. Aber ich besann mich eines Besseren und konzentrierte meinen Hass auf den Mann im schwarzen und den Mann im roten Trainingsanzug.

Als es ungefähr Zeit zum Abendessen war, brach plötzlich Hektik vor der Wohnung des Freundes meiner Babysitterin aus. Ich beobachtete, wie meine Eltern eintrafen und wort- und tränenreich meine Babysitterin und ihren Freund umarmten, woraufhin alle vier Kerzen anzündeten und Taschenlampen einschalteten. Ich konnte nicht verstehen, was gesagt wurde, hörte nur Türen auf- und wieder zugehen. Ich rief nicht zu ihnen hinüber, damit sie mir zu Hilfe kamen, und ich war auch nicht bereit, Mozi allein zu lassen, und sei es nur ganz kurz. Man wusste schließlich nie. Was, wenn sie genau in dem Moment davonfuhren? *Was, wenn sie mit ihm abhauen und wir ihn nie wiederfinden?* Nein, ich musste an Ort und Stelle bleiben.

Aus heutiger, vernünftigerer Sicht wären mir natürlich eine Million Dinge eingefallen, die ich hätte tun können. Es vergeht kein Tag, an dem ich mir keine Vorwürfe mache, weil mir an jenem Tag keine bessere Lösung einfiel.

Irgendwann fuhr ein metallic-grünes Schiff von einem Auto um den Wendekreis. Der alte Mann am Steuer sang lautstark vor sich hin, während er langsam das Lenkrad drehte, und bekam nichts von dem Jungen über ihm im

Baum mit. Ein Eichhörnchen rückte mir ein wenig zu nahe, bis ich es mit wedelnden Handbewegungen verscheuchte.

Jetzt wurde die Dunkelheit immer tiefer, und die Gaslaternen gingen an. An der Stichstraße stand nur eine einzige Laterne, am rechten Ende. Sie leuchtete so schwach, als ob sie vor langer Zeit eine alte Londoner Gasse mit Kerzenschein erhellt hätte. Der Mond war ein unbrauchbarer Fingernagel, der kaum genug Licht spendete, um sich die Schnürsenkel zuzubinden. Meine Beine waren mindestens zum zehnten Mal eingeschlafen, und ich fing an, sie vorsichtig auszuschütteln, wobei ich mich am Ast über mir festhielt. Das Gefühl in meinem Hintern hatte ich schon vor Stunden unwiederbringlich eingebüßt.

Gegen zehn Uhr waren Schwarzer Trainingsanzug und Roter Trainingsanzug mehrmals kurzfristig durch die halb zugezogenen Vorhänge des Wohnzimmerfensters zu sehen, das ich vom Baum aus im Blick hatte. Schwarzer Trainingsanzug durchquerte das Wohnzimmer, um zu einem Flur dahinter zu gelangen, und Roter Trainingsanzug folgte ihm mit einem Rucksack auf dem Rücken, bevor sie wieder zurückkamen. So ging das einige Male hin und her, mit Taschen und Papieren und verschiedenen Gegenständen. Sie packten offenbar und bereiteten ihre Abfahrt vor. Ich hielt angestrengt nach Mozi Ausschau, sah ihn jedoch nicht. Die Lichter des Hauses ließen es wie einen einsamen Stern am schwarzen Nachthimmel wirken, und der Kontrast zur Dunkelheit erleichterte mir das Anvisieren.

Obwohl ich seit endlosen zwölf Stunden wartete und Wache hielt, fixiert auf dieses schreckliche blaue Haus, erstarrte ich vor Schreck, als die Seitentür endlich knarrend aufging und Schwarzer Trainingsanzug heraustrat, einen Rucksack nachlässig über die linke Schulter geworfen und eine Reisetasche in der rechten Hand. Er suchte den Vorgarten nach Feinden ab, die sich womöglich hinter den Büschen verbargen. Meine G.I.-Joe-Digitaluhr sprang auf 00.02 Uhr. Und dann hielt ich mir schnell die Hand vor den Mund, damit ich nicht laut nach Luft schnappte, als ich sah, wer als Nächstes aus dem Haus kam.

Es war Mozi, der unsicher auf den Beinen wankte und viel zu folgsam hinter Schwarzem Trainingsanzug her trottete, während er sich von Rotem Trainingsanzug vorwärtsschubsen ließ. Auch Mozis herabhängende Schultern verrieten, dass er unter Drogeneinfluss stand. Hintereinander gingen die drei auf den Datsun zu und erweckten nach außen hin den Anschein, als seien sie Brüder auf der Flucht, eine schräge Gangsterfamilie, die sich auf den Weg machte, über Nacht die Grenze zu überqueren.

Ich richtete mein Gewehr aus, peilte das rechte Auge von Schwarzem Trainingsanzug an und schoss. Volltreffer. Er sank in der Einfahrt auf die Knie und schrie. Roter Trainingsanzug griff nach Mozi, als wollte er ihn als Schutzschild verwenden, doch Mozi war so klein, dass Oberkörper und Kopf des Mannes trotz seiner gebeugten Haltung gut zu sehen waren. Ich schoss erneut, dieses Mal auf das linke Auge von Rotem Trainingsanzug. Wieder traf ich mein Ziel genau.

»Mozi, Mozi, lauf, Kumpel! Renn zu mir! Renn, Mozi!«, schrie ich, während ich vom Baum sprang. Bei meinem zweiten Baumsprung an diesem Tag ließen mich meine eingeschlafenen Beine bei der Landung im Stich und knickten unter mir ein. Das Gewehr fiel mir aus den Armen. Aber was für ein guter Freund ist doch das Adrenalin! Gegen den Drang ankämpfend, mich dem lähmenden Feuer in meinen Beinen zu ergeben, stand ich wankend auf, griff nach meinem Gewehr und richtete es erneut auf die Männer, die brüllend in der Einfahrt kauerten.

»Mozi! Mozi, renn weg, Kumpel!«

Doch Mozi schien zu betäubt und wirr zu sein von den Drogen. Er wankte vorwärts, erkannte mich, wankte weiter, kam jedoch nicht voran. Er war kaum mehr als einen halben Meter von Schwarzem und Rotem Trainingsanzug entfernt. Ich musste näher heran.

Mit dem Gang eines fest entschlossenen, mordlustigen Soldaten, der sich einem unbewaffneten Feind näherte, spannte ich mein Gewehr, zielte und schoss ohne jede Vorwarnung. Ich traf hier einen Arm, dort ein Bein, jeden Körperteil, der mir vor den Lauf kam. Die Körper der beiden krümmten sich unter meinen Schüssen, wanden sich unter meiner Macht. Als einer der beiden mir sein Ohr zuwandte, zielte ich auf das kleine Loch seines Gehörgangs und jagte ihm eine Kugel hinein. Dieser Schuss schmerzte bestimmt noch mehr als der Schuss ins Auge. Nun, vielleicht auch nicht. Wenn kümmerte es?

»Mozi, komm jetzt zu mir!«, rief ich.

Hinter uns hatte endlich jemand mitbekommen, was vor sich ging.

»Was ist hier los?«, brüllte eine Frau hinter meinem Rücken.

»Rufen Sie die Polizei!«, sagte ich. »Rufen Sie die Polizei!«

Später erfuhr ich, dass sie mit ihrem Pudel und ihrem Collie Gassi gegangen war.

Die beiden Männer humpelten hastig zu ihrem Datsun und setzten, ohne auch nur die Türen zu schließen, mit quietschenden Reifen auf der Einfahrt zurück, bevor sie aus der Stichstraße rasten, aus der Stadt. Die Polizei ergriff die beiden Idioten schließlich nach einer misslungenen Schießerei in einem McDonald's im nahe gelegenen Cicero.

Mozi fiel ins Gras, und ich rannte zu ihm und umschloss ihn mit meinen Armen. Er hatte keine Ahnung, was da gerade passiert war. In jener Nacht schlief Mozi dank der Tabletten, die ihm der Arzt gab, einen gnädigen, nichts ahnenden Schlaf.

Mozi hat nie über seinen Tag mit diesen Mistkerlen geredet, nie erzählt, was sich in jenem Haus abgespielt hat. Er spielte nie wieder den Clown, sang nie wieder fröhliche Lieder. Ich bin mir fast sicher, dass ich ihn in all den Jahren seither nie wieder habe lächeln sehen. Nach seinem zweiten Selbstmordversuch und seiner dritten gescheiterten Ehe zog Mozi wieder bei meinen Eltern ein und weigerte sich standhaft, jemals wieder ihren Keller – oder überhaupt irgendeinen Keller – zu betreten.

Einmal nahm ich Mozi zum Fliegenfischen nach Montana mit, eine Reise, mit der ich ihm das Gift herauszusaugen hoffte, das so zäh durch seine Adern floss. Alles, was er in Montana machte, war angeln. Eines Nachts weinte er in seinem Zelt. Weil ich ihn nicht in Verlegenheit bringen wollte, stand ich hilflos vor seinem Zelteingang, umkreiste unruhig das Lagerfeuer, starrte in die Flammen, biss mir auf die Daumennägel und überlegte krampfhaft, was ich tun sollte. Ich betete, dass der Reißverschluss aufgehen und er aus dem Zelt kriechen würde, um mit mir zu reden. Wie gern wäre ich in sein Zelt gekrabbelt und hätte ihn umarmt, hätte die schlimmen Erinnerungen weggedrückt. Aber ich tat es nicht, und er kam nicht heraus.

Bis heute bricht es mir das Herz, wenn Mozi mit seinen Hausschuhen in einen Raum geschlurft kommt. Eine große Leere folgt ihm auf Schritt und Tritt, saugt jede Energie auf, die ihm womöglich noch geblieben ist. Die schwarzen Ringe unter seinen Augen, seine hängenden Lider – sie zeugen von seinen schlaflosen Nächten.

Und deshalb jage ich. Ich jage all diese erbärmlichen, wertlosen Nichtsnutze, diese leeren Fleischhülsen, diese Dämonen, die sich mit Kindern davonmachen und eine schlimmere Behandlung verdienen, als wir sie einer tollwütigen Ratte zukommen lassen würden.

Meine Eltern hatten von nun an das feste Ziel und die unermüdliche Hoffnung, dass nie wieder jemand ihre Kinder entführen würde. Und dieses Ziel, diese Verantwortung, übertrugen sie auch auf mich. Sie schleiften mich zum Schießplatz, bestanden darauf, dass ich mit Bogenschießen anfing. Flüsterten mir in meinen Träumen ein, dass ich eine Ausbildung bei einer Strafverfolgungsbehörde machen und Verbrechensbekämpfer werden sollte. Es war ihr Wunsch, den ich stellvertretend erfüllen sollte, ihre Art, mit dem Schrecken umzugehen. Meine außergewöhnliche Sehkraft war nun kein Geheimnis mehr, und ich wurde zum regionalen Rekordhalter im Bogenschießen, konnte einen Pfeil, den ich zuvor ins Schwarze geschossen hatte, mit einem zweiten Pfeil spalten.

Unwichtig.

Der Punkt ist Folgender: Ich kann jedes Ziel treffen. Jedes.

Das FBI versuchte zunächst, mich im Scharfschützenprogramm unterzubringen, aber ich bestand auf Kidnapping. Meine Vorgesetzten beugten sich schließlich meiner Beharrlichkeit und beschlossen offenbar einhellig, die psychologischen Gutachten zu ignorieren, die ihnen eine Warnung hätten sein müssen. Irgendwann teilten sie mir Lola als Partnerin zu, oder als Problem, je nach Sichtweise. Bei unserer ersten Begegnung hätte ich definitiv Problem gesagt, aber schon sehr bald stellte sie sich als Partnerin allererster Güte heraus.

Während Lola und ich nun also in einem geliehenen F-150 durch die flache Landschaft im Herzen Indianas fuhren, während mein Sehvermögen immer schärfer und mein Gehörsinn immer schwächer wurde, setzte ich es mir zum Ziel, an diesem Tag jemanden zu erschießen. Jeder Kindesentführer verhöhnte mich mit seiner Tat, denn er entführte auch Mozi, jagte ihm Angst ein, nahm ihm seinen Humor, immer und immer wieder. Und ich war der Ansicht, dass jeder Einzelne, der so etwas tat, schreckliche Schmerzen und unerträgliche Demütigungen verdient hatte.

Wir nahmen die Abzweigung, die die Besitzerin des Pickups uns beschrieben hatte. Die Ganzjahresreifen des Fords versprengten Splitt auf einer Schotterpiste, die teilweise asphaltiert und teilweise unbefestigt war. Ungestutzte Apfelbäume, deren hohes Alter sie knorrig und schartig gemacht hatte, säumten die Straße, und dahinter erstreckte sich die längste Kuhweide, die ich je gesehen hatte. Wie malerisch die Anreise in der Blütezeit dieses ländlichen Internats für die Schüler gewesen sein muss, dachte ich. Jetzt wirkte alles kalt und verwahrlost, gemartert von dem lethargischen Regen, der sich kaum die Mühe machte, auf diesen vergessenen Ort niederzugehen. Alles war von oben in Schwärze gehüllt und von innen in Sünde.

KAPITEL ZWANZIG

Tag 33, Fortsetzung

Ich hatte den ultimativen Pluspunkt in Brads Auto: seine Pistole, Pluspunkt #42. Vorausgesetzt, ich konnte sie ihm aus den blutigen Fingern winden. Nachdem er mich mit dem F-Wort bedacht hatte, begannen meine Augen zu zucken und tief in ihren Höhlen zu rollen. Das passiert mir nur sehr selten. Es ist ein unfreiwilliger Zustand, in den mich meine Psyche versetzt, wenn meine Großhirnrinde zu aktiv wird und übersteuert. Dann bin ich wie in Trance, und das Gefühl von Leichtigkeit und Betriebsamkeit in meinem Kopf fühlt sich großartig an, wie ein wunderbarer Rausch durch den besten Wein, den man sich vorstellen kann, nur dass meine Gedanken nicht wie beim Alkohol verschwimmen, sondern schärfer werden. Dieses Gefühl macht süchtig, aber man kann es nicht erzwingen, sondern muss einfach abwarten und zulassen, dass das Kribbeln einen erfasst und die Führung übernimmt.

Alles, was ich jetzt brauchte, war eine Ablenkung auf Brads linker Seite. Wenn er den Kopf nach links drehte, würde er nicht auf seine rechte Hand achten, die mir am nächsten war und mit der er die Waffe hielt. Wenn ich in der Zehntelsekunde handelte, in der er die Muskeln lockerließ, und mit der Hand gegen seine rechte Schulter schlug, würde sein rechter Ellbogen zurückzucken und vom Sitz blockiert werden. Sein Unterarm würde dadurch erschlaffen, und er würde seinen Griff um die Pistole lockern. Mit meiner anderen Hand und dem Überraschungsmoment auf meiner Seite konnte ich mir dann die Waffe schnappen. Sobald sich eine Ablenkung ergab, musste ich blitzschnell zuschlagen.

Aber was für eine Ablenkung?

Wir steckten mitten im Wald fest, am Ende einer Straße, die einmal eine Bergbauzufahrt gewesen sein musste.

Der Regen setzte erneut ein, ein Tropfen hier, ein Tropfen da. Das Platschen war nicht einmal laut genug, um mir den Amoklauf in Erinnerung zu rufen, den ich in der ersten Klasse erlebt hatte.

Vielleicht würde ein Eichhörnchen von Ast zu Ast hüpfen oder ein Vogel von Baum zu Baum fliegen. Eine echte Ablenkung war beides nicht. Außerhalb des Autos besaß ich keinerlei Pluspunkte, jedenfalls keine, von denen ich wusste.

Ich hätte sagen können: »Guck mal, dort drüben, ein Eisbär!« Da Brad ein dämlicher, durchgeknallter Psychopath war, hätte er vielleicht den Hals gereckt. Aber zuerst hätte er meinen Ausruf infrage gestellt, wenn auch nur für einen Sekundenbruchteil, und in diesem Sekundenbruchteil hätte er die Waffe noch fester gepackt. Ich brauchte ein wirklich aufrüttelndes Ereignis, einen Schock, damit er sich ohne zu zögern zur Seite drehte – dann wäre er körperlich und mental in dem Zustand, der für meinen Plan erforderlich war. Einen Schock und schlaffe Muskeln, das war es, was ich brauchte.

Da ich im Wald außerhalb des VW-Käfers keine Ablenkungen entdecken konnte, fingen meine Augen wieder an zu zucken, überflogen meine Optionen, kalkulierten und stellten Zusammenhänge her, skizzierten und schufen einen neuen Plan. Das Auto war übersät mit Pluspunkten. Während ich sie mit rollenden Augen in mein mentales Logbuch eintrug, verhöhnte er mich mit boshaften Worten.

»Du verrückte kleine Schlampe, du Irre. Sieh dich nur an«, sagte er, das Gesicht vor Abscheu verzogen.

Ein Schraubenzieher auf dem Boden vor dem Rücksitz, einen halben Meter von meiner linken Hand entfernt, unten, an der linken Kante, Pluspunkt #43.

»Hör mit dem verdammten Augenrollen auf!«

Eine Rolle Klebeband um den Schaltknüppel, Pluspunkt #44.

Ein Kugelschreiber auf dem Boden neben meinem rechten Nike-Turnschuh, auf Höhe meines kleinen Zehs, Pluspunkt #45.

Die Krawatte um seinen Hals, Pluspunkt #46.

Sein Mobiltelefon im Ablagefach, Pluspunkt #47.

»Panther, du machst mir Angst. Versuch es nur, oh ha ha!«

Meine Augenlider zuckten weiter, auch wenn das Rollen meiner Augäpfel immer weniger unwillkürlich war. Ich erzwang es, weil er sich vielleicht in falscher Sicherheit wiegte, wenn ich Geistesgestörtheit vortäuschte. Tatsächlich wirkte er zunehmend abgelenkt. Sein Griff um die Pistole ließ nach, was ich daran erkannte, dass auf seinen sorgsam von Härchen befreiten Fingerknöcheln die Fältchen zurückkehrten.

Und dann ...

Als ich gerade ernsthaft erwog, zum Schraubenzieher zu greifen, stellte sich zu meiner großen Überraschung doch noch eine Ablenkung von außen ein. Wenn ich nicht so routiniert und gefühlleer gewesen wäre, wäre ich über dieses Geschenk des Himmels vermutlich verblüfft gewesen.

»Nehmen Sie Ihre Scheißhände hoch!«, brüllte ein Mann von außerhalb des Wagens.

Ich hob nicht den Blick. Brad hingegen drehte sich zu der Stimme aus dem Wald um, genau wie ich es erhofft hatte, woraufhin ich geistesgegenwärtig seine rechte Schulter gegen den Sitz stieß. Sein Ellbogen zuckte nach hinten, seine Hand öffnete sich, und ich schnappte mir die Pistole.

Als ich aufblickte, sah ich einen Mann, der zur Hälfte asiatischer Abstammung zu sein schien. Er stand breitbeinig da, mit gezogener Waffe. Sein grauer Anzug schrie geradezu FBI.

Hinter dem Auto entdeckte ich eine dicke Frau mit Kurzhaarfrisur und maskuliner Nase. Ihre graue Hose und ihr weißes Hemd wiesen sie ebenfalls als FBI-Agentin aus. Genau wie der Mann hatte sie Brad im Visier ihrer Waffe. Flankiert wurde sie von einem alten Mann mit Gewehr im Anschlag, der eher aussah wie ein Farmer.

»Steig aus dem verfickten Auto, du Stück Scheiße«, befahl die Frau.

»Lola, geh in Deckung, ich mache das schon. Boyd, rühren Sie sich nicht vom Fleck. Ja, stehen bleiben, alter Junge«, sagte der männliche Agent ein wenig zu ruhig. Er kniff die Augen zusammen und zielte. Ich bilde mir ein, dass er mir dabei zuzwinkerte, als würde es ihn begeistern, meinetwegen einen Mord zu begehen.

Es war offensichtlich, dass er Brad größtmögliche Schmerzen zufügen wollte.

Der Mann war mir sofort sympathisch.

Ich krümmte mich zur Seite und versuchte, aus dem Auto zu schlüpfen, wobei ich zu spät bemerkte, dass ich noch angeschnallt war. Und dann startete Brad ein Himmelfahrtskommando, das ich zwar erwogen, aber ausgeschlossen hatte, weil es mir selbst für ihn zu wahnsinnig erschienen war. Bevor ich aus dem Wagen springen konnte, trat er das Gaspedal bis zum Anschlag durch und raste das kurze Stück Schotterpiste entlang, das noch vor uns lag. Wir verfehlten nur knapp einige Bäume, als er das Steuer nach links riss und das Auto von der Straße lenkte. Tiefhängende Äste kratzten an den Seiten des Käfers, während wir rumpelnd weiter bergauf fuhren, die schräge Granitwand am niedrigen Ende des Steinbruchs überwanden und ins Wasser stürzten.

Die Pistole rutschte außer Reichweite.

KAPITEL EINUNDZWANZIG

Special Agent Roger Liu

Als wir endlich vor dem Schulgebäude eintrafen, kam Boyd breitbeinig aus der Tür eines der Gebäudeflügel. *Appletree Internat* stand auf einem verwitterten Schild an der Fassade. Boyd hängte sich sein Gewehr über die Schulter und bedeutete uns mit einem ungeduldigen Winken, dass wir aussteigen und zu ihm herüberkommen sollten. Mein Gehörsinn kehrte in Wellen zu mir zurück, ein beunruhigendes Aufwogen und erneutes Absterben von Geräuschen. Ein Rauschen, ein Zittern, eine Reihe zusammenhangloser Wörter, ein Anschwellen der Lautstärke und dann ein rasches Abflauen.

Wie eine Sintflut stürzten Boyds Worte auf mich ein. »Kommen Sie schnell, wir müssen los. Bobby ist sich ziemlich sicher, dass sie die unbefestigte Straße hoch sind, die zum Steinbruch führt. Dort endet sie allerdings, sie sitzen also in der Falle. Wahrscheinlich verstecken sie sich irgendwo im Wald. Bobby kam gerade noch einmal hergerannt, um es mir zu sagen, bevor er mit dem Mädchen ins Krankenhaus gefahren ist. Sie sagt, es wäre noch ein Mädchen da gewesen. Das Mädchen, das bei Bobby ist, heißt jedenfalls Dorothy. Kann das stimmen, Mr. Liu?«

»Ja, Boyd. Wo müssen wir hin?«

»Kommen Sie, ich zeige es Ihnen.«

Laut Dienstprotokoll hätte ich eigentlich Boyds Gewehr konfiszieren müssen und mir lediglich die Richtung von ihm zeigen lassen dürfen, während er im Schulgebäude blieb und sämtliche Polizeistationen der umliegenden Gemeinden abtelefonierte.

Das Protokoll konnte mich mal. Lola und ich brauchten Verstärkung. Uns blieb keine Zeit, erst noch andere Einheiten zu mobilisieren.

Es stellte sich heraus, dass Boyd ein versierter Jäger war, der schon sein ganzes Leben lang regelmäßig auf Pirsch ging. Zum damaligen Zeitpunkt war er sogar Jagdkönig von Indiana, weil er den größten Bock mit einem einzigen Schuss niedergestreckt hatte. Boyd wusste also, wie man sich möglichst lautlos durch altes Laub bewegte. Es war beinahe rührend, wie er eines Fred Astaire würdig neben uns auf Zehenspitzen durch den Wald schlich. Auch Lola und ich hatten während unserer Ausbildung gelernt, Spuren zu verfolgen und unsere eigenen Schritte zu dämpfen. Offen gestanden hörte ich allerdings immer noch nicht viel und konnte daher nicht beurteilen, wie leise wir wirklich waren. In meinen Ohren hatte wieder ein Sturm eingesetzt, und so hörte ich nur einzelne Fetzen von dem, was Lola mir zuflüsterte.

»Liu ... da ... rieche ... Benzin ... Auto ... Motor läuft.«

Ich roch kein Auto, sondern nur den Wald, die nassen Blätter, die modrige Rinde, den feuchten Lehm. Genau diese Duftmischung würden wohl die allermeisten Menschen wahrnehmen, wenn sie bei Regen durch einen Wald spazierten. Da Lola jedoch die Geruchsexpertin war, verließ ich mich auf ihre Nase.

Boyd nickte zustimmend, er war ohnehin bereits in die Richtung unterwegs, in die Lola zeigte.

Und tatsächlich stießen wir kurz darauf auf das Heck eines stehenden VW-Käfers. Rauch quoll aus dem Auspuff, deutlich sichtbar in der kalten Luft. Ich schlich langsam näher an die Fahrerseite heran. Bereits aus einiger Entfernung erkannte ich Lisa auf dem Fahrersitz, so klar, als hätte ich sie direkt vor mir. Sie schien sich in einem Trancezustand zu befinden und zuckte heftig mit den Augen. Ansonsten sah sie genauso aus wie auf dem Schulfoto, das die Ermittler für die Akte zu ihrem Fall eingescannt hatten – die Akte, die dann in der falschen Abteilung gelandet war. Auf dem Fahrersitz saß vermutlich Ding-Dong, aber der Mann blickte sie an, nicht mich. Er schien ihr etwas ins Gesicht zu brüllen. Wie merkwürdig die beiden wirkten, Opfer und Täter, wie sie mitten im Wald in einem Auto saßen und sich gegenseitig anstarrten.

Ich brüllte, dass er seine Scheißhände hochnehmen sollte.

Lola folgte meinem Beispiel und rief ebenfalls einen Befehl. Ich hörte nur die Worte »Stück Scheiße«.

Ich sah, wie Lisa aufhörte zu blinzeln und wie der Mann sich zu mir umdrehte. Sah, wie sie gegen seine Schulter stieß und nach seiner Waffe griff.

Hat sie das gerade wirklich getan? Ich war perplex, weil ich von einem Kind keine derart kaltblütige Handlung erwartet hatte. Durch meine außergewöhnlich scharfen Augen sah ich alles genauso deutlich vor mir, als säße ich direkt neben Lisa im Auto, dabei war ich noch zehn Meter vom Wagen entfernt. *Das Mädchen hat sich seine Pistole geschnappt.*

Dennoch richtete ich den Lauf meiner Waffe weiter auf den Mann auf dem Fahrersitz.

Irgendetwas erwachte in diesem Moment in mir, eine eigentümliche Ruhe, wie ich sie bis dahin nicht gekannt hatte. Ich glaube, ich fühlte plötzlich gar nichts mehr, nur eine wohltuende Leere. Vielleicht war es aber auch die Erleichterung darüber, dass ich wieder das alte, brennende Verlangen in mir befriedigen und ein menschliches Arschloch zum Krüppel schießen konnte. Ich hatte so viele Komplizen auf meiner Seite: Lola, Boyd, sogar das Opfer. Ich hatte Lisas Akte gelesen, wusste, dass sie hochbegabt war und Probleme damit hatte, Gefühle zu zeigen. Tatsächlich wirkte sie vollkommen ruhig, als sie ihrem Peiniger im Auto die Waffe wegnahm.

Mir entging ihr kaum merkliches Grinsen nicht, als sie den Lauf der Waffe mit der Hand umschloss. Ihren stolzen Blick.

Ich klopfe und klopfe, und du machst auf.
Schau an, der Teufel ist wirklich eine Sie.

Warum ich nicht abdrückte, solange ich Gelegenheit dazu hatte? Warum ich ihm keine Kugel in den Schädel jagte? Ich hätte es mit Sicherheit gekonnt. Dann wäre alles so viel schneller vorbei gewesen. Allerdings wäre von meiner Position aus jeder Schuss, den ich hätte abgeben können, tödlich gewesen. Der Mann war so tief in den ohnehin niedrigen Sitz des VWs hinabgesunken, dass nur sein Kopf durch die Fensterscheibe zu sehen war. Ein Kopfschuss aber wäre sein sicheres Ende gewesen. Ich hatte nichts dagegen, ihn umzubringen, das war nicht das Problem. Das Problem bestand vielmehr darin, dass ich den glühenden Wunsch verspürte, ihn für den Rest seines Lebens leiden zu sehen. Er sollte entstellt sein, Schmerzen haben, irgendwo in Isolationshaft sein Dasein fristen. Oder besser noch inmitten der Insassen einer überfüllten öffentlichen Haftanstalt in einem finanzschwachen Bundesstaat wie Indiana. Ich war zwar bei der Bundespolizei, und dies war ein überregionaler Einsatz, aber ich würde hinter den Kulissen die nötigen Fäden ziehen und dem Staat Indiana diesen Fall auf dem Silbertablett servieren. Ein mit unzureichenden finanziellen Mitteln ausgestattetes Gefängnis war für diesen wertlosen Fleischklumpen genau das Richtige, vor allem wenn ich seine Mitinsassen über die Art seines Verbrechens an Kindern in Kenntnis setzte – und genau das würde ich tun. Oh ja, das würde ich tun, genau wie Lola, allerdings erst, nachdem sie sich diesen Dreckskerl selbst vorgeknöpft hatte. Allein. Ich würde so tun, als wüsste ich von nichts.

Warum Lola so ist, wie sie ist? Sie hat ihre ganz eigene Vorgeschichte, und man versucht besser nicht, sie ihr zu entlocken. Ich weiß nur, dass sie in Pflegefamilien aufwuchs und keine schöne Kindheit hatte. Mehr habe ich nie von ihr in Erfahrung bringen können, auch nach all den Jahren nicht. Aber wenn Sie gerne weiter nachhaken wollen, Barbara Walters, dann tun Sie das.

Heute weiß ich, dass ich den tödlichen Schuss abgefeuert hätte, wenn ich nur zwei Sekunden länger Zeit zum Nachdenken gehabt hätte. Ich wäre zur Vernunft gekommen und hätte es getan, denn in den zwei zusätzlichen Sekunden hätte mir meine wunderbare Sandra ins Ohr geflüstert, welcher Weg der richtige war. Leider bekam ich keine Gelegenheit mehr, auf diese Weise in mich hineinzuhören, weil der Kerl auf dem Fahrersitz blitzartig aufs Gaspedal trat und das Auto nach vorn schoss. Lisa kippte auf dem Sitz nach hinten und hatte Mühe, das Gleichgewicht wiederzufinden. So erleichtert ich war, dass sie noch lebte, so sehr ergriff mich nun blankes Entsetzen, als ich den Wagen zwischen den Bäumen hindurchpflügen und über den Bergkamm verschwinden sah.

Boyd führte uns nach links zu einem Pfad, der sich durch

den Wald nach oben schlängelte. Er sagte dabei kein einziges Wort, bildete schweigend den Anführer unserer kleinen Karawane, die folgsam unter dem Blätterdach der alten Bäume entlangstapfte. Die Wolken waren dunkelgrau und mit schwarzen Flecken gesprenkelt, wie ein Schimmelpilz, der sich über das sonst so kämpferische Blau des Himmels von Indiana ausgebreitet hatte.

Als sich die Bäume kurz darauf lichteten, erhob sich vor uns eine Anhäufung von Granitfelsen, die sich kreisförmig um einen Steinbruch zog. Meine langjährige Erfahrung zwang mich zu der schmerzhaften Erkenntnis, dass jede Hoffnung darauf, Lisa lebend wiederzufinden, dahin war. Lola gestikulierte wild und rannte auf den Rand des Steinbruchs zu. Ich sah sie vor mir, wie sie sich nach uns umdrehte und etwas zu schreien schien, was ich an den anschwellenden Adern an ihrem Hals erkannte. Ein schrilles Pfeifen in meinen Ohren verhinderte, dass ich hörte, was sie rief. Dann zischte es plötzlich, und die Geräusche kehrten zu mir zurück. Ich hörte Wasser gluckern und hastete zu Lola und Boyd an die Kante des Steinbruchs, wo ich gerade noch die Heckleuchten des Käfers unter der schwarzen Wasseroberfläche verschwinden sah. Plätschernde Wellen schlugen gegen die Granitwand, merkwürdig träge und kraftlos, als sei das Wasser zäh wie Sirup und daher nur schwer zu verdrängen.

Lola und ich zogen hastig unsere Schuhe aus und kletterten zu einer niedrigen Stelle, die uns einen leichteren Einstieg ermöglichte.

»Moment mal, springt doch nicht einfach so da rein!«, wollte uns Boyd zurückhalten.

»Was redest du da, Hühnchen-Mann?«, rief Lola und runzelte mit schmerzverzerrtem Gesicht die Stirn, während sie ihre Waffe auf Boyd richtete. Ich tat es ihr gleich. Lola und ich vertrauten niemandem, und der kleinste Anlass genügte, um unser Misstrauen zu wecken.

Boyd legte sofort sein Gewehr auf den Boden und hob die Hände. Ich ließ die Waffe sinken, erleichtert darüber, dass mein Hühnerfarmer doch ein guter Mann war und dass wieder alle meine Sinne funktionierten.

»Ich meinte doch nur, dass Sie vorsichtig sein sollen«, beeilte er sich zu sagen. »Bis vor circa vierzig Jahren wurde hier noch Gestein abgebaut, damals gab es die Schule noch nicht. Mein Dad und Bobbys Dad haben früher hier auf dem Grundstück gejagt. Angeblich haben die Leute Autos in den See geworfen, Alteisen. Abfälle. Wenn Sie da reinspringen, können Sie leicht mit dem Bein irgendwo hängen bleiben und ertrinken.«

Hätte ich mich an das FBI-Protokoll gehalten und Boyd zurück ins Schulgebäude geschickt, hätten Lola und ich an diesem Tag womöglich unser Leben gelassen. Manchmal war es eben doch hilfreich, auf Ortskundige zu vertrauen, aber das konnte man den Herren aus der Führungsetage lange erzählen. Für sie gab es kein Abweichen von der festgelegten Strategie, von ihren verdammten Zahlen und Vorgaben. Sie hatten keine Ahnung davon, wie wichtig Instinkt und geschärfte Sinne bei der Verbrecherjagd waren, davon konnten Lola und ich ein Lied singen.

Sandra würde mich an dieser Stelle wahrscheinlich mit einem sanften, warnenden Blick bremsen, mit einem leichten Augenzwinkern oder Senken ihres Kopfes. Sie würde mir ihre nach Rosenlotion duftende Hand auf den Arm legen, ihre stumme Art, mich zu besänftigen. So viel Verbitterung sähe mir gar nicht ähnlich, würde sie sagen, und natürlich hätte sie recht damit, wie immer. Bevor ich in das

Wasser des Steinbruchs hinabstieg, versuchte ich durchaus, der Szenerie eine gewisse Komik abzugewinnen, um Sandra hinterher davon erzählen zu können, aber dann dachte ich: Wie komme ich auf die Idee, in so einer Situation an Comedy zu denken? Vielleicht suchte ich einfach verzweifelt nach einer Verbindung zu Sandra, nach einem Rettungsanker, weil ich mich dort draußen in der Kälte, mit der Aussicht darauf, in ein dunkles Gewässer abzutauchen, um ein ertrinkendes Mädchen und sein ungeborenes Baby zu retten, besonders allein und um ihre Nähe betrogen fühlte. Ich wünschte mir, dass sich eine Rettungskette in Gang setzte: Lisa sollte ihr Kind retten, ich würde Lisa retten und Sandra mich. Aber Sandra war nicht da. Sandra war nie bei mir, wenn ich mich in die Hölle begab und an des Teufels Tür klopfte.

Vorsichtig und dennoch so schnell wie möglich tastete ich mich ins Wasser vor. In diesem Moment fiel mir das Seil auf, das an der Felswand festgeknotet war.

KAPITEL ZWEIUNDZWANZIG

Tag 33, Fortsetzung

Ich war angeschnallt, Brad nicht. Während wir mit der Front des Autos voran ins Wasser stürzten, schätzte ich den Winkel unseres Falls auf moderate zehn Grad ein. Zum Glück befanden wir uns am niedrigen Ende des Steinbruchs. Am gegenüberliegenden Ufer war die Felswand von der Wasseroberfläche bis zur Felskante ungefähr zehn Meter hoch; ein Sturz von dort wäre schwieriger zu verkraften gewesen. Auf unserer Seite hingegen maß die steinerne Uferkante nur einen guten Meter, sodass es sich eher so anfühlte, als würden wir eine Bootsrampe hinunterfahren. Dennoch brachten wir den kurzen Sinkflug in rasender Geschwindigkeit hinter uns und prallten hart aufs Wasser.

Erst vor wenigen Tagen hatte mich mein inzwischen toter Geiselnehmer darüber informiert, dass der Steinbruch an einigen Stellen mehr als zwölf Meter tief war, daher machte ich mich darauf gefasst, dass wir sanken und sanken. Stattdessen kamen wir fast direkt, nachdem das Auto ganz unter Wasser war, zum Stillstand, wobei die Kühlerhaube etwas tiefer hing. An der tiefsten Stelle waren wir nun etwa drei Meter von der Wasseroberfläche entfernt, wie ich schätzte. Diese Tiefe stellte für mich kein großes Problem dar, aber ich will die Situation auch nicht bagatellisieren. Es sind wie gesagt schon Menschen in fünf Zentimeter tiefem Wasser ertrunken. Paradebeispiel hierfür war der Mann in meiner Gefängniszelle.

Nun begann auch das Heck des Käfers abzusinken, bis wir wieder gerade ausgerichtet waren. Wir waren offenbar auf einem Felsvorsprung im Steinbruch gelandet, was ich trotz der Sedimente, die wir aufgewirbelt hatten, daran erkannte, dass das Wasser vor uns im oberen Bereich heller war und nach unten hin dunkler wurde, viel dunkler. Das bedeutete, dass es direkt vor uns steil nach unten ging, in eine tiefere Hölle.

Außerdem trieb vor uns etwas im Wasser, an einem Seil, das jenseits des Vorsprungs, auf dem das Auto auflag, weiter hinunterzuführen schien. Ich wusste genau, was an dem Seil hing, auch wenn das Wasser noch zu trübe war, um es erkennen zu können.

Neben mir war Brad ohnmächtig über dem Lenkrad zusammengesackt, entweder weil er sich den Kopf gestoßen hatte oder weil er über seine eigene Dummheit erschrocken war. Jedenfalls war ich dankbar dafür, dass er nicht mehr wie ein Vollidiot herumfuchtelte. Pluspunkt #48: bewusstloser Brad.

Der Wagen begann sich mit Wasser zu füllen, das durch die Schlitze in den Türen und Fenstern drang. Zuerst waren meine zu großen Nike-Turnschuhe bedeckt, dann ging mir das Wasser bis zu den Schienbeinen. Höher und höher stieg der Pegel, bis er meine Hüfte erreichte. Das Wasser außerhalb des Autos wurde unterdessen immer klarer. Ich staunte darüber, wie schnell sich der Steinbruch von unserem Eindringen erholte, als hätte er nur ein weiteres Opfer verschluckt, einen weiteren Haufen Metall in seinen riesigen, dunklen Schlund gesogen. *War es das schon?*, schien sein flüssiger Leib zu fragen.

Der Grund des Steinbruchs war ein Schrottplatz, wie ich nun sah: verbogene Stahlträger, ein Metalltraktor in Kindergröße, Eimer, Ziegelsteine, Ketten und sogar ein Maschendrahtzaun, der vor dem Auto aus der Tiefe zu kriechen schien, als würde die lange, gespaltene Zunge eines Teufels nach uns züngeln.

Immer mehr Wasser schwemmte herein wie Flüssigkeit durch zusammengebissene Zähne. Schnell waren meine Hüften unter Wasser, mein ausladender Bauch, mein Baby. Ich saß ganz still.

Vor mir war das Bild immer noch ein wenig trüb, aber sie war jetzt sichtbar, wie sie auf dem Wakeboard im Wasser trieb, das Seil um ihren aufgeschlitzten Oberkörper gespannt. Sie bewegte sich leicht in ihrem Unterwassergrab, und ihre Haare wogten langsam in der kaum vorhandenen Strömung. Zusammen wirkten sie und die Vorrichtung, die sie unter Wasser hielt, wie ein verschrumpelter Ballon, der auf unerklärliche Weise immer noch über einem verlassenen Autohaus irgendwo in der Wüste schwebte und auf Geier wartete, in einer Gegend, in der niemand mehr vorbeikam, es sei denn, er hatte sich verfahren.

Rechts von mir tauchte der FBI-Agent auf und begann, mit seinen flachen Händen gegen mein Beifahrerfenster zu schlagen, bumm, bumm, bumm. Er hämmerte und hämmerte und weckte alte Erinnerungen, holte den Amokschützen aus meiner Schule zurück, das Knallen seiner Schüsse, die Schreie, die Kugeln, die durchs Klassenzimmer pfiffen.

Ich kämpfte dagegen an, dass mein Wut-Schalter umsprang, und bewahrte eiserne Ruhe. Blieb ganz still sitzen. Ballte eine Hand zur Faust und umschloss sie mit der anderen. Ich drehte mich zu dem Mann um, dessen Schläge vom Wasser gedämpft wurden. Jetzt versuchte er, an der

Tür zu reißen, wobei seine Bewegungen vom Wasserwiderstand verlangsamt wurden. Natürlich waren seine Bemühungen vollkommen zwecklos.

Ich hob die Hand, um ihn davon abzuhalten, spreizte meine Finger an der Scheibe. Auch wenn mir das Wasser inzwischen bis zum Hals ging, befand sich mein Kopf immer noch im Trockenen und hatte genügend Luft zum Atmen. Ich sagte: »Der Wasserstand muss erst auf beiden Seiten gleich hoch sein. Dann gleicht sich der Druck aus, und die Tür geht auf. Also immer mit der Ruhe!«

Warum erinnert sich eigentlich keiner mehr daran, was er in der Highschool in Physik gelernt hat?

Das Wasser bedeckte nun meine Haarwurzeln. Ich schnallte mich ab, griff nach Brads Schlüsselring, der im Zündschloss baumelte, und wandte mich wieder dem Agenten zu, der törichterweise immer noch wie ein wildgewordener Amokschütze gegen mein Fenster hämmerte.

Wird mich dieser Lärm bis in alle Ewigkeit verfolgen? Werde ich für immer an den damaligen Tag erinnert werden? Wen kann ich zur Strecke bringen, um dieses höllische Getöse zu stoppen? Wen kann ich mit diesem Krach foltern?

Ich beäugte den Agenten kritisch und hob die Hände, um ihm zu bedeuten: »Was ist, worauf warten Sie?«

Er versuchte erneut, am Türgriff zu ziehen, und diesmal ging die Tür auf.

Ich schwamm die drei Meter zur Wasseroberfläche empor.

KAPITEL DREIUNDZWANZIG

Special Agent Roger Liu

Ich schwamm Lisa hinterher, um sicherzustellen, dass sie es zur Oberfläche und in Lolas Arme schaffte. Sobald ich sie in Sicherheit wusste, tauchte ich widerwillig noch einmal nach unten und entriss den Fahrer des Käfers seinem verdienten wässrigen Grab. Ich schob ihn nach oben, und Big Boyd packte ihn unter den Armen und zog ihn aus dem Wasser. Er war der Einzige, der sich dazu überwinden konnte, diesen Bastard per Mund-zu-Mund-Beatmung wiederzubeleben. Keine Ahnung, woher er als Farmer wusste, wie das ging. Es war mir auch egal. Ich hätte jedenfalls nicht die Lippen auf den Mund dieses Kerls gelegt.

Der Fahrer des Käfers erwachte hustend zum Leben, lag schreiend und jammernd und sich windend auf den Granitfelsen. Lola schlenderte zu ihm hinüber und verpasste ihm einen Tritt in den Oberschenkel, während ich vornübergebeugt dastand und nach Luft rang.

»Du wirst dir noch wünschen, wir hätten dich unten gelassen, du Mistkerl. Halt endlich den Mund. Halt deinen verdammten Mund, bevor ich dir jeden Zahn einzeln rausreiße«, warnte ihn Lola und drehte dann den Kopf zu Boyd und bat ihn: »Könnten Sie ihm die Hände hinter dem Rücken festhalten, Hühnermann?«

»Er heißt übrigens Brad«, sagte Lisa, die neben mir

stand. Sie sagte es ruhig, aber mit deutlicher Herablassung, als wäre »Brad« der lächerlichste Name überhaupt.

»Sie haben das Recht zu schweigen ...«, begann ich ihm monoton seine Rechte herunterzuleiern, wobei ich deutlich machte, wie wenig er diese meiner Ansicht nach verdiente. Ich musste diese Aufgabe übernehmen, weil Lola sich niemals dazu herabgelassen hätte. Sie legte ihm unsanft Handschellen an, und weil er nicht aufhörte zu keuchen und zu wimmern, zerrte sie ein Halstuch unter ihrem Hemd hervor und band ihm damit kurzerhand den Mund zu. Danach war nur noch gedämpftes Stöhnen zu hören.

Boyd trat zurück und richtete sein Gewehr auf Brad.

»Scheiße, Hühnermann, nicht schießen. Die Idee gefällt mir durchaus, aber wir können ihn jetzt nicht einfach abknallen«, sagte Lola, die sich immer mehr für Boyd erwärmte.

»Ma'am, ich erschieße den Schweinehund nur, wenn er abhauen will. Falls er es versucht ... tja, ich könnte noch eine Jagdtrophäe an der Wand gebrauchen«, erwiderte Boyd, ohne Brad auch nur eine Sekunde aus den Augen zu lassen. »He, du Mistkerl, hat dir wohl Spaß gemacht, dich an diesen Kindern zu vergehen, was? Lass dir eins gesagt sein: Ich bin Rekordhalter im Niederstrecken mit nur einem Schuss. Mir persönlich wäre es daher ganz recht, wenn du abhauen würdest. Also mach ruhig. Na los. Hoppel davon wie ein Kaninchen.«

Lola grinste Boyd anerkennend an. Auch ich bedachte ihn mit einem Lächeln. Er war jetzt fester Bestandteil unseres Teams.

Lisa, die mit verschränkten Armen am Rand des Steinbruchs stand, in der Nähe des Seils, das ich an der Felswand gesehen hatte, zog einen Mundwinkel hoch. Ich sollte bald lernen, dass dies ihre reduzierte Art des Lächelns war. Wir vier bildeten so etwas wie eine Bürgerwehr, der Lolas und meine Dienstmarke zumindest eine gewisse Legitimierung verliehen. Ich dachte über den sonderbaren Zufall nach, dass Boyd unserem Geiselnehmer erst seinen Transporter verkauft hatte, bevor selbiger ausgerechnet auf dem Grundstück eines Familienangehörigen von Boyd wieder aufgetaucht war, viele Kilometer vom Ort des Kaufs entfernt. Für Nichtbeteiligte hätte sich das sicher unglaubwürdig angehört, wenn nicht sogar völlig ausgeschlossen. Mir fielen die Worte jener Frau wieder ein, der der Zusatz »Hoosier State« auf dem Nummernschild aufgefallen war, nachdem sie am Vorabend mit ihrem Mann über den Film *Freiwurf* gesprochen hatte. Eine »göttliche Fügung«, hatte sie es genannt. Göttliche Fügung, in der Tat. Sie hatte einen entscheidenden Hinweis beigesteuert, eine Vorahnung, einen Subtext für die gesamte Ermittlung.

Ich trat näher an Lisa heran, die vor Kälte zitterte. Mein eigenes Frösteln bekämpfte ich, indem ich die Schultern hochzog und erst ein Bein schüttelte und dann das andere. Wasser troff von meinem Körper, als wäre ich ein ausgewrungener Schwamm. Mein klatschnasser grauer Anzug wölbte sich an den Ellbogen nach außen. Eine Thermoskanne mit heißem Kaffee wäre hochwillkommen gewesen, sonst ein selbstverständlicher Komfort, in diesem Moment jedoch ein unerreichbarer Luxus. Genauso gut hätte ich mir ein Einhorn wünschen können, das von einem Baum zu uns herunterflog und uns ins Land der Süßigkeiten davontrug, damit wir uns mit Gummibonbons und Lakritz den Bauch vollschlagen konnten.

Lisa umschlang ihren ausladenden Bauch mit den Armen, rieb ihn wärmend mit den Händen. Sie schien es nicht eilig zu haben, von diesem Ort zu verschwinden, wie es vermutlich bei jedem anderen Opfer eines derartigen Verbrechens der Fall gewesen wäre. Weder war sie hysterisch, noch weinte sie oder rief nach ihren Eltern. Sie verlangte nicht nach einem Arzt und stellte auch sonst keine Forderungen. Schweigend beobachtete sie, wie ich mich ihr näherte, studierte meine Schritte, zählte sie womöglich. Während Lola und Boyd den mit Handschellen gesicherten Brad gegen einen Baum drückten, versuchte ich Lisa dazu zu überreden mitzukommen, damit wir aus diesem Wald verschwinden konnten.

»Ich bin Lisa Yyland. Rufen Sie auf gar keinen Fall einen Krankenwagen und geben Sie auch nichts über Funk durch. Ich will den Rest der Arschlöcher, die das getan haben, auch noch erwischen.«

Ihr stechender, lebloser Blick bohrte sich direkt in meine Knochen. Alles an ihr überwältigte mich – ihre innere Distanz, ihre Entschlossenheit, ihre Kraft. Völlig benommen stand ich da, hob lediglich hinter meinem Rücken die Hand, um die anderen auf mich aufmerksam zu machen. Nachdem ich den Kopf zur Seite gedreht hatte, wiederholte ich Lisas genauen Wortlaut, als wäre ich von ihr besessen: »Rufen Sie auf gar keinen Fall einen Krankenwagen und geben Sie auch nichts über Funk durch?«

»Wir stellen den anderen heute noch eine Falle. Sie dürfen meine Eltern nicht anrufen, niemand darf wissen, dass ich gefunden wurde. Falls Sie noch nicht überzeugt sind, lassen Sie mich Ihnen etwas zeigen. Knoten Sie dieses Seil hier los, stemmen Sie die Beine gegen diesen Felsen und ziehen Sie.«

Das Seil. Unter Wasser hatte ich es vermieden, in seine Richtung zu blicken. Ich hatte geahnt, dass daran etwas

Schreckliches befestigt war. Genau wie Lisa angeordnet hatte, knotete ich das Seil los, stemmte mich gegen einen Felsen und zog.

Ich habe während meiner Laufbahn viele entsetzliche, grauenhafte Dinge gesehen, die ich Ihnen lieber erspare. Es reicht wohl, wenn ich sage, dass mich Oberkörper ohne Kopf, Köpfe ohne Gesicht und zerschmetterte, verbrannte, verstümmelte, bis zur Unkenntlichkeit zerstörte Leichen inzwischen kaltlassen. Aber der mit schwarzem Wasser gefüllte Steinbruch, die zitternden Bäume, die uns den Rücken zuzudrehen schienen, der stahlgraue Himmel, die leergesaugte Luft und das höhnische Grinsen, mit dem Lisa das brodelnde Wasser quittierte, sorgten dafür, dass ich beim Anblick des aufgeschlitzten Mädchenleibs würgen musste, der kurz darauf die Wasserfläche durchbrach. Ich stellte mir Lola bei der nächsten Mahlzeit vor, die wir nach diesem Horrortag zusammen einnehmen würden: »Bei dem Elend, das ich bei meiner Arbeit ständig in Kellern, auf Dachböden und in verlassenen Steinbrüchen zu sehen kriege, komm du mir nicht mit Vorwürfen wegen meiner ›Essgewohnheiten‹ oder meines ›Kautabaks‹ oder meiner ›Trinkerei‹ oder meinem ›Gerülpse‹!«

Lisa schien das tote Mädchen mit ihrem starren Blick hypnotisieren zu wollen. Sie hatte einen Arm über ihren Bauch gelegt und stützte mit der anderen Hand ihr Kinn, als hielte sie einen tief empfundenen philosophischen Vortrag an einem College. Ihre nassen Haare klebten an ihrem Kopf und in ihrem Gesicht.

Ich ließ das Seil wieder los, während Lisa sich vom Steinbruch wegdrehte. Die Leiche und das Wakeboard sanken in die Tiefen des Sees zurück. Lisa ging am Rand des Steinbruchs entlang und kletterte dann die Felskante hinunter zu

Boyd, Lola und Brad. Als sie Brad im Vorbeigehen zublinzelte, während sie mit einer imaginären Waffe auf sein Gesicht schoss und danach unsichtbaren Rauch von ihrem Zeigefinger pustete, wünschte ich mir, sie wäre meine Tochter. Dann ging sie den Pfad hinunter, auf dem uns Boyd heraufgeführt hatte, ohne uns aufzufordern, ihr zu folgen, was wir natürlich trotzdem taten. Wir traten in ihre durchweichten Fußspuren und versuchten, mit ihr Schritt zu halten, während wir den winselnden Brad mit der Waffe vor uns hertrieben.

Lola und ich waren erfahren genug, Lisa einfach nur zu folgen. Wir legten die Finger an den Mund, um Boyd zu bedeuten, dass er ebenfalls schweigen sollte. So marschierten wir den ganzen Weg zum Schulgelände zurück, quer über einen kleinen Parkplatz und schließlich einen bewaldeten Pfad entlang, an dessen Ende wir auf eine Lichtung trafen. Auf dieser Lichtung stand eine alte Weide, unter der die schwangere Lisa wie eine wütende Katze auf- und abmarschierte. Als Boyd etwas sagen wollte, brachte ich ihn zum Schweigen.

Wieder folgten wir unserer jungen Anführerin, zurück durch das Wäldchen zur Schule. Auf Anweisungen wartend blickten wir Lisa an, die vor einem der vier Gebäudeflügel stehen geblieben war. Lola verstaute unterdessen den mit Handschellen und Fußfesseln unschädlich gemachten Brad auf der Ladefläche des F-150, wo sie ihn an einem Haken festband.

»Ich habe keine Ahnung, wo Der Arzt arbeitet oder seine Praxis hat. Wo ist Dorothy? Sie muss mit dem Transporter geflohen sein«, sagte Lisa zu mir.

»Was meinst du? Wer ist Der Arzt?«, fragte ich.

»Er ist derjenige, der die Babys zur Welt bringt«, antwortete Lisa.

»Dorothy ist das andere Mädchen, oder? Mein Cousin hat sie in die Notaufnahme gebracht«, schaltete sich Boyd ein.

Lisa nahm es mit einem zerstreuten Nicken zur Kenntnis.

Ich wollte gerade weitere Fragen stellen, als ich aus dem rechten Augenwinkel sah, wie Lola schnüffelnd durch die Tür eines anderen Gebäudeflügels verschwand. Sie schien wie gebannt zu sein von ihrer Fährte, denn sie winkte weder mir noch Boyd, ihr zu folgen.

»Wahrscheinlich riecht sie das Arschloch, das ich in meiner Gefängniszelle abgefackelt habe. Sagen Sie ihr, dass sie nicht ins Wasser greifen soll. Es kann sein, dass es noch unter Strom steht.«

Hinter mir murmelte Boyd: »Ach so, daher der Gestank, von dem ich Ihnen erzählt habe. Die Tür da oben ist abgeschlossen.«

Lisa reichte mir einen Ring mit Schlüsseln, den sie fest in der Hand gehalten hatte.

Ich rannte zu Lola ins Gebäude.

Was wir im dritten Stock fanden, toppt jede Geschichte über rosa gekleidete Zirkusbären.

Lisa ließ keine weiteren Erläuterungen folgen, nachdem wir gesehen hatten, was sich in ihrer ehemaligen Gefängniszelle befand. Sie sagte nur: »Wir stellen ihnen die Falle noch heute Nachmittag. Ich locke sie her, und Sie schnappen sie sich.«

Lola hatte Blut gerochen und war bereits überzeugt. Sie nickte Lisa zustimmend zu, mit allem einverstanden, was unsere junge Mutter forderte.

»Ich sollte heute zu dem aufgeschlitzten Mädchen in den Steinbruch geworfen werden«, fuhr Lisa fort und rieb ihren

Bauch, streichelte ihr Baby. »Ich kann gar nicht ausdrücken, wie tief mein Hass auf diese Leute ist. Sie haben ja gesehen, wozu ich fähig bin – was ich mit diesem Trottel da oben gemacht habe. Ich will diese Menschen zerstören, und genau das werde ich auch tun. Wenn Sie sich nicht bereiterklären, ihnen heute eine Falle zu stellen und sie zu verhaften, werde ich sie selbst zur Strecke bringen. Bei der Falle, die wir ihnen stellen, muss ich der Köder sein. Es geht nicht anders, ich bin es tausend Mal im Kopf durchgegangen.«

Ich war mir sicher, dass sie genau das getan hatte.

»Schieß los, Lisa, verrate uns deinen Plan«, sagte Lola.

Mit einem Gesichtsausdruck, der ein breites Grinsen sein sollte, wie ich später erfuhr, hob Lisa leicht das Kinn und sah Lola an. Ein Zeichen ihres Respekts. Ein Zeichen ihrer Dankbarkeit.

Lisa beschrieb uns detailliert, was sie vorhatte. Es war eigentlich ganz einfach. Zunächst müssten wir Brad eine Waffe an die Schläfe halten und ihn zwingen, Den Arzt anzurufen und zu behaupten, dass sie, Lisa, in den Wehen liege. »Der Arzt kommt normalerweise mit dem Ehepaar Offensichtlich im Schlepptau. Er wird die beiden auch diesmal mitbringen, weil sie so scharf darauf sind, mir mein Baby wegzunehmen. Auf diese Weise schnappen wir uns alle drei. Verstanden?« Wir einigten uns darauf, dass wir zunächst das Hotel des Ehepaars Offensichtlich und den Arbeitsplatz Des Arztes ausfindig machen und beides von den FBI-Agenten überwachen lassen würden, die ich als Verstärkung angefordert hatte und die in Kürze eintreffen mussten. Erst dann würden wir Brad beim Arzt anrufen lassen. Ich wollte auf jeden Fall vermeiden, dass seine Komplizen auf irgendeine Weise Wind von der Sache bekamen und sich aus dem Staub machten. Lisas Plan, alle drei Komplizen am Appletree Internat festzunehmen, sollte auf jeden Fall funktionieren, und zwar aus mehreren Gründen:

Das Internat lag abgeschieden, hier konnten keine Unbeteiligten bei einer eventuellen Schießerei verletzt werden.

Wenn die drei auf Brads Anruf hin eigenständig aufs Schulgelände gefahren kamen, war das ein stichhaltiger Beweis für ihre Tatbeteiligung.

Lisa hatte darum gebeten, ihren Peinigern direkt in die Augen sehen zu dürfen, ohne die Beschränkungen eines Gerichtssaals oder Gefängnisses, ohne Zeugen. Und ich fand, dass sie es verdient hatte, dass wir ihr diese Bitte erfüllten.

Wir erfuhren von Lisa genügend Einzelheiten, um zu verstehen, wen sie mit »Dem Arzt« und dem »Ehepaar Offensichtlich« meinte. Sie erklärte uns auch, dass Brad nicht jener »Ron Smith« – beziehungsweise »Ding-Dong« – war, für den ich ihn gehalten hatte, sondern dessen Zwillingsbruder. Ich hätte ihr gern noch unzählige Fragen gestellt, sagte jedoch nur: »Okay, gehen wir deinen Plan noch einmal zusammen durch.« Auf keinen Fall wollte ich Lisas Feldzug meinen Stempel aufdrücken. Ich war ihr williger Soldat, und Lola erklomm vergnügt einen Apfelbaum im angrenzenden Obstgarten und zückte dort als Heckenschützin ihre Waffe. Ich ermahnte sie widerwillig, nicht zu schießen, falls der Clan, den wir erwarteten, unbewaffnet war. Ihr linker Nasenflügel zuckte, als könnte sie jeden Moment losbellen, und ihre Finger krümmten sich noch enger um den Abzug. Ich ließ sie im Baum sitzen und hoffte, dass sie auf mich hörte. Falls nicht, würde ich ihr dennoch den Rücken stärken.

Ich hatte meine zur Verstärkung angeforderten Männer zu Boyds Cousin Bobby zitiert, um Brad dort an ein Team zu übergeben, während ich einem anderen Team Anweisungen gab, wo es sich verstecken und Scharfschützenpositionen beziehen sollte. Brads gescheiterten Versuch, von der Ladefläche des Pick-ups zu »flüchten«, erwähnte ich dabei lieber nicht, genauso wenig wie die Vereinbarung, die wir unter sechs Augen mit ihm getroffen hatten. Eine Vereinbarung zwischen Brad, Lisa und mir. Nachdem wir Brad kurz vor der Übergabe an die Kollegen – die sich streng an die Vorgaben hielten und Gefangene niemals geknebelt hätten – das Tuch vom Gesicht entfernten, musste ich mir sein theatralisches Gejammer über das Loch in seinem Gesicht anhören und bereute es, ihn nicht doch auf dem Grund des Steinbruchs zurückgelassen zu haben. Was für ein durchgeknallter Spinner er doch war, wie er da zwischen hoher Mädchenstimme und grollendem Dämon hin und her wechselte und ständig seine Tonlage änderte, während ich ihn über die Kuhweide zu Bobby hinüberschubste. Als wir an einer muhenden Kuh vorbeikamen, blickte er ihr ins Gesicht und säuselte: »Meine sanfte Bessie, was für ein edles Tier du doch bist«, nur um gleich darauf zu brüllen: »Ich mache Kalbsschnitzel aus deinen Kindern!« In mir wuchs die Sorge, dass sein Anwalt auf unzurechnungsfähig plädieren und er ungeschoren davonkommen würde.

Alles lief ab wie von Lisa vorhergesagt: Der Arzt kam in einem braun und karamellfarben lackierten Cadillac Eldorado zur Schule heraufgefahren und hatte das Ehepaar Offensichtlich dabei. Mr Offensichtlich und seine Frau, Mrs Offensichtlich, hatten sich in einem Motel in der Nähe eingemietet gehabt, das ironischerweise den Namen The Stork & Arms trug. Dort hatten sie darauf gewartet, dass ihre gestohlenen Wonneproppen das Licht der Welt erblickten, wonach sie sich mit ihnen nach Chile hatten absetzen wollen, in ihr schickes, bewaldetes Anwesen in den Bergen mit fünf Weinbergen und angenehmem Klima. Die blonden Babys waren als ultimatives Kunstwerk in einer wahren Festung voller Gemälde und Skulpturen gedacht gewesen. Lola und ich durften das Anwesen später besichtigen, als es von einem unserer Teams durchsucht wurde. Wir fanden dort so viele belastende Dokumente, die sie mit diesem und anderen Verbrechen in Verbindung brachten – beispielsweise mit Kunstdiebstählen im großen Stil –, dass wir den Überblick über die vielen Anklagepunkte verloren.

Am Tag der Verhaftung sprang Lola von ihrem Baum und kickte ihnen wütend Dreck in die Augen, weil sie ihr die Möglichkeit geraubt hatten, sie zu erschießen. Sie tauchten nämlich unbewaffnet an der Schule auf und waren völlig überrumpelt.

»Schach«, sagte Lisa, als ich Dem Arzt die Handschellen anlegte.

Als Schachspieler fragte ich mich, warum sie nicht »schachmatt« sagte, aber ich sollte schon bald erfahren, dass Lisa noch weitere Pläne für Den Arzt in petto hatte.

KAPITEL VIERUNDZWANZIG

Danach, Stunde 4

Dieser Liu – was für ein Drama er aus allem machen muss. Ich weiß, er hat Ihnen von seiner traumatischen Kindheitserfahrung erzählt, wie er zu dem geworden ist, was er heute ist. Ich finde es phänomenal, was er für seinen Bruder getan hat. Absolut genial. Als er mir seine Geschichte anvertraute, beschloss ich, dass er für immer mein bester Freund werden sollte.

Natürlich hätte ich selbst die Notlage seines Bruders Mozi vollkommen anders gehandhabt. Aber halten wir uns nicht mit kleinlicher Kritik auf, das wäre unhöflich. Stattdessen sollte man Liu lieber für seine überragenden Augen loben, für sein offenbar beeindruckendes Gehirn, bei dem Amygdala und Hippocampus besonders stark vernetzt zu sein scheinen. Die Leitungen zwischen diesen Gehirnarealen gleichen bei Liu wahrscheinlich einer Autobahn, auf denen die Nervenzellen wie riesige Lastwagen mit reichhaltigen sensorischen und faktischen Erfahrungen im Gepäck hin und her rasen. Ich vertrete die Theorie, dass dieser besonders rege Datenverkehr zusammen mit Lius außergewöhnlicher Sehschärfe für sein geradezu unheimlich detailliertes Erinnerungsvermögen verantwortlich ist. Um mir diesbezüglich ganz sicher zu sein, müsste ich seinen Schädel aufbohren und seine Augen sezieren – der Exaktheit von

MRTs traue ich nicht –, aber ich habe natürlich nicht vor, eine Autopsie an einem lebenden Menschen durchzuführen, schon gar nicht an einem Freund.

Trotzdem: Wie hartnäckig, wie berechnend, wie heldenhaft Liu am Tag von Mozis Entführung reagierte. Wie ruhig er blieb. Als er mir die Geschichte erzählte, legte ich sofort die Freundschafts- und Bewunderungsschalter für ihn um. Allerdings noch nicht an dem Tag, als er mich rettete oder mir vielmehr dabei half, mich selbst zu retten. Da legte ich gar keinen Schalter um, sondern benutzte ihn als weiteren Pluspunkt: Agent Liu, Pluspunkt #49.

Liu sorgte nicht nur im Wald für die Ablenkung, auf die ich gehofft hatte, sondern öffnete auch unter Wasser meine Autotür und half mir anschließend, den Rest der Bande dingfest zu machen, erwies sich also als unerwartet nützlich. Nachdem er Dem Arzt und dem Ehepaar Offensichtlich Handschellen angelegt hatte, fuhr er mich zusammen mit »Lola« – ich wurde gebeten, Lius Partnerin so zu nennen – mit einem Ford Pick-up zum Krankenhaus. Lola zwängte sich für die Fahrt in die Mitte, weil mein Bauch zu groß war, um hinter den Schaltknüppel zu passen. Es war richtig heimelig, wie wir drei durch die Gegend fuhren, wie eine Farmerfamilie auf dem Weg zum Saatgut-Schaufeln. Ein Krankenwagen wäre angesichts der Umstände vielleicht ein angemesseneres Transportmittel gewesen, aber die beiden wollten mich niemand anderem anvertrauen, und ich hätte mich ohnehin geweigert, in ein solches Gefährt zu steigen.

Der Farmer, Boyd, blieb im Haus seines Cousins Bobby zurück, um den dort stationierten Agenten einige Fragen zu beantworten. Mir hatte die Ansprache, die er Brad gehalten hatte, als er am Steinbruch das Gewehr auf ihn gerichtet hatte, wirklich gefallen. Später bat ich Nana, mir ein Kissen mit seinem Monolog zu besticken, und meine geliebte Nana mit ihrer vom vielen Schreiben über Verbrechen verdüsterten Weltsicht und ihrer großen Freude über meine Rettung zog meine Bitte tatsächlich in Erwägung. Sie machte Scherze darüber, dass sie Schreibschrift und violettes Garn verwenden und das Ganze mit flauschigen, herumtollenden Kaninchen verzieren wolle, um Boyds »Hoppel davon wie ein Kaninchen«-Zeile möglichst plastisch darzustellen. Letzten Endes nutzte sie meinen Auftrag dazu, mir eine Lektion über angemessene emotionale Reaktionen auf belastende Situationen zu erteilen, genau wie ich es erwartet hatte. Sie nähte tatsächlich die Kaninchen-Applikationen auf das Kissen, stickte als Aufschrift allerdings lediglich: »Ich hab dich lieb«. Nana ist die Beste. Ich werde den Liebes-Schalter für sie niemals deaktivieren.

Das Schlimmste, was mir bisher im Leben passiert ist, ereignete sich vier Stunden nachdem ich meinen Kerkermeister unter Strom gesetzt und seine Komplizen in die Falle gelockt hatte. Das blutige Bild, das sich mir in Stunde 4 nach meiner Rettung bot, festigte meine Entschlossenheit, Rache zu üben, noch mehr. Dreifache Rache.

Direkt nach der Verhaftung Des Arztes und des Ehepaars Offensichtlich wurde ich zur Untersuchung und Beobachtung ins Krankenhaus eingewiesen. Agent Liu und Lola wichen mir dabei nicht von der Seite. Heute weiß ich, dass Liu gar nicht anders gekonnt hätte, als bei mir zu bleiben. Traurigerweise war ich zum damaligen Zeitpunkt nämlich eins von nur vier entführten Kindern, die er lebend wiedergefunden hatte – sein Bruder mitgezählt, Dorothy nicht. Als er mit Cola und Chips aus dem Snackautomaten mein Krankenhauszimmer betrat, lächelte er entschuldigend.

Lola ging unterdessen vor der Tür auf und ab wie ein blutrünstiger Tiger im Käfig und vertrieb jeden, der auch nur daran dachte, mit mir reden zu wollen. Ich mochte sie wirklich. Meine Mutter hätte sie vergöttert.

»Hallo, du Kriegerin«, sagte Agent Liu zu mir.

»Hallo.«

»Die Ärzte sagen, es geht dir prächtig.«

»Ja, mir geht's gut. Was ist mit Dorothy? Kann ich zu ihr?«

»Dorothy geht es leider gar nicht gut. Ich nehme dich gern mit hinunter auf die Intensivstation, aber du solltest ... na ja, auf das Schlimmste vorbereitet sein. Ihre Prognose ist schlecht.«

»Wird sie es schaffen?«

»Ehrlich gesagt ist ihr Blutdruck immer noch viel zu hoch. Sie ist in keinem guten Zustand. Wenn ich euch beide doch nur früher gefunden hätte.«

»Waren Sie der Einzige, der nach ihr gesucht hat?«

»Leider ja. Ich und meine Partnerin, natürlich.« Er wies mit dem Kopf in Lolas Richtung. Sie grunzte.

»Wie traurig.«

»Das ist nicht nur traurig, das ist eine verdammte Schande.« Er hielt inne, blies die Wangen auf und entließ die Luft wieder. »Entschuldige, ich sollte in deiner Anwesenheit nicht fluchen.«

»Oh, keine Sorge. Ich habe gerade einen Mann bei lebendigem Leib gegrillt, da komme ich mit ein paar unflätigen Wörtern klar, glaube ich.«

Lola kicherte und wiederholte leise das Wort »gegrillt«, als würde sie den Ausdruck in ihrem persönlichen Wortschatz abspeichern, um ihn später wiederverwenden zu können.

»Könnte ich mir ein bisschen Geld von Ihnen leihen, bis meine Eltern hier sind? Ich würde Dorothy gern etwas kaufen.«

»So viel du willst.« Liu zog seine Brieftasche hervor und gab mir zwei Zwanzig-Dollar-Scheine.

Liu und eine Krankenschwester halfen mir gegen meinen Willen in einen Rollstuhl, der schrecklich quietschte und eine absolute Unverschämtheit war, wie ich fand. Aber die beiden weigerten sich, mich zu Fuß gehen zu lassen, und das, obwohl ich mich gerade eigenständig aus meiner Gefängniszelle befreit und auch noch ein zweites Mädchen gerettet hatte. Rückblickend muss ich zugeben, dass sie nicht ganz unrecht hatten. Ich war im achten Monat schwanger, hatte eine Gesichtswunde und war dehydriert und erschöpft. Na gut, vielleicht war ich körperlich tatsächlich nicht ganz in Topform.

Im Geschenkladen des Krankenhauses kaufte ich Dorothy einen üppigen Blumenstrauß in einer zarten rosa Vase, eine Kombination, die Nana begeistert hätte.

Als Liu und ich im zweiten Stock aus dem Aufzug stiegen und er mich den Flur entlang auf Dorothys Zimmer zuschob, sah ich bereits von weitem Polizisten Wache stehen und entdeckte Dorothys Eltern und ihren am Boden zerstörten Freund vor ihrer Tür. Nach ihrer Entführung hatte dieser Freund zusammen mit den Eltern in den Nachrichten einen flehenden Appell an die Bevölkerung gerichtet, sie möge doch bitte bei der Suche nach der geliebten Tochter und Freundin mithelfen. Da Dorothy nur drei Stunden entfernt in Illinois gekidnappt worden war, waren ihre Angehörigen sofort ins Auto gestiegen und so schnell sie konnten hergefahren. Meine Eltern warteten hingegen immer noch am Logan Airport in Boston auf ihren Flug. Mein

Lenny würde nicht mitkommen, er hasste Flugreisen. Ich würde ihn nach meinem Besuch bei Dorothy anrufen. Das bedeutete nicht, dass ich ihn nicht liebte. Ich wusste, dass er für mich da war. Dafür musste er nicht heulend an mein Bett eilen.

Dorothys Eltern liefen sofort auf mich zu und bewiesen mir ihre Dankbarkeit und ihren Kummer, indem sie mich schluchzend umarmten. Ich glaube, ich schmecke bis heute Mrs Saluccis salzige Tränen auf meiner Zunge, die mir die Wange hinunterliefen und durch meine spröden Lippen drangen.

Die beiden umarmten mich lange und fest auf dem Krankenhausflur, hielten mich davon ab, früher zu Dorothy hineinzugehen.

Wir wollten gerade unsere verschlungenen Gliedmaßen voneinander lösen, als uns Dorothys markerschütternder Schrei erstarren ließ. Unsere Köpfe schossen in ihre Richtung wie die eines dreiköpfigen Drachen.

Was ich im Folgenden sah, ist zu grausam und traurig, um es hier zu wiederholen. Ich werde es lediglich in groben Pinselstrichen malen – wie ein impressionistisches, mit den Jahren verblichenes und verstaubtes Gemälde – und mich darauf beschränken zu sagen, dass sie praktisch ihr gesamtes Blut und ihren Fötus verlor und nach zwanzigminütigem quälendem Todeskampf verstarb.

Es hieß, ihre Präeklampsie habe eigentlich einen milden Verlauf genommen, sodass es ihr mit geringfügiger ärztlicher Versorgung, die jeder Gynäkologe hätte anbieten können, bald wieder besser gegangen wäre. Da die Krankheit jedoch unbehandelt blieb, sie zudem in Gefangenschaft unermesslich hohem Stress ausgesetzt war und sich zu allem Überfluss eine Infektion zuzog, wurde ihr Körper zu einem wahren Hitzekessel und verglühte innerlich, verbrannte ihre Haut und ihre Organe, ihre Venen und schließlich ihr Leben und das ihres Kindes.

Nein, es gibt keine Worte, die diesen Moment beschreiben könnten, denn was ich sah, war nicht nur Blut, sondern die Quintessenz des Todes, des Todes, wie ihn kein Sterblicher jemals zu sehen bekommt, es sei denn, er befindet sich in den eigenen Sterbeminuten in einem Spiegelkabinett. In Dorothys Krankenzimmer tobte der entfesselte Tod, ungebeten und stolz, verschlang jedes Leben in seinem Umkreis. Vom Flur aus hineinspähend zerfiel ich innerlich bei seinem Anblick. Der Raum war eingerahmt von pulsierendem Schwarz, im Hintergrund war Blasen werfende Haut zu sehen und im Vordergrund ein Fluss – ein reißender roter Fluss. Dieses Motiv füllte das ganze Zimmer aus, sodass nicht ein Fleckchen Licht blieb, kein Weiß, keine Engel, keine gnädige Hand, die den schwarzen Rahmen auch nur ein wenig angehoben hätte. Kann sein, dass mich jemand von der Tür fortriss, kann sein, dass dieser Jemand zusammenzuckte, als ich die Vase mit Pfingstrosen auf den Boden schmetterte.

Kann sein, dass ich davongezogen, davongeschoben, davongezerrt wurde, während ich weinte, um mich schlug, kämpfte, boxte, schrie. Kann sein, dass mich jemand mit einer raschen Spritze in den Oberschenkel ruhigstellte, jemand, irgendjemand, oder alle. Ich weiß es nicht mehr.

Acht Stunden später wachte ich mit blauen Flecken, einer heiseren Stimme und einer genähten Wunde auf, von einer Vasenscherbe, die offenbar bei meinem Gefühlsausbruch vor Dorothys Zimmer vom Boden abgeprallt war und mich am Fußknöchel erwischt hatte. Neben meinem Bett stand meine Mutter und hielt meine Hand; mein Vater blickte ihr von hinten über die Schulter und hatte Tränenspuren im Gesicht. Agent Liu und Lola patrouillierten auf entgegengesetzten Marschrouten vor meiner Tür und scheuchten jeden fort, der sich meinem Zimmer auch nur zu nähern wagte.

Möglicherweise bilde ich mir Dorothys Todeskampf nur ein, ich weiß es nicht. Ich weiß nur, dass ihr letzter Schrei noch ewig in mir nachhallte.

Genau aus diesem Grund sollte man seinen Liebes-Schalter nur dann aktivieren, wenn es sich absolut nicht vermeiden lässt.

KAPITEL FÜNFUNDZWANZIG

Der Prozess

Ich wusste genug über *mens rea*, um ihm gefährlich zu werden. Obwohl meine Mutter Anwältin für Zivilrecht war, besaß sie noch ihr dickes Buch über Strafrecht, mit dem sie sich auf das Jura-Examen vorbereitet hatte. Das Kapitel über strafbaren Vorsatz, oder *mens rea*, faszinierte mich besonders. Ich hatte es mit vierzehn und erneut mit fünfzehn Jahren gelesen und dann noch einmal mit sechzehn, nachdem ich das ganze Martyrium hinter mir hatte. Ich war geradezu besessen von der Serie *Law & Order* und von Dokumentarsendungen über wahre Kriminalfälle. Damit es auch sicher zu einer Verurteilung zum Tode kam, oder notfalls zu lebenslänglich ohne Bewährung, würde ich dafür sorgen, dass die Geschworenen bei Dem Arzt – dem einzigen meiner Peiniger, dessen Schuld vor Gericht verhandelt wurde – ohne jeden Zweifel von *mens rea* ausgingen, also einer verbrecherischen Absicht. Wie schon bei der Exekution meines Geiselnehmers hatte ich mich auch bei meinem Racheplan für diesen Bösewicht dreifach abgesichert. Die Empfangsdame des Gynäkologen hatte sich bereits vor Prozessbeginn schuldig bekannt, um Strafminderung zu erhalten, genau wie das Ehepaar Offensichtlich. Und Brad? Brad ist eine andere Geschichte, auf die ich jetzt noch nicht vorgreifen möchte.

Wer sich mit dem amerikanischen Rechtssystem auskennt, wundert sich vielleicht darüber, dass der Fall Des Arztes nicht auf Bundesebene verhandelt wurde, sondern in Indiana. Ich kenne keine Einzelheiten – wirklich nicht –, aber ich weiß, dass es zwischen Liu, dem FBI und dem Staat Indiana zu einer Art Tauschgeschäft kam, durch das der goldene Schlüssel der Verdammnis Indiana zufiel, dem Bundesstaat, der sich unserer Ansicht nach am meisten darum verdient machte, Verbrecher in ein dreckiges Loch zu werfen und für immer zu vergessen.

In den Monaten vor Prozessbeginn erwies sich Der Arzt als besonders niederträchtig. Er war der Einzige, der sich weder auf die Verhandlungen mit der Staatsanwaltschaft bezüglich einer Strafminderung einlassen wollte, noch Brads Weg einer immer wieder neu verhandelbaren Sicherheitsverwahrung einschlug. Er bestand auf einer Gerichtsverhandlung durch »seinesgleichen«. *Wen meint er damit?*, fragte ich mich immer wieder. *Wie kann jemand wie er seinesgleichen haben? Er hat Dorothy auf dem Gewissen. Er hätte sie retten können. Dieser Mann ist kein Mensch, er ist nicht einmal gut genug, um ein Tier zu sein. Er ist eine niedrigere Daseinsform, ein Nichts. Seinesgleichen?*

Da man mich leider nicht mit einer Machete in die Zelle Des Arztes im Untersuchungsgefängnis lassen würde, arbeitete ich hart an seiner Verurteilung. Die Mitwirkung an einem Komplott zur Geiselnahme und zum versuchten Mord – beides erfüllte den Bestand einer schweren Straftat – würde ihm leicht nachzuweisen sein, und da im Zuge dieses Komplotts Menschen zu Tode gekommen waren, stand auf sein Vergehen die Todesstrafe. So weit, so gut. Ein Todesfall, zu dem es durch die Verabredung zu einer schweren Straftat kommt, gilt als Mord, der allen Mitverschwörern zur Last gelegt wird, selbst wenn sie nicht selbst »abgedrückt« haben, wie es so schön heißt, beziehungsweise wie in diesem Fall bewusst eine schwangere Jugendliche und ihr ungeborenes Baby ihrem vermeidbaren Tod überlassen hatten.

Genau wie vorhergesehen argumentierte Der Arzt, dass die ihm vorgeworfene Straftat nicht ursächlich für Dorothys Tod gewesen sei, sondern dass diese ohnehin gestorben wäre. Eine ertrinkende Ratte krallt sich eben an jedem Holzspan fest, der auf dem Ozean vorbeitreibt. Ich konnte nicht zulassen, dass Der Arzt mit seiner Argumentation durchkam, daher bereitete ich sorgsam meine Zeugenaussage vor.

Gerichtssäle sind im Grunde genauso, wie man sie immer im Fernsehen sieht. Der Saal, in dem ich aussagen sollte, war an allen vier fensterlosen Wänden bis auf eine Höhe von etwa zweieinhalb Metern mit dunklem Holz getäfelt. Es waren etwa zehn Bankreihen für Schaulustige, interessierte Familienmitglieder, Gerichtssaal-Junkies, Pressevertreter und Gerichtszeichner aufgestellt. Davor standen, durch eine hüfthohe Schwingtür abgetrennt, mehrere große Tische, deren linke Hälfte für die Staatsanwaltschaft und deren rechte Hälfte für diesen beschissenen Versager von einem Angeklagten vorgesehen war. Ganz vorne befanden sich die erhöhte Richterbank, der Zeugenstand und der Tisch für den Protokollführer.

Der Prozess des Arztes fand sechs Monate nach meiner Befreiung statt – ein beschleunigtes Verfahren –, und ich besaß längst wieder meine Figur von vor der Schwangerschaft. Am Tag meiner Aussage als Hauptzeugin saß ich wartend vor dem Gerichtssaal, auf einem Holzstuhl mit Ausbuchtungen für die Gesäßbacken, und ließ die Füße baumeln, die in eleganten ledernen Riemchen-Pumps steckten. Mutter hatte nicht zugelassen, dass die Staatsanwälte mich als armes Ding in altbackener Kleidung in Szene setzten, um das Mitleid der Geschworenen zu erregen. Das hätte ihrer Ansicht nach zu »positiver Voreingenommenheit« geführt, zu »umgekehrter Diskriminierung«, was sie als »anwaltliche Faulheit« betrachtete. Keine Sorge, Mutter hatte ihre Krallen längst fest in die Strategie der Anklagevertretung geschlagen und wusste genau, was sie tat. Sie war die beste Prozessanwältin, die man sich nur wünschen konnte.

Meine schwarzen Schuhe passten perfekt zu meinem einfachen schwarzen Kleid, das Flügelärmel hatte und an der Brust plissiert war. Natürlich war es zweilagig, stammte aus Italien und hatte ein Vermögen gekostet. Mutter lieh mir ihre besten Ohrringe – große Diamantohrstecker –, den einzigen Schmuck, den sie mir für mein Erscheinen vor Gericht gestattete. Die nachlässig gekleidete Staatsanwältin hätte mir lieber eine unschuldige Perlenkette verpasst.

»Eine Perlenkette? Ich bitte Sie, Perlenketten sind was für Klosterschülerinnen oder unzufriedene Ehefrauen, aber ganz sicher nichts für meine Tochter. Sie hat etwas Besseres verdient.« Unter vier Augen fügte Mutter später hinzu, dass Perlenketten auch etwas für idiotische Schlampen seien, die von Mode keine Ahnung hätten und Perlen nur deshalb für modisch hielten, »weil Audrey Hepburn in *Frühstück bei Tiffany* welche getragen hat, und das war das einzige Mal in der Geschichte der Mode, dass Perlen ihre Berechtigung hatten.«

Dort saß ich also ohne Perlenkette auf dem Holzstuhl vor dem Gerichtssaal, in meinem exklusiven schwarzen Kleid, das nach Beerdigung und gleichzeitig nach wohlhabend aussah. Als endlich mein Name aufgerufen wurde, passierte ich auf dem Weg zum Zeugenstand Mrs Offensichtlich, die nach ihrer Aussage gerade vom Sheriff aus dem Saal geleitet wurde. Die Staatsanwaltschaft hatte ihr im Austausch für ihre Aussage gegen Den Arzt Strafminderung angeboten. Bewusst hatten die Staatsanwälte und meine Mutter sie in gewöhnlicher Kleidung und ohne Handschellen im Gerichtssaal auftreten lassen, obwohl sie aktuell ihre ausgehandelte Strafe absaß. Keinerlei optische Merkmale sollten die Geschworenen daran erinnern, dass auch Mrs Offensichtlich eine Verbrecherin war. »Seinesgleichen« wussten auch so genug.

Mrs Offensichtlich stöckelte mir also entgegen und bot eine wahrhaft auffallende Erscheinung in jenem Provinzgerichtssaal. Sie trug eine rosa Seidenbluse zum schwarzen Kaschmirrock, dazu Seidenstrümpfe, schwarze Lacklederpumps und, natürlich, Perlen. Große, runde teure Perlen. Ihre Haare hatte sie extra fürs Gericht frisieren lassen, und ihr Make-up hätte eher zu einer Galaveranstaltung gepasst. Sie war Ende dreißig, also noch jung, eine Teuflin zwar, aber sehr attraktiv mit ihren langen, üppigen, kastanienbraunen Haaren, die sie hochgesteckt trug, um ihre hohen Wangenknochen zu betonen. Ihre makellosen Fingernägel waren in einem dunklen Kirschrot lackiert, und ihr Ehering hatte mindestens zwölf Karat. Mit gleichgültiger Miene, steifem Rücken und gerümpfter Nase stolzierte sie an mir vorbei und blickte so angewidert auf mich herab, als hätte sie mich gerade von ihren Schulterpolstern geschnipst.

Ich hätte Mutter, die hinter dem obersten Staatsanwalt saß, am liebsten zugeblinzelt, denn sie hatte vorhergesehen, dass sich Mrs Offensichtlich so verhalten würde, weshalb sie auf genau diesem zeitlichen Ablauf bestanden hatte.

Mutter und ich spähten beide unauffällig zu den Geschworenen hinüber, denen Mrs Offensichtlichs überlegenes Gehabe nicht entgangen war. Ein gepflegter Mann im lachsfarbenen Pullover murmelte leise »unglaublich« vor sich hin und notierte etwas auf seinem Schreibblock.

Derlei subtile Details zu beeinflussen, die Persönlichkeiten und Handlungen der beteiligten Figuren vorherzusehen und sämtliche Einzelheiten zu einer juristischen Strategie zu formen – das ist das tägliche Geschäft von Prozessanwälten, die im Grunde nichts anderes sind als Meister der Theatralik, Regisseure und Schauspieler gleichermaßen. Beinahe hätte mich die ganze Erfahrung dazu bewogen, selbst Jura zu studieren, aber wie furchtbar musste es sein, sein ganzes Leben in jenen fensterlosen Särgen zu verbringen, die man Gerichtssäle nennt ...

Meine Begegnungen mit Dem Arzt während meiner Gefangenschaft habe ich schon hinlänglich beschrieben. Wie bereits erläutert, kam er an drei Tagen zu mir in meine Gefängniszelle: einmal allein und ohne ein Wort, um mich seine kalten Finger spüren zu lassen; einmal ganz kurz mit Mr Offensichtlich, wobei er ebenfalls nichts sagte; und das letzte Mal, als er mich in Anwesenheit von Mr und Mrs Offensichtlich mit dem Ultraschallstab vergewaltigte und meinen Kidnapper mit »Ronald« ansprach. Mehr hatte ich nicht vorzuweisen. Ich wusste nichts über ihn, außer, dass er Dorothys Tod herbeigeführt hatte, indem er sich geweigert hatte, sie zu behandeln. Bis zu dem Tag, als wir ihn zum Appletree Internat gelockt hatten, hatte ich noch nicht einmal gewusst, wie er aussah. An jenem Tag war er betrunken gewesen, ungepflegt und übergewichtig. Er hatte eine schäbige Weste über einem hellbraunen Hemd mit Schweißflecken unter den Armen getragen, und eine braune Kordhose hatte das erdfarbene Ensemble komplettiert, das ihm das Aussehen eines Holzklotzes verlieh. Als Lola ihm die Handschellen angelegt hatte, war mir aufgefallen, dass sein Hosenladen offen stand. Ich hatte »Schach« zu ihm gesagt, und er hatte den Kopf zu mir gedreht, sodass ich ihm direkt in die von roten Äderchen durchzogenen Augen hatte blicken können. Dann hatte er aufgestoßen.

Als ich sechs Monate später durch die Schwingtür von Gerichtssaal 2A trat und zum Zeugenstand nach vorn schlenderte, fand ich einen vollkommen veränderten Mann vor. Die Verteidigung hatte ihm einen Nadelstreifenanzug, ein Hemd mit weißem Kragen und eine geschmackvolle rote Krawatte verpasst. In diesem Aufzug hätte er auch Politiker oder Banker sein können. Sein Gesicht wirkte aalglatt, und seine gewellten Haare waren mit Gel zurückgekämmt. Wenn ich nicht gewusst hätte, was für ein Monster er war, und wenn ich jemand gewesen wäre, der ungezügelte weibliche Hormonschübe zugelassen hätte – wer weiß, ob ich nicht sogar ein wenig für ihn geschwärmt hätte? Stattdessen vergewisserte ich mich, dass die Geschworenen zu meiner Linken mein ihm zugewandtes Gesicht nicht sehen konnten, und blinzelte ihm dezent zu, um ihm mitzuteilen, dass das Spiel hiermit eröffnet war.

Er versteifte sich, holte tief Luft und zog die Schultern bis zu den Ohren hoch, wie ein Kater, der sich vor dem Vollmond fürchtete.

Wie bereits erwähnt: Seine Verteidigung baute darauf auf, dass die ihm zur Last gelegte Straftat nicht ursächlich für Dorothys Tod gewesen sei, sondern dass sie ohnehin gestorben wäre, was ich wusste, weil Mutter sämtliche Informationen an mich weitergab.

Ich setzte mich auf den Zeugenstuhl und nickte der freundlichen, aber bestimmten Richterin zu, die etwas erhöht vor mir auf der Richterbank thronte. Nachdem ich vereidigt worden war, beantwortete ich einige Fragen zu meiner Person, meinem Wohnort und anderen biografischen Eckpunkten, identifizierte den Arzt als den Mann, der mich im Schulgebäude untersucht hatte, und fügte dann die Zutaten hinzu, die der Staatsanwaltschaft zu seiner Verurteilung noch fehlten.

Ich senkte die Lider und zog die Nase hoch, weil ich herausgefunden hatte, dass sich so Tränen hervorrufen ließen. Als meine Augen feucht genug waren, richtete ich den Blick auf eine teilnahmsvolle ältere Dame in der Jury und erklärte, Der Arzt habe zweimal zu meinem Geiselnehmer gesagt: »Wenn Dorothy in ein Krankenhaus käme, würde es ihr sofort besser gehen, aber wen kümmert's? Wir werfen sie sowieso in den Steinbruch, sobald wir ihr Baby haben.« Ich garnierte meine Lüge noch ein wenig, indem ich behauptete, er habe bei diesem letzten Satz wie der Bösewicht in einem Cartoon in sich hineingelacht. Um dem Ganzen die Krone aufzusetzen, fügte ich hinzu, er habe zu unserem Kerkermeister gesagt: »Warten wir es ab. Vielleicht erholt sie sich und bringt ein gesundes Kind zur Welt. Dann können wir zwei Babys verkaufen. Wenn nicht, werfen wir sie beide wie geplant in den Steinbruch. Ins Krankenhaus liefern wir sie jedenfalls nicht ein. Falls sie weiter abbaut, gib ihr einfach kein Essen mehr.«

Aufgebracht unterbrach Der Arzt meine Zeugenaussage: »Das stimmt nicht! Das ist eine glatte Lüge!«

Ich rutschte auf meinem Stuhl nach unten und täuschte Angst vor, indem ich an meiner Unterlippe saugte und die Richterin mit weit aufgerissenen Augen ansah, ein stummes Flehen um Schutz. Wieder ließ ich Krokodilstränen fließen.

»Doch, es stimmt, Euer Ehren. Ich sage die Wahrheit!«, rief ich weinend.

»Sie setzen sich jetzt sofort wieder hin und halten Ihre Zunge im Zaum!«, brüllte die Richterin Den Arzt an. »Noch ein solcher Ausbruch, und ich belange Sie wegen Missachtung des Gerichts. Haben Sie mich verstanden?«

Schweigen.

»Ob Sie mich verstanden haben?!«

»Ja, Ma'am. Ja, Euer Ehren«, stammelte Der Arzt mit gesenktem Kopf und setzte sich wieder.

Kaum saß er, erhob sich seine Rechtsvertretung, wie bei diesem Spiel, bei dem man mit Hämmern auf Maulwürfe schlagen muss, die abwechselnd aus dem Boden schießen. Ich saugte meine Wangen ein und starrte einen Wasserfleck an der Decke des Gerichtssaals an, um angesichts dieser Slapstick-Nummer nicht in Gelächter auszubrechen. Dabei wiederholte ich mein Manöver mit den gesenkten Lidern und der hochgezogenen Nase, damit weiterhin die Tränen flossen.

»Verzeihung, Euer Ehren, es wird keine weiteren Unterbrechungen geben«, sagte die Verteidigerin.

Mutter hatte mir prophezeit, dass dies passieren würde. Sie hatte mir vorhergesagt, dass ich im Zeugenstand behaupten konnte, was ich wollte, weil die Verteidigung mich vor den Geschworenen nur ungern als Lügnerin bezichtigen würde. Sie würde höchstens meine Fähigkeit anzweifeln, mich korrekt an sämtliche Einzelheiten und Ereignisse zu erinnern, aber eine Lügnerin würde sie mich nicht nennen. Mutter hatte vor Prozessbeginn natürlich nicht gewusst, dass ich tatsächlich vorhatte, den Geschworenen eine Lüge aufzutischen. Diese Last hatte ich ihr nicht aufbürden wollen. Ich selbst schulterte sie gern.

Dennoch war mir ihr anfänglicher skeptischer Blick nicht entgangen, der sich nach und nach in ein stolzes Schmunzeln verwandelt hatte, vor allem, als ich der Richterin unter Tränen versichert hatte, die Wahrheit zu sagen. Mutter wusste genau, dass ich normalerweise niemals weine. Sie hatte meine Schilderung der Zeit in Gefangenschaft bereits tausendmal gehört und konnte sich vermutlich nicht an derartige Aussagen Des Arztes erinnern. Ich war zwar schlau genug gewesen, diesbezüglich gewisse vage Andeutungen zu machen, war jedoch nie ins Detail gegangen. Ich hatte mir die Richtung meiner Geschichte offenhalten wollen, um zu gewährleisten, dass sie der Anklage auch wirklich nutzte. Mutter wusste jedenfalls genug, um skeptisch zu sein.

Nachdem sich der Saal wieder beruhigt hatte, forderte Richterin Rosen den Staatsanwalt auf: »Fahren Sie doch bitte fort. Ich möchte ans Ende dieser Zeugenaussage kommen, damit wir die Verhandlung bis morgen vertagen können.« An mich gewandt, fragte sie: »Bist du bereit, mit deiner Aussage weiterzumachen?«

»Ja, Ma'am«, antwortete ich mit schüchterner, aber zuversichtlicher Stimme.

Der Staatsanwalt wippte auf seinen Absätzen, nahm einen Teller vom Tisch und erklärte: »Beweisstück 77.« Dorothys Porzellanteller.

»Ja, Sir, das ist der Teller. Der Mann, der mir jeden Tag mein Essen gebracht hat, hatte anfangs nicht nur meinen, sondern auch diesen Teller in der Hand, wenn er zu mir kam. Das weiß ich, weil darauf immer ein Zettel mit dem Buchstaben ›D‹ klebte.« Wieder eine glatte Lüge.

Der Staatsanwalt zeigte den Zettel mit dem Buchstaben »D« vor, den ich in der Küche gefunden hatte. »Beweisstück 78.«

»Ja, das ist der Zettel. Wahrscheinlich hat er mir meine Mahlzeiten zuerst gebracht, bevor er zu ihr weitergegangen ist. Ungefähr eine Woche vor meiner Flucht hatte er dann plötzlich nicht mehr ihren Teller dabei, wenn er in mein Zimmer kam. Manchmal habe ich durchs Schlüsselloch gespäht und ihn selbst von diesem Teller essen sehen. Im Abfalleimer im Badezimmer lagen ganz viele von diesen Klebezetteln mit dem Buchstaben ›D‹ darauf. Er hat also öfter ihre Mahlzeiten gegessen.« Lauter Lügen. »Anscheinend hat er sich an die Anweisung des Arztes gehalten, Dorothy verhungern zu lassen.« Auch dies eine Lüge. Glaubte ich zumindest.

Die Verteidigerin bekam einen Wutanfall und stieß ihre Einwände wie Verwünschungen hervor: Es handle sich um »reine Spekulation«, die »jeder Grundlage« entbehre, bla, bla, bla. Aus dem Augenwinkel spähte ich neugierig zu den Geschworenen hinüber und sah, dass sie entsetzt waren. Der Schaden war angerichtet. *Der Würfel ist gefallen*, sagte der Blick, mit dem ich Den Arzt bedachte. Er machte sich verzweifelt Notizen und flüsterte aufgebracht mit seiner hilflosen Verteidigerin.

Schachmatt, du Arschloch.

Ich log gnadenlos und schluchzte auf Knopfdruck. Drei Geschworene, darunter auch ein Mann, fingen an zu weinen. Es war ein verheerender Tag für »El Doctor«. *Heul doch! In der Hölle sollst du schmoren!*

Ich habe kein schlechtes Gewissen wegen meiner Falschaussage. Alles andere, was ich vor Gericht schilderte, entsprach der Wahrheit. Und wenn ich die Realität ein wenig ausschmücken musste, um damit die schwerstmögliche Strafe zu erreichen und die üblichen verachtenswerten Deals zu verhindern, dann sei es drum. Ich hatte Dem Arzt Gerechtigkeit serviert. Eiskalt. Auf einem gemusterten Porzellanteller von Wedgwood.

Der Steinbruch wurde ausgebaggert, und man fand darin insgesamt drei Mädchen und zwei Föten. Das überlebende Baby spürte man bei einem Ehepaar in Montana auf, das es käuflich erworben hatte. Auch diese Leute mussten sich den rechtlichen Konsequenzen für ihr Handeln stellen. Der Arzt bestritt vehement, von dem Steinbruch gewusst zu haben und an den »früheren Morden« beteiligt gewesen zu sein. Er behauptete, er habe die Empfangsdame während einer Sauftour nach Las Vegas kennengelernt, durch seinen Buchmacher, bei dem er mit mindestens siebzigtausend Dollar in der Kreide stand – aufgrund seiner Spiel- und Kokainsucht. Die Empfangsdame, die sich mit einem gefälschten Lebenslauf Arbeit in verschiedenen ländlichen Arztpraxen im ganzen Land erschlichen hatte, war das Bindeglied der verbrecherischen Gruppe gewesen. Sie war schon Monate vor Dorothys Entführung auf sie aufmerksam geworden, denn Dorothy hatte alles richtig gemacht und war sofort nach Ausbleiben ihrer Periode zu einem Arzt gegangen. Diese Verbrecher hatten seelenruhig abgewartet, bis ihre Schwangerschaft weit genug fortgeschritten war, und hatten sie anschließend entführt. Unterdessen war die Empfangsdame bedauerlicherweise in meine Heimatstadt weitergezogen.

Der Arzt behauptete bereits bei seiner Verhaftung, er sei »nicht verwickelt gewesen« in das, was sich vor Dorothys Gefangenschaft ereignet habe. »Ich wurde kontaktiert, weil diese Leute einige vorherige Kaiserschnitt-Entbindungen verpfuscht hatten. Keine Ahnung, ob sie die selbst durchgeführt haben oder ob es ein anderer Arzt getan hat«, sagte er zu Agent Liu.

Wie vorherzusehen war, verweigerte er vor Gericht jede Aussage. Die Staatsanwaltschaft analysierte seine Bewegungsmuster und Aufzeichnungen, konnte jedoch keine eindeutigen Beweise für eine vorherige Beteiligung seinerseits finden. Richterin Rosen untersagte die Erwähnung der im Steinbruch gefundenen Leichen, weil diese nicht Gegenstand des Prozesses bildeten, herrschte den Staatsanwalt jedoch an: »Stellen Sie die Zusammenhänge her und beschaffen Sie mir die nötigen Beweise bezüglich der anderen Morde, dann sprechen wir über eine neue Anklage.« Ich wollte das Ausschmücken meiner Geschichte nicht zu sehr ausreizen und verzichtete daher darauf, selbst die Zusammenhänge herzustellen. Dabei hätte ich problemlos aussagen können: »Der Arzt hat aber auch ›die anderen Mädchen im Steinbruch‹ erwähnt. Er hat gesagt: ›Werft sie in den Steinbruch, genau wie vorher die anderen.‹« Da ich jedoch gewisse Zweifel daran hatte, dass er wirklich an der Ermordung dieser früheren Opfer beteiligt gewesen war, musste ich darauf vertrauen, dass die Gerechtigkeit irgendwann von allein siegte.

Wie sich herausstellte, war »D«, Dorothy, eine Woche länger in Gefangenschaft gewesen als ich. Bei der Durchsuchung des Internatsgebäudes, das Brad zwei Jahre zuvor bei einer Zwangsversteigerung erworben hatte, entdeckte die Polizei eine Kiste mit Fundsachen ehemaliger Schüler. Sie mutmaßte, dass mein Federmäppchen aus dieser Kiste stammte, wohingegen Dorothys Stricksachen und Bücher vermutlich dem Lehrerzimmer entnommen waren. Die Ermittler spekulierten außerdem, Dorothy habe meine rote Decke vor meiner Ankunft gestrickt, woraufhin sie ihr der

Kidnapper entwendet habe, um mein Zimmer damit auszustatten. In meiner Vorstellung hat sie mit glühenden Fingern in Windeseile die Bündchen gestrickt, hat Schlaufen gelegt und den Faden durchgezogen, um eine Waffe zu unserem Arsenal beisteuern zu können.

Nun kann man sich natürlich die Frage stellen, warum ein Geiselnehmer seinem Opfer Stricknadeln hätte geben sollen, spitze Metallstäbe, mit denen es sich und andere verletzen konnte. Ich habe Dorothy selbst im Arm gehalten und weiß, wie schwach sie war. Ihre Arme waren dünner als meine. Und sie war klein, etwa ein Meter fünfundfünfzig. Am gravierendsten jedoch war, dass sie große Schmerzen hatte und nicht in der Lage gewesen wäre, ohne meine Unterstützung die Treppe hinunterzugehen und Hilfe zu holen. Man hätte meinen sollen, dass ihr der Gedanke, endlich aus ihrem Gefängnis freizukommen, einen Adrenalinstoß versetzt hätte, doch so war es nicht. Daher war ich mir sicher, dass unser Geiselnehmer keine Angst gehabt hatte, sie könnte die Stricknadeln gegen ihn verwenden. Zumal er furchtbar dämlich gewesen war.

Beim ruppigen Kreuzverhör des Ehepaars Offensichtlich durch den Staatsanwalt war herausgekommen, wie perfide der Plan dieser Leute gewesen war: Mich hatten sie als Absicherung entführt, für den Fall, dass Dorothy und ihr Baby nicht durchkamen. Wenn beide Babys überlebt hätten, hätte das Ehepaar Offensichtlich sie als Zwillinge aufgezogen. Getrennt voneinander machten die beiden übereinstimmende, von ihren Anwälten gecoachte Aussagen und erklärten: »Wir schwören, dass es niemals in unserer Absicht lag, dass die Mädchen getötet werden. Uns hat man gesagt, dass man sie wieder nach Hause schicken würde.«

Selbst wenn es stimmen würde – verringert dieser Umstand ihre Schuld? Der oberste Staatsanwalt sagte mir hinterher, die beiden würden einer Todesstrafe mit Sicherheit entgehen. Er wies auf die entsprechende Gesetzeslage hin und versicherte mir, er könne bestenfalls lange Haftstrafen erwirken. Ich kippte seinen Kaffee in den Ausguss und sagte ihm, er solle sich gefälligst mehr Mühe geben. Mutter bat mich, nachsichtiger mit ihm zu sein.

Daraufhin kippte ich auch meine heiße Schokolade in den Ausguss.

Sie war zu nachgiebig, ich sagte es bereits. Auch wenn sie recht hatte.

Mein Zorn hat sich ein wenig gelegt mit den Jahren, aber manchmal, nur manchmal, ertappe ich mich dabei, dass ich auf die Haftentlassung des Ehepaars Offensichtlich warte. Ich gebe zu, dass ich für diesen Fall einen groben Plan im Hinterkopf habe. *Einen Plan, den ich zu einer Marschroute mit nummerierten Etappenzielen ausgearbeitet habe, zu einer geordneten Abfolge von Handlungen – meine Waffen sind geschliffen, meine Pluspunkte parat.*

Was Den Arzt anging, war ich unerbittlich, unersättlich, außer mir vor Rachsucht. Ein Komplott zum Ziele der Gerechtigkeit verstößt sicher nicht gegen die Gesetze der Natur, auch wenn es möglicherweise gegen die über-pauschalisierten, wertlosen Gesetze unserer Legislative verstößt.

Für den Prozess Des Arztes ließ meine Mutter sich extra beurlauben und nutzte alle ihre Kontakte, um zur stellvertretenden Staatsanwältin ernannt zu werden. Einflussreiche Firmenbosse mit Dreck am Stecken, die sie vor dem Knast bewahrt hatte, räumten ihr sämtliche Steine aus dem Weg. »Ich lasse ganz sicher keinen vom Staat bezahlten Grünschnabel bei diesem Prozess assistieren«, sagte sie. Sie hatte den Teufel im Leib, genau wie ich.

Direkt vor dem Prozess startete ich getreu meinem Vorsatz einen Versuch, eine bessere Bindung zu ihr aufzubauen. Wir befanden uns wieder in ihrem Arbeitszimmer, und sie saß auf ihrem Thron und redigierte voller Ingrimm die *A-Limine*-Anträge des Staatsanwalts – das sind der Verhandlung vorausgehende Anträge beider Seiten, um den Ausschluss bestimmter Beweise und Einlassungen zu erwirken. Da es Anfang Dezember war, war unser Haus in New Hampshire bereits wunderschön festlich dekoriert, und die bunten Lichter unseres in der angrenzenden Eingangshalle aufgestellten Weihnachtsbaums spiegelten sich auf dem geölten Parkettboden. In der Außenbeleuchtung vor ihrem Fenster tanzten dichte Schneeflocken durch die dunkle Nacht. Ich wärmte mich an dem flackernden Feuer in ihrem Kamin und wartete darauf, dass sie von dem Massaker aufblickte, das sie an den Antragsentwürfen anrichtete. Mein kleiner Sohn schlummerte unterdessen friedlich im ersten Stock. Sein rundes Bäuchlein war so prall vor Milch und sein Strampelanzug so weich auf seiner seidigen Haut, dass er bestimmt noch lange weiterschlafen würde, während sich ein zufriedenes Babylächeln in seine vollkommenen, molligen Wangen grub.

Ich beobachtete meine Mutter, die unerbittlich ihre Anmerkungen auf die Seiten kritzelte, ärgerlich umblätterte und Kommentare über den Entwurf des Staatsanwalts vor sich hin murmelte: »Schwachsinniges Gefasel ... Ach du Schande ... völlig hirnrissig ... Weiß der Kerl überhaupt, was Kommas sind? ... Der Inbegriff von ... was?? ... Ist das sein Ernst? ... Ich fürchte, ich muss das Ding noch mal komplett neu schreiben.«

Während sie ihren zerstörerischen Korrekturstift schwang, dachte ich an die Minuten mit Brad im VW-Käfer zurück und rief mir noch einmal in Erinnerung, was ich mir dort geschworen hatte: dass ich mir mit Mutter in Zukunft mehr Mühe geben würde. Ich drehte mich zum Feuer und hielt meine Hände näher an die Flammen, um ihre Wärme in mich aufzunehmen. Dann setzte ich die Beobachtung meiner Mutter fort: wie sie ihren Cross-Kugelschreiber über die Seite bewegte, sich beim Lesen eines neuen Abschnitts auf die Lippe biss, ihn schließlich komplett strich. *Könnte ich sie lieben?*, überlegte ich. *Offen und unverblümt?*

Während ich probeweise meinen Liebes-Schalter für Mutter aktivierte, fiel mir ein, dass ich das vor langer Zeit schon einmal getan hatte. Damals war das Experiment nicht gut ausgegangen, und ich glaubte auch nicht, dass es diesmal gut ausgehen würde. Es war zu schmerzhaft, ihr gegenüber dieses Gefühl zu empfinden. Ein träger Schweißfilm bildete sich auf meinem Hals, und in meinem Magen stieg Unwohlsein auf. Mir war, als würde eine Hand mein Herz zusammendrücken. Ich versuchte weiter, meine Liebe zu ihr auszuhalten, bis sich meine Muskeln vor Beklemmung verkrampften. *Wann wird sie wieder zu einem Prozess reisen, und wie lange wird sie wegbleiben? Wird sie jemals aufblicken und mich wahrnehmen, hier, in ihrem Arbeitszimmer? Wird sie ihre Arbeit Arbeit sein lassen und Zeit mit mir verbringen? Ein Spiel mit mir spielen? Mit mir über belanglose Dinge plaudern? Mir einen Witz erzählen?*

Ich strengte mich weiter an, und meine Beklemmung wuchs. Sie brach sich schließlich in einem tiefen Atemzug Bahn und führte dazu, dass ich zu weinen begann. In Mutters Arbeitszimmer. Vor ihren Augen. Zu meiner Liebe gesellte sich Beschämung.

»Lisa, Lisa. Ach je, Lisa, was ist denn los?«, fragte sie.

Sie sprang von ihrem Sessel auf und hatte den Raum schneller durchquert, als wenn ich mich direkt ins Feuer gesetzt und verbrannt hätte. Nachdem sie die Arme um mich geschlungen hatte, küsste sie meine Wange und wiederholte immer wieder: »Lisa, Lisa, Lisa.« Ich weiß nicht, ob sie daran zurückdachte, wie ich als Achtjährige schon einmal versucht hatte, Kontakt zu ihr aufzunehmen. Mir war es noch genau in Erinnerung. Danach hatte ich alle Gefühle für sie abgeschaltet, und das würde ich auch jetzt wieder tun müssen.

Um ihr übermitteln zu können, was ich wirklich für sie empfand, ließ ich die Liebe noch einen Moment lang fließen, voller Sorge, dass sie mich wieder loslassen und zu ihrer Arbeit zurückkehren würde.

Weinend sagte ich: »Mom, ich liebe dich, ich hoffe, das weißt du. Es ist nur zu schmerzhaft, es ...«

»Lisa«, unterbrach sie mich und drückte mein Gesicht gegen die Schulter ihres Kaschmirpullovers. »Lisa, Lisa, Lisa. Ich bin deine Mutter. Es bricht mir zwar das Herz zuzulassen, dass du dich mir gegenüber wieder verschließt, aber es wäre egoistisch von mir, von dir zu verlangen, dass du mir offen deine Liebe zeigst. Ich verstehe dich. Wenn ich eines gelernt habe, während ich dich großgezogen habe und durch dich gewachsen bin, dann, dich zu verstehen. Du bist stärker, als ich es je sein werde, und das gefällt mir irgendwie. Du bist, was ich anstrebe, du bist meine strahlende Hoffnung, meine große Liebe. Wenn du dich also abschotten musst, um stark zu bleiben, dann tue das. Du hast mich gerettet, du hast dich selbst gerettet, und ich möchte, dass du immer bleibst, wer du bist. Du bist perfekt. Absolut perfekt. Du bist alles für mich. Manche Menschen, so wie ich, müssen ihre Vergangenheit unter Papierstapeln vergraben. Andere, eigentlich nur du, haben das Glück, Gefühle ein- und ausschalten zu können. Ich empfinde dich als gesegnet. Du kannst dich glücklich schätzen, mein Liebling. Ich habe dich sehr lieb. Und jetzt hör auf zu weinen.«

Ich umhüllte ihre Worte und ihre Umarmung mit einem Titanmantel, verstaute den ganzen Moment tief in meinem Gedächtnisspeicher und ließ mich von ihren Armen noch ein paar Sekunden im Schein des Feuers hin und her wiegen. Als sie sich von mir löste, um mir die Hände auf die Oberarme zu legen und mir prüfend in die Augen zu sehen, schaltete ich meine Liebe aus, behielt meine Dankbarkeit jedoch eingeschaltet.

Obwohl ich zur Zeit meiner Gefangenschaft und meiner Aussage vor Gericht noch ein junges Mädchen war, kann ich bis heute nachvollziehen, wie mein Verstand damals funktionierte. Mein Geiselnehmer hatte damit gedroht, mein Kind zu töten oder es mir wegzunehmen, und er hatte vorgehabt, seine Drohung wahrzumachen. Und deshalb verdiente er es, von meiner Hand zu sterben. Seine Komplizen, die an der Drohung und ihrer Umsetzung beteiligt gewesen waren, verdienten es ebenfalls, zu sterben oder unter Qualen im Gefängnis zu schmoren. Ich schäme mich nicht dafür, dass ich auf Rache aus war oder dass ich lügen musste, um mein Ziel zu erreichen. Ich schäme mich nur dafür, dass ich es nicht geschafft habe, meine Rache effizienter zu gestalten, dass ich meine Peiniger nicht allesamt mit einem einzigen Racheakt ausgelöscht habe. Meine Pluspunkte hatten mir zwar wunderbare Dienste erwiesen, aber diesen Luxus hatten sie mir dann doch nicht erlaubt.

Am meisten schäme ich mich für mein erbärmliches Timing. An manchen Tagen kann ich kaum in den Spiegel blicken, weil ich damals so lange trainiert und an meinem Plan gefeilt habe, statt früher zu handeln und Dorothy das Leben zu retten.

KAPITEL SECHSUNDZWANZIG

Umfunktionierte Gefängnisse

Heute bin ich dreiunddreißig Jahre alt und sitze in meinem Labor, wo ich mich mit dem Schreiben dieser Geschichte von meiner Arbeit ablenke und mich in Erinnerungen ergehe, statt Fingerabdrücke zu analysieren. Auf meinem Schreibtisch aus Schwemmholz steht ein Foto von meinem Sohn, dem ich die Bezeichnung … nein, ich scherze nur … dem ich den *Namen* Vantaggio gegeben habe, was – für diejenigen, die es nicht wissen – auf Italienisch »Vorteil/Pluspunkt« bedeutet. Wir rufen ihn liebevoll Vanty. Er ist siebzehn und ein gutaussehender junger Mann. Und er hat meinen Forschergeist geerbt, Gott und seinem schwarzen Schmetterlingsengel sei es gedankt.

Vanty müsste bald aus der Schule kommen. Dann wird er röhrend mit seinem gebrauchten schwarzen Audi, auf den er so lange gespart hat, die Zufahrt heraufkommen. An seiner Highschool ist er aber auch ohne Auto eine unübersehbare Erscheinung. Ich bin mir sicher, dass sich sämtliche Mädchen aus seiner Klasse und auch aus den unteren Jahrgängen danach sehnen, an seinem Hals zu schnüffeln und ihre Gesichter in seinen blonden Haaren zu vergraben. Mir ist egal, wie süß ihn alle finden – nach der Schule jobbt er bei mir im Labor, deshalb beeilt er sich besser und denkt hoffentlich daran, die Post aus dem Briefkasten am

Ende unserer langen Einfahrt mitzubringen. Für Vanty ist ohnehin kein Mädchen gut genug, und das sage ich ohne jede Voreingenommenheit als Mutter. Ich sage es, weil es wahr ist. Für ihn würde ich immer wieder töten, bis in alle Ewigkeit.

Über einem roten Sessel in der Ecke neben der Sterilisierkammer hängt eine gerahmte Porzellanscherbe an der Wand, die ich mir unter den Nagel gerissen habe, bevor die Spurensicherung sie als Beweismittel eintüten konnte. Daran befindet sich immer noch *sein* bräunliches Blut, und ich stelle mir gern vor, dass auch das Blut des verfluchten Tellers daran klebt. Im Zuge unserer Hochzeit, die vor drei Jahren stattfand, genau wie ich es vor siebzehn Jahren kalkuliert hatte, wurden Lenny und ich gefragt, ob wir eine Hochzeitsliste mit Porzellangeschirr wollten. Ich bekam keine Luft mehr, weil ich so heftig lachen musste, und Lenny, der meinen Hass auf einen bestimmten gemusterten Porzellanteller zur Genüge kannte, antwortete ebenfalls lachend: »Nein, danke, nicht nötig, wir brauchen kein Porzellangeschirr.«

Während ich das blutige Kunstwerk an der Wand betrachte, fällt mir ein, dass ich für Lius und meinen Besuch in Brads Gefängnis morgen etwas ganz Bestimmtes einpacken muss.

Nach der Tortur meiner Geiselnahme stellten meine Eltern mein früheres Kindermädchen wieder ein, die eierrollende, verlässliche Gilma. Vanty kam im Juni zur Welt, und ich beendete mithilfe einer Privatlehrerin erfolgreich die zehnte Klasse und hatte anschließend den ganzen Sommer, um meinen neugeborenen Sohn mit Liebe zu überschütten. Ich weiß, dass ich mich glücklich schätzen kann. Vielen anderen Mädchen, darunter den Mädchen aus dem

Steinbruch, war dieses Glück nicht beschieden. Ich würdige sie bis heute, indem ich meine Schalter für Dankbarkeit und Erleichterung dauerhaft aktiviert habe, während ich Angst, Reue und Unsicherheit ausgeschaltet lasse. Das Thema Teenager-Schwangerschaften wird in der Gesellschaft kontrovers diskutiert, aber es geht mir in dieser Geschichte nicht darum, mich für irgendetwas zu rechtfertigen.

Meine Eltern haben viel Geld für eine Familientherapie und eine Einzeltherapie für mich ausgegeben und mich auch sonst in allem unterstützt. Ich habe großes Glück, dass sie mir ihre grenzenlose Liebe schenkten, und auch aus anderen Gründen kann ich von Glück sagen, dass ich sie hatte, denn sie haben mir meine Pluspunkte #34 und #35 vererbt: wissenschaftliches Denken und Geringschätzung meiner Gegner. Wäre ich nicht in der Lage gewesen, mich von meiner misslichen Lage abzukoppeln und das Ganze als wissenschaftliche Fragestellung zu betrachten, wäre ich wohl an der Last meiner eigenen Angst zerbrochen. Und hätte ich mich nicht als etwas Besseres betrachtet als diese verachtenswerten Kreaturen, hätte ich vielleicht nicht so viele Stunden damit verbracht, ihren Niedergang zu planen. All jene unter Ihnen, die mir eine dissoziale Störung unterstellen, weil ich mich so erfolgreich von meinen Gefühlen distanzieren kann, würde ich gern fragen, was sie tun würden, wenn ein Mann den Lauf einer Waffe auf ihr Baby richten und damit drohen würde abzudrücken. Dann wären ihnen mein Auftreten und meine eiserne Entschlossenheit vielleicht nicht unwillkommen. Dann würden sie sich vielleicht mein wissenschaftliches Denkvermögen und meine innere Stärke wünschen. Natürlich würden sie ihre Pluspunkte auf ihre eigene Art nutzen, dafür verurteile ich sie nicht, genauso, wie sie mich hoffentlich nicht verurteilen. Schließlich streben wir alle auf unsere eigene Weise nach Gerechtigkeit, und ich tue es ohne jede Reue.

Meine unauslöschliche Zeit der Qualen ist nun lange vorbei, doch meine Gedanken während jener Zeit werden niemals verblassen. Ich werde dieses Manuskript wegschließen, denn ich befürchte, dass es die von uns erwirkten lebenslangen Freiheitsstrafen gefährden könnte, wenn es in die falschen Finger gerät. Das Ehepaar Offensichtlich wird bereits im nächsten Jahr freikommen, aber nun ja ... sagen wir einfach, dass ich für diesen Fall gewisse Maßnahmen ergriffen habe.

Drei Punkte möchte ich noch erwähnen. Zunächst meinen Ehemann Lenny. Lenny ist mein bester Freund, seit wir beide vier Jahre alt waren. Als ich damals auf dem Schulweg einfach verschwand, litt er furchtbar und flehte die Ermittler an, die Suche nach mir nicht einzustellen. »Sie ist nicht von zu Hause abgehauen!«, brüllte er immer wieder. Er organisierte Suchtrupps und Mahnwachen und blieb viele Nächte mit meinen Eltern wach, um mit ihnen eine Strategie für meine Rettung zu entwerfen. Lenny habe ich den allerbesten Pluspunkt von allen zu verdanken, nämlich meinen Sohn, auch wenn mir meine Schwangerschaft das ganze Dilemma ironischerweise erst einbrockte. Lenny ist der Kompass unserer kleinen Familie, die aus Vanty, ihm und mir besteht. Es gibt einen perfekten Song, der mich immer an ihn erinnert. Dieser Song ist eine aus Gitarrenriffs von Santana bestehende Reise, unterlegt mit einigen wenigen, von Everlast gesungenen Textzeilen. Sie handeln von einem Engel, der einem die Hand auf den Kopf legt, wenn die eigene Seele in Dunkelheit versinkt ...

Die besungene Dunkelheit, sie ist immer noch ein Teil von mir. Jeden Tag, jede Minute kämpfe ich gegen sie an, wehre mich dagegen, dass die falschen Schalter umspringen. Lenny ist mein Engel, der die Hand über meinen Kopf hält und dafür sorgt, dass sich mein Zorn abkühlt oder in weniger schädliche Kanäle umgeleitet wird. Vielleicht ist auch Vanty ein Kompass in meinem Leben, aber er steckt noch mitten in seiner Entwicklung als Mensch und hat derzeit andere Probleme. Am meisten orientiere ich mich – orientieren wir uns – an Lenny, was unsere moralische Richtung angeht. Lenny ist derjenige, der uns daran erinnert, Verwandte anzurufen, wenn sie Geburtstag haben, der sich um Rechnungen und die Instandhaltung des Hauses und die Verbindlichkeiten des täglichen Lebens kümmert. Vanty und ich, so scheint es, haben andere Aufgaben zu erfüllen.

Der zweite Punkt ist mein Unternehmen. Ich bin Inhaberin, Geschäftsführerin, Vorstandsvorsitzende, kaiserliche Hoheit und Herrscherin meiner eigenen Beratungsfirma für Kriminaltechnik und Spurensicherung. Wir arbeiten für Kanzleien, Polizeidienststellen, Konzerne, einflussreiche Financiers und Milliardäre und auch für eine Handvoll Bundesbehörden, die ich hier nicht namentlich nennen darf. Eine dieser Behörden erbte »Lola« vom FBI, über sie komme ich an die interessanten Fälle. Wie Liu bereits erwähnt hat, müssen wir Lolas Identität angesichts ihrer unkonventionellen Methoden, ihres offensichtlichen Interessenkonflikts durch die Beauftragung meiner Firma und ihren andauernden Undercover-Status schützen. Manchmal bringt sie Verdächtige inoffiziell zu uns und hält sie im Keller fest, um sie zu verhören. Dann stelle ich normalerweise den grünen Mixer in der Firmenküche laut, damit ich ihre Befragungen nicht höre. Und bringe ihr ihre Lieblingskekse, Zimtplätzchen mit Zuckerguss, und sehe ihr dabei zu, wie sie jeden Keks in einem Stück verschlingt, einen nach dem anderen.

Ich durchsuche Tatorte, analysiere Blutproben, versuche mich in Metallurgie, studiere chemische Verbindungen, recherchiere, finde Lösungen und vergleiche Fingerabdrücke, wenn sich mein Laborant so wie heute krankgemeldet hat. Zudem habe ich bereits in unzähligen Gerichtsverhandlungen als Expertin ausgesagt. Mein Firmengebäude ist voll mit riesigen Apple-Flachbildschirmen der neuesten Generation, und ich rekrutiere meine Mannschaft aus *Summa-cum-laude*-Absolventen des Massachusetts Institute of Technology und der University of California in Berkeley – oder ich werbe Spitzenforscher von großen Konzernen oder Regierungsbehörden ab, indem ich sie mit hohen Gehältern und niedrigen Immobilienpreisen locke. Ich habe einen hervorragenden Personalberater eingestellt, einen ehemaligen FBI-Agenten: Roger Liu. Er ist rund fünfundzwanzig Jahre älter als ich und neben meinem Ehemann mein allerbester Freund. Seine Frau Sandra hält uns auf dem Teppich, indem sie uns die Sitcom-Drehbücher vorliest, die sie in ihrem Gemeinschaftsbüro mit Roger schreibt.

Ich besitze derart hochentwickelte Geräte, dass selbst die NASA vor Neid erblassen würde, und bin ständig dabei, noch bessere zu entwickeln. Für meine angemeldeten Patente kassiere ich skrupellos hohe Lizenzgebühren von ebenjenen Mega-Konzernen, denen ich die etablierten Forscher abwerbe. Außerdem bin ich die Inhaberin meines Firmengebäudes, das ich mit Geld aus dem Treuhandfonds erworben habe, den Nana bei meiner Geburt für mich eingerichtet hat und der an meinem einundzwanzigsten Geburtstag an mich ausgezahlt wurde. Zu diesem Zeitpunkt hatte ich das betreffende Gebäude bereits seit gut fünf Jahren im

Auge. Ich hatte Mutter gebeten, mit den Banken und den regionalen und überregionalen Behörden zu verhandeln, die alle Anspruch auf diesen vierflügeligen Bau mit ausgedehnten Wiesen und einem Apfelgarten erhoben hatten. Und einem Steinbruch. Mutter leistete ganze Arbeit und überzeugte meine Mitinteressenten, sich verdammt noch mal zurückzuhalten.

Ich entkernte und sanierte das ehemalige Internatsgebäude in Indiana vollständig, an das eine Kuhweide angrenzte und in dessen früherer Großküche lange Stahltische und ein schwarzer Ofen gestanden hatten. Im dritten Stock von Flügel 1 und 2 richtete ich Terrarien ein, was mich ein Vermögen kostete, wie ich vielleicht hinzufügen darf. In diesen Terrarien züchte ich exotische Giftpflanzen, Grubenvipern, afrikanische Baumfrösche und andere Fundstücke aus der Natur, mit denen sich »ein Zeichen setzen« lässt. Ich habe beide Terrarien Dorothy M. Salucci gewidmet.

Meine giftigen Pluspunkte könnten eines Tages noch nützlich werden, man weiß nie. Zum Beispiel, falls ich damit beauftragt werde, ein Verbrechen aufzuklären, das mithilfe ihres Gifts begangen wurde. Oder falls sich herausstellen sollte, dass jemand anders als Der Arzt dabei geholfen hat, die drei Mädchen und die zwei ungeborenen Babys zu töten und in den Steinbruch zu werfen. Wie gesagt: Man weiß nie …

Die Dorothy-M.-Salucci-Terrarien sind wirksam und lebendig, exotisch und gefährlich. Nur ein Narr würde sie unvorbereitet betreten.

Der Steinbruch wurde schon vor vielen Jahren ausgebaggert und trockengelegt. Ein Team von Landschaftsgärtnern hat die Grube mit Felsen aufgeschüttet und die oberen zweieinhalb Meter mit nährstoffreicher Pflanzenerde gefüllt.

Dort gedeiht seit Jahren mitten im Wald ein erstaunlicher Rosengarten, mit vielen Dornen zwischen den verführerischen roten, den sonnigen gelben, den frischen rosafarbenen Blüten und meiner speziellen schwarzen Züchtung.

Wenn man vor mein Gebäude tritt, das nicht länger weiß, sondern blau ist, sieht man mein Firmenschild unterhalb eines dreieckigen Fensters hängen: »15/33 Inc.«

Und genau das tue ich nun: Ich trete vors Haus, genau als Vanty seinen Audi in für meinen Geschmack viel zu hohem Tempo die Zufahrt entlangjagt. Meinen Liebes-Schalter für Vanty habe ich noch nie auch nur für eine Hundertstelsekunde deaktiviert, weshalb mich fast alles, was er tut, in helle Aufregung versetzt. Wenn er Basketball spielt, befürchte ich, dass er sich von den vielen Fouls eine Gehirnerschütterung zuzieht, und als sein bester Freund wegzog, fragte ich mich, ob Vanty wohl neue Freunde finden würde. Wenn er mit einer anderen Person ausgeht als mit mir, überlege ich, ob derjenige auch den Heimlich-Handgriff beherrscht für den Fall, dass Vanty einen Hotdog, eine Weintraube oder eine Handvoll Popcorn verschluckt und daran zu ersticken droht. In diesem Haus ist das Erlernen des Heimlich-Griffs obligatorisch. Zu diesem Zweck lasse ich eigens alle drei Monate einen Erste-Hilfe-Kurs abhalten. Man kann diese Dinge nicht oft genug üben.

Vanty steigt aus dem Auto, schnappt sich seinen Rucksack und lächelt mir mit geschlossenem Mund zu, wobei er in meinen Augen immer noch aussieht wie ein Zehnjähriger. Ich will seine weichen Wangen küssen, seine pfirsichzarte Kinderhaut, die die Lippen einer Mutter wohl auf ewig spüren, egal wie viele Jahre ins Land gezogen sind und wie viele Falten das eigene Kind inzwischen hat.

»Vanty, mein Schätzchen«, sage ich.

»Ma, ich bin siebzehn.«

»Na und?«, entgegne ich und kehre zu meiner üblichen nüchternen Art zurück, damit er nicht die Flucht ergreift. »Hör mal, Hal hat angerufen, dass er krank ist, und wir haben einen Riesenstapel Fingerabdrücke abzuarbeiten. Könntest du bitte für mich die Objektträger präparieren? Ich komme wahrscheinlich erst am späten Abend dazu, sie mir anzusehen.«

»Ja, liebe Mutter«, sagt er, tätschelt mir die Schulter und gibt mir einen flüchtigen Kuss auf die Wange, als wäre meine wissenschaftliche Analyse schwerwiegender Verbrechen die unbedeutendste aller Aufgaben in seinem lockerleichten, fröhlichen Teenager-Leben.

Von jedem anderen Mitarbeiter, der die Proben, die wir nach einem Mord auf dem Campus einer großen Eliteuniversität – kleiner Tipp: Sie beginnt mit einem H und befindet sich in Cambridge, Massachusetts – zur Analyse erhalten hatten, derart nonchalant abgetan hätte, hätte ich vermutlich mit einem eiskalten Blick eine Entschuldigung erzwungen. Aber Vanty besitzt diese einzigartige Eigenschaft, diesen ganz persönlichen Pluspunkt. Ich bin nicht die Einzige, die so auf ihn reagiert, auch wenn ich seine auf ewig liebeskranke Mutter bin. Nein, jeder, der ihm begegnet, lässt sich von ihm und seinem Charisma um den kleinen Finger wickeln. Einmal war sein Freund Franky zu Besuch, als beide ungefähr zehn waren, und wir nahmen ihn mit zum Einkaufen. Ohne dass ich oder Vanty es mitbekamen, ließ Franky im Supermarkt einen Schokoriegel mitgehen, und als der Alarm losging und uns auf dem Parkplatz ein Wachmann stellte, war es Vanty, der die Situation unter Kontrolle brachte, nicht ich. Nach viel Gebrüll des Wachmanns und Geheul von Franky, dem vor Schreck der

Schokoriegel auf den Asphalt fiel, schaltete sich Vanty ein, hob den Riegel auf, gab ihn dem Wachmann und sprach mit ihm auf Augenhöhe, ohne jede kindliche Naivität oder Herablassung, passte sich in Tonfall und Vokabular seinem Gegenüber an, auf dessen Namensschild »Todd X.« stand.

»Todd, es tut mir wirklich leid, dass das passiert ist. Franky ist mein Freund, und meine Mom und ich wollten ihn ein bisschen aufheitern. Seine Oma ist gestern Abend gestorben, und ich glaube, das war ihr Lieblingsschokoriegel, oder, Franky? Was hattest du vor, wolltest du ihn zu ihr in den Sarg legen?«

Jedes andere Kind seines Alters, das so etwas gesagt hätte, hätte wie ein großspuriger Kotzbrocken geklungen. Es ist schwer zu beschreiben, aber Vanty sprach mit Todd, als würde er ihn schon sein ganzes Leben lang kennen und respektieren, ohne sich ihm unterzuordnen. Er stellt bis heute mit jedem Gegenüber eine gleichberechtigte Ebene her, etwas, was ich von ihm gelernt habe, denn ich beobachte ihn und seine Methoden im Umgang mit anderen Menschen ständig. Dieses Herstellen von Gleichberechtigung besänftigt die Leute und lässt sie in seine Falle tappen. Ich habe die Theorie, dass Vanty damit ihr Ego streichelt, was noch von seiner äußeren Erscheinung verstärkt wird, weil sich die Leute darüber freuen, dass ein so schöner Mensch sich die Zeit nimmt, mit ihnen zu reden.

Am Ende bezahlte jedenfalls Todd den Schokoriegel.

Ich hätte das niemals so hinbekommen wie Vanty. Er ist wie geschmolzene Schokolade auf einem Gugelhupf, eine perfekt angepasste, zuckersüße Glasur.

Ob ich mich darüber ärgerte, dass er gelogen hatte? Nein. Es gibt Probleme, und es gibt Lösungen. Wenn Lenny dabei gewesen wäre, hätte er die Nadel unseres moralischen Kompasses vielleicht in eine andere Richtung gelenkt. Aber er war nicht dabei, deshalb zogen wir Vantys Lösung durch. Was zum Ziel führt, ist erlaubt, so sehe ich das.

Ob Vanty hinterhältig ist? Ich glaube es nicht, aber ich halte die Augen auf und mache mir manchmal Sorgen. Eigentlich ist er ein eher liebevoller Kerl. Trotzdem, ich möchte sicher sein, dass er sich nicht falsch entwickelt.

Vanty und ich teilen zwei Dauer-Insiderwitze und eine Million spontane Insiderwitze miteinander. Wir lachen viel. Seit Kleinkindertagen setze ich mich jeden Abend vor dem Schlafengehen zu ihm und lese ihm entweder vor oder unterhalte mich mit ihm. Ich weiß, dass Lenny unsere ernsten Gespräche und unser Gelächter vom Schlafzimmer aus belauscht, indem er sein Ohr an die Trennwand zu Lennys Zimmer legt. Was er hört, tröstet ihn, und es tröstet mich, dass Lenny da ist. Mein Engel, der zuverlässig seine Hand über meinen Kopf hält.

Einer unserer Dauer-Insiderwitze besteht darin, dass ich vor dem Vorlesen willkürlich eine Frist festlege und diese auf meinem Mobiltelefon einstelle, damit es in meiner Tasche vibriert, wenn es so weit ist. »Ich lese dir genau 21,5 Minuten lang vor«, verkünde ich dann zum Beispiel. Wenn der Vibrationsalarm losgeht, tue ich so, als würde ich mich peinlich genau an meine Frist halten, höre auf zu lesen und klappe das Buch zu, obwohl wir zwangsläufig gerade mitten in einer spannenden Szene, einem interessanten Gedanken oder einem halb vorgelesenen Satz sind. Ich spüre dann förmlich, wie Lenny nebenan die Luft anhält. Als ich dies zum ersten Mal machte, war Vanty gerade fünf und weinte, weil er völlig verzaubert war von der Handlung des Buches und glaubte, er müsste nun bis zum folgenden Abend warten, um zu erfahren, wie es weiterging. Es erleichterte mich unendlich, dass mein kleiner Junge so leidenschaftlich an einer Geschichte hing, dass er echte Tränen dafür vergoss. Er war also nicht wie ich, würde kein Sonderling sein in dieser Welt. Als ich das nächste Mal nach Ablauf meiner festgelegten Frist zu lesen aufhörte, lachte er über meinen lahmen Scherz, weil er verstand, dass der Witz auf meine Kosten ging. Schließlich wird mir oft genau das vorgeworfen: dass ich alles wörtlich nehme und mich peinlich genau an Vorgaben halte. Er lachte also, und ich lachte auch, und so machen wir es seither jedes Mal. Ich hoffe, wir bewahren uns diesen sehr persönlichen Scherz, bis ich sechzig bin und er mit meinen Enkelkindern zu Besuch kommt.

Unser zweiter Dauer-Insiderwitz besteht darin, dass wir in der Öffentlichkeit nachgeahmtes Französisch sprechen. Bei Vanty mit seinem entwaffnenden Charme denkt natürlich jeder, er könne wirklich Französisch. Einmal hat ihn sogar eine Französin in gebrochenem Englisch gefragt, aus welcher Provinz er stamme. Ich genieße diesen kleinen Schwindel, der unserem persönlichen Vergnügen dient und unsere Zweisamkeit stärkt, sehr, aber ich mache mir auch manchmal Sorgen wegen Vantys außergewöhnlicher sozialer Fähigkeiten. Sie könnten ihn einmal genauso zum Außenseiter machen, wie ich eine Außenseiterin bin, wenn auch auf andere Art. Ich bin mir nicht ganz sicher, wie weit er diese Kunst noch gefahrlos treiben kann und was sie bedeutet, ob sie etwas Gutes ist oder etwas Schlechtes. Im Hinblick auf Vanty gebe ich mir große Mühe, nicht in meine übliche Angewohnheit zu verfallen, alles zu kategorisieren und in ordentliche Schubladen stecken zu wollen. Er soll die Möglichkeit haben, organisch zu wachsen, auch wenn es mir schwerfällt, dieses Wachstum ohne Eingriffe zuzulassen. Inzwischen frage ich mich nämlich immer öfter, ob ich nicht doch bestimmte Züge an ihm bändigen oder verfeinern oder ganz unterbinden soll. Ist es wünschenswert, dass er die Körpersprache seiner Mitmenschen so mühelos liest, wie er atmet? Ist es normal, dass er eine ganze Gruppe zum Schweigen bringt, einfach nur, indem er am Zimmer vorbeigeht und einen Blick hineinwirft? Ist es zu glauben, dass die Direktorin seiner Schule mir gestern Abend erzählt hat, ihr »Beraterstab« bestünde aus dem Vorsitzenden des Lehrer-Eltern-Ausschusses, dem Hausmeister und Vanty?

Trotz Vantys außergewöhnlicher Sozialkompetenzen ist es in unserem Dreigespann immer noch Lenny, der sich an Familiengeburtstage erinnert und genau weiß, welches das richtige Weihnachtsgeschenk für Großeltern oder Freunde ist. Vanty hingegen geht nicht auf die Menschen zu, denn sie kommen zu ihm. In mir wächst die Sorge, dass dies eine beängstigende, wenn auch nützliche Eigenschaft sein könnte. Vielleicht steigere ich mich aber auch nur in alles hinein, was meinem geliebten Sohn irgendwann gefährlich werden könnte, obwohl er in Wirklichkeit vollkommen in Ordnung ist, wie er ist. *Werde ich jemals zur Ruhe kommen und in seiner Gegenwart völlig gelassen sein? Geschweige denn in seiner Abwesenheit? Da steht er vor mir und verdreht wieder einmal liebevoll-genervt die Augen.*

»Mach, dass du reinkommst und meine Objektträger auf die Reihe kriegst. Falls du Hausaufgaben aufhast, erledigst du sie besser jetzt gleich, Monsieur Neunmalklug. Wir haben nämlich eine Menge zu tun heute. Ach ja, zum Abendessen gibt es selbstgemachte Burritos – Dad kocht. Hast du dich also wieder einmal durchgesetzt. Dabei hatte ich ihm eigentlich gesagt, dass ich in Hungerstreik trete, wenn er schon wieder diese Riesenmonster in Football-größe macht.« Vanty will sich auf den Weg ins Haus machen, aber ich halte ihn zurück, bin noch nicht bereit, ihn aus dem Gespräch zu entlassen. »Oh, und morgen kommt Nana aus Savannah, also sorge bitte dafür, dass bis dahin deine Chaosbude aufgeräumt ist«, sage ich und scheuche ihn nach drinnen. »Falls du heute Abend über *Hundert Jahre Einsamkeit* sprechen möchtest, können wir das übrigens gerne tun. Ich werde dir genau 72 Sekunden lang meine Lieblingsstelle vorlesen.«

»Jün a sé enqua a tür«, erwidert er in sehr überzeugendem falschem Französisch.

»Ja, ich habe dich auch lieb. Und jetzt ab mit dir.«

Ich blicke meinem wunderschönen, sorglosen, wenn auch womöglich ein wenig furchteinflößenden Sohn hinterher, wie er die Firmenzentrale von 15/33 Inc. betritt. Dann fange ich an, die abgestorbenen Blüten von der violetten Petunie neben dem Eingang zu knipsen, um mich vom wehmütigen Zittern meines Kinns abzulenken. *Nächstes Jahr geht er aufs College und verlässt uns*, denke ich.

Einen Menschen so sehr zu lieben, dass einem allein sein Anblick das Herz brechen kann – das heißt es, ein Kind zu haben.

Ich habe drei Punkte angekündigt, die ich noch erwähnen wollte. Lenny. Meine Firma. Und nun, zu unguter Letzt, Brad.

Vanty, Lenny und Nana sind die Einzigen, für die ich meinen Liebes-Schalter permanent anlasse, ohne ihn auch nur einen einzigen Moment auszuschalten. Für andere Menschen in meinem Umfeld ist meine Liebe lediglich manchmal eingeschaltet und für wiederum andere nie. Dieser letzten Gruppe gelten stattdessen mein grenzenloser Hass und mein Verlangen, sie zu töten. Wenn es Lennys Engelshände auf meinem Kopf nicht gäbe, würden einige Personen wohl längst nicht mehr unter uns weilen.

Inzwischen ist ein neuer Tag angebrochen bei 15/33 Inc. Nachdem ich noch ein letztes Mal an diesem Manuskript gefeilt habe, schließe ich es weg. Es soll erst nach meinem Tod geöffnet und freigegeben werden. Gerade fährt Liu vor dem Gebäude vor. Seine Frau Sandra springt vom Beifahrersitz ihres gemeinsamen Ford F-150, des einzigen Autos, das Liu noch fahren möchte. Ich glaube, er hat schon den vierten, seit ich ihn kenne. Sandra steht jetzt vor ihm und zieht Grimassen, fragt ihn, welches Gesicht am besten die Reaktion eines Menschen auf einen »Scheißburger« wiedergibt. Sie arbeitet mal wieder an einem neuen Sketch.

Ich persönlich denke, dass ein Mann, der auf einem Scheißburger herumkaut, ungefähr so aussehen würde wie eine Katze, die ein Haarknäuel hervorwürgt, daher begrüße ich Sandra mit meiner besten Interpretation einer erbrechenden Katze, als sie an der roten Küchentür von 15/33 eintrifft. Mein eigener Kater, Stewie Poe, bezeugt miauend seine Geringschätzung für meine Schauspielkünste. Er liegt in seiner ganzen dickbauchigen Pracht ausgestreckt auf dem Boden und klopft verärgert mit dem Schwanz hin und her, weil ich das erste seiner dreißig Nickerchen am Tag zu stören gewagt habe. Mit seinem langen grauen Fell ähnelt er einem majestätischen Pharao, wie er da auf dem türkisfarbenen Teppich vor dem meerblauen Geschirrschrank Hof hält – möglichst nah an seinem Katzennapf. Stewie ist eine schreckliche Nervensäge: Er springt auf mein Gesicht, wenn ich schlafe, und verlangt lautstark gehacktes Filet oder weißen Thunfisch statt des üblichen Katzenfutters.

Daran bin ich ganz alleine schuld. Es hat mir immer schon Ehrfurcht eingeflößt, wie meisterhaft Katzen ihre Abneigung gegen fast alles ausdrücken und wie selbstverständlich sie sogar die Hand zurückweisen, die sie füttert. Und deshalb gehe ich auf fast alles ein, was Stewie von mir verlangt. Aus Rache zwinge ich ihn, rosa Glöckchen an seinem violetten Halsband zu tragen.

»Na du, bereit zur Abfahrt?«, fragt mich Liu. Er steht neben seinem Pick-up, dessen Motor er laufen lässt.

»Cool, gefällt mir, mach das noch mal«, lobt Sandra mein Scheißburger-Gesicht, während sie die Küche betritt.

»Warte, Liu, ich hole nur schnell meine Jacke«, sage ich und schnappe mir meine weiße Safarijacke von den roten Garderobenhaken neben der Tür. Unterdessen führe ich Sandra noch einmal mein hoffentlich komisches Katzengesicht vor.

»Genial. So kommt es ins Drehbuch. Seid nicht zu grausam heute, ihr zwei«, verabschiedet sie sich und schenkt sich einen Becher Kaffee aus der Kanne ein, die ich extra für sie gebraut habe. Nachdem sie sich mit ihrem Becher hingekniet hat, um Stewie das mollige Kinn zu kraulen, macht sie sich auf den Weg in ihr Büro.

Ich gehe rückwärts zur Tür hinaus, beobachte Sandra und mache weiter mein würgendes Katzengesicht für sie, bevor ich zu Liu in den Pick-up steige.

»Sie sagt, wir sollen heute nicht zu grausam sein«, informiere ich ihn.

Wir wissen beide, dass wir wieder so grausam sein werden, wie wir nur können.

»Ja«, erwidert er. »Na klar.«

Liu ist mittlerweile Ende fünfzig und hat dichte graue Haare auf dem Kopf. Er trainiert bis heute, als müsste er im Rahmen von FBI-Einsätzen Kidnapper-Könige durch die Wälder jagen, daher ist sein Körper immer noch kompakt. Seine Unterarmmuskeln spielen, als er am Lenkrad des Pick-ups dreht.

Ich weiß, woran er denkt. Ich denke das Gleiche. Auf der Ladefläche eines Pick-ups wie diesem hatte Brad vor siebzehn Jahren mithilfe von Zunge und Zähnen seinen aus Lolas Tuch bestehenden Knebel heruntergezerrt und unserer Strafe zu entgehen versucht, indem er Benzin aus dem Schlauch eines Ersatzbenzinkanisters saugte, auf Knien, während seine Hände mit Handschellen auf seinem Rücken gefesselt und seine Beine an einem Haken festgebunden waren. Lola war es gewesen, die das Benzin in der Luft erschnüffelt hatte, woraufhin Liu zum Pick-up gerannt war und Brad so heftig ins Gesicht geschlagen hatte, dass wir glaubten, er habe ihm den Kiefer gebrochen. Wir hatten gerade vor der Kühlerhaube des Fords gestanden und die Ergreifung Des Arztes und des Ehepaars Offensichtlich geplant, als der schwere Benzingeruch durch die kalte Luft gewabert war wie Wasser durch ein Stahlrohr. Zum Glück. Wenn Brad es geschafft hätte, sich auf diesem Weg aus dem Leben zu schleichen, hätte ich bis nach meinem Tod warten müssen, um ihn in der Hölle zu quälen und zu foltern. Gott sei Dank muss ich das nicht.

Liu und ich haben diesen Ausflug in den letzten siebzehn Jahren bereits zweimal unternommen. Der heutige ist unser dritter. Wir müssen immer dann die Fahrt ins Gefängnis antreten, wenn Brad versucht, ein Gnadengesuch einzureichen, wenn er darum bettelt, vor dem Bewährungsausschuss sein Glück versuchen zu dürfen. Dann muss er wieder daran erinnert werden, was ihn draußen erwartet und wie viel besser es für ihn ist, hinter Gittern dahinzusiechen. Liu und ich haben Freunde im staatlichen Gefängnissystem von Indiana, und wir haben Informanten unter den Lebenslänglichen, die uns den einen oder anderen Gefallen schulden. Wir wissen also alles. Buchstäblich alles.

Damals im Pick-up haben wir mit Brad ein Abkommen geschlossen: Er sollte seine Todessehnsucht aufgeben, und wir würden im Gegenzug keine Hinrichtung für ihn erwirken, sondern ihn lebenslang der Obhut des Bundesstaates Indiana anvertrauen, allerdings unter unserer inoffiziellen Aufsicht. Schon bei seiner turbulenten Ergreifung hatte Brad nämlich bewiesen, dass er nicht die Aussicht auf den Tod fürchtete, sondern die Aussicht auf die Todesstrafe, die ihn angesichts der vielen Leichen im Steinbruch mit Sicherheit erwartet hätte. Als wir Brad unseren Deal vorschlugen, erwachte daher ein kleiner Funke in ihm, ein Samen der Hoffnung, gerade genug, damit er am Leben bleiben wollte. Genau das hatten wir damit erreichen wollen. Man könnte sagen, dass Brad eine ganz spezielle außergerichtliche Einigung mit Liu und mir traf, und mit dieser Einigung übernahm ich die Kontrolle über die Haftanstalt in Indiana, in der Brad bis heute schmort.

Liu muss ich nicht erst lange dazu überreden, mir bei meinem fortwährenden Engagement in Sachen Brad zu helfen. Seit sein Bruder Mozi vor fünf Jahren zum dritten Mal vergeblich versuchte, sich umzubringen, ist er wie versteinert. Manchmal mache ich mir Sorgen um ihn und frage mich, wie er nächtelang an den Fällen arbeiten soll, mit denen wir beauftragt werden. Aber dann schalte ich wieder jede Sorge aus, wenn ich in Sandras und sein Büro komme und sehe, wie sie sich an ihn schmiegt, wie sie Karikaturen seiner gerunzelten Stirn für ihn zeichnet. Manche Menschen akzeptieren das Schicksal, das das Leben ihnen zugeteilt hat, sie nehmen es an, kämpfen weiter, und diese Menschen werden mit einem guten Partner belohnt, der sie beim Erklimmen jedes Baumes stützt, den sie erklimmen müssen, um so viele Dämonen wie möglich zu jagen und auszurotten.

Wir biegen auf den Parkplatz unseres ganz persönlichen Gefängnisses ein. Nachdem wir unsere Ausweise und Passierscheine gezeigt und mit unseren Freunden in den Wachtürmen und Kontrollpunkten geplaudert haben, schlängeln wir uns zum Besucherraum durch. Ich behalte meine Safarijacke an, deren Taschen zugeknöpft und deren Reißverschlüsse geschlossen sind, damit niemand mein Geschenk für Brad sieht.

Der Besucherraum ist ein hässlicher Saal voller mintgrün gestrichener Betonblöcke. Es ist ein helles Mintgrün, die abscheulichste und billigste Farbe, die eine Regierung mit kleinem Budget kaufen kann. Mir soll es recht sein. Ich will nicht, dass Indiana meine Steuergelder dafür verwendet, diesen Laden aufzumotzen. Von einer derart ekelerregenden Farbe umgeben zu sein, müsste eigentlich schon Strafe genug sein und jeden davon abhalten, weitere Verbrechen zu begehen, denke ich.

Die rechteckigen, mit Drahtgeflecht und Gitterstäben gesicherten Fenster beginnen auf einer Höhe von drei Metern über dem Linoleumboden. Etwa zehn Tische stehen im Raum. Eine Frau von Mitte sechzig in einem schwarzen selbstgestrickten Pullover knetet nervös ein Taschentuch in ihren Händen und hebt nicht ein einziges Mal den Blick zu mir oder Liu. Sie sieht freundlich aus, wie eine Großmutter, die häkelnd auf einer Parkbank sitzt. Bestimmt wartet sie auf ihren Sohn, der sie schwer enttäuscht hat. Eine zweite Frau, die ich auf Anfang dreißig schätze, obwohl sie den früh gealterten, faltigen Mund einer langjährigen starken Raucherin hat, sitzt mit hochgezogenen Schultern und verschränkten Armen an einem weiteren Tisch. Sie wirkt knallhart, sieht selbst aus wie eine Kriminelle. Ihre eisblauen Augen fixieren mich, als wollte sie mir die Haare vom Schädel reißen. Ich frage mich, warum jemand, der so schön hätte sein können, sein Leben für irgendein Arschloch hinter Gittern wegwirft. Am liebsten würde ich ein Gespräch mit ihr anfangen, sie fragen, warum sie so viel raucht, nachhaken, wie eine Frau mit so weisen Augen so blind gewesen sein konnte. Aber ich halte mich zurück und ermahne mich, keine vorschnellen Urteile zu fällen. *Wir haben alle unsere Probleme und Dämonen, gegen die wir ankämpfen müssen, und nicht jeder von uns erfährt bei diesem Kampf die gleiche Unterstützung*, wiederhole ich in Gedanken, was Nana früher oft zu mir gesagt hat, um mich zu Unvoreingenommenheit zu erziehen.

Eine vergitterte Tür geht auf, und herein kommen drei Männer in Handschellen, gefolgt von fünf Wachleuten, die mit schussbereiten Waffen den Saal umringen.

»Mein Schatz«, weint die Frau mit dem schwarzen Pullover und springt auf, um einen Neo-Nazi zu umarmen, der ein Kreuz ins Gesicht tätowiert hat. Bei der Umarmung rutscht ihr Pullover hoch und entblößt die Konföderiertenflagge, die sie als Tätowierung auf der Lende trägt.

»Hallo, Dad«, sagt die Frau mit den eisblauen Augen zu einem weißhaarigen Mann, der die gleichen Gletscheraugen hat wie sie. Auch sie weint und murmelt immer wieder »Daddy, Daddy, Daddy« an seiner Schulter, voller Sehnsucht, aber er kann ihre Umarmung nicht erwidern, weil seine Arme hinter seinem Rücken mit Handschellen gefesselt sind.

Lass dich nie vom ersten Eindruck täuschen. Sieh erst genauer hin, bevor du dein Urteil fällst, ermahne ich mich. Jeder Mensch ist ein Rätsel. Vorurteile treffen selten vollständig zu.

Brad entdeckt mich und Liu und versucht, rückwärts aus dem Saal zu flüchten.

»Setz dich hin«, befiehlt ein Wachmann barsch und schiebt ihn auf einen Stuhl in der Ecke, weit weg von den lauschenden Ohren des Rassistenpaars und des Vater-Tochter-Gespanns mit den blauen Augen.

Liu und ich lassen uns auf zwei Stühlen gegenüber nieder und grinsen breit, als wir Brads schweres, gequältes Atmen vernehmen. Die Jahre sind nicht spurlos an unserem Modepüppchen vorübergegangen. Als Brad ins Gefängnis kam, war er dreiundvierzig, also ist er jetzt sechzig. Damals bekam er allmählich eine Glatze und hatte ein kleines, aber festes Bäuchlein. Ansonsten war er makellos, gewachst, rasiert, poliert, maniküert, die ganze Palette. Er war der weibliche Part eines schwulen Paares gewesen und hatte am South Beach von Miami residiert. Jetzt gleicht Brad eher einer verdorrten Weintraube. Zwanzig Kilo hat er im Laufe der Jahre abgenommen, nicht durch Training, sondern durch erbarmungslosen Stress, an dem ich möglicherweise nicht ganz unschuldig bin.

Sein orangefarbener Sträflingsoverall schlottert um seinen skelettartigen Körper wie ein zu großer Schlafsack um ein Kleinkind. Sein Schädel ist vollkommen kahl unter der gelben Strickmütze, die er heute trägt. Seine Nägel sind gefeilt, aber nicht maniküert, und seine fleckigen dritten Zähne riechen streng.

»Hat dein Lover dir die Mütze gestrickt?«, kommentiere ich höhnisch seine lächerliche Kopfbedeckung.

»Immer noch eine Schlampe, Panther.«

Ich lege meine Hand auf Lius Bein, um ihn davon abzuhalten, aufzuspringen und Brad niederzuschlagen.

»Ach, Brad, schon gut. Ich verstehe, warum du diese Mütze tragen musst. Harkin würde sich furchtbar aufregen, wenn er erfahren würde, dass sie dir nicht gefällt.«

Der Wachmann, der Brad in den Saal geschoben hat, lacht.

Brad dreht sich in seine Richtung. »Ha, ha, ha, du Hammelschnauze.«

»Pass auf, was du sagst, Brad. Du sitzt hier und hörst diesen Leuten zu, solange es mir verdammt noch mal passt. Deine Mütze ist scheiße. Harkin hat keine Ahnung vom Stricken. Ich werde behaupten, du hättest das gesagt«, erklärt der Wachmann ungerührt. Es ist eindeutig eine Warnung.

Brad dreht sich zu uns zurück. Ihm ist anzusehen, dass er sich in die Enge getrieben fühlt.

Harkin ist Brads Besitzer. Er hat ihn mit den tausend Dollar käuflich erworben, die ich ihm über einen der Wachmänner zugesteckt habe. Harkin ist ein ruppiger Geselle, der in anderen Gefängnissen bereits drei seiner »Lover« erwürgt hat, bevor er hierher verlegt wurde. Er sitzt zehn Mal lebenslänglich ab, weil er alle zehn Mitglieder einer rivalisierenden Motorradgang mit einer Axt abgeschlachtet hat. Während sie schliefen. Ihre Haustiere mussten auch daran glauben. Mit seinen hundertsechzig Kilo und seinen zwei Meter fünfzehn Körpergröße ist Harkin der Mammutbaum unter den Häftlingen. Die Gefängnistherapeuten haben ihn zum Stricken überredet, um seine ständige Reizbarkeit zu bekämpfen. Harkin strickt also, aber nur mit gelber Wolle, weil das seit der Konfiszierung des Inhalts einer illegalen Lagerhalle in Gary die einzige Wolle im Besitz des Bundesstaates ist.

Harkins Strickkünste sind eine Katastrophe. Seine gelbe Mütze für Brad ist meilenweit entfernt von dessen Samtjacketts und Seidenschals aus modischeren Zeiten.

»Also, Brad. Uns ist zu Ohren gekommen, dass du den Bundesstaat erneut überzeugen willst, dir eine Chance auf Bewährung zu geben«, sagt Liu.

Brad starrt zurück. Er beachtet jetzt nur noch Liu, hat sich zur Seite gedreht und lehnt sich auf seinem Stuhl von mir weg, als würde ich ihn mit der Spitze eines langen Schwertes piksen.

»Weißt du, Brad, die Abmachung sah so aus, dass du lebenslänglich ohne Bewährung bekommst und wir im Gegenzug darauf verzichten, auf die Todesstrafe für dich hinzuarbeiten. Mit all den Mädchen, die ihr aufgeschlitzt habt, all den toten Babys, all den im Steinbruch gefundenen Leichen hätten wir zwanzig Hinrichtungen für dich erwirken können. Du erinnerst dich doch noch an unsere Abmachung Brad. Oder?«

Brad zuckt zusammen.

»Warum willst du denn überhaupt hier raus? Fühlst du dich nicht wohl?«, mische ich mich ein.

»Du und deine kleine Panther-Schlampe, ihr könnt mich mal«, knurrt Brad in Lius Richtung und weicht noch weiter vor mir zurück. Liu und ich starren ihn einfach nur an und warten. Und tatsächlich: »Ha, ha, ha, ihr beide, sehr witzig«, sagt er mit hoher Stimme.

»Brad, ich habe gehört, du hast mit dem Gärtnern angefangen«, sage ich und lege demonstrativ meine Hand auf den Tisch zwischen uns, damit er gezwungen ist, endlich in meine Richtung zu blicken.

»Was geht dich das an, du Flittchen?« Sein Blick huscht über den Tisch. Er hat immer noch Angst, sich in meine Richtung zu drehen und mir in die Augen zu sehen.

Ich öffne eine der acht Taschen an meiner Jacke und ziehe eine Plastiktüte mit einem Blatt daraus hervor.

»Das mit dem Gärtnern machst du seit ... wie lange schon? Seit ungefähr einem Jahr? Du hast ein kleines Beet im Gefängnisgarten, stimmt's?«

»Ihr haltet euch wohl für oberschlau. Habt hier eure ganzen Schlägertypen, die für euch arbeiten und mich armen Wicht ausspionieren.«

»Schlägertypen würde ich sie nicht nennen. Eher Freunde«, erwidere ich todernst.

»Brad, du hörst uns jetzt mal gut zu«, sagt Liu.

Brad versinkt noch tiefer in seinem Stuhl.

»Weißt du, was das ist?«, frage ich ihn und schiebe die Plastiktüte mit dem Blatt auf dem zerkratzten Tisch zu ihm hinüber. Das Blatt ist lang und spitz zulaufend, dünn und ledrig, tiefgrün.

»Hmpf«, macht Brad und schlägt erst das rechte und dann das linke Bein über, stützt seinen Kopf in die eine und dann in die andere Hand. Er windet sich. Die tiefer werdenden Falten in seinem Gesicht verraten sein inneres Entsetzen, seine Furcht.

»Ich habe diese Pflanze selbst gezüchtet, Brad. Habe die ganze weite Reise nach Südchina gemacht, um einen Samen für dich zu ergattern, für dich ganz allein, Brad.«

Brad zuckt zusammen.

»Das ist ein ganz besonderer Hybrid, eine Kreuzung zwischen Oleander und einer Pflanze, die in abgelegenen Gegenden Asiens zwischen den dortigen Gräsern wächst. So ist eine der tödlichsten und giftigsten Pflanzen entstanden, die die Menschheit kennt. Ein einziger Bissen davon, und das Herz explodiert.« Ich mache ein Knallgeräusch mit den Lippen und spreize die Finger, um ein Feuerwerk zu simulieren. »Peng«, sage ich und tätschele dann mein ruhig schlagendes Herz.

Der Wachmann hinter Brad richtet sich auf und schlendert zu seinem Kollegen hinüber, um uns zu zeigen, dass er diesen Teil des Gesprächs zwar nicht hören möchte, aber auch nicht einschreiten wird.

Ich beuge mich zu Brad hinüber und flüstere mit honigsüßer, verführerischer Stimme: »Ich muss nur ein Blatt zermahlen und es irgendwann, wenn mir danach ist, unter deinen Kartoffelbrei aus der Tüte mischen. Vielleicht hier drinnen, vielleicht aber auch in irgendeinem Drecksloch, in dem du als Arbeitsloser dahinvegetierst, falls du es aus irgendeinem Grund doch hier herausschaffen solltest. Angeblich sind die Schmerzen, die dieser Hybrid verursacht, absolut unerträglich – es fühlt sich an, als würde Benzin zuerst deine Speiseröhre verätzen, dir dann innerlich die Brust verbrennen und deine Eingeweide mit Lava füllen, bis sie von innen heraus zerreißen. Und es wird niemanden genug interessieren, um Ermittlungen anzustellen oder eine toxikologische Untersuchung zu beantragen, Brad. Man wird sich damit begnügen, es als Herzinfarkt abzuhaken. Dieses Blatt, diese Pflanze, sieht genauso aus wie die Pflanzen, die du in deinem Beet züchtest. Sie ist leicht zu verwechseln.«

»Du Schlampe«, faucht Brad und hebt endlich den Blick, um mich böse anzufunkeln.

Das ist der Moment, für den ich gekommen bin. Der Moment, den er mir nicht gewähren wollte. Der Moment, in dem ich ihn daran erinnern kann. »Du lebst, weil ich es so will, Brad. Du bist mir ausgeliefert. Vergiss das nicht«, sage ich und steche mit dem Zeigefinger auf das Blatt des Todes.

Liu lächelt. Ich greife nach der Tüte und schiebe sie langsam in meine Tasche zurück.

Natürlich hätte ich Brad auf hunderttausend verschiedene Arten umbringen können. Aber ihn umzubringen ist weder mein noch Lius vorrangiges Ziel. Punkt eins auf unserer To-do-Liste für Brad besteht darin, dafür zu sorgen, dass er, wie Liu es formuliert, »ein Leben lang qualvolle Schmerzen und unerträgliche Demütigungen erleidet«.

Als ich hörte, dass Brad begonnen hatte, sich begeistert in der Gefängnis-Gärtnerei zu engagieren, sich für Gartenbaukurse anzumelden und morgens früh aufzustehen, um zu harken und zu jäten, wobei er offenbar lächelte und vor sich hin pfiff, ließ ich ihm ein Jahr Zeit, sich an die Freuden seines neuen Hobbys zu gewöhnen. Ich wollte, dass er merkt, was ein emotionaler Verlust ist. Durch die Drohung mit dem giftigen Blatt rufe ich nun jedes Mal, wenn er seinen albernen Quadratmeter Garten voll kümmerlicher Rosen und Wildblumen betritt, ein Gefühl des Verlusts und der Angst in ihm hervor. Jedes grüne Blatt, das er dort entdeckt, wird eine todverheißende Mahnung für ihn sein. Vielleicht werde ich das Spiel noch ein wenig verschärfen, indem ich ihm einen kleinen Auszug aus der Pflanzenwelt durch die Wärter zukommen lasse, begleitet von wissenschaftlichen Fakten über den Grad der Giftigkeit jeder Pflanze. Natürlich wird in Wirklichkeit keine davon giftig sein, schließlich will ich ihm ja keine Waffe in die Hand geben. Schon bald wird es in seinem armseligen Garten nur noch Löwenzahn und nackte Erde geben, und er wird erneut nichts mehr haben, worauf er sich jeden Tag freuen kann.

Manche Opfer wollen irgendwann mit dem Thema Gerechtigkeit abschließen. Sie versuchen entweder, die Todesstrafe für ihre Peiniger zu erreichen, oder sie vergeben ihnen. Das erscheint mir vollkommen legitim. Andere Opfer, so wie ich, sind bereit, auf sehr lange Sicht alle Hebel in Bewegung zu setzen, um sich eins zu eins – Auge um Auge, Zahn um Zahn – an ihren Tätern zu rächen. Angesichts der grausigen Verbrechen, die Brad begangen hatte, hätte ich ihn bei lebendigem Leib verbrennen und gerade noch rechtzeitig aus den Flammen ziehen müssen, damit zwar sein ganzer Körper versengt, seine inneren Organe aber noch nicht tödlich verschmort gewesen wären – doch selbst diese Qualen hätten für mich das empfindliche Gleichgewicht auf der Rachewaage nicht wiederhergestellt.

Liu fragt mich mit einem stummen Nicken, ob ich fertig bin. Ich gebe ebenfalls nickend zu verstehen, dass ich nichts hinzuzufügen habe und ihm die Abschiedsworte überlasse. Er hustet, um den stechenden Blick zu durchbrechen, mit dem ich Brad fixiere, und erklärt beim Aufstehen: »Das wär's für heute. Du harrst schön weiter hier aus, Brad, und keine Sorge: Wenn du ein braver Junge bist und aufhörst, eine Bewährung anzustreben, die du ohnehin niemals kriegen würdest, stirbst du irgendwann eines natürlichen Todes oder wirst von Harkin erwürgt. Eins von beidem. Und dann hast du deine Strafe in diesem Leben überstanden.« Liu hält inne und verkneift sich ein Kichern, aber als ich ihm einen leichten Klaps auf den Oberschenkel gebe, stimmt er in mein Lachen ein und fügt hinzu: »Allerdings bin ich mir ziemlich sicher, dass der Teufel auch ein paar hübsche Pläne für dich parat hat, Brad.«

»Oh, die hat er ganz bestimmt«, sage ich und denke an Dorothy, an Mozi, an all die Mädchen und Babys im Steinbruch, die nicht überlebt haben.

Liu und ich fahren zurück und lauschen dabei Lius persönlicher Playliste, die aus Countrymusik und Ray LaMontagne besteht, die perfekte Mischung aus Nord und Süd. Er singt leise den Text des Songs »Trouble« mit, und sein Brummen wirkt beruhigend auf mich. Wir kennen uns schon so lange, dass wir uns nicht unterhalten müssen, dass er keine Hemmungen haben muss, in meiner Gegenwart zu singen.

»Weißt du was, Liu? Sandra und du, ihr solltet heute Abend zum Essen bleiben. Lenny macht wieder Burritos.«

»Die Football-Dinger? Aber hallo, wir sind dabei!«

»Ja, und danach sollten wir uns die Erdproben von dem Elite-Uni-Fall vornehmen. Diese Gesteinskörner und Kiesel stammen auf keinen Fall aus Massachusetts.«

»Was immer du willst, Lisa, du bist der Boss«, entgegnet Liu. Er zwinkert mir zu, bevor er sich wieder der heilenden Wirkung von LaMontagnes Stimme und Texten hingibt.

DANK

Zunächst möchte ich meiner Familie danken, die mich immer unterstützt und mir die nötige Zeit zum Schreiben gelassen hat. Meinem Mann Michael, der mir regelmäßig Kaffee ins Arbeitszimmer bringt – ohne dich wäre ich nie mit irgendetwas fertig geworden. Du inspirierst mich dazu, niemals aufzugeben. Meinem Sohn Max, der noch so jung ist und dennoch immer eine Möglichkeit findet, mich aufzubauen. Wo immer in diesem Buch das Gefühl »Liebe« auftaucht, hat er es in mir hervorgerufen. Meinen Eltern Rich und Kathy, die alle meine Entwürfe lesen und mir nicht nur durch ihren Zuspruch helfen, sondern auch durch ihr äußerst nützliches Feedback. Meinen Brüdern Adam, Brandt und Mike: Ich fühle mich gestärkt, weil ich weiß, dass ihr immer hinter mir steht. Beth Hoang, meiner Cousine, die wie eine Schwester für mich ist: Ohne deine Überarbeitungen und deine liebevolle Strenge wäre ich auf keinen Fall in der Lage gewesen, irgendwann ein Endprodukt vorzuweisen. Allen meinen Freunden und Familienmitgliedern, die mich nicht mit der Arbeit an diesem Buch alleingelassen haben. Besonders erwähnen möchte ich meinen Bruder Michael C. Capone, der ein wunderbarer Rap- und Blues-Musiker ist. Die in diesem Roman verwendete Liedzeile »*Konzentriere dich. Bitte. Konzentriere dich. Atme.*« stammt aus seinem Song »Hate What's New Get Screwed By Change«. Mikes Musik dient mir beim Schreiben als

Muse, und ich danke ihm für alle seine inspirierenden Texte.

Als Laiin war ich auf die unterschiedlichsten Quellen angewiesen, um so komplexe Themen wie intermodale Neuroplastizität, modifizierte intermodale Verarbeitung und andere wissenschaftliche Phänomene zu erklären, die mein Verständnis bei Weitem übersteigen. Die folgenden Veröffentlichungen lieferten mir diesbezüglich unschätzbares Hintergrundwissen: »Super Powers for the Blind and Deaf«, Mary Bates, *Scientific American*, 18. September 2012; »Altered Cross-Modal Processing in the Primary Auditory Cortex of Congenitally Deaf Adults: A Visual-Somatosensory MRI Study with a Double-Flash Illusion«, Christina M. Karns, Mark W. Dow und Helen J. Neville, *The Journal of Neuroscience*, 11. Juli 2012.

Auch meiner Agentin Kimberley Cameron bin ich zu tiefem Dank verpflichtet. Kimberley, ich danke dir dafür, dass du an mich geglaubt hast, dass du dir die Zeit genommen hast, dich durch den Stapel unverlangt eingesandter Manuskripte zu arbeiten und mich anzurufen und mein Leben zu verändern. Es ist eine Freude, mit dir zu arbeiten, du bist für mich der Inbegriff von Anmut. Oceanview Publishing möchte ich ebenfalls danken – Bob und Pat Gussin, ich danke euch dafür, dass ihr *Ihr tötet mich nicht* eine Chance gegeben habt, dass ihr mich mit eurer Begeisterung und eurer unschätzbaren Beratung unterstützt habt. Mein Dank gilt außerdem dem ganzen Oceanview-Team, Frank, David, Emily, Lee, Kirsten: Danke für euren Rückhalt, danke dafür, dass ihr mich in die Oceanview-Familie aufgenommen habt.

Carpe diem, jeden Tag

Unsere Leseempfehlung

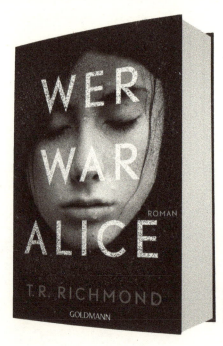

448 Seiten
Auch als E-Book
und Hörbuch
erhältlich

Wer war Alice Salmon?
Studentin. Journalistin. Tochter.
Sie liebte es, lang auszugehen. Sie hasste Deadlines.
Sie war diejenige, die letztes Jahr im Fluss ertrank.
Aber das ist nicht die ganze Geschichte.

www.goldmann-verlag.de
www.facebook.com/goldmannverlag

GOLDMANN
Lesen erleben